KB173494

反詩 기획산문집 001

# 구름 속의 도서관

김형술

시와반시

# 책을 내면서

    2018년에 이어 2019년에도 병원신세를 졌다. 연말 분위기가 한참이던 12월 저녁, 지하철을 타고 퇴근하다가 쓰러져 구급차 신세를 졌다. 아마도 2018년에 수술한 부위가 탈이 난 듯하고 거기서 출혈이 있는 것 같은데 출혈부위를 찾지 못했고 혈압은 자꾸 떨어져서 계속 수혈을 받으면서 중환자실에 보름 가까이 머물렀다. 낮도 밤도 없이 불이 꺼지지 않는 중환자실 침대에서 내려오지도 못한 채 끊임없이 나가고 들어오는 아픈 사람들, 죽어가는 사람들을 멍하게 바라보다가 문득 생각했다. 여기서 살아 나간다면 고향으로 가야겠다. 그리고 컴퓨터 여기저기에 저장되어 있는 산문들을 모아 책을 내야겠다고. 고향이래야 가난으로 고통 받던 기억들만 이곳저곳에 숨겨져 있는 곳이어서 다시는 고향에 갈 일이 없을 거라 생각했던 터이고, 산문집은 이미 그림에 관한 산문집 한 권, 영화에 관한 산문집 두 권을 냈으니 재미도 없는 문학 산문집은 누가 읽을까 싶어서 생각도 안한 것들이었다. 그럼에도 중환자실에 누운 내게 그런 생각이 찾아들다니 왜 그랬을까. 아마도 고향을 외면하고 산 시간들과 여기저기 발표만 하고 묵혀둔 산문들이 무의식 속에서 해결해야할 어떤 짐으로 여겨진 건 아니었을까 생각된다.

요행으로 퇴원을 하자말자 고향에 가서 조그만 거처를 마련했다. 지금은 너무 많이 변해버려서 낯설기 조차한 고향의 여기저기를 주말마다 걸어 다녔다. 까마득하게 잊고 산 많은 이름, 지명, 시간들을 다시 만나면서 어렴풋하게나마 내가 알고 있다고 생각한 나와는 전혀 다른 모습의 나를 마주칠 수 있었다. 어쩌면 나는 지금까지 나의 본모습을 숨기거나 감추면서 스스로 어떤 그럴듯한 모습을 상상해서 주입한 모습의 나로 살아온 것일 수도 있겠구나 싶었다.

부산시인협회 사무실이 중앙동 빛남출판사에 있었을 때, 가끔씩 뵙던 김석규시인(당시 부산시인협회 회장 역임)이 말씀하셨다. 시인은 함부로 산문을 써서는 안된다. 어설프게 썼다가 밑천 다 드러나는 게 시인의 산문이다. 갓 등단했던 나는 그 말을 가슴에 새기면서 생각했다. 내가 산문을 쓸 일은 없겠구나. 하지만 그 말은 지켜지지 못했다. 당시 대구의 문학계간지 『시와 반시』에서 지역시인론을 연재 중이었는데 내게 부산에 거주하는 서규정 시인의 시인론을 써달라는 청탁이 왔다. 시인의 산문은 함부로 쓰는 것이 아니라셨던 그 말은 감쪽같이 잊어버리고, 왜 내게 청탁을 했을까, 에 관한 의문도 무시해버리고 나는 겁도 없이 그 청탁에 응했다. 내 산문이 실린 책을 받아들고 나는 생각했다. 사람들이 제발 읽지 말기를, 내가 쓴 부분만 훌쩍 건너뛰고 내가 산문을 썼다는 사실을 아무도 알지 못하기를. 하지만 시인협회에서 마주친 김석규 시인이 내게 말씀하셨다. 잘 썼더라.

김석규 시인의 이 말이 면죄부라도 되는 듯 나는 미친 듯이 산문을 써댄 것 같다. 어떤 청탁도 마다하지 않고 대중문화, 미술, 음악, 영화에서 월평, 계간평, 서평, 시집해설까지 닥치는 대로 썼던 것 같다. 하지만 10여 년 전쯤 누군가가 문학산문집도 한번 내보는 게 어떠냐는 제의를 해왔고 그걸 계기로 그동안의 원고를 찬찬히 다시 읽어볼 기회를 가졌을 때 나는 무척 부끄러웠다. 다른 시인들의 시를 읽는 치기와 자만에 찬 시각들을 발견하면서 조용히 그 원고들을 접어버렸다. 문학산문집은 내지 말자. 너무도 부끄러운 시간의 기록이구나. 나는 이 원고들을 멀리했고 방치했으며 그 사이에 마치 의도한 것처럼 많은 원고들을 잃어버렸다.

하지만 시계도 거울도 없는 중환자실의 침대에 눕거나 앉은 시간은 있는 그대로의 내 모습을 가감 없이 마주하게 되는 순간이기도 했다. 그것도 찰나가 아니라 시간이 멈춰버린 듯 오래, 고통스럽게 나 자신과 마주 앉아야 하는 시간. 그리고 생각했다. 오만과 치기와 부끄러움으로 가득한 기록도 있는 그대로의 내 모습이구나.

그러므로 이 산문집을 내는 건 나의 부끄러움과 마주 앉는 시간을 다시 만드는 일이기도 하겠다는 생각을 떨칠 수 없다. 그럼에도 불구하고 이 부끄러움마저도 나 자신의 일부라는 걸 이젠 인정하기로 했다. 또한 내게 처음 산문을 청탁했던 『시와 반시』와 그 당시에도 편집주간이었으며 지금도 주간이신 강현국 시인에게도, 이 책을 내게 해준 일에 관해서도 진심으로 감사하는 마음을 전하고 싶다.

2021. 여름 김형술

# 차례

# 1

바다

# 여덟 살의 나이를 가진 바다

　바다를 처음 보았을 때의 느낌을 아직도 나는 잊지 못한다. 아니 나이가 들어가면 갈수록 당시의 마음떨림이 생생하게 가슴 한편에 새겨져 있음을 알게 된다. 내가 태어나고 자랐던 당시의 '경남 창원군 웅동면 소사리' 그리고 행정지역명이 의창군이었던 시절을 거쳐 지금의 '창원시 진해구 소사동'인 그곳은 평범하기 그지없는 시골마을이었다. 초등학교에 들어가기 전의 아이들이 갈 수 있는 곳이래야 고작 소를 먹이러 가는 마을의 뒷산이거나 초가집이 다닥다닥 붙어있는 마을 한 귀퉁이의 공터이거나 기껏 멀리 나가본다고 해야 5일장이 열리는 국도변 면사무소 근처가 고작인 곳. 그래서 나는 세상이 단 지 그런 곳으로만 이루어진 곳인 줄로만 알았다. 초등학교에 들어갈 나이가 되어 동네에서 같이 놀던 아이들과 같이 웅동초등학교(당시 국민학교)에 입학을 하게 됐고 거기서 처음으로 다른 마을의 아이들을 만나게 되었는데, 그 아이들과 처음으로 놀러간 다른 마을의 이름이 영길부락(남양어촌계가 있는 지금의 창원시 진해구 남양동), 초등학교 교문을 나와 5일장이 열리는 면사무소 곁 공터를 지나 붉은 흙먼지를 일으키며 버스가 달려가는 신작로를 가로질러 길 아래로 내려서니 놀랍게도 그 곳에 바다가 위치하고 있었다. 아니 그 곳이 바다, 라고 불린다는 것을 처음으로 알게 된 것. 그때 나의 놀라움은 이루 말할 수 없었다. 아주 띄엄띄엄 부산가는 시외버스가 달려가곤 하는 신작로 근처는 위험하니 가면 안된다고 하신 부모님의 당부를 어길 수 없어서 아주 먼발치에서 그저 두려움과 경외감에 찬 마음으로 바라보기만 했던 신작로. 그 길 바로 아래쪽에 바다라고 부르는 이런 신세계가 자리 잡고 있었다니. 알고 보니 버스가 다니는 그 신작로가 바다와 육지의 경계를 이루는 둑이었으며 그 둑으로 인해 바닷물이 내가 살고 있는 마을까지 스며들지 못하게 하는 거대한 방패막(방파제)이었다는 걸 그때야 비로소 알게 되었다. 내가 바다와 맞닥뜨린 그날은 아마도 밀물 때였음이 분명하다. 가슴에 흰 손수건을 단 초등학교 입학생들 몇몇이 걸어가고 있는 바다 사이로 난 길 양쪽에서 거센 물살들이 출렁이며 마치 길을 삼킬 듯 밀려오고 있었는데, 그 압도적인 광경이 주는 두려움에 질려버린 나는 그 둑길 위에서 한 발짝도 움직일 수 없었다. 그건 세상에서 처음으로 내가 목격한 두려움이었으며 초등학교에 갓 입학한 어린 아이를 한없이 주눅 들게 하는 공포의 대상에 다름 아니었다. 그렇게 겁에 질려 멈칫대는 나를 이해할 수 없다는 듯이 쳐다보던 영길마을 아이들은 나의 처지를 금세 알아차렸다는 듯 거리낌 없이 둑 밑으로 내려가 거친 물살이 밀려오는 바닷물에 발을 담근 채 물 속에서 무언가를 건져 올려 보여주며 웃어대곤 했다. 바다의 그 끝 보이지 않는 넓음과 검푸른 물살을 일으키며 육지로 달려오는 파도의 위용에 위압감을 느낀 내게 바닷가 마을에 사는 아이들의 활달한 웃음소리마저 경이롭기만 했다. 금방이라도 나를 덮쳐 저 바다 속으로 끌어들일 것 같은 바다의 거대한 힘은 논과 밭, 산으로 둘러싸인 작은 마을이 세상의 전부인 줄 알았던 여덟 살짜리 아이의 영혼을 송두리째 앗아갈 만큼 크고 위대해 보였던 것이다. 바다 사이로 난 그 둑길을 따라 영길마을에 가서 내가 무엇을 했는지는 기억이 나지 않는다. 다만 처음 본 바다의 위용에 압도당한 나는 며칠 동안 가위에 눌렸던 듯했고 가슴에 남아있는 바다의 강렬함에 사로잡혀 있던 나는 결국 그 바다를 혼자서 찾아가 본 기억만을 갖고 있다. 며칠 동안 바다를 다시 보고 싶다는 열망과 바다가 주는 두려움만 확인하게 될 거라는 망설임 사이를 수없이 오가다가 마침내 집을 나섰다. 어둑하게 해가지고 어머니들이 놀던 아이들을 모두 집으로 불러들이는 어스름 무렵에 집을 나와 걷고 걸어서 마침내 바다가 보이는 그 신작로길 위에 서게 되었다. 하지만 거친 파도가 넘실대며 육지를 위협하리라던 나의 기대를 끼끗하게 거두어 간 바다가 거기 있었다. 끝이 보이지 않는 썰물의 긴 개펄 위에 태어나 한 번도 경험한 적이 없는 거대한 적막이 평화롭게 누워있었고 작은 바닷게들이 들락거리는 바다의 섬세한 숨구멍마다 봄의 초저녁 달빛이 내려앉아 마치 개펄에 보석을 깔아놓은 듯 반짝였다. 지금은 마천주물공단이 들어서서 흔적도 없는 그 바다가 있던 자리를 지날 때면 어김없이 나의 첫 바다를 만난다. 여덟 살의 나이를 가진 채 늙지 않는 그 바다는 여전히 내 안에서 변함없이 출렁이거나 고요하게 반짝이고 있음을 확인하게 된다. 그럴 때 마다 내 가슴은 바다를 처음 만났을 때처럼 어김없이 다시 뛰곤 한다.

# 쑥덕쑥덕 미니스커트

중학교 1학년이 시작되던 봄. 부산에서 새로운 선생이 부임해왔다. 대학을 갓 졸업하고 교생실습을 마친 햇병아리 여선생님. 학기 첫날 운동장에서 열린 조회시간에 교장선생님의 소개로 단상에 올라선 여선생님은 모두의 이목을 집중시켰으니 그것은 다름 아닌 미니스커트. 그것도 무릎에서 한참 올라가 허벅지가 훤한 짧은 치마. 당시의 시골에선 처음 보는 차림이라 모두들 어안이 벙벙해서 어디다 눈을 둘지 몰라 했다. 그러거나 말거나 당당하기 그지없는 처녀선생님. 일말의 수줍음도 없이 쇳소리 섞인 당찬 목소리로 국어선생이라 소개를 하고 내려갔는데 놀래라. 우리 반 담임이시란다. 수업 첫 날에 교실에 들어오자 말자 각자 지 맘대로 글을 써내라고 작문을 시켰다. 그러고는 등을 돌리고 서서 한 시간 내내 창 너머 바다만 바라보는 것이다. 괴발개발 써낸 작문으로 나와 또 한 여학생이 교무실로 불려갔다. 다짜고짜로 책 한 권씩을 내밀며 토요일까지 읽고 독후감을 써오라신다. 내가 받은 책은 이광수의 소설 『무정』. 그날 이후로 일주일에 무조건 책 한권을 읽고 독후감을 써내는 일을 중학교 졸업할 때까지 했다.

선생님은 누가 봐도 예쁘지는 않은 얼굴이었다. 고집스럽게 다문 입술과 뭉툭한 코와 유난히 초롱초롱하지만 약간 날카로운 눈. 그렇다고 다리가 날씬한 것도 아니었지만 무슨 이유에선지 사시사철 미니스커트만 고집했다. 별로 안 이쁜 얼굴과 별로 멋지지 않은 다리로 일 년 내내 미니스커트만 입으며 온 시골마을의 쑥덕쑥덕으로 버무려진 흘깃흘깃한 눈총들을 아무렇지 않게 받아내던 선생님. 하지만 이 20대 여선생님의 하이힐 신은 걸음걸이는 늘 씩씩하고 당당했다. 그런 연유로 선생님과 선생님의 미니스커트는 조용하던 시골마을의 뜨거운 감자였다. 아이들은 아이들대로, 어른들은 어른들대로, 여학생은 여학생들끼리, 남학생은 남학생들끼리, 총각들은 총각끼리, 처녀들은 처녀들끼리 모두가 시퍼런 쑥떡들을 만들어내느라 온 동네가 쑥떡이었다. 여기서도 쑥떡쑥떡, 저기서도 쑥떡쑥떡. 겨울 지나고 보릿고개에나 먹던 쑥떡, 누구 집 잔칫날이나 회갑 날에야 먹던 쑥떡들이 온 동네 집집마다 만들어지고 있었다. 급기야 어느 날은 교장선생님에게 불려가서 미니스커트를 입지 말 것을 종용받았다고 했다. 하지만 선생님은 그걸 받아들이지 않았다고 했다. 그 소식은 또 어른들 말을 무시하는 발칙한 선생 혹은 미풍양속을 해치는 부도덕한 여선생으로 몰아갔지만 그러거나 말거나 우리의 용감한 여선생님의 미니스커트는 변함이 없었다.

사람들이 만드는 쑥떡의 숫자들과는 상관없이 착하고 순진했던 시골중학교 학생들은 대부분 이 여선생님을 잘 따랐다. 더러 시골학교 어디에나 있었던 일부 학생들, 이른 바 학교에서 멀리 떨어진 으슥한 곳들만 날아다니던 비행청소년들이 화장실 뒷담벼락에 흰 분필로 써놓았던 낙서 몇 줄이 고작이었을 뿐 별일은 일어나지 않았다. 그도 그럴 것이 미니스커트와는 상관없이 선생님은 수업시간이나 쉬는 시간, 심지어는 방과 후까지 학교에서나 학교 바깥에서나 엄격했다. 수업시간에는 한눈을 팔 수가 없었고 방과 후에는 5일장 장터 부근을 어슬렁거릴 수도 없었으며 부모님께 거짓말을 하고 진해 시내 변두리 극장에서 2본 동시 상영 무협영화를 보러가는 일은 꿈도 꿀 수 없었다. 시골학생들의 거짓말을 어찌나 잘 알아채시던 지 말하자면 우리는 미니스커트 여선생의 손바닥 안에 있었던 것이다. 원래가 선생님에 관한 판단은 학생들이 더 잘하는 법. 수업시간에서 느끼는 수업의 질과 학교 안팎에서 보는 선생님의 태도에서 우리는 모두 선생님을 따르고 존경할 수밖에 없었던 것이다. 단지하나, 잊어버리지도 않고 정기적으로 작문을 시키는 일 하나만빼면. 물론 작문을 하러간다는 핑계로 바닷가도 가고 산에도 오르고 들판으로도 가고...하는 야외수업은 정말 좋았지만.

　중학교 2학년 때 다시 새로운 선생님이 부임해왔다. 이번에는 미술선생님. 아무리 봐도 미술선생 같지는 안보이고 소도둑같이 생긴 느글느글한 남자선생이 등장했다. 약간 시니컬한말투에 후줄근한 옷자림의 이 남자선생은 오자마자 여학생들의 인기를 독차지했다. 야, 김미수기, 어이 황영자야, 이렇게 부르는 다른 선생들과는 달리 김미수~~~욱, 황영자아아~~ 하고 여학생들의 이름을 다정하고 느끼하게 불러대는 탓인 듯 했다. 하지만 미술시간에 물감이며 스케치북 따위를 잘 준비해오지 않는 남학생들에게는 대단히 엄격하였으므로, 가령 귀를 잡아당긴다거나 화장실 청소를 시킨다거나 운동장을 뛰게 하는벌 따위를 주었으므로 금세 남학생들에게는 공공의 적이 되어버렸다. 저렇게 느끼하고 좀 시건방지고 별로 잘생기지도 않은소도둑선생이 여학생들은 뭐가 그리 좋은 지 교무실에 꽃을 꽂아 놓는다든지, 부모님이 뼈 빠지게 농사지은 감자, 고구마, 산딸기를 가져다준다든지 하면서 어찌하면 미술선생에게 이름한 번 더 불리고 심부름 한 번 더 할까, 그 생각으로 부쩍 거울을 자주 들여다보던 여학생들을 도저히 이해할 수 없었다. 그러니 남학생들은 모두 끼리끼리 운동장 구석이나 냄새나는 화장실 뒤에 삼삼오오 모여서 소도둑선생을 반죽으로 쑥떡을 만들곤 했다.

밉다 밉다하면 더 미운 짓 한다더니 소도둑선생을 쑥떡덩어리로 만들어 버릴 결정적인 사건이 발생했다. 우리 모두의 미니스커트 선생님과 소도둑 선생이 사귄다는 소문이 난 것. 별들이 폭죽처럼 쏟아지던 어느 날 저녁 바닷가에서, 방죽 위 흐드러진 아카시아 꽃그늘 아래에서 소도둑과 미니스커트가 다정하게 속삭이는 걸 봤다는 얼굴 없는 목격자들이 나타나기 시작한 것. 그러자 소문은 순식간에 새끼를 치기 시작했는데, 한 번에 열두 마리씩 새끼를 낳는 흑돼지보다 더 많은 새끼를 치기 시작했는데, 손잡는 걸 봤다, 에서 뽀뽀하는 걸 봤다, 를 거쳐 원래 둘이 대학생 때부터 애인이라 카더라, 곧 결혼한다 카더라…… 까지 초스피드로 두 사람을 엮어버렸다. 우리 멋쟁이 미술선생님이 못생긴데다 미니스커트만 줄창 입어대는 국어선생님과 그럴 리가 없어, 하늘이 두 쪽 나더라도 절대 없어, 라고 믿고 싶은 여학생들과 우리 국어선생님이 눈이 얼마나 높은데 저런 소도둑선생과 사귄다꼬, 그기 말이 되나, 절대 안되지, 라고 믿고 싶은 남학생들에게 두 선생님은 만들기 쉬운 쑥떡이었다. 여학생들은 여선생님을 향해 미술선생님이 아까워, 라고 맹렬하게 쑥떡을 날렸고 남학생들은 화장실 뒤편이나 전봇대에 소도둑 선생을 욕하는 낙서로 쑥떡의 흔적을 남기기 시작했다.

시골중학교 학생들의 하루는 늘 바빴다. 학교에 오기 전에 새벽이슬을 헤치고 나가 소꼴을 한 짐 베어놓고 와야 하는 것은 들판과 산 쪽에 사는 학생들, 아버지를 도와 배를 타고 나가 통발이며 주낙 같은 그물을 털어 새벽고기를 잡고 나서야 등교할 수 있는 건 바닷가에 사는 학생들이었다. 학교를 파하고 나서도 마찬가지, 소의 풀을 먹이러 가야하고 농사일도 도와야하고 그물도 치러 가야하고 물고기 배도 따야하는 게 너나 없는 시골 학생들의 하루하루였다. 초등학교 때부터 백일장이며 사생대회를 번질나게 드나 든 나의 경력은 중학교 때도 마찬가지였는데 미니스커트 선생님은 백일장을 그리 중요하게 생각하지 않았다. 상을 받아도 그만, 안 받아도 그만. 그랬으면서 시골학생들에게 작문은 쉼 없이 시키셨다. 하지만 소도둑 선생의 미술수업은 대단히 엄격했다. 방과 후에 남아서 그려야하는 그놈의 지겨운 줄리안, 아그리파 따위의 석고데생 연습은 재미가 하나도 없었다. 하지만 이걸 완벽하게 못하면 다음 과정으로 넘어갈 수 없다는 소도둑 선생의 고집은 대충 봐주는 법이 없었다. 게다가

밥도 겨우 먹고 사는 시골촌놈이 그림은 그려서 머할끼고, 화가 될끼가, 화가되면 밥 빌어먹는다, 고 하시던 부모님 때문이었는지 그림수업에 별 흥미도 집중도 못했었다. 그런데다 고집불통 소도둑 선생이 감히 국어선생님과 사귄다고 하니까 더 하기가 싫어졌던 것 같다. 그럼에도 불구하고 나는 무슨 배짱이었는지 미니스커트 선생님은 소도둑선생과 사귈 리가 없어, 라는 가당찮은 믿음을 갖고 있었다.

읽을거리가 귀했던 시골에서 미니스커트 선생님이 과제로 내주었던 책읽기와 독후감쓰기는 대단한 놀이이자 공부였다. 일주일에 책 한권을 읽기 위해 나는 산 속에 소를 풀어놓고 나무그늘에 앉아 책을 읽는 눈꼴 시럽고 재수없는 촌놈이 되었고 책에 빠져서 시간가는 줄 모르는 바람에 소를 잃어버리기 일쑤였다. (우리 집은 가난해서 소가 없었다. 방과후 남의 집 소 풀 뜯기기는 지금으로 치면 아르바이트였다) 그때 읽은 명작소설들의 내용은 서로 엉키고 뒤섞여서 헷갈리기도 하지만 이상하게도 책을 읽은 시간과 장소 몇 개는 생생하게 기억에 남아있다. 추운 겨울날 햇빛이 잘 드는 논둑 아래 앉아 있던 들판을 쌩쌩 달려가는 바람소리 곁에서 읽은 「햄릿」, 조잘거리며 흘러가는 봄의 개울물 소리가 책 속의 문장들을 적시던 「무정」, 아른거리는 미루나무 그림자와 매미소리가 책장을 넘기던 「개선문」.... 그런 책들 속의 그 낯설고 먼 곳, 사람들이 들판과 바다와 마을이 세상의 전부이던 촌놈을 감히 산 너머의 또 다른 세상을 꿈꾸게 하지 않았을까 생각된다. 게다가 남들의 이목이나 체면에서 자유로울 수 없는 시골공동체의 삶에서 남들이 뭐라고 하던 그리 크게 개의치 않는 고집 센 촌놈이 되어갔던 것도 미니스커트 선생님과 무작정 읽어댔던 그 책들 때문이 아니었을까 싶다.

"머스마 자슥이 생각하는 게 이것 밖에 안돼?" 미니스커트 선생님의 담담하지만 날카롭던 이 목소리는 시를 한 편 쓸 때마다 여전히 내 귓가에 살아있다. 여름의 꽃과 가을의 나무, 밤의 전신주와 겨울바람까지도 서로 쑥덕거리며 달려오고 달려가던 그 아득한 시간들 까지도 여전히 생생하게.

# 산벚나무를 위하여

　국도변에서 멀리 떨어진 숲 한가운데 산벚나무 한 그루가 서
있다. 사람의 손길에 가꾸어져 길 양쪽에 늘어선 채 엷은 분홍
빛 꽃잎들을 흩날리며 화려한 자태를 뽐내는 벚나무가 아니라,
먼 숲에 홀로 서 있어 봄 한철 꽃을 피우지 않는다면 있는 지 없
는 지도 모를, 그저 숲의 일부일 뿐인 나무 한 그루. 하지만 나
는 왠지 멀리 있는 그 산벚나무 한 그루에게 마음을 빼앗긴다.
사람들의 시선에서 이만큼 비껴 서서 온몸으로 꽃을 피우고 선
산벚나무는 산중턱에 걸린 부드러운 구름송이 같기도 하고 해
질녘의 어스름이나 흐린 날이면 차고 서늘한 광채를 온몸에 감
고 서 있기도 해서 지상으로 내려와 앉은 달처럼 보이기도 한
다. 저 산벚나무는 어쩌다 인간의 마을에 사는 벚꽃나무 군락

을 벗어나 산중에 홀로 꽃을 피우게 된 것일까. 꽃을 찾아 몰려
드는 사람들의 행렬도, 그들이 바치는 찬사와 감탄도 없는 곳에
서 저리 은은한 빛을 내뿜고 있는 것일까. 하릴없는 마음이 그
리움이 되어 숲 속의 산벚나무 근처로 달려간다. 부드러운 봄
의 대기에 둘러싸여 있는 꽃그늘에 서 있노라면 산벚나무의 내
밀한 마음도 곁에 와 설 듯하다. 산벚나무는 단 며칠 동안 치열
하게 꽃을 피우기 위해서 일 년을 기다려 왔을 것이다. 그리고
그 꽃이 다한 후에는 바람에게 꽃잎을 주어 꽃들을 지상으로
돌려보내고 다시 무성한 잎을 피워 자신의 존재를 지우며 숲
으로 돌아갈 것이다. 산벚나무가 자신의 존재를 온전히 드러내
는 시간은 꽃을 피우는 시간뿐이다. 그 시간을 위해 어둠과 폭
풍우, 폭설의 긴 동면을 견디어 왔을 것이지만 산벚나무는 제
긴 고통의 시간들을 소리 내어 드러내거나 큰 목소리로 노래하
는 법 없이 그저 묵묵히 순은純銀을 닮은 꽃잎만을 무장무장 피
워낼 뿐이다. 새벽의 대기처럼 맑은 빛을 띤 산벚나무의 꽃잎은
눈처럼 차갑고 정결한 향기를 뿜어낸다. 그 빛깔과 향기는 숲
을 압도하거나 어지럽히지 않고 산짐승의 잠을 깨우지도 않는
다. 그저 고요한 침묵으로 제 안을 들여다보는 자세로 세상 한
귀퉁이에 서 있을 뿐이다. 산벚나무의 꽃잎 속에는 달빛과 별빛
을 키우는 서늘한 산의 침묵이 깃들어 있다. 산벚나무의 향기는
소리 없이 산을 가로질러 가며 꽃들의 잠을 깨우고 숲의 어깨

를 어루만지는 바람의 내음을 닮아 있고, 산벚나무의 몸피는 깊은 밤 겹겹 어둠의 결들과 한낮의 햇빛이 아로새겨진 듯 검고 또 흰 빛깔을 두르고 있다. 그러므로 꽃피운 산벚나무의 부드럽고 둥근 자태는 산의 언어이자 바람의 몸짓, 나직한 숲의 노래일 것이다. 나는 그저 말없는 풍경 속에 앉아서 침묵으로 들려주는 산벚나무의 노래를 듣고자 한다. 한 그루의 조그마한 나무가 들려주는 시와 잠언, 나직나직한 춤과 노래에 닫힌 몸과 마음을 열고 싶은 것이다. 들릴 듯 안 들릴 듯한 산벚나무의 묵언은 세상에 숨어 있는 수많은 아름다운 사람들을 생각하게 한다. 큰 갈채와 눈부신 스포트라이트가 없어도 세상 어디엔가 숨어 묵묵히 자신의 일을 성취해 나가고 있는 이들, 무성한 욕망의 시간들 너머에서 빈 마음으로 자신만의 꽃을 피우고 또 사라지는 이들의 자화상에 관해 산벚나무는 생각하게 한다. 그들은 결코 소외되거나 버려진 게 아니라 오로지 최선을 다해 자신이 가진 시간과 자신이 선 자리를 사랑하며 그것이 삶에 자신만의 무늬를 새기는 일이라는 걸 이미 알고 있는 사람들일 것이다. 그러므로 산벚나무는 산중에 홀로 서 있지만 결코 혼자가 아니다. 사람들이 알지 못하는 숲 속 어느 곳에 수많은 산벚나무들이 어둠에 불을 밝히듯 꽃을 피우고 서있을 것이므로. 이제 산벚나무는 말없이 몇 장의 꽃잎을 어깨 위에 떨어뜨린다. 나비처럼 날아 내린 그 꽃잎들은 꽃이 지고 봄이 지난 후에도 오랫동안 내 안에 남아 있을 것이다. 지치고 메마를 때마다 성큼성큼 잠 속으로 걸어 들어와 흰 불씨같은 꽃잎들을 흩날리며 어두운 꿈을 밝혀 줄 산벚나무 한 그루. 산모퉁이를 돌아 한참이나 달려갔지만 산벚나무는 여전히 국도변에서 멀리 떨어진 숲 한가운데 흰 등불 같은 꽃을 피우고 서 있다.

# 하수구의 詩

1990년 봄에 사직3동 송월타월 공장 건너편 주택가로 이사를 왔다. 새로 이사한 집으로 갈려면 지하철 1호선 교대앞역에 내려서 버스로 한 정거장을 더 가야했는데, 그 거리가 좀 애매한 것이었다. 버스를 타기에는 너무 거리가 짧고 걷기에는 조금 부담스러운 그런 거리. 나는 근방의 지리도 익힐 겸 걸어 다니기로 작정했다. 지하철역에서 나와 한양아파트 철책 담장을 지나면 조그만 구멍가게, 그 곁에 가정집을 개조한 식당, 그리고는 택시회사의 블록담장을 따라 인적이 드문 길을 얼마간 걸으면 주유소가 나온다. 주유소 옆 작은 다리를 지나 붉고 흰 테를 두른 높은 굴뚝을 가진 송월타월 앞의 육교를 건너면 주택가가 시작되는 길. 퇴근 후 느릿느릿 그 길을 따라 걸으면서 나는 버룻처럼 머리를 두어 번 흔들곤 했다. 머릿속에 입력되어있는 직장과 관련된 잡다한 업무와 컴퓨터 프로그램들, 그 속에 뒤엉킨 숫자 따위를 털어버리기라도 하려는 듯이. 그리고는 그런 기계적인 업무들 한쪽에 숨겨놓은 시에 관한 것들을 꺼내곤 했다. 얼추 시가 되려는 것들과 시가 되지 않을 것 같아서 애태우는 것들과 어설프게 시라는 형식적 외피를 갖게 되었지만 전혀 성에 차지 않는 것들에 관해 골똘히 생각하며 걷곤 했다. 일에서 놓여나 집으로 돌아가는 5분여의 그런 짧은 시간들은 오롯하게 자신만의 시간이기도 했다. 어떤 조직의 구성원, 한 집안의 가장, 누구의 친구이자 누구의 적. 그런 관계들을 멀찍이 밀쳐놓고 자신만을 위해 꿈꾸는 일은 누구의 시선도 신경 쓰지 않는 일이었으므로 좋았다. 어느 날인가 담뱃불을 붙이기 위해 잠시 걸음을 멈추었다가 나는 주유소와 송월타월 사이 작은 다리 아래 하수구가 있음을 발견했다. 유월이었고 한양아파트 철책담장엔 장미가 폭죽같이 피어오르던 때였다. 다리 아래 하수구의 풀숲엔 키 작은 장미나무 몇 그루가 서 있었지만 웬일인지 꽃을 피우기도 전에 꽃망울은 시들고 있었는데 그 꽃나무가 내게 말을 걸어온 것.

　하수구 옆 잡풀 속 저 키 작은 장미나무에게 나는 정말 아무런 책임도 없는 걸까. 황급히, 어디로 무엇을 흔들러 가는 지도 모르는 채

쓸려가는 저 바람들을 모른 척해도 괜찮은 것일까. 아무 일 일어나지 않는 낡은 다리 위에 서서 유월이 다가도록 한 알 꽃망울의 기척도 없이 검은 물 위에 제 얼굴 버리고 선, 그저 이름뿐인 초라한 꽃나무를 바라보는 일은.

이렇게 시작되는 문장들에 산문시의 형식을 빌려 「바라본다」라는 제목을 붙였다. 그리고는 그 이후로 하수구가 흐르는 다리 위에서의 담배피우기는 일과로 굳어버렸다. 탁하고 검은 물이 고여 있는 주변풍경들은 무슨 연유로 내게 시의 실마리를 날라다 주기 시작했을까. 이유야 어떻든 나는 다리 위에서 하수구를 내려다보며 그 풍경들이 내게 들려주는 말들에 관한 받아적기, 를 계속했다. 가령, 나보다 한 발 앞서 다리를 건너가는 개 한 마리는

수건공장 굴뚝 허리쯤에 걸린 농익은 태양이 맥없이 떨어지다 말고 힐끔 그것을 내려다본다. 그것의 몸을 물들이는 맹렬한 붉은 빛. 제 몸 속의 눈물과 선혈 모두 몸 밖으로 흘러나와 하수구 가득 스며들기라도 하는 듯

이라고 말해줘서 「하얀 개」라는 제목을 갖게 됐고 하수구 속에 버려진 갖가지 쓰레기들인 고장 난 전화기, 인형, 플라스틱

병, 비닐봉지…… 등등은

수건공장 옆 다리 위를 지날 때면
누군가 자꾸 나를 불러 세우지
이봐 이봐 잠깐만 내게 시간 좀
검은 목소리 발길을 가로막곤 하지
(중략)
그래 그러마 헛기침으로 가슴을 세우지만
안 들려 안 들려 버려진 인형이 훌쩍이고
안되겠어 누군가 내 영혼에
검은 뻘을 가득 채워놓은 것 같아
괜찮아 요즘이야 아주 쉽게 고장 나
망가지면 함부로 버리는 게 가슴인 걸

이라고 속삭여서 「하수구의 전화기」가 되었다. 퇴근 후 다리
위에 서서 하수구를 내려다보는 시간이 길어지면서 나는 이런
저런 생각들에 휘둘리곤 했다. 하수구란 어쩌면 우리들 삶의 진
경이 아닐까. 모두가 감추고 지우며 덮어버리고 싶어 하는 누추
한 삶의 흔적들, 비루하고 지리멸렬하지만 삶을 위해 결코 내다
버릴 수 없는 비열한 욕망의 잔재들이 시멘트와 콘크리트로 덮
여진 길들 아래를 숨어서 흘러와 마침내 모습을 드러내는 곳이

니. 또한 누구나 집집마다 정화조라 불리는 제도와 규범의 거름
망이 존재하지만 그 곳을 통과하지 않고 은밀하게 거래되거나
사용된 후 방치된 욕망들이 그 전모를 꾸밈없이 드러내는 우리
네 삶의 흉터 혹은 치부 같은 곳 일거라는 그런 수많은 생각들
을. 어쨌거나 하수구에도 노을이 내려앉고 달이 뜨며 주변의 나
무들은 잎을 피웠다 떨구고 잡풀들은 일어서고 스러지기를 반
복하며 세상의 여느 곳들과 다르지 않은 풍경들을 보여주었다.
술에 취해서 집으로 돌아오던 어느 늦은 밤, 하수구 검은 물 위
에 뜬 흰 달은 내게

　　너 아직 거기 있었구나
　　숨 막히게 비좁고 낮은 지붕들이 사이
　　힘겹게 돌아나가는 어둠보다 검은 물속
　　찢어진 콘돔과 녹슨 깡통
　　죽은 쥐 따위를 끌어안고
　　(중략)
　　알 수 없구나
　　굳이 만나야 할 무슨 그리움 있는 것처럼
　　네가 이 도시를 떠나지 못하는 이유

라고 말해주어서 「하수구의 달」이라는 제목을 갖게 되었다.

월요시 동인을 같이 한 권애숙 시인이 언젠가 이 「하수구의 전화기」에 관한 글을 쓰면서 '세상의 모든 땀과 눈물 그리고 더러움을 닦아내는 물건의 상징인 수건공장 옆에 하수구를 배치한 의도는 자명하게 아이러니하다'라고 썼다. 생각해보니 그 의견은 그럴듯해서 어쩌면 내가 의도적으로 수건공장과 하수구를 같은 공간에 배치한 걸로 이해할 수도 있었을 터였다. 하지만 그건 내가 늘 다니는 길가에 펼쳐진 일상의 풍경이었으므로 오히려 내가 미처 생각하지 못한 부분을 예리하게 짚어낸 시인의 눈과 내 무딘 시각이 대조되어 스스로 좀 민망스럽기도 했다. 높이, 더 높은 곳을 지향하는 굴뚝과 지상의 가장 낮고 어두운 곳을 흐르는 하수도, 굴뚝이 피워 올리는 연기는 더 좋은, 더 많은 것을 소유하기를 원하는 사람들이 가진 헛된 욕망의 상징일 테고 하수도는 그런 욕망들이 소진된 후 버려진 것들의 집이기도 하구나. 그렇게 하수구 곁을 머물고 지나다니는 시간이 흘러 1992년에 등단을 하게 됐다. 당선 소식을 듣고 다리 위에 서서 하수구를 한참이나 내려다보면서 몇 대의 담배를 거푸 피웠던 기억이 난다. 과연 내가 쓴 글이 시가 될 수 있는 것일까. 혹시 무언가 착오가 생겨 내 글이 당선된 건 아닐까 그런 생각을 하며 교차하는 기쁨과 두려움을 비춰본 것도 다리 아래 하수구 탁한 물 위였다. 그러니 수많은 생각의 실타래를 가져다주어 시의 꼬투리를 제공한 이 하수구가 내게는 세상의 어느 것보다 훌륭한 거울이었던 셈이다. 제 바닥은 숨긴 채 제 표면에 타인의 모습을 거짓 없이 비추어 보이는 거울. 십 수 년의 시간이 흘러 지금은 늘 꼭대기에 구름 몇 점을 거느린 채 높다랗게 선 굴뚝을 거느렸던 송월타월 공장은 사라지고 그 자리에 최신식 아파트를 광고하는 아파트 모델하우스 등이 들어서 있거나 지어지고 있다. 갈매기들이 먹을 것을 찾아 날아들던 온천천도 말끔하게 단장되고 한결 맑아진 수질을 갖게 되어 주변으로 휴식공간이며 운동시설들을 갖추었지만 내가 내려다보던 그 좁은 하천, 하수구는 여전히 탁한 물빛으로 엷은 악취를 풍기며 흘러내리거나 고여 있다. 하필이면 왜 이곳의 풍경에서 시를 발견하게 된 것인지 나는 알 수 없다. 다만 이곳을 오가며 자연스럽게 하수구를 읽게 되었던 것 같다. 하수구에서 세상과 사람과 삶의 이치를 발견하기도 했으니 하수구는 어쩌면 내게 천 권의 책, 아니 평생 읽어야할 한 권의 경전이었는지도 모를 일이다. 그런 느낌을 나는 이렇게도 썼었다.


　　동백나무는 여름 내
　　동백나무는 겨우 내


　　온 생애를 걸어 찾아야할 그 무엇 있다는 듯
　　검고 뜨거운 물 곁에

침묵한 가부좌로 앉아있더니

오늘 아침에야 마침내
거침없이 제 속을 헐어내고 있네

동백나무가 읽어 낸 저 붉은 경전들 좀 봐
갈피갈피 선명히 붉은 저 문장들
– 졸시 「붉은 하수구」 부분

# 구름의 시간, 구름의 거리

한여름의 날카로운 햇빛 아래를 걷다가 문득 걸음을 멈추고 서서 구름을 올려다본다. 미동도 않은 채 하늘에 떠 있는 흰 뭉게구름. 손을 내밀어 본다. 손가락 하나가 구름 위에 가볍게 걸쳐진다. 나와 구름 사이의 거리는 얼마나 먼 걸까. 아니 구름과 나 사이에 존재한다는 그 거리조차 실은 허구에 찬 누군가의 가설이 아닐까. 구름이라는 시간 속에는 과거나 미래 따위로 규정된 시간은 없다. 늘 현재만 있을 뿐이다. 구름이라는 공간 속에는 구석이 없다. 나타났다 바람에 흩어질 때까지의 짧은 삶을 구석과 중심부로 나누지 않는 현명함과 너그러움을 구름은 가졌다. 그러므로 구름이라는 시간과 공간은 완벽하다. 누구도 구름에게 현재나 과거, 미래의 시간이나 현재의 위치를 묻지 않는다. 여름 한낮의 흰 구름은 세상에서 가장 긴 시간과 가장 큰 공간을 가진 셈이어서 여유롭기 그지없다. 아름답다, 라는 말이 가닿지 못할 만큼 아름답다. 등을 밀어대는 시간에 쫓기면서도 나는 구름에 좀 더 가까이 가닿기 위해 발끝을 세운다. 하지만 여전히 구름은 거기 그대로 있고 내 발끝은 지상에 닿아있다. 그렇거나 말거나 구름과 나 사이엔 아무런 거리도 없다고 나는 믿어버리기로 한다.

구름 속에서 물고기들이 뛰어내린다
점, 점, 점
흐트러진 풍경들을 닫는다

어두워지는 산
흔들리는 전신주
잠긴 문 속에서 삐걱이는 서랍들을 열며
물고기들이 쏟아진다
맹렬한 속력으로 허공을 달려가다
멈춘다 서로 엉킨다

구름 속에 누가 저리 큰 교회를 숨겼나
— 졸시 「구름 속의 교회」 부분

세상의 모든 지붕들 위를 다 걸어낸다면 나는 구름에 가 닿을 수 있을까. 뜨겁고 차갑고 뾰족하고 둥글고 평평한 세상의 지붕들. 불현듯 나는 지붕 위로 올라가고 싶어진다. 나는 종종 지붕 위에 올라가 지붕 아래를 내려다보곤 했다. 나를 지붕 위로 밀어 올리는 건 구름과 더 가까워지고 싶은 욕망, 나 자신도 알지 못하는 이상한 그리움 때문이다. 한밤중에 평평한 사각형의 지붕 위로 나를 불러 앉히는 건 보이지 않는 별들과 구름과 빗방울, 그리고 이상한 외로움 때문이다. 지붕 위에서 나는 지붕 아래 세상은 모두 사각형으로 이루어져 있다는 걸 깨닫는다. 집들이 그러하듯이, 인간의 기억이 그러하듯이, 노래와 눈물과 시가 그러하듯이 사각형은 모두 구석을 갖고 있다. 구석이라는 공간은, 구석이라는 지명은 고독의 기하학이 만들어놓은 공간의 지명이다. 고독만이 구석을 읽을 수 있고 이해할 수 있고 깨우칠 수 있다. 구석을 발견하고 나서야, 구석에 가닿고 나서야 비로소 나는 공간이라는 개념에 관해 이해한다. 그리고 맹렬한 속도로 달려가던 직선의 시간들이 서로 만나는 그 곳에 웅크리고 앉아 별과 빗방울과 구름에 관해 생각한다. 별들이 부디 사각형이 아니기를, 그래서 빗방울처럼 떨어져 일제히 구석으로 흘러 모이기를. 별들은 한낮의 구름이 쓰다 만 한 구절의 편지이다. 라고 나는 생각한다. 빗방울은 구름의 언어들을 지우는 누군가의 손, 이라고 또한 생각한다. 그래서 나는 알고 있다. 세상의 모든

좁고 어두운 구석엔 홀로 숨어 구름의 편지를 읽는 이들이 있다
는 것을.

> 까마득히 먼 어둠 속에서 누군가 향기 없는 편지를 쓴다.
> 묵은 꿈처럼 접힌 편지들 날아와 지붕 위에 쌓이면
> 오늘 밤도 잠들지 못하고 빈 가슴으로 계단을 오르는 사람,
> 지붕 위의 조용한 수신인.
> – 졸시 「지붕 위에서의 하룻밤」 부분

　구름을 만져보듯이 나는 내 몸 속의 시간들을 만져보고자 한
다. 딱딱하다. 딱딱한 내 몸 속의 어느 구석에 누군가 결코　지
워버릴 수 없는 어떤 시간이 웅크려있을 것이다. 그것들은 아
마도 나무그림자나 새의 발목, 비 오는 날 산 너머의 기적소리,
혹은 숨죽인 울음이나 중얼거림이기도 할 것이지만 나는 굳이
알려고 하지 않는다. 그럼에도 어떤 시간은 쉽사리 늙어 재빨
리 재가 되어 흩어져버리고 어떤 시간은 결코 죽지 않는 영생
을 가진다. 어떤 시간은 목을 죄고 이마를 누르며 어깨 위에 걸
터앉아 있고 어떤 시간은 구름이 되어 눈앞에 떠 있곤 한다. 사
람들은 누구나 제 몸 속에 구석을 하나 만들어 놓고 거기 시간
을 저장해놓고 있다. 원하지 않아도 날마다 쌓이는 스팸메일같
은 시간들. 여름 한낮의 구름 앞에 서서 나는 지나가는 사람들

을 향해 가만히 속삭인다. 당신의 몸은 시간을 가두는 구석으로 가득 찬 창고랍니다. 당신이 그 창고의 문을 열어주기만 한다면 나는 그 곳의 모든 구석을 들여다보고 싶답니다. 하지만 나는 다만 그 창고 속에 구름이 가득하기를 빌어준다. 가볍고 부드럽고 하얗게 빛나는 몸을 가진, 구석이라는 공간을 가지지 않은 구름.

흰 융단으로 지은 의자가 하나 있네 지상에서 한 뼘 쯤 몸을 들어 올려 무심하게 허공에 떠있네 빙글빙글 춤추며 걷기도 하고 때때로 혼자 중얼거리기도 하지만 오만하게 아무도 받아들이지 않네

사람들은 입을 모아 말하곤 하지. 저건 꽃처럼 아름답지만 아무 짝에도 쓸모없는 물건에 불과해. 세상을 어지럽히기만 하는 저런 건 단번에 끌어내려 쓰레기통에 처박아야 해
 – 졸시 「구름의자」 부분

집으로 돌아와 나는 방 한구석의 책상 위에 앉는다. 그리고 나는 구름, 이라는 글자를 컴퓨터의 모니터 위에 띄운다. 그러자 글자들은 모두 모니터의 구석으로 날아가 붙어버린다. 키를 눌러 글자들을 중앙으로 불러내려고 하지만 글자들은 전혀 움직이지 않는다. 구름을 내버려두고, 아니 구름이라는 글자들을

내버려두고 나는 담배를 피워 문다. 그리고 낮에 보았던 눈부시게 아름다운 구름송이를 떠올린다. 내 시가 구름이었으면 좋겠다. 잠시 나타났다 흩어져버리는, 그래서 시간도 공간도 없는 곳, 아니 시간이자 공간 그 자체인 곳, 그래도 누군가가 잠깐 기억해주기를 바라는 나를 발견한다. 나는 구름을 본 적이 있다고. 욕심이 너무 크다.

# 시인들은 무슨 재미로 사나

**재미 하나**

원고청탁을 받거나 받지 않아도 머릿속에 늘 새로운 시를 담고 구상하는 게 일상이다. 누군들 그렇지 않을까마는 나 역시도 원고를 마감해야할 시기에 어디로 출장을 간다든가, 어떤 일에 얽매여서 다른 건 전혀 신경을 쓸 수 없는 지경에 처하게 되기 일쑤여서 원고청탁이 오든 안 오든 늘 시를 생각한다. 나는 메모를 전혀 하지 않는다. 회사에서 컴퓨터 모니터 앞에 앉아 이러저러한 숫자들과 씨름하거나 출장을 가면서 세상의 풍경들을 바라보거나 늦은 밤 술에 취해서 집으로 돌아올 때, 그럴 때 문득문득 스치는 생각들을 그냥 방목한다. 가볍게 스치는 생각들을 붙들어봐야 억지 밖에 되지 않아서이다. 그저 방목되어 먼

초원으로, 사막으로, 숲 속으로 떠났다가 무심히 돌아오는 말들만 담담하게 받아들일 뿐이다. 언제부턴가 그게 가장 자연스러운 일이 되어버렸다. 내게로 왔다가 떠났지만 이러저러한 연유로 다시 돌아온 말들을 붙들고 말과 씨름하는 일은 스스로 생각해도 참 지난하다. (말과의 씨름은 세상과의 씨름이고 세상의 먼지 같은 일부인 나와의 싸움이고 내 안의 나와 내 바깥의 나와 내 너머의 내가 서로 뒤엉켜 싸우는 진흙탕 싸움일 터이다) 네가 이기나 내가 이기나 한번 붙어보자는 심정으로 말과 나는 씨름을 시작한다. 어떤 말은 가볍게 나를 쓰러뜨린 후 휘파람 불며 떠나가고 어떤 말은 몇 년이 지난 지금도 여전히 씨름 중이며 또 어떤 말은 너무 쉽사리 항복을 선언하며 내 허술한 말테우리에 갇힌다. 그렇게 말과의 싸움이 끝났다고 생각되면 나는 왠지 뒤돌아보기가 싫다. 문학지에 실린 내 말도 쳐다보기 싫고 시집에 실린 말들 마찬가지다. 왜 나는 내가 씨름한 말들이 두 번 다시 보기 싫은 것일까, 를 생각해보니 그건 부끄러움 때문이다. 나와 씨름한 말들은 결코 내게 지지 않았다. 그야말로 유행가 가사처럼 '다만 내가 나를 속여가면서 믿고 싶어 했을 뿐(김완선, 나만의 것)'이다. 그러니 아무리 철면피라고 해도 어찌 그 말을 다시 들여다 볼 수 있으랴. 그럼에도 불구하고 나는 뻔뻔스럽게도 다섯 채의 말테우리(시집)를 허공에다 떠억 세워 놨다. 들여다보나 마나 그 안에 남아있는 말은 거의 없을 것이다. 있다고 해도 병든 말이거나 비루먹은 말들일 게 틀림없다. 그러니 부끄럽고 그래서 부끄럽다. 부끄러운 짓은 두 번 다시 하지 않아야함에도 불구하고 여전히 나는 이런저런 부끄러움을 무릅쓰고 내게 찾아오는 말들과 씨름 중이다. 씨름하다 지면 화가 나서 술 마시고 이겼다 싶다가도 돌아서면 패배가 자명하니 슬퍼서 술 마시고 몇 년 동안의 씨름이 끝나지 않은 말들이 지겨워서 또 술 마시고, 그러니 느는 게 술뿐이다. 어쩌면 나는 술 마시는 재미로 말들에게 싸움을 거는 지도 모르겠다. 시인들, 세상의 많고 많은 시인들은 도대체 무슨 재미로 사는 지, 궁금하다.

**재미 둘**

사회생활을 하다보면 이런저런 친분을 가지게 되는 사람들이 많기 마련, 가능하면 나는 먹고 사는 일로 얽힌 사람들이 내가 시를 쓴다는 것을 몰랐으면 싶다. 하지만 어쩌다 그걸 들키게 되면 난감하기 그지없다.

"머시라? 김부장이 시인이라꼬? 살다 벨일이 다 있네. 저래 피도 눈물도 없는 인간이 시인이라꼬? 시인이라 카모, 거 머시고, 좀 낭만적이고…… 고결하고…… 지쩍이고…… 거 안있나 와. 그거 머꼬, 그거"

시 쓰고 사는 일이 그리 부끄러운 일도 아니건만 나는 또 사정없이 부끄러워지기 시작한다. 니가 시인이라꼬? 라는 말 속에 숨은 시인이라는 존재에 관한 막연한 기대치가 나와는 영 먼 거리라는 걸 알기 때문이다. 세속적이고 속물이기 그지없는 데다 술 잘 처먹고 남들 다 하는 거 안하는 게 없고…… 그런 기타 등등의 이유는 어김없이 나를 시인의 탈을 쓴 시인 같잖은 인간으로 만들고 만다. 그러니 나쁜 짓 하다 들킨 사람처럼 얼굴이 벌개지기 일쑤다. 그런 나를 보기 좀 안쓰럽거나 무안해지면 사람들은 말한다.

"시인이 될라 카모 거 머시고, 이태백이나 서정주 정도는 되야지. 사춘기도 아이고 시는 무슨…… 그나저나 무슨 시를 썼능교? 시집은 있능교? 있으모 한 권 주보소. 한 번 읽어보거로. 나도 소시쩍에는 문학청년이었다카이"

소녀시대 노래보다 더 많이 듣는 레퍼토리건만 이 놈의 레퍼토리는 영 익숙해지지가 않는다. 맨날 처음 듣는 신곡이다. 아럴 때 내가 되돌려주는 레퍼토리는 이제 내가 지겨워서 못들을 지경이지만 그래도 이 레퍼토리 밖에 없다.

"알겠심더. 하지만 읽어보나 마나 선생님이 시인하시는 게

나을 낍니더"

　말은 그렇게 해도 나는 사람들이 여전히 시인에 관해 갖는 선
의와 경외심이 늘 두렵기 그지없다. 이 치열한 동물의 왕국, 약
육강식의 현장에서 그나마 시인이라고 하면 좀 인간 비슷한 동
물로 쳐주는 셈이니. 근데 어쩌다가, 무엇을 위해, 뭘 바라고, 나
는 시를 쓰게 된 것일까. 술 취한 사람들이 했던 말 또하고 또
되풀이하는 것처럼 나는 끊임없이 이걸 되묻고 되묻는 재미로
사는 것 같다. 사실 힘들고 심란하기만 할 뿐 별 재미는 없다.

**재미 셋**

　어떤 막연한 갈증으로 이러저러한 시집들을 읽고 전시회를
다니고 연극이며 콘서트며 그런 잡다한 것들을 혼자 섭렵하고
다니던 80년대 후반, 내가 시에 관한 꿈도 못 꾼 이유는 나 역
시 시인이라는 존재와 글을 쓴다는 행위 자체가 너무도 크고
숭고해보여서다. 학력도 지식도 낮거니와 시 쓰는 일에 관한 전
문적인 교육을 받은 것도 아니고 스스로 생각해도 시를 쓸 수
있을 만큼의 인격이나 덕목을 갖추지 못했다고 생각한 이유도
있을 것이다. 그저 교양의 일부로, 좋아하는 시를 좀 더 잘 이해
할 수 있었으면 좋겠다는 생각으로 평론집이며 시론집 등을 이
해하지 못하는 채로 잡다한 책들과 함께 읽곤 하는 게 전부였

다. 당시에도 지금과 마찬가지로 나는 사상, 금사, 반송동의 공단에 소재하는 중소규모의 공장들을 방문해서 기계설비, 생산공정 따위를 조사하고 그 기업의 가치에 관한 보고서를 쓰는 일을 하고 있었다. 지금과는 비교할 수 없는 열악한 노동환경과 노동현장을 거의 날마다 곁에서 지켜보아야 했다. 자본주의 산업기반과 그걸 기반으로 움직이는 사회 시스템에 관한 거부감과 열패감을 억누른 채로.

반송(부산시 해운대구 반송동, 당시엔 반송공단이 있었다)에 5층짜리 신발제조 하청업체가 있었다. 1층에서 5층까지 공장인 그곳은 신발밑창의 접착제인 공업용 본드의 냄새가 자욱해서 잠깐만 그곳에 머물러도 그 냄새에 취해 거의 환각상태에 이르곤 했는데, 그곳의 노동자들은 마스크도 없이 익숙하게 자신이 맡은 일들을 해내고 있었다. 현장조사를 마치고 옥상에 있는 기업주의 휴게실에 올라갔는데, 그곳은 바로 아래층의 공장과는 완전 다른 세상이었다. 잔디가 깔려있는 옥상으로 눈부신 햇빛이 쏟아졌고 분수대에선 구슬 같은 물방울이 솟구쳐 햇빛에 반짝였다. 붉은 기와를 얹은 양옥집의 창 넓은 거실엔 첨단의 전자제품들과 값비싼 그림, 골동품들로 채워져 있어 옥상의 입구엔 경비들이 지키고 서서 노동자들의 출입을 막는 그런 곳이었는데 그때 느꼈던 어떤 감정, 분노와 두려움과 슬픔과 공포가 뒤섞인, 말로 표현하기 힘든 감정들을 지금껏 잊지 못하고 있다.

그런 탓이었는지 당시 손쉽게 접할 수 있었던 이러저러한 책들이 마뜩찮게 느껴지기 시작했다. 내가 알고 있는 노동현장과 책 속의 세상은 괴리감을 갖고 있는 듯했고 지식인들의 의식세계와 현장 노동자들의 세계 사이에 가로놓인 간극은 크게만 느껴졌다. 왠지 모르겠지만 나는 그저 부끄러웠다. 분노나 비판, 절망 따위의 감정보다는 부끄러움이 나를 먼저 찾아왔다. 내가 하는 일, 내가 읽는 책들, 내가 알고 좋아하는 노래들 모두가 아무 짝에도 쓸모없는 겉치레인 것만 같고 나 자신 또한 허영과 위선으로 치장된 껍데기 같았기 때문이다. 그런 부끄러움들을 그저 일기장에 몇 줄 끄적이기만 했을 뿐 누구와도 내 생각을 나누거나 공감을 구하고자 하지도 못했다. 세상에 대한 그저 막연한 어떤 느낌만 있었을 뿐 그걸 체계적으로 또 논리적으로 풀어내고 설명할만한 구체적인 지식도 깊이도 없었기 때문이다.

하지만 어쩌다 등단을 하게 되고 지역의 시인들을 알게 되고 나도 시집이라는 걸 갖게 되었지만 여전히 나는 누가 김시인, 하고 부를라 치면 쑥스럽고 부끄럽다. 시인, 이라고 불릴 만큼 나는 최선을 다해서 언어에 복무하고 있는가, 시인이라는 이름에 걸맞은 사고방식과 사회적 의식을 갖추고 이를 실행하고 있는가. 그런 생각이 먼저 든다. 때때로 스스로에게 화가 나서 '아, 뭐 시인은 사람아이가'라고 스스로를 위로하기도 하지만 아무리 그래봐야 나는 시인과 생활인의 중간을 어정쩡하게 걷고 있는 것 같다. 직장인들 사이에서 "회의를 많이 하는 회사 치고 안 망하는 회사 없다" 라는 속설이 있다. 의미야 틀리지만 나도 스스로에 관해 회의를 너무 많이 하는 것 같다. 맞다. 나는 회의하는 사람이다. 시라는 형식에 관해, 시를 쓰는 행위에 관해, 현대사회에서 시가 가지는 존재가치에 대해. 그래서 아무런 회의 없이 자기만의 흔들리지 않는 확신으로 시를 쓰는 시인들이 부럽다. 앞뒤 전후 가리지 않고 미친 듯이 자기세계에 몰입하는 시인들의 열정이 부럽기 그지없다. 직업 탓인가. 성격 탓인가. 아주 짧은 몰입의 순간이 지나면 나는 어느 새 뒷짐을 지고 시와 시인이라는 이 이상한 괴물을 멀찌감치 서서 바라본다. 맞다. 나는 뒷짐 진 사람이고 뒷전에 서 있는 사람이다. 멀리서 제 시와 제 존재의 맹점들을 끊임없이 들여다보면서 교활하게도 다른 시와 시인들을 똑같은 시선으로 훔쳐본다. 왜 그럴까. 앞에 나서서 큰 목소리로 주장하게 되면 받아야 하는 비판과 힐난이 두려워서이다. 생긴 건 조폭처럼 생겼으면서 하는 짓은 완전 새가슴이다. 두려움이 많은 사람은 멀찌감치 물러선 구경꾼 밖에 될 수 없다. 구경꾼은 아무런 책임을 지지 않아도 된다. 구경꾼의 다른 이름은 방관자이고 나는 시를 정말 잘 쓸 수 있었으면 하고 바라면서 앞에 나설 용기는 없는 비겁한 방관자이다. 딴에는 시와 현실의 균형을 갖기 위해서, 시를 위한 시에 함몰되지 않기 위해서, 냉정하게 열린 시각으로 시를 바라보기 위해서. 라고 구구절절 변명을 늘어놓지만 누가 뭐라고 하든 상관 없이 씩씩하게 황무지로 나가지 못한 채, 담장 밖에서 까치발을 한 채 담 너머로 시를, 세상을 너머다 보는 나는 구경꾼이다. 맞 다. 아무리 생각해도 나는 남의 집 불구경하듯 시를 너머다 보 는 재미로 산다. 이건 자칫 자기비하의 함정에 빠질 우려도 있 지만 때때로 재미가 있기는 하다.

시인들은, 제 삶과 제 살과 제 영혼을 송두리째 시의 제물로 바친 시인들은 무슨 재미로 살까. 정말로 궁금하기 짝이 없다.

# 베네수엘라

　일상에서 노래 한 곡 부를 기회를 사람들은 얼마나 가질 수 있을까. 기껏해야 직장의 회식이나 친구 동료들과의 술자리에서 이어진 노래방 가기 정도가 아닐까. 그야말로 지리멸렬한 노래방에서의 노래 부르기, 그 노래가 그 노래, 똑같은 레퍼토리를 가진 직장상사, 동료, 친구들에게 제발 신곡 좀 배우라고 서로서로 지청구를 넣곤 하지만 새로운 노래한 곡 배우기란 어디그리 쉬운 일인가. 그럼에도 어떤 이의 아름다운 노래는 충분히 매력적이어서 사람들의 마음을 움직인다.

　비교적 최근에 노래의 매력을 느낀 이는 이제니 시인이다. 작년 10월 마지막 날, 평사리 토지문학관에서 열린 '달빛 시낭송

회'에서 기타를 치면서 자작시를 노래하던 이제니 시인의 노래
는 상당히 매력적이었다. 마침 가을비가 주룩주룩 내린 탓에 몇
안되는 청중들은 처음 듣는 노랫말과 익숙하지 않은 멜로디에
좀 당황스런 눈치들이었지만 내게는 충분히 잘 들리는 좋은 노
래였다. 틀에 박힌 시낭송보다 자신의 시를 노래로 들려주고 싶
어서 기타를 배우고 노래를 만들었다는 이제니 시인의 노래는
웬만한 언더그라운드 뮤지션의 수준으로 기억에 남아있다. 기
존의 노래들이 가진 형식에 얽매이지 않고 기성가수들이 가진
노래를 부르는 방식에서 자유로웠던 이제니 시인의 노래는 적
어도 내게는 매혹적이었고 다시 듣고 싶은 노래였다. 대구의 문
학평론가 신상조씨가 부산에 왔을 때, 창밖이 훤히 내다보이는
남포동의 노래방 '별들의 고향'에서 부른 케이윌의 '이러지마
제발'은 놀라웠다. 당시의 신곡이었던 데다 부르기가 만만찮은
노래인데 목소리며 노래를 부르는 방법이며 흠잡을 데 없이 사
람의 마음을 끌어들이는 힘이 있었다.

대부분의 시인들이 노래를 잘한다는 건 익히 알려진 사실이
다. 아마도 시는 노래의 형식에 빗대고 있거니와 시의 태생이
노래였다는 이유만으로도 그러하겠지만 아마도 시인들의 남다
른 감성이 노래에 또 다른 향기를 불어넣는게 아닐까 싶기도
하다. 시인들과의 교분이 그리 많지 않은 탓에 잘 모르기는 하

지만 내 기억 속에 남아있는 시인들의 노래는 그래도 꽤 많은 편이다. 가장 먼저 떠오르는 건 부산의 최영철 시인의 '하얀 손을 흔들며'로 시작하는 노래 '밤에 떠난 여인'이다. 아주 유창하게 잘 부르는 노래는 아니었지만 술자리에서 종종 부르던 최영철 시인의 이 담담한 노래는 이상하게 기억에 오래 남아있다. 그리고 그 당시에 최영철 시인과 함께 비교적 자주 술자리에서 어울렸던 구모룡 평론가의 '열애', 남자가 부르기에는 음정이 많이 높은 노래인데 구모룡 평론가가 힘 있게 부르던 그 목소리도 잘 잊혀지지 않는다. 언제였던가 잘 기억이 나지는 않지만 최영철 시인의 집에서 나희덕 시인을 처음 만났을 때, 최영철 시인의 안방에 조졸하게 차린 술상 앞에서 나희덕 시인이 불렀던 '사랑 그 쓸쓸함에 관하여'도 아주 인상적이었다. 그런 탓에 티비에서 라디오에서 이 노래를 들을 때마다 나희덕 시인의 모습과 목소리가 떠오른다. 한 곡의 노래 속에는 시간과 공간을 기록해서 인간의 기억 속에 새겨 넣는 훌륭한 저장소가 있음이 분명하다.

영어라는 것을 중학교 입학해서 배우게 됐다. 생각해보면 내가 쓰는 우리나라의 말, 정확하게는 경상도 시골마을의 사투리가 아닌 다른 나라의 다른 사람이 쓰는 언어라는 건 왠지 내게 대단히 매혹적으로 느껴졌던 듯하다. 알파벳을 배우고 단어를 외우고 떠듬떠듬 문장을 읽게 되기 시작하자 내게 신기한 일이 벌어졌다. 두 살 위인 형의 책장에 '세계의 명곡'이라는 책이 있었다. 세계 여러 나라의 민요와 팝과 클래식가곡이 두루 섞여있던 이 노래책의 책장을 펼치고  악보 밑에 씌어진 영어가사를 읽는 순간 갑자기 수많은 노래들이 내게로 우르르 쏟아진 것. 얼추 책 속의 삼분의 이 정도의 노래들을 내가 부를 수 있다는 걸 나는 알게 되었다. 생각해보면 내가 중학교에 입학했을 때쯤 모두 시집을 가버린 세 명의 누나들이 부르던 노래들, 그러니까 개울가에서 빨래를 하면서, 우물가에서 쌀을 씻으면서, 들판에서 논일 밭일을 하면서, 혹은 휘영청 달이 밝은 밤이나 장맛비가 질척이는 저녁 대청마루에 동네 누나들이 모여앉아 부르곤 하던 노래들이 내 기억 속에 남아있었던 것 같다. 'I met her in Venezula with a basket on her head'로 시작하는 가사와 어쩐지 슬픈 멜로디로 시작하는 해리 벨라폰테의 'Venezula'를 비롯하여 'Tenneese Waltz' 'I Went To Your Wedding' 'Exodus' 같은 팝과 'Non Ho L'eta' 'Io che non vivo'같은 칸쏘네에서 '냇킹 콜' '빙 그로스비' '프랭크 시나트라'의 재즈넘버들까지 내가 부를 수 있다는 것을 알게 됐으니 그야 말로 신세계가 열린 것이다, 형편이 좀 살만한 누구 집에 한 두 대쯤 있던 라디오가 전부이던 시골마을에서 누나들이 어찌어찌 배워 와서 부르던 노래들이 내 기억 속에 몽땅 들어있다는 것을 영어,

라는 낯선 언어를 배우고 난 후에 알게 된 셈이다. 나는 이 수많은 노래들을 배우겠노라 애쓴 적도 없고 그저 아무 생각없이 귓전으로 스쳐 들었음에도 불구하고 노래들이 내 안에 고스란히 자리를 잡고 살아있었다는 사실은 지금 생각해도 놀라울 따름이다. 어찌 되었건 나는 어릴 때부터 듣고 자라 내 안에 자리잡은 노래들 덕분에 올드팝과 재즈넘버, 클래식가곡, 세계 여러 나라 민요…… 따위 노래의 가사와 멜로디를 외우고 있고 기타로도 대충 띵똥거리며 칠 수 있게 되었으니 이건 노래의 힘이자 축복이 아닐까 생각된다.

그렇게 내게 시작된 노래의 여정은 누구라도 그러하듯이 나이가 들고 시간이 흐르면서 많은 노래들을 만나 열렬히 사랑하며 부르다가 더러 잊고 잊혀지고 헤어지곤 했다. 어떤 이는 내 엉성한 기타소리에 얹은 장미여관의 '봉숙이'를 청하고 어떤 이는 'My funny Valentine'을, 어떤 이는 신해철의 '재즈카페'를 어떤 이는 양병집의 '세 마리 까마귀'를 청한다. 하지만 정작 내가 혼자 방문을 걸어 잠그고 부르는 노래는 내가 처음으로 영어로 불러봤던 노래 '베네수엘라'이다. 베네수엘라가 어느 먼 나라의 이름인지도 모른 채 그저 낯선 언어와 낯선 멜로디가 주는 매혹에 이끌려 불러보고 또 불러보던 노래는 잊혀지지도 않고 여전히 내 안에 살아있다. 노랫말에 있는 그대로 '푸른 띠를 걸치고 머리에 바구니를 인 여자'는 나와 만난 그 순간 그대로 더 이상 나이 들지도 늙지도 않는 여전히 신비로운 여자이다. 노래 속의 그곳이 베네수엘라든 중국이든 아프리카든 상관없이 이 쓸쓸한 멜로디를 가진 노래의 나이는 아직까지도 열세 살, 한 곡의 노래는 그때의 공기와 장소와 마음으로 늘 데려다주는 마술을 펼치곤 한다.,

# 그해 봄날의 꽃놀이

벚꽃이 피기 시작하면 마산의 성선경 시인으로부터 어김없이 전화가 온다. 분홍빛 연한 꽃잎 흩날리는 벚꽃나무 아래서 술 한 잔하자는 전언이다. 진해군항제에 몰리는 구름 같은 인파들 사이에 끼어 앉아 꽃에 취하고 술에 취한 가슴과 눈으로 갖는 봄날 벚꽃나무 아래 의 술자리는 거의 연례행사가 되었다.

그해 봄은 김준오 교수님의 장례식을 치르고 난 뒤였다. 부산 시민회관에서 문인협회장으로 치른 장례식이 끝난 얼마 후, 텅텅 비어가는 가슴이 무슨 상관이냐는 듯 천지에 꽃이 피기 시작했다. 어김없이 성선경 시인에게서 전화가 왔고 늘 그랬던 것처럼 최영철 시인과 나는 최영철 시인의 부인인 조명숙 소설가

가 운전하는 차를 탔다. 부산에서 마산으로 가는 고속도로변에
는 이팝나무가 쌀밥 같은 꽃들을 매달고 차창 밖으로 빠르게
달려가고 있었고 먼 산에는 지상으로 내려온 구름송이들처럼
산벚나무가 뭉게뭉게 꽃을 피운 채 일어서고 있었다. 군항제로
가는 차들의 행렬로 고속도로가 막히는 사이 잠깐 김준오 교수
님의 너무 이른 부음에 관해 이야기를 나누던 우리는 잠시 말
을 잊고 그저 꽃들을 하염없이 건너다보기만 했는데, 누가 문득
이런 말을 했던 것 같다. 우리 이래 아웅다웅 살모 머할끼고. 인
자는 좀 놀러도 댕기고 하면서 이런 거 저런 거 훌훌 벗어가면
서 살자.

　살아계셔야 할 분을 먼저 보낸 일이 송구해서, 지천에 꽃이
만발한 이 아름다운 봄날과 이 봄날을 가로지르며 아직 살아있
음을 확인하게 되는 마음이 죄송하고 부끄러워서 이심전심, 아
마도 그렇게 스스로를 쥐어박듯이 말했을테고 꿈결인 듯 따뜻
하고 부드러운 이 봄날의 금빛 햇빛이 작은 일에 매달려 아웅
다웅 다투고 상처를 주고받고 분노하며 사는 일상들의 하찮음
을 새삼 깨우쳐주기도 했기 때문이리라. 창원을 지나 진해의 벚
꽃터널을 통과하면서 무장무장 꽃을 피우고 선 길가 벚꽃나무
들의 검은 몸피 속 맑고 차가운 수맥이 흐르는 소리가 들리는
듯 했다. 어쩌면 그것은 살아서 꽃을 피우는 생명들의 울음소리

이기도 하지 않을까. 무릇 모든 아름다움들 속에서 슬픔의 기운을 감지하는 내 어쩌지 못하는 천성이 도지고 있음을 느꼈다. 슬픔이 깃들지 않은 아름다움은 아름다움이 아니다, 라고 생각하는 고질병 같은 버릇. 그러다 문득 조명숙 소설가의 붉은 색티코 자동차가 이 구름 같은 꽃의 행렬을 느닷없이 벗어나 훨훨 하늘로 날아오르는 꿈을 꾼 것 같다. 훨훨 날아올라서 지상의 모든 시간들, 의미들을 던져 버리고 내 안에 잠복한 하찮은 언어, 노래들을 버리고 꽃피는 길들과 산을 지나 구름 너머로 아득히 사라져버리는 꿈. 그래서 마침내 태어나 맨 처음 만난 새벽이 순결한 침묵으로 푸르게 정좌해 있는 곳에 닿는다면, 내 안에 헝클어져 있는 온갖 그리움들이 순하게 다스려지는 어떤 경지를 만나게 되지는 않을까.

그날 성선경 시인 가족과 만난 우리 일행은 늘 그러했듯이 취했고, 꽃그늘에서 사진을 찍었고 해가 떨어질 무렵 아쉬운 작별을 했다. 오던 길과는 달리 웅천, 용원을 지나며 귀가하는 차들의 행렬에 갇혀 게걸음으로 부산까지 오는 동안, 술 한 잔도 못한 채 운전하느라 애쓰는 조명숙 소설가의 고생은 뒷전인 채, 술에 취한 두 사람은 한 말 또 하고, 불렀던 노래 또 부르고 하면서 저물어가는 봄 저녁 산그늘에다 술주정을 내려놓았을 것이다. 그리고 채 술에서 깨어나지 않은 새벽, 어둠 속에서 훨훨 피어오르는 꽃들 속을 같이 부유하며 아마도 나는 단 번에 이 졸시를 썼던 것 같다. 꽃이 불러내었건, 사람이 불러내었건 상관없이 더러는 그렇게 거침없이 언어가 불려나올 때가 있다.

꽃피는 날엔 도망가자
가지 끝에서 산 끝
아득히 피어오르는 흰 죽음들에서
노래,
눈 먼 말의 충고,
덜미를 잡는 의미들로부터
멀리 멀리

티눈 박힌 맨발은 허공에서 멈추고
이팝나무 희디희게 거리를 달리지만
눈을 감으면
나무들을 휘감는 수맥 속
찬 울음소리

꽃은 여기 있고
나는 거기 없고
꽃은 거기 없고

나는 여기 있고

도망가자 도망가 더는 갈 데 없는
목숨의 끝, 이름의 끝
그저 천진한 침묵 속으로
숨어버리자 돌아오지 말자

최초의 어둠
맨 처음의 새벽이
찢겨진 그림자를 더듬어
일으킬 때까지
– 졸시 「산벚꽃놀이」 전문

# 말들

### 변덕과 취향

이제야 비로소 나는 사람이 아니라 '음악에 의지하여 쉰다'는 말에 관해 이해하게 되었다. 음악에 기대어 마음을 텅 비게 할 수 있게 되었으니 순전히 나이 탓이다. 그런데 나의 음악에 관한 취향은 자주 바뀐다. 어떤 때는 엘라 핏제랄드나 니나 시몬, 치에 아야도같은 고전적인 재즈보컬만 한 몇 달 연거푸 듣다가 또 어떤 날은 말러나 모차르트만 죽어라고 들어댄다. 그러다 또 슬그머니 에릭 크랩튼, 텐 씨시, 비비킹 따위 불루스 음악만 줄창 듣다가 슬그머니 락, 일렉트로니카, 이지 리스닝으로, 한대수나 김의철 같은 70년대 포크음악으로 바뀐다. 이건 어떤 사이클이 있는 것도 아니고 순전히 그때그때의 변덕에 따른 것이다. 세 번째 시집 『나비의 침대』를 내고 시가 좀 바뀔려는 기미가 보이네, 라는 말을 들었다. 작년에 네 번째 시집 『물고기가 온다』를 낸 후 또 그런 말을 들었다. 시가 좀 바뀌었네. 어, 그래? 나도 모르는 사이 시가 바뀌었나? 내가 보니 순전히 재미없이 그 나물에 그 밥이거마는, 시를 쓰는 일이 이렇게 저렇게 쓰겠다 해서 되는 일도 아니고 나는 그냥 쓰고 싶은 대로 쓰는 것인데. 그렇지만 분명한 건 한 가지 주제, 한 가지 소재만 줄기차게 파고드는 끈기나 의지가 내겐 없는 듯하다. 나는 여전히 이곳저곳에 관심이 많고 호기심도 많은데 또 그런 만큼 변덕도 심한 듯하다. 음악을 듣는 취향이 시시때때로 바뀌듯 하는 것처럼 시 쓰는 일도 또 그러하니, 어쩌겠는가. 그게 나인 걸.

**길 위의 식사**

회사가 있는 곳은 부산의 대표적인 서민시장, 재래시장인 부전시장 근처이다. 삭막한 업무용 빌딩들이 즐비한 중앙동에서 이사를 온 지 벌써 몇 년이 지났다. 동해남부선의 시발점인 부전역이 새단장을 하는 바람에 부전역 근처 노점상들이 많이 철거됐고 일부 갈 곳 없는 노점들은 대로변까지 진출했다. 회사 근처의 노점상들은 주로 계절과일이나 푸성귀를 파는 할머니들이 대부분이다. 비가 오나 눈이 오나 좌판을 거두지 않는 이 노점상을 출퇴근 때 늘 지나쳐야 하는데, 그때마다 난 마음이 불편하다. 최근 근처에 세워진 롯데캐슬인가 하는 비싸기로 유명한 대형아파트 건물을 배경으로 가진 이 노점상들의 물건들 이래야 다 팔아도 몇 만원이 될까말까 한데, 그것도 아주 값싸게 팔고 있다. 플라스틱 소쿠리에 담긴 푸성귀, 계절과일들은 비싸야 3천원 정도인데, 대 여섯 소쿠리를 늘어놓은 할머니들은 그걸 팔기 위해 햇볕 따가운 길거리에서 식사를 하면서 밤 늦게 까지 좌판을 지킨다. 이젠 많이 익숙해지긴 했지만 그래도 난 불편하고 죄스러운 마음을 어쩌지 못한다. 그래서 때때로 생각해보곤 한다. 내 하찮은 시 한편을 소쿠리에 담아 이 좁은 인도 한 켠에 내 놓는다면 도대체 누가 사기나 할까? 비가 오나 눈이 오나 노점 좌판을 지키며 저 분 들에게 내 시는 도대체 무슨 의미일까. 그럴 때면 이 노점상 할머니들이 내 나태한 삶에 준엄한 귀감 혹은 스승이 되곤 한다. 내가 그런 생각을 하고 있는 걸 알기라도 하듯이 어쩌다 과일이며 푸성귀를 살 때면 할머니들은 과일 몇 알, 푸성귀 몇 줌을 더 주시는 걸 잊지 않으신다. 많이 먹고 살 좀 쪄, 하는 말도 함께.

**아름답고 순한 동물**.

네 번 째 시집 『물고기가 온다』는 순전히 내 직업이 가져다 준 산물이다. 아는 이도 더러 있긴 하지만 1997년부터 나는 '어업권 보상'이라는 일을 하고 있다. 부산신항만이나 고리 원자

력 발전소같은 국가사업이 시행될 때, 기존의 바다에 있던 어업권, 즉 어민들의 권리를 조사하고 측정해서 보상액을 책정하는 일이다. 이 일은 몇 달만에 끝나는 일이 아니라 적어도 1년 길게는 몇 년에 걸쳐 조사가 이루어져야 하므로 나는 일 주일에 사흘, 나흘 정도는 바다에 나가 어민들과 같이 생활해야 한다. 계절별로 어떤 해조류를 양식, 채취하며 어떤 어종이 포획되는 지, 그 어종들을 어떤 어구漁具로 어떤 과정을 거쳐 포획하는 지, 판매는 어떻게 하며 경비며 인원은 얼마나 소요되고 하루, 한 달, 일 년에 얼마만한 소득을 올리는 지 등등. 그러다 보니 이제 선박의 종류며 어구의 종류, 사용법, 어종의 구분등 웬만한 어부 못지 않은 잡다한 지식들을 갖게 되었다. 어업이라는 게 궁극적으로 물고기를 얼마나 어떻게 많이 포획하느냐 하는 작업이므로 모든 신경이 물고기에게 쏠리게 되는 건 당연한 일, 그러니 아침부터 저녁까지 내 머리 속, 가슴 속 호주머니 속에는 물고기가 퍼득거릴 수 밖에. 심지어는 자기 위해 불을 끄고 누웠을 때도 물고기들은 떼 지어 어둠 속으로 부드럽게 유영해오는 것이었다. 그러니 그게 시가 되지 않을 수가 없고, 시 속에 물고기들이 등장하는 건 자연스러운 일이었을 것이다. 물고기라는 이 순하고 아름다운 동물 중에 어부의 그물에 걸려 뭍으로 올라오는 순간, 치열하게 우는 종류가 있다. 그건 흔히 아나고, 라는 일본말로 불리는 붕장어이다. 붕장어의 울음소리는 뭐

랄까, 그대로 옮긴다면 '뾰족뾰족'이 가장 비슷한 의성어일 것이다. 일제히 입을 벌린 채 내는 이 소리가 붕장어들이 사로잡힘을 슬퍼하는 울음소리 인지, 마침내 생을 마감하게 되어 안도하는 웃음소리인지, 아니면 저 같은 물고기로 일용할 양식을 삼는 인간에 대한 비웃음인지 나는 알지 못한다. 그런 채로 나는 '웃는 물고기'라는 시를 썼다. 주변의 친구들은 늘 내게 말한다. 너는 좋겠구나. 그 맛있는 생선회를 날마다 실컷 먹을 수 있을테니. 그 말이 맞긴 하지만 나는 생선회를 좋아하지 않을뿐더러 먹지 않는다. 그러니 내겐 그림의 떡이다. 그리고 무엇보다 나는 물고기에게 형제애 혹은 동지애를 느끼고 있는 건 아닐까, 때때로 의심해보곤 한다. 하지만 무엇보다 걱정스러운 건 바다 환경의 황폐화다. 내 친구 물고기들의 터전이 초토화되는 현실을 눈으로 직접 보고 겪지 못한 사람은 실감하지 못한다. 장난 아니다.

## 몽골

몽골에는 말이 많다. 말만이 끝없는 초원의 땅들을 쉽사리 축지시켜 유목민, 떠도는 사람들을 하나로 묶는다. 말이 있음으로, 말을 가짐으로서 섬같은 사람들은 비로소 육지, 대륙이 된다. 말이 없는 사람들은 한낱 유령에 지나지 않는 것. 아무도 행방을 알 수 없고, 아무도 그 존재를 알지 못하는 헛것일 뿐이다.

몽골엔 말이 있어서 철따라 끊임없이 들꽃이 피고 바다 같은 호수는 제 스스로 투명하게 깊어간다. 몽골에는 말이 많다. 세상엔 말이 너무 많다. 그런데, 그런데, 사람들은 점점 유령이 되어간다.

# 나는 비행기다

공항으로 가는 전철 안에서도 핸드폰은 끊임없이 울린다. 문자에 전화에 카톡. 공항에 도착해서 티켓팅을 하고 신발을 벗고 허리띠까지 풀어가며 검색대를 통과하고 나서도 전화는 끊임없이 울린다. 사람들로 북적대는 면세점에서 멀리 떨어진 흡연실에서 담배를 피고 전화를 받으면서 비행기가 도착할 시간만을 기다리는데, 월차, 연차휴가를 이리저리 꿰매고 짜 맞추어 겨우 얻어 낸 며칠간의 휴가, 나 없어서 내일 당장 망하지도 않을 그 놈의 회사와 나 사이에는 이 빌어먹을 휴대전화 한 대가 떠억 하니 버티고 있다. 일거수일투족을 감시 중이다. 공항관제탑 너머 석양이 검붉게 지고 낙동강 철새들이 집을 찾아 돌아가고 난 뒤에도 담배를 대여섯 대 더 피우고 나서야 비로소 비

행기는 출발한다. 이 지긋지긋한 시간들에서 드디어 잠깐의 탈
주가 시작된 것이다.

> 나는 비행기다
> 동가숙서가식 늘 떠났다가
> 자석에 끌린 듯 다시 돌아와야 하는
> 나는 슬픈 비행기다
> 떠날 때도 큰 소리로 울고
> 돌아올 때도 목 놓아 울어야한다
> – 「나는 비행기다」 첫 연

　귀가 멍멍할 정도로 큰 소음을 지상으로 내던지고 나서야 비
행기는 비로소 허공에 안착한다. 비행기의 흔들림이 멈추는 동
시에 휴대전화를 배낭 속에 던져버린다. 그제서야 이런저런 회
사업무로 흔들리던 마음도 평온해져서 멍하니 창문 밖을 내다
볼 수 있게 된다. 내다본들 깊이를 알 수 없게 캄캄한 허공뿐이
지만 언제나 이 순간이 가장 행복하다. 마음속에 들끓던 것들이
거짓말처럼 사라지는 순간의 평화.

> 나는 흉기다 위험하다
> 단 한번의 공중폭파로 흔적 없는 재가 되어

구름 위에 묘비명을 새기거나

느닷없는 불시착으로

순식간에 쑥대밭이 되는 세상을 꿈꾸는

– 「나는 비행기다」 3연


비행기를 처음 탔던 게 1993년 겨울이었다. 강남주(당시 부경대 교수)시인이 일본 후쿠오카대학에 교환교수로 재직할 당시였는데, 일본시인들과의 교류를 위한 모임에 가게된 것. 비행기도, 외국도 처음인 촌놈이 후쿠오카 공항에 내려서 하카타역 博多驛에 도착했을 때, 역 앞 광장에 누가 봐도 한눈에 알 수 있는 영국의 조각가 헨리 무어의 조각품이 있었다. 보나마나 모사품이겠지. 저거 모사품이죠. 강남주 시인에게 여쭈었을 때 웃는 얼굴로 현판을 가리키신다. 하카타역 설립 100주년을 맞이하여 헨리 무어에게 제작을 의뢰한 조각품이라 쓰여 있다. 반일교육을 철저하게 받으며 자랐던 촌놈의 뒤통수를 누군가가 후려치는 순간은 구마모토에서도 계속된다. 구마모토城城 건너편에 구마모토 현립미술관이 있고 마침 전시회가 열리고 있는데 포스터의 그림이 처음 보는 고흐의 그림이다. 잠깐 전시하고 되돌려주는 기획전시겠지. 그런데 포스터엔 구마모토 현립미술관 소장미술품 상설전시라 쓰여 있다. 어리벙벙해있는 내게 강남주 시인은 설명했다. 70–80년대 일본의 고도성장기 때 남아도는 달러로 세계 각국의 미술품을 사들였다. 해서 일본의 아주 작은 시골의 미술관에서도 세계적인 명화들을 쉽게 볼 수 있다고. 그렇게 일본을 다녀오고 난 지 몇 달 후 나는 모험을 강행했다. 촌놈의 어디에 그런 용기가 숨어있었는지 작은 가방 하나를 꾸려서 비행기를 타고 후쿠오카에 내려서 묻고 물어서 큐슈지역의 미술관들을 샅샅이 뒤지기 시작한 것. 그 후에 일년에 대여섯 번은 비행기를 타는 습관을 가지게 되었다. 무식하면 용감하다,는 역시 진리였다.

벽을 샀다

온 마음을 주고
송두리째 생애를 바쳐
사방 빈틈없이 완벽하게 닫힌
사각형의 세계를 얻었다
– 「벽 속의 사람들」 첫 연

나는 비행기가 좋고 비행기 타는 일이 즐겁다. 누구나 그러할 테지만 잠시나마 지리멸렬한 일상을 떠나는 것도 좋고 그렇고 그런 업무와 사람들을 떠나는 일도 좋고 혼자 어디든 떠돌아다니는 일은 더 좋다. 여행을 떠나는 일은 마치 마을의 조그마한 산 위에 올라가 내가 사는 마을을 내려다보는 일과 같지 않을까. 집과 골목과 마을과 길들을 마치 남의 동네처럼 바라보는 일. 떠나서 바라보는 내가 있던 자리는 거기 속해있을 때보다 더 잘보인다. 학교를 졸업하고 군대를 다녀오고 천신만고 끝에 직장을 얻고 여러 시행착오를 거쳐 결혼을 하고 아이를 낳고…… 그러다 어느 날 문득 돌아보니 내가 가진 건 한 칸 벽뿐이다. 사방 온전하게 닫힌 몇 칸의 방, 으로 이루어진 한 채의 집. 그 집은 그야말로 네 개의 벽과 한 개의 문을 가진 사각형의 닫힌 공간에 다름 아니다. 내가 평생을 바쳐 이룩해야 할 것이 내 식구가 안전하게 기거할 한 칸 사각형의 공간이라니. 이런저런 생각이 뒤섞인 가수면의 상태를 단박에 깨우는 건 창밖의 빛이다. 갑자기 눈앞에 펼쳐지는 장관은 다름 아닌 별들. 눈앞에서 별들이 쏟아진다. 아니 별들 사이를 비행기가 지나가고 있다는 게 맞는 표현이다. 그야말로 별들의 공습이 시작된 것. 나는 창문에 코를 박고 이 숨 막히도록 황홀한 별들의 향연 한 가운데로 뛰어든다. 어쩌면 이 순간을 위해서 나는 비행기를 탔고 오래 잠들지 않은 채 기다려 왔는지도 모른다. 별무리를 만난다는 건 비행기가 대만을 지나 베트남 상공에 접어들었다는 뜻이다. 비행기 안의 승객들은 모두들 곤한 잠에 빠져있는데 나만 혼자 깨어서 아이처럼 두근거리는 가슴을 누르며 별들을 내다보고 있다.

그 도시의 개들은 목사리가 없다
지천인 장미사과나무 그늘 굳이 사양한 채
아무 대로변에 앉거나 누워
매캐한 폭염을 들이키면서도

그 도시의 개들은 혀를 빼물지 않는다
한낮의 저자거리 끓는 기름 솥 곁
좌판 수레바퀴 아래 가리지 않고
—「천국의 개」1, 2연


　여행을 가서 시를 쓰다니, 라고 나는 생각한다. 부다페스트,
피렌체, 소피아, 산토리니…… 따위 지명이 제목으로 등장하는
시가 나는 마뜩찮다. 어떤 지역을 다녀온다고 해서 그 지역 혹
은 지명에 관한 시를 쓰지 않는, 아니 쓰지 못하는 무능력이 가
져오는 변명이기도 할 것이다. 내게 시란 그저 자다가 벌떡 일
어나서 쓰든가, 컴퓨터 앞에서 업무를 보다가 불현 듯 쓰든가,
아니면 화장실에 앉아 담배를 피다가 후다닥 일어나서 쓰는 것
이다. 아무 것도 생각하고 싶지 않고 아무 것에도 얽매이고 싶
지 않고 세상사람 누구도 기억하고 싶지 않은 여행길에서까지
굳이 수첩을 꺼내고 노트북을 일으켜서 나는 시를 쓰고 싶지가
않고 또 그럴 만큼 대단한 시인도 아니다. 하지만 낯선 나라, 처

음 가본 미술관의 전시실을 나서다가, 길거리 노천주점에서 맥주를 한 병 시켜놓고 담배를 피워가며 무심히 지나가는 사람들을 바라보다가 혹은 습기와 열기를 머금은 채 고여 있는 바람을 손등으로 가만히 느껴보다가 문득 듣게 되는 목소리는 있다. 왜 여행을 떠나는가. 누가 등 떠밀어서 떠나고 또 떠나는가. 왜 자꾸 떠나서 떠돌고 싶어 하는가.

> 저 구름은 언제부터 침대 위에 앉아 있었을까
> (중략)
> 등에 매달려 우쭐우쭐 춤추거나
> 머리 위에서 출렁출렁 비에 젖거나
> 제 스스로 바람을 불러 흔들리기를 자청하는
> 한 점의 바람난 구름
> ─「구름배낭」 1연, 4연

　마땅한 대답을 마련하지 못한 내게 누군가의 이런 질문은 끊임없이 따라다닌다. 하도 오래 들어온 목소리라 궁색하게 굳이 대답을 하자면 이런 것이 아닐까. 나는 내가 알지 못하는 언어와 문자를 듣고 읽는 일이 즐겁다. 간드러지는 일본어와 느끼한 프랑스어와 수다스런 중국어, 웅얼거리는 듯한 동남아어... 속을 걷고 지나치는 일이 왠지 좋다. 내가 알아들을 수 없는 언어를 듣고 상상하고 내가 전혀 읽지 못하는 낯선 언어들을 내 식대로 읽고 상상하는 일에 즐거움을 느낀다. 할 수만 있다면 나는 무인도를 하나 사서 새로운 언어를 만들고 싶다. 세상에 전혀 존재하지 않았던 언어. 아무런 질서도 개연성도 없는 채로 서로 긴밀하게 얽혀있는 언어. 언어 그 자체에서 비 냄새와 바람의 온도와 사람의 향기가 묻어나는 언어. 하지만 그보다 더 아름다운 일이 따로 있다는 걸 깨닫는 데는 시간이 그리 오래 걸리지 않았다. 낯선 곳, 낯선 사람들 속에서 문자와 언어는 정작 그리 필요하지 않다는 상식. 손짓 한 번, 몸짓 하나, 표정과 작은 눈빛만으로도 소통하지 못할 세계는 없다는 사실. 느릿느릿 낯선 곳을 걸으면서, 세상 가장 게으른 자세로 길가에 앉아 맥주를 마시면서 때때로 나는 생각한다. 침묵이란 얼마나 위대한 언어인가. 어느 시인의 시, 시 속의 행간에서 매혹적인 침묵의 언어, 침묵의 향기를 감지하는 일은 얼마나 아름다운가.


어떤 날은 읽히고

어떤 날은 캄캄한

청맹의 나날, 열독의 시간 사이로

(중략)

굳이 소리 내어 읽지 않아도

어딘가에 따박따박 새기지 않았어도

타르초, 타르초  네 몸이 깃발

먼 설산 신성한 경전이라 속삭이는

　-「타르초, 타르초」4연, 6연


　아주 잠깐의 자유와 아주 잠깐의 행복과 방황과 걷는 일의 노동을 끝내고 다시 낯선 곳에서 밤비행기를 기다린다. 원래 내가 떠나왔던 곳으로 돌아가는 일은 쓸쓸하고 쓸쓸하다. 다시 돌아갈 거면서 뭐 하러 굳이 떠나왔을까, 하는 생각만으로도 피로는 겹겹 등짝에 쌓이고 돌아가서 처리해야 하는 일들의 무게로 배낭은 몇 배로 무겁게 느껴진다. 하지만 노동도 몸에 배면 익숙해지는 법. 사람들로 북적이는 공항의 의자에 앉아 혹은 밤비행기의 독서등 아래 수첩을 꺼내놓고 날자 헤아리기를 시작한다. 그러자 갑자기 가야할 곳들이, 반드시 가고 말아야 할 곳들이 머릿속에서 춤을 추기 시작하면 어깨를 짓누르던 피곤은 감쪽같이 사라진다. 몇 달만 더 버티면, 아니 몇 주만 더 살아내면 다시 떠날 수 있다,는 생각에 혈관의 피들이 빠르게 돌기 시작한다. 스스로 생각해도 후안무치, 지나치게 어이가 없다. 하지만 어쩌랴. 여행을 준비하고 여행을 실행하고 다시 여행을 계획하는 일로 나는 살아있다. 겨우, 간신히, 간신히 위태롭게.


　나는 구름의 사생아 바람의 쌍생아

가벼우면서 무겁고

너무 무거워서 마침내 가벼워지는

후안무치, 이상한 날것.

– 「나는 비행기다」 마지막 연

# 분홍빛 경계

    시간이 멈추자 나는 날았다 건물들은 허물어지고 길들이 지워졌다 시간이 멈추자 공중에 비탈길이 생겼다 나는 그 길을 따라 시간의 반대편으로 걸어 들어갔다 시간의 반대편에는 달이 있었고 별이 있었고 둥근 기둥이 있었다 두 마리 새가 기둥 위에 앉아 있었다 기둥 밑에는 장작이 타고 있었다 검은 치마를 입은 처녀들이 기둥을 향해 걸어왔다 그녀들의 얼굴에는 눈이 없었다 코도 없고 입도 없었다 그녀들은 기둥을 지나 나무 밑을 걸어갔다 사람들의 머리통이 주렁주렁 매달려 붉은 열매로 익어가고 있는 나무 밑을 지나갔다 나는 나무 뒤에서 휘파람을 불었다 어디선가 두 마리 개가 달려왔다 여자들이 기둥을 향해 재빨리 달렸다 시간의 반대편에는 달이 있었고 별이 있었고 두 마리 새가 기둥 위에 앉아 있었다

'시간이 멈추자 나는 날았다'를 나는 '시간을 멈춰 세우고 나는 날기 시작했다'로 바꿔 읽는다. 마치 입체파 회화의 오브제에 대한 파괴와 변형, 재구성의 과정처럼 이 시속의 시인은 현실의 풍경들, 의식들을 자신의 의지대로 자유자재로 변형시키고 재구축한다. 그 속엔 70-80년대에 젊은 시절을 보낸 세대가 가진 현실인식에 관한 원초적인 부채감, 죄의식은 없어 보인다. 가볍고 자유로운 의식의 유영만이 있다. 현실인식에 관한 무거운 중력을 가진 자는 쉽사리 휘파람을 불지 못한다. 우리 세대의 어깨를 짓누르는 현실인식에 관한 무거운 중력은 '시간의 반대편'을 볼 수 있을 만한 여유를 앗아갔다. 적어도 문학에 있어서의 현실에 치열하게 복무하지 못하는 환타지란 얼추 위험하거나 가벼운 말놀이에 그칠 필요가 있다는 게 우리세대가 암암리에 세뇌 받은 의식 중의 하나일 것이다. 그렇게 의식의 심연에 도사린 현실인식에 관한 무거운 그림자들은 70-80년대 시인들의 시 속에서 알게 모르게 스며들어 있음을 부정하지 못한다. 그것은 또한 한 시대의 시들을 아우르는 특성 또는 특징적인 면모가 되어있기도 할 것이다. 그러나 지금은 사정이 많이 달라졌다. 컴퓨터 문화가 일상의 영역을 지배하고 난 이후로 현실과 환상의 경계는 많이 부드러워 졌고 사이버 문화에 적응하고 길들여진 세대들은 자신만의 독특한 감수성들을 갖게 마련인 것, 나는 이런 새로운 감수성들에 질투와 부러움과 열등감등 복잡미묘한 감정을 갖게 되곤 한다.

밖에서는 이상한 일들이 계속해서 일어나 너는 벽과 바닥과 천장이 모두 거울로 된 방에 숨고 말았다. 너는 끝없이 붙어났다. 처음에 거울 밖의 너는 거울 속의 네가 여섯인 줄 알았다. 그러나 너는 열둘에서 스물넷으로 계속해서 붙어났다. 거울 속의 그들은 네가 볼 수 있는 것보다 훨씬 빨리 생겨났다. 너는 입을 다물고 있었지만 그들은 거울 속에 앉아 이야기를 하기도 했다. 네가 잠을 자기 위해 거울로 된 방바닥에 드러누우면 그들은 거울 안 깊은 곳에서 노래를 부르기도 했다. 달에서 날아온 비행접시들이 지붕들 위를 날아다니고 불길한 검은 새들이 들판을 가득 메울 때쯤 너는 거울 속 사람들과 이야기를 나눌 수 있게 되었다.

　－ 김참 「거울 속으로 들어가다」 전반부

환타지문학의 범주에 드는 것인지 어쩐 지는 알 수 없지만 나는 윌리엄 버로우즈의 소설 『벌거벗은 점심』이나 마르께스의 『백년동안의 고독』 같은 소설에서 최근엔 박민규의 일련의 소설들, 그리고 데이비드 린치의 영화 『트윈픽스』 『로스트 하이웨이』 같은 몽환적인 영화들까지를 즐겨 읽고 보아왔다. 왜 사람들은 〈반지의 제왕〉이나 〈해리포터〉 같은 환상소설에 열광하게 되는 걸까. 세상의 현실이 하도 어렵고 우울하니 마술적 환상의 세계로 도피해 잠시 위안을 얻고자 하는 마음들이 일시에 공감을 불러일으킨 것일까. 아니면 늘 현실에서 일어날 수 있는 예측가능한 일들을 다루는 기존의 소설들에 염증을 느낀 세대들이 개척해낸 문학의 처녀지일까. 그것도 아니라면 컴퓨터가 만들어내는 사이버 공간에 익숙하게 대응하며 성장한 신세대들이 자연스럽게 귀착하게 된 그들만의 영토일까. 18세기 후반에 이르러서야 에드가 앨런 포우, 호프만의 작품들에 의해 환상소설은 장르적 변별성을 갖게 되었다는 게 일반적인 견해지만 그 전에 이미 환상소설의 자양분이 풍부하게 잠재되어 있었음은 쉽사리 알 수 있는 사실들이다. 세계 여러 민족의 숱한 민담과 설화, 신화 속에 등장하는 요정과 정령의 이야기, 아라비안나이트의 세계에서 그림형제의 동화, 중국의 서유기에 이르기까지. 환상소설이라 명명하기 이전에도 이미 수많은 비현실적인 이야기들은 존재해 왔으니 인간은 그것들에 둘러싸여서 의식 속에 자연스럽게 환상의 세계에 관한 동경이 잠재하게 되었는지도 모를 일이다. 더러는 참담한 현실에서 희망을 얻기 위해서, 더러는 현실의 어려움을 망각하고 도피하기 위해서. 다소 이질적인 요소가 개입되어 있기는 하지만 그런 잠재된 의식들이 차츰 발전되어오면서 근대에 이르러 대중문화의 하위장르에서 〈수퍼 맨〉과 〈배트맨〉으로 대표되는 대중만화로 표출되었을 것이고 영상문화와 급격히 발전한 기계문명이 필연적으로 만나 스탠리 큐브릭과 조지 루카스를 거쳐 스티븐 스필버그에 이르는 SF영화가 탄생했을 것이니 환상을 형상화하는 문화 혹은 문학의 등장은 어쩌면 아주 자연스러운 현상일 수도 있을 것이다. 사이버 공간에서 숨쉬고 사이버 공간에서 일상의 자양분을 얻는 세대야 말로 존재하지 않는 가상의 공간, 가상의 사회에 대해 자연스러운 상상력을 발휘할 수 있을 것임을 인정하고 보면 역사적 부채감 따위에서 비교적 자유로운 세대가 가질 수 있는 자유분방함은 환상문학을 싹 틔우고 꽃피워 수급의 시장을 갖게된 것이 자연스러운 일로 이해된다. 게다가 대중문화를 단지 하위 장르로 만 인식하지 않고 적극적으로 의미를 부여하며 상위와 하위, 주류와 비주류의 경계를 허물어 가는 시대적 흐름도 무시할 수 없는 요소일 터이고 젊은 세대에게 열렬한 지지와 공감을 이끌어 내고 있는 환상소설의 등장에 놀라움을 금치 못하는 순수문학 진영에서 새삼 마르께스를 거론하며 한국문학의 영역확장이라는 논리를 조심스럽게 내비치게 되는 건 일단 사이버 세대의 환상소설이 가지는 긍정적인 부분이라 할 수 있을 것이다.

하지만 지금 국내에서 출간되는 환상소설의 베스트셀러들 속에는 하위장르로서의 대중문화, 대중문학이 가지는 장단점이 고루 스며들어 있다는 느낌을 떨치기는 힘들다. 대중문학 속에서 가장 오랜 생명력을 지니고 있는 환상소설의 장르는 아마 중국 무협소설일 것이다. 최근까지도 그 경이로운 친화력을 잃지 않고 있는 이 마술적인 읽을거리 속에 최근에는 SF적인 요소를 가미, 시대적인 흐름을 놓치지 않고 있음을 파악할 수 있지만 그 근본적인 이야기 구조는 여전히 변치 않았음을 알 수 있거니와 이 구조는 또한 베스트셀러 환상소설들 속에 보이게, 또 보이지 않게 숨어있다는 것을 쉽게 간파할 수 있다. 영화와 대중가요등 하위장르로 구분되는 대중문화들이 속속 주류문화로 부상되는 현실을 감안한다면 최근의 환상소설들의 위상이 어디 쯤에 있는가를 파악하게 해주는 부분일 것이다. 환상문학, 환상소설은 그저 일시적인 재미를 주다 사라지는 트렌디가 될 것인지, 그야말로 한국문학의 영역을 확대하는 전방위가 될 것인지는 누구도 속단하기 힘들다. 어느 시대에나 그 시대의 감성과 욕망을 수용, 수급하는 문학의 장르는 있어왔으며 어떤 장르는 사라져 잊혀지고 어떤 장르는 시대를 넘어 살아남기도 한다. 지상에 발을 붙인 채 삶이 끝날 때까지 현실에 복무하며 살아야 하는 숙명을 가진 인간에게 환상 혹은 환상문학은 세상의 무엇보다 큰 위안이 될 수도 있을 것이다. 누구나 세상 안의 또 다른 세상, 세상 밖의 전혀 다른 세상을 꿈꾸고 상상하며 그리워한다. 그 곳이 낙원이든 지옥이든 상관없이 인간은 결코 현실에 만족하며 안주하지 못하는 습성을 숨기며 살아간다. 그래서 환상이라는 개념은 어디에나 쉽사리 다가가서 안착할 수 있게 된다. 환상이 없다면, 인간의 세상 안과 밖을 상상하는 힘이 없다면 인간의 삶은 얼마나 삭막한 것일까. 환상소설은 재미있다. 에드가 앨런 포우, 마르께스, 호프만에 익숙한 기성세대에게는 낯설고 생경한 점이 없진 않지만 최근의 베스트셀러 환상소설들은 독자들을 가볍게 세상 위로 들어올려 준다. 누구나 한 번 쯤 상상했던, 상상하고 싶었던 현실의 바깥으로 데려가는 즐거운 여행을 쉽사리 주선한다. 그 기발하고 독특하며 자유분방한 세계에 도취했다 발을 빼고 책을 덮을 때면 문득문득 이런 생각이 들곤 한다. 민담과 신화, 아라비안나이트와 서유기, 백년 동안의 고독이 지상, 현실을 버팅기는 힘으로 높이 올라간 사다리였다면 최근의 베스트셀러 환상소설들은 날개를 달아주고자 하는 것이 아닐까. 언젠가는 내려와야 할 사다리로는 성에 차지 않으니 더 높이, 멀리 날아가 현실의 모든 불행을 잊을 수 있는 크고 강한 날개를 경쟁하듯 달아주고자 하는 것은 아닐까. 그래서 때로는 두려워 지기도 한다. 그 날개가 이카루스의 날개라면, 그래서 천천히 세상을 내려다보며 내려오는 사다리가 아니라 느닷없이 까마득한 천길 허공으로 추락해야 하는 날개라면…… 하는 생각 때문에.

분홍고양이가 나타났다

어디 어디

이 도시의 가장 높은 건물 꼭대기를 향해

사람들이 일제히 거수경례를 할 때

노점상의 과일은 시들고

보도블록 밑 하수구는 끓어오르고

분홍고양이가 날아간다

저기 저기

광장을 지나 공장지대를 건너 산복도로

보랏빛 저녁노을을 향해


분홍고양이가 태어난다

검은 비닐봉지를 찢고 여기저기

플라스틱 쓰레기통 뚜껑을 열고

깔깔깔 웃음을 입에 문 채 기어 나오면


어느 곳의 집들이 갈라지고

강철구름 재빨리 어디로 날아 내리나

랄라 랄라 비명이 되어

가슴마다 십자가로 꽂히는 건 누구의 노래인가

분홍고양이가 버려진다 사방팔방

찢겨진 약속들, 은밀히 살해된 주검들이
집집마다 문밖에 쌓여가고
세상의 모든 쓰레기통이 넘친다
악취들이 세상을 들어 올린다
분홍빛은 악몽의 빛깔
썩지 않는 꿈들이 피워 올리는 향기
괜찮아 괜찮아 너무 걱정하지는 마
쓰레기통은 은밀하고 아름다운 성전

날마다 부활하는 가벼운 몸을 가진
분홍고양이 떼지어 날아간다
하늘 가득 뒤엉킨 시간들을
분홍빛으로 물들인다
– 졸시 「분홍고양이」 전문


　소설이 그렇다면 그럼 시에서는 어떤가가 문득 궁금해진다.
2000년대 한국의 현대시에 나타나는 환상적인 요소들, 경향
들은 비교적 젊은 시인들의 작품에서 빈번하게 드러나는 듯하
다. 젊은 시인들은 자신의 내면에서 분열되는 의식의 파편화에

관한 내면풍경이나 세계와의 불화로 인한 혼란 혹은 부조리한 세계의 면면들을 드러내는 방편의 하나로 비현실적인 풍경들을 제시하거나 이해 불가능한 상황들을 드러내 보이는 듯하다. 그러나 지금의 젊은 시인들의 시에서 발견되는 환상적인 요소들 또한 여전히 진지한 현실인식에 뿌리를 내린 가지거나 잎사귀 혹은 꽃으로 읽히곤 한다. 물론 김참 시인의 경우처럼 환상의 끝까지 가보고자 하는 시도도 있고 더러 나는 이런 독특하고 자유로운 의식이 더 매혹적으로 보이기도 한다. 하지만 나는 여전히 한국의 현대시에서 '환상시'라는 장르구분이나 명명은 들어보지 못한 것 같다. 아니 어쩌면 시든 소설이든, 본격문학이든 대중문학이든 혹은 그런 구분짓기들을 넘어서 모든 문학들은 어쩌면 시인과 작가가 가지는 상상 혹은 환상의 출발점이자 귀착지가 아닌가 하는 생각을 떨쳐버릴 수 없다. 현실의 여러 상황이나 사물들을 충실하게 재현한 문학이든 현실을 개인적인 의도로 변형, 재구성한 문학이든 문학은 시인이나 작가의 상상과 환상이 낳은 산물이지 않을까하는 생각. 최근에 나는 내가 발표한 위의 시 「분홍고양이」에 관한 아래와 같은 평문을 읽었다.

분홍고양이는 알레고리와 상상의 결합물이다. 환상의 영역으로 진입하기 직전에 있는 이 독특한 상징은 비명과 악취와 주검들이 들끓는 현대 자본주의 도시의 삶을 증언하는 동시에 가차 없이 난도질한다. 그러나 이 증언과 난도질의 주체 역시 도시에 종속된 피지배자에 불과하다는 사실은 참담함을 느끼게 한다. 김형술은 이 참담함을 애니메이션을 연상케 하는 시적 풍경을 통해 그로테스크한 영상미로 효과적으로 전달하고 있다.

'환상의 영역으로 진입하기 직전에 있는'이라는 구절에서 나는 문득 읽기를 멈추고 생각했다. 실제의 세계에서 여전히 환상의 영역이란 존재하는 것일까. 현실과 환상의 영역은 명확한 구분이 가능한 것일까. 그동안 나는 나도 모르는 사이 비현실적이고 환상적인 시를 써온 건 아닐까. 잡다하고 비루한 현실의 진부함에 지친 나의 의식이 무의식적으로 환상의 영역에 발을 들여놓아 현실의 무게를 덜어내는 위안을 받고자 한 건 아닐까, 아니 무엇보다 나는 나의 의식이 환상의 영역에 발목잡히는 일을 두려워하고 있는 건 아닐까…… 따위의 잡다한 생각들. 그러다 곧 나는 아무렇지도 않아져 버리고 만다. 그동안 나는 얼마나 많은 환상소설을 읽고, 얼마나 많은 몽환적인 영화들을 보았고, 얼마나 많은 시들을 내 식으로 오독하며 시 속 환상의 세계로 유영해 들어가곤 했던가. 또한 일을 하다가, 길을 걷다가, 무심코 담배를 피우다가도 수십, 수백번 달콤한 현실도피가 있는 환상의 세계를 들락거리곤 하는 나날들을 보내고 있는가에 생각이 미쳤기 때문이다. 그러고 보니 어쩌면 나는 도저히 현실과 환상의 경계를 명확하게 구분할 수 없는 몽상가일지도 모른다. 그러므로 누군가가 나더러 당신은 대단히 어리숙한 몽상가이며 당신의 시는 환상의 기대고 있다는 혐의가 짙은, 약간 비현실적인 시라고 한다고 해도 상관없을 것 같다. 내게 현실과 환타지의 경계는 더러 달콤하기도 하고 더러 구토가 날만큼 악취를 풍기는 몽롱한 분홍색이다. 나는 그 흐릿한 경계를 나름대로 자유롭게 오가며 살고 있음이 틀림없다.

# 거울을 닦는 사람

한 권의 책, 한 줄의 문장은 내게 하나의 거울이다.

내가 이 문장을 읽을 때, 그것이 지식을 위한 것이든 지혜를 위한 것이든 일상에 도움이 되는 것이든 상관없이 문장 속에 담긴 저자의 말, 생각, 표정, 몸짓들은 내게 와서 하나의 거울로 일어선다. 이 거울 속, 거울 앞에서 나는 내 속에 담겨 있었으나 미처 의식하지 못했던 많은 것들과 만난다. 한낮의 공원 낡은 의자에 앉아서, 어두컴컴한 늦저녁의 지하철역에 기대어 서서, 혹은 흔들리는 기차안의 달려가는 풍경을 배경으로 한 권의 책, 한 줄의 문장을 읽을 때 나는 조그마한 사람이 된다. 책 가까이 몸을 기울여 책 속의 문장을 읽다보면 어느 새 나는 거울 앞에 서 있어서 자신도 모르게 흐트러진 몸과 마음의 여러 자락들을 추슬러 가다듬고 있는 자신을 발견하게 되기 때문이다.

　내가 쓰는 글, 내가 선택한 여러 개의 단어와 어조로 이루어진 나의 문장은 사실 거울 속에 서 늘 만나던 나의 모습에 다름 아니다. 호주머니와 서류가방 속에 들어있고 만취한 술집의 화장실에 걸려있으며 쉬이 잠들지 못하는 침대 머리맡의 벽 속에 숨겨져 있는 거울에 비친 나의 모습들. 어떤 때는 심해의 침묵으로, 어떤 때는 꽃무리 흐드러지게 핀 들판의 바람으로, 또 어떤 때는 날 선 칼날로 나를 향해 쏟아지는 거울의 말과 그 거울에서 돌아설 때 거울 속에서 달려 나와 등을 후려갈기던 낯설고 또 익숙한 목소리에 다름 아닌 것이다. 어쩌면 나는 거울 속에 갇혀있는 존재이지 않을까 의심해보기도 한다. 깊고 얕고 높고 낮은 목소리와 비열한가하면 또 음습하게 날카로운 눈빛을 가진 거울의 벽에 둘러싸여 있는 것은 아닐까. 그런 연유로 날마다 태어나는 거울 속의 괴물과 거울 속의 구름과 거울 속의 아이들을 거느리고 보살펴야하는 힘겨움에서 벗어나기 위해 날마다 거울을 깨뜨리고 또 깨뜨려야 하는 어리석은 종족.

　하지만 거울은 힘이 세다. 쉽사리 깨어지는 만큼 쉽사리 태어난다. 새로 태어나는 거울들은 내가 이미 깨뜨려버린 거울보다 늘 크고 성능이 좋아서 내 몸에 박힌 거울조각들 하나하나마저 뚜렷하게 비춰서 내게 되돌려 준다. 이 거울들에게서 벗어나기 위해 술을 마시고 노래방을 가고 여행을 떠나 깊은 잠에 들었다 다시 돌아오지만 거울은 나를 놓아 줄 생각이 없다. 거울은 술잔 속에서 마주보고 있거나 술 취한 노래 속에 담겨 있거나 여행지의 낯선 길마다 깔려서 여전히 나를 비추고 있다. 도망가지 마라, 도망칠 곳은 세상에 없다고 나즉나즉 속삭이곤 한다.

인간은 왜 굳이 거울을 발견한 것일까. 완강하게 굳어있는 청동을 굳이 갈고 닦아 제 얼굴, 제 마음을 낱낱이 비춰 보이는 이 불편한 도구를 만든 것일까. 그저 멀리 있는 숲, 허공에 무심히 떠있는 구름, 바다를 향해 달려가는 시냇물을 거울로 삼을 수는 없었던 것일까. 거울에게서 도망갈 수 없으므로 나는 글을 읽고 글을 쓴다. 내게 글 쓰는 행위란 거울을 빠안히 마주보며 제 속의 상처며 편견, 부끄러움, 비열함들과 마주보는 일이다.

먼 옛날의 사람들이 쉽사리 푸른 녹이 스는 청동거울을 날마다 닦고 또 닦아 거기 자신을 비춰보았듯이 나의 글은 나의 거울이며 나는 거울을 닦는 사람이다. 타인의 얼굴, 타인의 삶이 내게 거울이듯이 글 속에 담긴 내 모습이 내 글을 읽는 누군가에게 또 그러할 것이므로 나는 이 거울 앞을 떠날 수 없다. 잠시만 방심해도 쉽사리 흐려져 버리는 거울닦기를 게을리 할 수 없는 것이다.

# 2

## 의자

# 구름 위의 의자

봄 저녁이다. 어스름이 산을 내려와 들판을 건너고 있을 무렵이면 마을의 누이들이 하나 둘 개울가로 모이기 시작한다. 그들의 손에 들린 것들은 저녁거리로 씻어야 할 푸성귀들이거나 아니면 가벼운 빨랫감들이다. 개울가 탱자나무 울타리엔 흰 탱자꽃이, 벚나무 살구나무가 희고 붉은 꽃들을 무성히 피워 올리고 있다. 이렇게 한창 무르익는 봄 저녁이니 나는 아직 꽃잎들을 접을 생각이 없다는 듯 나무들은 저녁이면 잔잔해지는 개울 물 위에 다투어 제가 피워 올린 꽃잎들을 비춰 보이고 있다.

마을의 집들이 하나 둘 흰 연기를 굴뚝에서 피워 올리고 누이들의 이야기꽃도 피어나기 시작한다. 하루 종일 들로 산으로 쏘

다니느라 허기에 지친 까까머리 아이들 몇이 돌담에 기대어 개울가의 누이들 이야기를 듣는다. 시집가는 이야기며 마을의 소문들이며 이런 저런 이야기를 나누던 누이들은 때때로 까르르 까르르 웃음을 터뜨리기도 한다.

'산산이 부서진 이름이여/ 허공중에 흩어진 이름이여/ 불러도 주인 없는 이름이여/ 부르다가 내가 죽을 이름이여.'

갑자기 개울가가 조용한가 싶더니 낭랑한 목소리가 잔잔한 물결 위로 미끄러진다. 둘째 누이 목소리다. 누이의 차례가 끝나자 거기에 화답하듯 또 누군가의 목소리가 뒤를 잇는다.

'나 보기가 역겨워/ 가실 때에는/ 말없이 고이 보내드리오리다// 영변의 약산/ 진달래 꽃/ 아름따다 가실 길에/ 뿌리오리다.'

사위는 점점 어두워오고 소를 몰고 들판에서 돌아오던 누군가가 잠시 다리 위에 서서 누이들의 목소리에 귀 기울이다 간다. 한참이나 주거니 받거니 오가던, 대화도 노래도 아닌 목소리들은 '내 마음은 호수요 그대 노 저어 오오'하는 노래의 합창으로 끝을 맺고는 서둘러 각자의 집으로 돌아간다.

개울가엔 이제 어둠 속에서 더 또렷하게 떠오르는 흰 꽃잎들과 이따금씩 몸을 뒤채는 들새들의 날갯짓 소리만 남는다. 하지만 나는 돌담가의 아이들마저 돌아간 빈 어둠 속에 서서 여전히 무언가를 생각 중이다. 산산이 부서진 이름? 허공중에 흩어진 이름? 이름이 어떻게 부서지고 흩어지지? 나는 가만히 내 이름을 허공에 띄워본다. 하지만 여전히 작은 머릿속은 의문투성이다.

아니 그건 머릿속이 아니라 가슴에 남아서 알지 못할 여운을 남기고 있는 중이다. 영변의 약산? 거긴 어떤 곳일까? 문득 길 위에 흩뿌려진 붉은 진달래꽃잎들이 눈앞 가득 펼쳐진다. 낭송하는 누이들의 목소리엔 어떤 슬픔이 가득 배어 있었다. 그러니 이건 어쩐지 슬픈 풍경이 틀림없다. 그게 뭐지? 이게 뭐지? 슬프기도 하고 그렇지 않기도 한 채로 가슴에 남아있는 이 느낌은? 다섯 살 아니면 여섯 살 정도인 어린 나는 갑자기 무언가를 알아버린 듯한 느낌에 사로잡힌다.

마을과 산과 들판, 개울과 꽃과 여치, 풀무치, 버들붕어처럼 익숙하게 만나는 그런 세계가 아니라 한 번도 가본 적 없고 상상해보지 못한 어떤 낯선 세계가 있으리라는 막연한 느낌. 들판 끝의 산 위엔 어느새 어린 별들이 꽃잎처럼 가득 흩어져 있다. 잠자리에 들어서도 나는 그 말들이 가져다 준 느낌을 전혀 지우지 못하고 뒤척인다.

이것이 내가 시(詩)라는 이름과 만난 최초의 기억이다. 내가 떠올리는 시의 첫 모습은 언제나 봄 저녁의 향기로운 어스름 속으로 울려 퍼지며 마음을 건드리던 이상하고 낯선 느낌의 울림, 그것이다. 하지만 이것이 내 삶을 통제하고 지배하게 될 것이라고는 그때는 전혀 알지 못했다.

# 의자 위의 구름

'의자와 이야기하는 남자' '의자, 벌레, 달' 내가 가진 시집 중 두 권의 시집 제목이다. 제목에서 알 수 있듯이 내 시 속에는 의자가 자주 등장한다.

그런 이유로 나는 종종 이런 질문들을 만나곤 한다. 네게 의자는 어떤 의미를 갖고 있지? 나는 그저 웃고 만다. 의자라는 물질 혹은 존재는 그저 우연히 내 시 속에 들어왔고 나는 단지 꽃이나 육교, 시계나 구름보다는 의자라는 이름을 조금 더 즐겨 사용했을 뿐이다. 그러므로 내게 의자는 단지 '아무 것도 아닌 것'이며 또한 '존재하는 모든 것'이기도 하다.

인간에게, 아니 내게 최초의 의자는 무엇이었을까. 아마도 어머니의 자궁 속이었을까. 그럴 때의 의자는 나라는 존재의 근원이기도 할까.

태어나 걷기 시작하면서부터의 그 의자는 아마도 들길, 바위, 숲속쯤으로 바뀌었을 것이다.

그 의자들은 아무런 거부감 없이 나를 받아주었을 것이므로 아직은 의자의 존재를 나는 알지 못했을 것이나 이 자연의 의자들에서 처음 입학한 초등학교 교실의 조그만 나무의자로 옮겨 앉았을 때, 아마도 나는 비로소 의자라는 이름을 가진 사물과 처음 대면했으리라. 그 조그만 의자는 집과 들판에서가 아닌 교실이라는 세계의 행동양식을 알게 모르게 가르쳤을 것이므로 이럴 경우의 의자는 자연과 반자연의 경계이다.

아무 것도 아닌 것에서 무슨 무슨 초등학교 1학년 몇 반이라는 소속을 가진 미미한 자아는 그러나 그 의자에서 벗어나는 순간 다시 들판의 염소나 풀무치, 탱자나무 울타리에 깃들어 사는 멧새와 다를 바 없다.

하지만 문득문득 그 의자는 멧새나 풀무치의 다리를 걸어 넘어뜨리는 것으로 제 존재를 아이에게 인식시켰음이 틀림없다. 그렇게 자아와 무자아, 자연과 반자연의 경계엔 언제나 그 낡고 조그마한 초등학교 교실의 의자 하나가 학교와 들판 사이의 울타리처럼 놓여있다.

학교라는 세계가 가진 완강한 질서에 더러 반항하고 또 거부했을 때 학교는 언제나 자신이 가진 가장 무거운 사물인 의자를 벌칙으로 제시했다. 무릎을 꿇고 앉아 의자를 높이 치켜들었을 때, 그때의 의자는 저울이다.

힘겹게 들고 있던 의자라는 규율을 내려놓아 버리는 순간 일상이라는 저울은 순식간에 균형을 잃고 어느 한 쪽은 바닥으로 추락할 것이므로.

그때의 의자는 순응 혹은 견딤이라는 말이 갖는 고통스러운 무게를 고스란히 지니고 있었다. '사회에 첫 발을 내딛는다'라고 일반적으로 표현되는 직장에서 첫 번째 의자를 배정 받았을 때, 그것은 탑 혹은 벽이다.

하나의 의자 위에 차곡차곡 쌓여진 겹겹의 의자는 까마득히 높아서 자주 꿈 속으로 무너져 내린다. 하지만 그런 무너짐이 반복될수록 의자는 조금씩 닳아간다. 조직과 경쟁으로 굴러가는 산업사회의 한 귀퉁이에서 반복되는 욕망과 상실로 인해 소외되어가는 자신을 그저 바라볼 뿐인 의자는 그러나 쉼없이 꿈을 꾼다.

벽 혹은 탑이 되지 않기 위하여, 모서리가 닳아 부드럽고 편안하게 낡아가지만 자신이 의자이기 전의 시간을 모두 기억하기 위하여. 그리고 마침내는 자신을 의자이게 한 세상의 비밀을 읽어내기 위하여.

걷거나 날아서 자신의 자리를 이탈하진 못하는 의자를 의자답게 하는 건 온전히 꿈의 힘이다.

그렇게 꿈꾸는 의자 위에 언제부턴가 구름 하나가 부드럽게 떠있다. 구름은 의자가 꾸는 꿈의 실체이다. 아니 의자는 늘 흘러 다니는 운명을 가진 구름이 꾸는 꿈의 실체이다. 그 사이에 팽팽히 경직된 어떤 기운, 나는 그걸 굳이 詩라고 부르고 싶어 한다.

# 저녁의 의자

저녁은 언제나 지하철역에서 시작된다. 퇴근길 지하철 역 계단 위로 이른 별들이 떠 있는 겨울이거나 아직 뜨거운 햇볕이 지열을 달구는 여름에도 변함없이 사막같은 하루의 끝은 늘 거기서 나를 기다리고 있다.

나는 천천히 걸으며 길가의 트럭에서 도넛을 사거나 (언어장애인 부부인 트럭의 주인은 내가 손으로 가리키는 둥글고 긴 도넛 몇 개를 정확히 집어서 봉지에 넣고는 눈인사를 건넨다. 나는 어쩐지 미안해져서 인사를 되건네고 돌아서지만 봉지 안엔 언제나처럼 덤으로 한 개 더 넣은 도넛이 말없이 온기를 뿜어내고 있음을 알고 있다. 그들에게 의례적인 말은 전혀 필요치 않다.) 버스를 기다리는 정류장의 사람들을 한가하게 지나치며 집으로 향한다.

횡단보도를 건너 카인테리어 상점 앞을 지나면서부터 한낮 내내 머리 속을 맴돌던 언어들이 몸 밖으로 달려 나오기 시작한다. 종일 컴퓨터 속의 숫자와 타성에 젖은 말들 사이에 뒤섞여 헝클어지던 언어들은 상점의 유리창에 가 부딪히기도 하고 산업도로를 달려가는 차량들을 뒤쫓아 달리기도 하면서 주위를 맴돈다. 그렇게 허공으로 날아오르고 발길에 밟히며 흔들리는 도넛 봉지에 와서 매달리는 말들—탄식, 중얼거림, 노래, 비명, 반성, 고백—은 택시회사의 긴 담벼락을 지나 수건공장의 붉고 높은 굴뚝이 보이기 시작하면 조금씩 제가 가 앉아야 할 자리를 짐작하기 시작한다.

하지만 여전히 소용돌이를 거듭 중인 언어들은 결코 순순히 제자리를 찾아 앉지는 않는다. 키 작은 맨드라미며 샐비어 꽃잎을 헤아리며 걷던 택시회사의 담벼락이 끝나 주유소가 시작되는 곳에서 언어들의 저항은 마침내 폭발을 시작한다.

'버려. 그저 한가한 말놀음 혹은 몽상에 지나지 않는 시라는 형식.' '몇 마디의 말, 몇 소절의 운율로 세상이 숨긴 부분을 드러내겠다는 건 어리석은 자기현시에 불과해.' '네 속의 비열한 욕망들을 들여다 봐, 세상이 온통 유죄 투성이라면 너는, 결코 비워지지 않는 네 욕망은 또 어쩌고.' '두렵지 않아? 네가 가진 한낱 진부한 인식들로 이 완강한 세계의 질서와 맞서겠다는 건.'

나는 물끄러미 주유소를 바라보기만 한다. 아니 주유소 아래 땅 속에 깊이 숨겨진 것들에 관해 생각하기 시작한다. 스위치를 누르기만 하면 달려나와 허기진 차들을 가득 채워 달리게 하는 기름같은 언어. 누군가 마음만 먹는다면 아주 작은 불씨 하나만으로 세상을 깡그리 불태워버린 후 새로운 세상을 일으켜 세울 수도 있을 만한 힘을 가진 저 거대한 불의 집 같은 노래. 그런 그리움이 피워 문 한 개비의 담배와 더불어 천천히 주유소 앞을 걸어 지나치다 보면 어느새 수건공장 옆 다리 위에 와 닿는다. 다리 아래 하수구엔 언제나처럼 검은 물이 고여 있고 사철 진초록 몸피를 가진 동백나무 몇 그루가 거기에 제 모습을 비추고 있다.

나는 가만히 그 검은 물들과 물 속의 썩지 않는 문장들을 읽는다. 언제나 그렇듯이 하수구는 내게 한 권의 경전이다. 내 안에 들끓던 언어들을 비워 가라앉히는 곳, 세상에 춤추던 온갖 욕망들이 바로 내것이었음을 남김없이 확인하는 곳. 수건공장 굴뚝 위에 걸려있던 한 장의 잿빛 노을이 내려와 어깨를 덮을 때까지 나는 이 깊고 무거운 책 앞을 떠나지 못한다. 어린 저녁 별들이 하나 둘 물 위로 태어나기 시작할 때, 붉은 십자가들이 하나 둘 어두운 하늘을 일으켜 세울 때까지.

헝클어진 말들이 빠져나간 몸속은 가벼운 만큼 허전하지만 그 안에 어린 별 몇 개가 여전히 떠 있다면 오늘 저녁 나는 시를 가질 수 있을 것이다. 길 위에서 태어난 저녁은 다시 길 위에서 저무는 어둠이 되어 스러진다. 돌아보면 낯익은 의자 하나가 여전히 하수구에 발을 담근 채 어둠 속에 앉아 있다.

# 의자 속의 낙타

인간이 느낄 수 있는 세상의 모든 아름다움 속에는 슬픔이 숨어있다고 의자는 믿는다. 슬픔이 깃들어 그 투명한 몸을 숨기지 않는 아름다움은 아름다움이 아니다라는 다소 과격한 확신을 의자는 갖고 있다. 태어나 세상과 마주 앉았을 때 맨 처음 이 슬픔이라는 이름의 그림자와 마주쳤기 때문일지도 모른다고 의자는 제 믿음을 향해 가끔 중얼거린다.

보이지도 만질 수도 없는 이 그림자가 어디에서 태어나 어떤 길로 걸어오는지 어떻게 제 몸 속에 깃드는지 의자는 알지 못한다. 온몸으로 느낄 수는 있으나 형체를 드러내지 않는 그것이 세상 어디에나 존재한다는 걸 의자는 다만 알 수 있을 뿐이다. 햇빛 속의 꽃, 석양, 등 뒤를 지나가는 한여름의 미풍, 아무도 모르게 겨울새벽에 내려 쌓여있는 눈……. 세상의 모든 잠시 존재하는 것들에게서 의자는 아름다움을 느낀다. 그것들은 아무도 제가 단지 슬픔의 그림자였을 뿐이라고 말하지 않지만 그 낮은 침묵에게서조차 의자는 아름다움이 생래적으로 가지게 되는 향기를 온몸으로 감지한다.

그러나 세상에서 사라지지 않는, 혹은 사라지지 못하는 것들의 고통 또한 똑같이 아름다운 것임을 의자는 알고 있다. 제어되지 않는 수많은 그리움들, 인간의 시간과 몸과 영혼이 곧 제 집이어서 언제나 인간과 함께 살 수밖에 없는 온갖 고통들 또한 아름다운 슬픔의 근원들이라는 것을. 그 모든 아름다운 슬픔들이 제 몸에 깃들 때 의자는 묵묵히 그걸 바라보기만 한다. 소리내어 반기거나 손을 잡으며 웃어주거나 하지 않는다. 의자를 찾아오는 슬픔들은 매번 낯설기 그지 없다. 그래서 의자는 제 몸 속에서 집을 갖고자 하는 슬픔들에게 순순히 자리를 내어주고는 마치 남의 일인 듯 먼눈으로 건너다 볼 뿐이다. 아니 사실은 그 수많은 아름다움들을 제 몸에 가득 쌓아두고는 하나하나 그것들을 들여다보고 또 헤아리며 보곤 한다.

그런 의자의 몸속에는 커다란 몸과 낯선 얼굴을 가진 낙타가 살고 있다. 언제부터 이 이상한 동물이 의자 속을 뚜벅뚜벅 걷고 있는지 의자는 또한 알지 못한다. 의자가 아는 건 이 동물은 결코 울지 않는다는 것, 노래하지 않는다는 것, 그저 무표정한 의자 속의 길 없는 사막을 쉼 없이 걷고 있다는 사실들뿐이다.

　낙타는 제 몸 속에 또 다른 의자 하나를 스스로 얹어두고 있다. 사막을 건널 때마다 출렁출렁 흔들리는 그것은 물로 만들어진 의자이다. 왜 너는 네 몸 위에 무거운 물의 의자를 싣고 다니느냐고 한 번도 묻지 않지만 의자는 또한 그 이유를 알고 있다. 사막이야말로 세상이 마련한 아름다움의 극지임을, 슬픔이 가 닿을 수 있는 지상의 가장 먼 곳이라는 것을, 그런 극지를 건너 슬픔이 끝나는 곳에 가 닿기 위해선 언제나 제 몸 속 가득 차고 맑은 눈물을 준비해야 한다는 것을, 웃지 않는 의자의 몸속엔 바람이 불지 않아도 쉼 없이 꽃잎과 미풍과 석양과 눈이 휘몰아쳐 시야를 가로막으며 낙타의 눈을 덮는다. 그럴 때 낙타는 제 몸을 흔들어 제 몸 속에 준비한 맑고 시린 물들로 길을 가로막는 고통들의 몸을 가만히 씻어준다. 보이지 않는 사막의 길이 끝나지 않듯이 낙타의 얼굴을 덮는 고통과 그리움들 또한 끝나지 않는다. 그렇게 제 몸 속에 사막과 낙타를 숨기고 의자는 다시 세상의 모든 슬픔 쪽으로 귀를 기울인다. 슬픔이야말로 세상을 내다볼 수 있는 열린 창문이며 세상의 어둠을 씻어내며 세상을 지키는 방부제 같은 것이라고. 또한 살아있음을 확인하는 경건한 제의이며 막연하던 그리움의 얼굴을 확인하는 일일 것이라고 의자는 믿는다.

그러므로 더 많은 슬픔과 고통, 그리움이 세상엔 필요할 것이라고 생각하며 의자는 언제나 그 자리에서 혼자 묵묵히 낡아가고 있다.

# 가출하는 의자

누군들 그렇지 않을까마는 때때로 나도 내가 무겁다. 무겁고 또 무서워서 아무 곳에나 나를 벗어 내팽개쳐버리고 싶지만 그러나 나라는 개체 또한 이미 내 것이 아니다. 누구라도 그러하듯이 톱니바퀴처럼 나를 옥죄고 있는 세상의 수많은 관계 -가족 친구 이웃 직책……-들로부터 나 역시 전혀 자유롭지 못한 것이다. 이럴 경우 어떤 사람들은 술을 마시고 어떤 이는 여행을 떠나고 또 누구는 낚시나 바둑 도박 영화 등등 잡다한 취미라는 이름의 세계로 잠시 도피하지만 나는 우선 나를 짓누르는 문학이라는 이름의 의자부터 가출시키고 싶어 한다.

나는 우선 이 낡고 무겁기 그지없는 의자를 한동안 바라보며 중얼거린다. 넌 원래 내 것이 아니었어. 그런데 어쩌다보니 네가 나의 주인이 되어버렸구나. 하지만 이제는 내가 불편해서 못 견디겠으니 그만 내 집을 나가다오. 너로 인하여 나는 너무 많은 것들을 앗겨야 했고 잃어야 했고 또 소진해야 했으니 이만하면 되지 않았느냐.

하지만 이 노회한 의자는 이 정도의 힐난에는 꿈쩍 않는다. 그러면 할 수 없이 나는 이 무거운 의자와 끝도 없는 설전과 토론을 벌일 수밖에 없지만 나는 한 번도 이 늙은 의자를 이겨본 적이 없다.

의기양양해진 의자는 이제 그만 체념하고 살라는 충고까지 곁들이지만 나는 어느 날 문득 충동적으로 이 의자를 내다버리고 만다. 그리고 책들이 쌓인 방의 문을 잠그고 컴퓨터를 끈 후 나와 같은 의자를 갖고 있는 사람들의 동네 근처엔 가지 않으리라 다짐한다. 나는 그저 즐거운 기계가 되기로 결심하며 열심히 일하고 생각 없이 웃고 시간에 맞추어 식사를 하며 일찌감치 잠자리에 든다. 내가 내다버린 그 의자의 행방에 관해 아무런 관심도 갖지 않는 자신이 스스로 대견하여 아무에게나 자랑하고 싶어 한다. 그 의자가 어느 깊은 바다의 어둠 속에서 잠들었는지, 어느 눈 내리는 숲가에 앉아 있는지, 어느 들판의 매서운 바람 속에 앉아서 무너져가고 있는지 저는 아무 관심도 없어요, 라고 아무 벽에나 대고 중얼거리고 싶어 한다. 나는 이제 잠이 부족하지도 않고 늘 시간에 쫓기지도 않으며 읽어야 할 수많은 책과 이해해야 할 수많은 진실들에게 가위눌리지도 않는다.

하지만 그럴 때마다 문득문득 알 수 없는 이명이 나를 찾아오곤 한다. 길을 걸을 때나 일에 파묻혀 있을 때나 한낮의 신호대 앞에서, 혹은 텔레비전 속에서 희미하게 낮은 목소리로 내 이름을 불러대는 낯선 목소리.

돌아보면 아무도 없지만 누군가 내 이름을 부를 때마다 나는 불편해지기 시작한다. 왜 저 목소리는 누구 아빠나, 남편, 아들, 직책, 어릴 적 별명 따위로 부르지 않고 이름을 불러대는 거지? 또 내 이름은 왜 이리 낯설고 또 낯선 거지? 누가 이 밤중에 남의 집을 방문하는 거냐고 투덜대며 대문을 열면 거기 내가 내다버린 그 의자 하나가 태연히 대문 앞에 서 있다. 일없소, 나는 이런 의자는 본 적도 없소, 짜증을 내며 문을 쾅 닫고 돌아서서 잠자리로 돌아온다.

하지만 어느새 이 낡고 초라하기 그지없는 의자는 나보다 먼저 방에 들어와서는 책들이 쌓인 방의 문을 열고 들어가 컴퓨터를 켜놓고 투덕투덕 자판을 두드리거나 벽에 붙은 원고청탁서의 날짜를 연신 들여다보거나 하고 있다. 나는 이 의자가 영원히 가출해 돌아오지 않거나 혹은 다시는 가출하지 않기를 바라는 두 개의 마음 사이를 건너다니느라 또 밤잠을 설쳐야 할 것이다. 아니 다시는 밤잠을 설치지 않게 되기를 바라고 있는 건지도 모른다.

# 신경쇠약 직전의 의자

'시인'이라는 이름을 가진 수많은 의자들이 세상에 있다. 그들은 모두 제각기 자신만의 자리에서 자신만의 세계를 구축하고 있거나 혹은 그러기 위해서 전력투구하는 삶을 살고 있을 것이다(라고 나는 믿는다). 이 의자들이 왜 시라는 장르에 굳이 부역하는 삶을 가지게 된 것인지 나는 알지 못한다. 뿐만 아니라 나 자신 또한 왜 그 의자들과 같은 길을 걷고 있는 지에 관해서도 아직 마땅한 대답을 준비하지 못하고 있다. 아니 이 질문에 관한 대답을 기어코 알아내기 위해서 여전히 시에 매달려 있는 지도 모르겠다.

적어도 나 스스로에 관해 국한한다면 나는 가장 먼저 '매혹'

이라는 말을 '시'라는 말보다 먼저 떠올린다. 대부분의 시인들이 그러하겠지만 나 역시 시인이기 이전에 누구보다 시를 사랑하는 독자였고 독서의 시작은 언제나 시집이었으며 독서의 끝 또한 시에 관한 꿈꾸기였다. 독서를 통해 나는 아주 많은 시와 시인들을 알고 있었고 시가 가진 매혹에 익숙해 있었다.

하지만 막상 내가 시인의 삶을 꿈꾸기 시작했을 때 나는 내 꿈이 대단히 무모한 것이며 또 위험한 것이라는 것을 쉽사리 알아버려야 했다. 지금껏 나는 세상의 수많은 시인들이 가진 시라는 의자에 그저 편안하고 행복하게 앉아 있었을 뿐이라는 것, 그리고 의자들의 세상 바깥에서 의자들의 세상 안으로 발을 들여놓았을 때는 이미 행복한 독자의 위치는 포기해야 할 뿐만 아니라 저 수많은 의자들 사이를 끊임없이 방황해야 하는 고통스럽기 그지없는 삶을 가져야 한다는 사실을.

당황함과 두려움으로 슬그머니 뒤로 물러서는 내 눈앞으로 일어서던 거대한 의자의 벽을 나는 여전히 잊지 못한다. 어떤 의자는 제 안을 들여다보고 있고 어떤 의자는 제 바깥을 들여다보고, 어떤 의자는 지금 여기를 노래하고 어떤 의자는 여기 너머 저기를 노래하고. 큰 목소리를 가진 의자와 거의 들리지 않을 만큼 속삭이는 목소리를 가진 의자, 저잣거리에 서있는 의자, 사막에 앉아 있는 의자, 커다란 그림자들 드리운 의자, 불꽃 같은 광휘를 가진 의자, 의자, 의자들……

　나와 눈이 마주친 그 수많은 의자들에게서 비로소 나는 하나의 의자가 갖는 의미를 어렴풋하게나마 알 것 같았다. 의자들 또한 끊임없이 방황하고 모색하는 삶의 한가운데를 지나고 있을 뿐만 아니라 서로가 서로에게 의자가 되어주기도 한다는 것을.

　나는 기꺼이 그 의자들의 행렬 한 끝에 서 있기를 희망했고 또 지금도 서 있긴 하지만 의자들의 사회는 여전히 내게 매혹과 두려움의 대상이다. 의자들에게 매혹 당하는 것으로부터 시 쓰는 일을 시작하지만 세상의 모든 의자들이 그러하듯이 나 또한 한 편의 시를 가지기 위해서 끊임없이 스스로에게 묻고 또 중얼거리며 스스로 답하고 찢고 기우고 버리고 줍기를 반복하고 있다. 어떤 때는 내 안을 들여다보고 어떤 때는 내가 없는 세상을 들여다 본다. 하릴없이 저잣거리를 쏘다니는가 하면 어느새 만년설이 얼어붙은 산정을 꿈꾸기도 하고 백조의 다리와 독수리의 날개, 벽 속의 침묵과 광인의 절규 사이에 갇혀 잠들기도 한다. 그런 신경쇠약 직전의 나날들 속으로 시간은 지하철처럼 어김없이 당도하고 또 떠난다. 그 사이 또 수없이 많은 낯선 의자들은 태어나고 자라 세상 가득 향기를 돌려주지만 저 수많은 의자들, 수많은 책들 어느 하나도 신경쇠약을 예방하는 방법을 가르쳐주지는 못한다.

　가을이 아름다운 하나의 의자처럼 세상의 길들 위에 앉아 있다. 그저 가만히 그 곁을 지나치며 나는 내가 갖지 못한 의자의 향기를 맡아본다. 의자 하나를 갖기 원했으므로 아무 의자에도 쉽사리 앉지 못하는 고통을 이 가을이 위무해 주리라 믿으며.

# 괴짜들, 짱구들, 젊은 의자들*

루이 뷔뉴엘, 앤디 워홀, 피에르 파졸로 파졸리니, 오시마 나기사……. 괴짜들 혹은 짱구들로 불릴 만한 예술가들의 생애를 의자는 질투한다. 기껏해야 변방의 이름없는 시인에 불과한 주제에 감히, 라고 의자는 스스로를 자책하지만 그야말로 '질투는 나의 힘'이라고 의자는 혼자 강변한다.

그들처럼 의자도 누군가 이미 만들어 놓은 길, 모두가 당연히 옳다고 생각하고 있는 길 위에서 옳지 않은, 위험한 혹은 금지된 것들……,에 관해 골똘히 생각한다. 누구도 처음부터 이미 만들어진 길 위에 서 있지 않았을 뿐만 아니라 누구나 처음엔 자신만의 길을 가지고 있었을 것이라고.

다만 모두가 위험한 것, 금지되어 있는 것들에 관해 오래 교육을 받아왔고 또 그것들을 선택함으로써 필연적으로 가져야 하는 소외의 고통에 관해 체험하기보다는 두려움을 먼저 체득했기 때문에 모두가 함께 걸어가는 안전한 길을 선택했거나 선택하고 있을 거라고. 아웃사이더가 가져야 할 두려움을 누구나처럼 잘 알고 있는 의자 역시 남다르지 않게 평범한 길을 걸어왔지만 여전히 일탈과 전복에 관한 위험한 꿈을 버리지 못한다. 아니 시간에 부대껴 낡아갈수록 의자는 자신이 벗어나지 못했던 두려움에 관해, 자신이 선택하지 못했던 위험한 길에 관해 집착하는 자신을 발견하고 또 발견한다.

의자는 그저 평범한 아이였고 어른이지만 제 안에 웅크리고 있는 가시 같은 욕망, 즉 누군가 만들어 놓은 길 위에서 뛰어내리고 싶어 하는 또 다른 의자 하나를 늘 의식하며 살고 있는 것이다. 삶이나 예술에서 영원한 진리나 규범과 규칙 따위는 없는 것이라고 믿고 싶어 하고 의자를 짓누르는 절대적 공포로부터 자유롭고자 하며 무엇보다 세상이 지금껏 쌓아온 것들을 뒤집어 그것들에 관해 처음부터 다시 생각해보고 싶어 하는 또 다른 의자.

의자 속에 존재하는 이 또 다른 의자는 언제나 의자의 일상을 가로막고 시비를 걸며 발을 걸어 넘어뜨린다. 의자는 늘 제 속의 의자에게 말한다. 넌 그저 몽상가일 뿐이며 넌 한갓 미망에 사로잡혀 있을 뿐이라고. 몽상가와 사랑에 빠지는 일은 어리석은 일이라고. 그러면 또 다른 의자는 말한다. 지금의 넌 처음에 태어난 네 자신 그대로의 의자가 아니라 길들여지고 사육 당했으므로 자신을 잃어버린 허깨비라고. 체제에 따라 몸을 바꾸고 옷을 갈아입었으며 그럼으로써 본래의 제 모습을 잃어버린 어릿광대일 뿐이라고.

제 안에 버티고 앉아 사사건건 의자를 간섭하고 지배하는 또 다른 의자 하나로 인해 의자는 언제나 혼란에 휩싸인다. 시를 쓸 때, 어떤 상황과 맞닥뜨렸을 때, 누군가와 사랑에 빠질 때, 또 무언가를 극도로 증오할 때, 그렇다면 두 개의 의자가 행복하게 만날 수 있는 지점은 어디인가. 그게 가능하기는 한가.

의자는 또한 행복하기 그지없는 성공을 이루어낸 수많은 이름들에 둘러싸인다. 너무도 익숙해서 마치 가족이나 친구처럼 느껴지는 눈부시게 온건한 이름들. 하지만 의자는 그런 이름들에게서 전혀 질투를 느끼지 못하는 자신을 발견한다. 의자에게 질투를 유발하는 이들은 그들의 업적이나 성과와는 상관없이 적어도 삶을 자신의 의지대로 살 수 있었던 제 삶의 주인공들이었을 것이라고.

장 미셸 바스키야, 짐 모리슨, 프란시스 베이컨······. 의자는 주문처럼 이 이름들을 불러내며 제 안의 의자에 가만히 앉아본다. 편안하다. 그리고 항상 남의 의자에 앉아 있는 듯한 불편함을 느끼지도 않는다. 그때, 누군가 의자의 어깨를 툭툭 건드려 깨운다. '몽상가와 사랑에 빠지지 말라'는 노래를 언제나처럼 의자에게 들려주면서.

* 이제하의 영화산문집 「괴짜들, 짱구들, 젊은 영화들」에서 빌려옴.

# 의자와의 인터뷰

**독자:** 시인들을 만나면 묻고 싶은 게 꼭 하나 있었는데, 그건 '요즘 시들은 너무 어렵다'는 것이다. 왜 그런가. 나같은 평범한 사람도 쉽게 읽고 감동을 받을 수 있는 그런 시를 쓸 수는 없는가.

**의자:** 그런 시들을 찾아 읽겠다고 노력해 본 적 있는가. 물론 대부분의 현대시는 아무런 준비 없이 읽어내기란 어려운 게 분명하다. 하지만 마음만 먹는다면 당신이 원하는 그런 쉽고 편한 시들도 서점과 도서관에 가득하다. 현대시가 난해하다는 말은 현대사회가 그만큼 단편적이지 않다는 말과 동의어가 아닐까.

**독자:** 물론 우리의 교육현실에 문제가 있기는 하다. 나만해도

은유니 상징이니 하는 국어공부를 꽤나 열심히 했지만 그건 다만 대학입시를 위한 것이었을 뿐, 독자적인 시 감상엔 별로 도움이 안되는 게 사실이다. 그렇다고는 해도 현대시를 온전히 이해하기 위해서 문학공부를 깊이 해야 한단 말인가. 왜 소월이나 목월 같은 시인들을 지금은 만날 수 없는가.

**의자:** 글쎄. 누구나 자신이 이해하는 만큼 삶을 이해하고 세상을 이해하지 않을까 생각한다. 미술관에서 추상회화를 감상한다고 친다면, 회화에 관한 아무런 지식이 없다고 해서 아무런 느낌도 받지 못할까. 그런 불편함을 느껴서 그 방면에 관한 책을 뒤적여 본 경험은 또 없을까. 시인은 시대의 거울이어야 한다는 건 이미 진부해진 말이기는 해도 여전히 유효하다. 문명과 산업, 타장르의 예술과 마찬가지로 시도 변화를 거듭하며 발전한다. 그리고 세상에 똑같은 시인은 없다, 필요하지도 않고. 그렇지 않겠는가.

**독자:** 현대시들을 읽으면 솔직히 골치가 아프다. 이건 시를 읽는 즐거움은커녕 고통이다. 시인에겐 세상의 고통을 껴안으며 독자를 위무해야 할 의무가 있는 것 아닌가.

**의자:** 어떤 시를 한 편 읽으며 고통을 느꼈다면 그건 아마도 시인이 의도한 바일 수도 있을 것이라는 생각이다. 거칠게 요약한다면 세상엔 두 가지의 시가 존재하지 않을까 생각

한다. 독자로 하여금 고통을 느끼게 하는 시와 즐거움, 감동, 위로를 주는 시. 카타르시스만이 독서의 목적이 아니듯 위무의 전달만이 또 시의 기능이 아니지 않은가. 추악한 현실을 직시하는 고통, 삶의 난해함을 절감하는 고통도 독서의 한 기능이지 않을까. 그리고 일시적으로 얻고 잊어버려도 좋은 위안을 원한다면 영화, TV, 대중음악도 있다.

**독자:** 그렇다고는 해도 나는 좀더 쉽고 편안하게 이해되는 시를 읽고 싶다. 그런 시를 쓸 생각은 없는가.

**의자:** 나 또한 평범한 생활인에 불과하고 또 대부분의 시인들과 마찬가지로 내게 있어서 시는 내가 가진 유일한 비상구이며 또한 내가 가진 전부를 쏟아 붓는다 해도 어쩌면 열리지 않을지도 모르는 벽이기도 하다. 시를 쓰기 위해 나는 영화를 보고 미술관에 가고 신문을 보고 독서를 하며 음악을 듣고 술을 마신다. 시는 내 삶의 모든 자양분을 앗아가는 블랙홀 같은 것이다. 그러므로 시가 더 난해해질지 혹은 쉬워졌다고 느껴지게 될 지는 아직 모르겠다. 시는 시인의 모든 감각을 끊임없이 자신을 향해 열어놓기를 요구하는 힘든 장르이기는 하지만 내가 아는 한 시는 또한 세상에서 가장 완벽한 장르이다. 그런 시들이 난해하거나 어렵다는 불평을 듣는다 해도 별로 섭섭하지는 않다. 다

만 미안할 뿐이다. 왜냐하면 독자들도 온 마음을 다 열어 시를 읽을 것이기 때문에.

# 의자와의 지난한 싸움

    언제였지 정확하진 않지만 어느 날 나는 의자를 발견했다. 그 의자는 내가 알지 못하는 아주 오래 전의 시간부터 거기 있었을 터였고 많은 사람들이 의자를 사랑하거나 증오하거나 무시하거나 일용할 양식으로 삼아왔겠지만 어쨌든 나이 스무 살을 훌쩍 넘긴 후에야 나는 의자를 발견했다. 누구도 말릴 수 없고 누구의 충고도 귀에 들어오지 않을 만큼 의자에 깊이 매혹당했으므로 나는 의자를 갖고자 했다. 의자를 갖는 일은 의자를 사용하는 일과는 다르다. 이미 누군가 만들어 놓은 의자를 들여놓는 일은 의자를 갖는 일이 아니다. 의자를 갖는 단 한 가지 방법은 스스로 의자를 갖는 일 뿐이라는 어리석은 확신에 차 있을 때이므로 나는 무모하게도 의자를 만들기로 결심했다. 의자를 만드는 사람. 그건 참 가슴이 마구 설렐 만큼 멋진 이름이라고 생각되었다. 아름답고 멋진 의자를 만들기 위해서는 어떤 의자들이 세상에 태어나 있는지 알아야 했으므로 나는 먼저 서점과 도서관을 뒤졌고 시장과 백화점을 순례했으며 음악회와 미술전시장과 술집을 애인으로 삼아야 했다. 하지만 그건 참 따분하고 실망스러웠으며 내 속에 충만한 용기와 패기 따위를 쉽사리 꺾어내는 일이었다. 세상엔 참으로 많은 의자들이 있었고 너무 훌륭한 '의자 만드는 사람'들이 있었으며 스스로 자신이 최고의 '의자 만드는 사람'이라는 믿음에 관해 한 치의 의심도 없는 사람들로 넘쳐났다. 뿐만 아니라 그들은 마치 자갈치시장의 노점들처럼 서로 자신의 의자가 훨씬 더 싱싱하고 육질이 좋으며 한 점의 이물질도 유입되지 않은 청정해역에서 평생을 살아온 우직하고 순수한 어부가 태풍과 해일과 암초를 뚫고 나가 잡아온 최상품의 의자라는 걸 마음껏 뽐내고 있어서 나는 태어나 처음으로 절망이라는 말의 의미가 무감각한 뼈 속에 새겨지는 경험과 만나야 했다. 의기소침한데다 우울한 경멸마저 갖게 된 나는 세상의 넘쳐나는 의자들을 그저 바라보기만 하고 냄새를 맡고 조심스럽게 몸을 앉혀보기만 했다. 하지만 그럴수록 세상의 의자들은 향기롭기가 그지없고 편안하기가 이루 말할 수 없었으며 내가 만난 세상의 그 무엇보다도 아름다운 모습들을 뽐내어 왔다. 심지어는 악몽에 시달리다 깨어난 새벽의 머리맡 어둠 속에 황금빛 광채를 띤 채 신비로운 모습으로 앉아있기 까지 했다. 문득 어릴 적 살던 시골마을의 옆집에 살던 늙은 목수를 떠올렸다. 그는 평생을 남의 집 낡은 문이나 서까래, 돌쩌귀등을 고치고 고장 난 장롱이나 찬장을 수리해 꽃이나 새 따위를 새겨 넣어 새로운 것처럼 만들어냈으며 부자들을 위해 반짝이는 은장도나 은반지를 만들고 새로 지어진 집의 벽을 장식하기 위해 구름 아득히 흘러가는 강과 산이 있는 풍경들을 그려내기도 했다. 그런 연유로 그는 마을에서 꼭 필요한 사람이었지만 그는 늘 가난했고 가난해서 혼자 살았던 터에 사람들의 업신여김을 받았으므로 저런 훌륭한 사람이 제대로 대접을 받지 못하는 일은 부당하다고 내가 늘 생각해오던 사람이었다. 그 새벽에 왜 불현듯 그가 생각났는지, 악몽의 끝에 앉아있던 그 눈부신 의자와 그 늙고 초라한 외양을 가졌던 늙은 목수 따위가 생각났는지는 알 수 없다. 다만 확실한 건 여전히 내가 '의자를 만드는 사람'이 되기를 원한다는 사실을 확인했다는 것이고 사람들이 업신여기던 그 늙은 목수가 어쩌면 저 멋진 의자를 만들었는지도 모르겠다는 생각이 들었다는 것이다. 어쨌든 그 이후 나는 '의자를 만드는 사람'이 되기로 결심했다. 물론 "의자 하나 만드는 일이 도시 하나를 설계하는 일보다 훨씬 어려운 일"이라고 'Mies van der Rohe'라는 사람이 진작에 말했다는 사실을 알았더라면 생각이 달라졌을 지도 모를 일이지만.

# 3

괴물

# 거울은 힘이 세다

구스타프 클림트 〈벌거벗은 진실 Nuda Veritas, 1899〉

**재림**

카라바지오. 프리다 칼로, 요하네스 베르메르, 피카소, 살바도르 달리, 장 미셸 바스키야, 프란시스 베이컨…… 화가의 생애나 작품세계를 소재로 한 문학작품이나 영화들은 일정한 요건들을 갖추고 있다. 당대에 충격적이고 전위적인 작품을 제시했거나, 당대에는 평가받지 못해 불우한 삶을 살았으나 후대에 와서 재평가되었거나, 평생 일삼은 기행이나 악행으로 이름이 높거나, 작품의 명성만큼 다채로운 스캔들 속에서 살았거나 등등. 오스트리아의 화가 구스타프 클림트(1862~1918)의 생애가 최근에 영화로 만들어졌다. 클림트는 어떤 경우에 속하게 될까. 기이하게도 클림트는 앞서 예를 든 이 모든 경우들을 다 내포한 화가에 속하지 않을까 싶다. 18세기 유럽대륙에 퇴폐적이고 에로틱한 여성을 그려 충격과 비난을 주고받았고, 새로운 예술의 한 사조를 창설해 이끌며 당대에 명성을 떨침과 동시에 많은 화가들에게 영향을 미쳤으며, 평생 결혼하지 않은 채로 10명의 사생아를 둔 자유주의자로 살았지만 무엇보다 최근에 그의 그림 〈아델레 블로흐바우어의 초상, 1907〉이 피카소의 그림 〈파이프를 든 소년〉보다 더 높은 가격으로 팔려 세상에서 가장 비싼 그림이 되었으니. 그 일을 빌미로 세상은 클림트의 재발견, 재평가를 한목소리로 외쳐대지만 사실 그의 대중적 지명도는 피카소, 고흐에 뒤지지 않는다. 그의 작품 〈입맞춤 The Kiss, 1907-08〉은 영화포스터나 배우의 브로마이드처럼 친숙하고 그의 그림들은 인터넷 속의 각종 홈페이지, 블로그에 빠지지 않고 올라있는 21세기의 대표적인 이미지이기도 하다. 그의 작품이 현대에까지 사랑받는 이유는 자명하다. 인간의 내면에 내재한, 영원히 소멸하지도 않지만 영원히 채워지지도 않는 욕망인 에로티시즘을 솔직하고 화려하게 구현해낸 까닭이다. 그가 창조한 아르 누보 형식의 아름다운 그림들에게 공감하는 사람들은 은밀하게 그에게 화답한다. 인간의 욕망은, 그 중에서도 에로티시즘은 가장 힘이 세다고.

**황금의 비**

에로티시즘을 향한 인간의 감각은 언제나 본능적이다. 에로티시즘은 인간의 생명이 수명을 다할 때까지 육체와 영혼 속에 남아있다. 그건 누구도 막지 못하는 것이고 또 막을 수도 없으며 인종과 성별, 세대를 아울러 가장 쉽게 이해를 주고받는 막강한 친화력과 공감각을 내재하고 있다. 오스트리아의 화가 구스타프 클림트는 그걸 누구보다 빨리, 뛰어나게 이해했고 또한 시간을 초월해 영원하리라는 것을 믿어 의심치 않았다. 그래서 그는 인간에게 잠재한 관능과 욕정과 성애를 그림으로 노래하고 기록했다. 그것도 인류가 가장 고귀한 색깔로 여기는 황금색으로. 그는 인간의 원초적인 욕정을 노래하는 데 있어서 조금의 주저도 없었고 비유의 형식을 빌리지도 않은 채 늘 직설의 방법을 택했다. 클림트가 금기와 퇴폐를 두려워하지 않은 이유는 물론 늙은 세대가 권위와 보수라는 겹겹의 옷자락 속에 은폐하고 있는 인간의 본성 혹은 본질을 들춰내고자 하는 청년세대 특유의 도발과 저항의 욕망도 있었겠지만 무엇보다 이미 존재하는 낡고 전통적인 가치관들에게 결별을 선언하고 새로운 시대의 새로운 양식의 예술(아르 누보)을 욕망했기 때문이다. 18세기 유럽의 예술양식, 그 중에서도 현대미술의 새로운 흐름을 외면한 채 고전적 사실주의에 정체되어 있던 오스트리아 비엔나의 늙은 기운은 클림트에게 발기부전의 땅에 다름없었을 터. 그

는 이 황무지에 관능의 즐거움과 성애의 환희를 찬미하는 노래
(그림)를 퍼뜨리고자 분리파分離派를 창설한다. 그리고 황금과
대리석과 유색보석으로 치장하는 화려한 장식의 기법을 도입
했다. 인간이 느끼는 관능의 아름다움과 욕정의 충족이 가져다
주는 쾌락은 클림트에게서 번쩍거리는 황금의 비가 내리는 공
간으로 형상화되었으며 그의 대부분의 그림 속에 이 황금의 이
미지는 등장하는데, 장식성과 관능성은 클림트의 화풍을 축약
하는 단어이기도 하지만 당시 분리화 화가들의 공통된 특성으
로까지 확장된다.

### 팜므 파탈

클림트의 그림 속 여인들은 당대의 전통적인 여인상과 확연
한 변별성을 가지고 등장한다. 수동적이고 순종적인 여인상이
아니라 자신의 쾌락을 위해 퇴폐와 금기를 서슴지 않는 낯설고
위험하기까지 한 여성들이다. 이 새로운 여성들의 출현은 18세
기의 늙은 유럽대륙에 공포와 두려움을 안겨준다. 그에 비해 클
림트의 그림 속의 남성들은 거세공포에 지배된 수동적이고 절
망적인 피해자로 나타난다. 그들은 단지 육욕의 덫에 갇힌 유약
하고 초라한 존재들일 뿐이어서 거의 대부분 자궁을 상징하는
상관물 속에 갇혀있다. 클림트는 여성을 관능적 대상으로 이해
했고 그의 그림 속 여자들은 그 무엇도 두려워하지 않는 여신,

그 중에서도 관능의 축복을 기꺼이 향유하는 존재로 그려진다.

그의 그림 〈물뱀 Water Serpent, 1904-1907〉 속엔 아름다운 비늘을 가진 커다란 뱀에게 나포된 금발의 두 여자가 물속에서 서로 껴안고 있다. 동서고금으로 뱀은 상서롭지 못한 것, 부정 또는 악의 상징이다. 큰 뱀이라는 뜻의 영어 Serpent의 어원은 성서 속의 사탄(Satan)에서 유래됐다는 것에서도 알 수 있듯이 뱀은 또한 인간을 쾌락의 세계로 유혹하고 이끄는 존재이다. 하지만 여인의 얼굴에서 금기에 관한 불안이나 두려움은 찾아볼 수 없다. 오히려 충족된 관능의 만족감에 나른하게 젖어있는 듯하고 그걸 축복하듯 녹색과 황금의 수초가 부드럽게 여인의 몸 위에서 흔들린다. 전형적인 포르노그래피의 형식, 즉 눈을 감고 반쯤 입을 벌린 채 풍만한 넓적다리를 전면에 드러낸 포즈로 웅크려 남성을 유혹하는 나부를 그린 〈다나에 Danae, 1907-8〉, 수줍은 홍조를 얼굴에 띤 채 서로 뒤엉켜 끈적한 쾌락에 잠겨있는 벌거벗은 한 덩어리의 여체를 그린 〈처녀 The Maiden, 1912-13〉, 남성을 지배하고 농락하며 파멸로 이끄는 팜므파탈의 이미지를 가진 퇴폐적이고 육감적인 표정의 누드인 〈유디트 Judith, 1901〉, 열정적으로 서로를 껴안은 채 남녀가 입맞춤을 나누고 있는 〈The Kiss, 1907-08〉 등은 이런 경향을 대표하는 작품들이며 클림트의 대표작이기도 하다.

**쌍생아**

이와 동시에 클림트는 관능의 환희와 성애의 쾌락은 또한 늘 죽음과 등을 맞대고 있는 쌍생아로 인식했다. 눈부시게 아름다운 육체들이 뿜어내는 에로틱한 관능의 바로 등 위에 깃든 죽음의 그림자는 인간의 육체가 삶과 죽음이 동시에 진행되는 시간의 집이라는 것을 직설적으로 드러낸다. 벌거벗은 남녀, 갓 태어난 아기에게 행복한 미소를 보내는 모자의 곁에 서서 음울한 시선으로 이들을 지켜보는 죽음의 신을 그린 〈삶과 죽음 Death and life, 1916〉 아이와 여인의 분홍빛으로 빛나는 육체와 주름투성이의 쇠락한 육체를 드러낸 노파를 황금색과 회색, 검은색으로 구분된 한 화폭에 배치한 〈여인의 3세대 The Three Ages of Woman, 1905〉, 벌거벗은 채 부풀어 오른 복부를 감싸안은 임산부의 등 뒤에 음산하게 숨어있는 해골을 그린 〈희망 Hope, 1903〉 등이 이 경향을 대표하는 그림들이다. 신이 인간에게 베푼 최상의 축복인 사랑의 감정은 인간이 언젠가는 필연적으로 맞이하게 될 죽음의 공포를 잊게 한다. 권태로운 일상에서가 아니라 사랑을 나누는 불꽃같은 쾌락의 정점에서 비로소 그것이 또한 극한적인 고통의 감정과 닮아있다는 것, 그 고통은 죽음에의 두려움에 다름 아니라는 것을 깨닫게 하는 것이다. 에로티시즘의 그림자에 죽음을 배치하고 형상화한 그림들은 생명이 가진 본능적인 쾌락을 찬양한 그림들과 강렬한 대비를 이룬다. 이런 관념적 이분법의 대비를 드러내는 그림은 클림트 말년의 세계관을 극명하게 드러내는 것으로 이는 그의 제자였던 에곤 쉴레의 그림(죽음과 소녀 등) 등에도 영향을 미치게 된다.

### 거울

1896년 클림트가 분리파를 창설한 후 〈법학〉〈의학〉〈철학〉 3부작을 발표했을 때, 그의 그림은 외설과 춘화라는 평가를 받으면 논란에 휩싸인다. 또한 이 사건으로 클림트는 젊은 화가들을 이끄는 개혁주의자로 인정받게 되기도 한다. 클림트가 활동하던 동시대에 지그문트 프로이드가 〈꿈의 해석〉을 출판하고 말러는 〈교향곡 제3번〉을 초연했으며 요하르트 슈트라우스는 〈짜라투스트라는 이렇게 말했다〉를 작곡했고 에드바르드 뭉크는 〈절규〉를 그린다. 클림트가 주창하고 일관되게 고집해온 세계의 근간이 어디에 있는가를 짐작하게 하는 역사적 사실들이다. 낡고 정체된 과거의 문화로부터 새로운 문화, 새로운 인간으로 나아가고자 했던 분리파 화가들이 제시한 상징 가운데 하나는 '거울'이다. 세기말의 인류에게 예술이라는 형식과 이름을 가진 거울을 들이대고자 한 것이다. 1899년, 클림트는 발목에 뱀을 감은 채 아무 것도 비추지 않은 텅 빈 거울을 든 여인의 누드에다 〈벌거벗은 진실 Nude Veritas〉이라는 제목을 붙였다.

그 이후 클림트는 그 거울 속에서 자신이 본대로 인간의 내면에 잠재한 벌거벗은 욕망들을 정직하게 그려냈다. 성적 환희를 갈구하고 실행하는 황홀한 육체들. 인간의 성기에서 뿜어져 나오는 액체처럼 끈적한 공간에 놓인 사람들의 표정과 몸짓들을 인간의 성기를 상징하는 문양들과 화려한 황금빛 색채로 장식하며 찬미했다. 그는 거울을 믿었고 거울에 비친 자신과 사람들의 모습을 거부하지도 왜곡하지도 않았으므로 21세기에도 여전히 황금빛 광채를 내뿜으며 살아 숨쉬고 있다. 텅 비어 있지만 언제나 진실만이 담기는 거울이라는 조그만 그릇은 힘이 세다. 영원히 변하지도 깨어지지도 않는다. 에로티시즘이라는 인간의 욕망이 그러한 것처럼.

# 窓 혹은 門으로서의 영화

반짝이는 가위가 머리속을 헤집는다. 쭈글쭈글한 뇌의 주름사이 나비가 알을 슬었구나. 이발사의 흰 손이 물컹물컹한 뇌를 움켜쥐고 자르기 시작한다. 투명히 붉은 나비의 알들이 투둑 툭 터진다.

펄럭이는 검은 날개들이 졸음을 덮는다. 매캐한 은분들이 콧등에 내려 앉는다. 천천히, 아주 천천히 움직이는 날개 위에 선명히 찍혀 있는 바코드, 아무 생각 없이 나는 읽을 수 있다. 아무렴 제 이름도 못 읽는 사람이 있을라구요.

23.66.13.2

23.66.13.2

이발사는 물고기 같은 손을 가졌다. 천천히, 아주 천천히 물고기는 펄럭이는 날개들 사이로 유영한다. 날개들이 찢겨진다. 집들이, 나무가, 구름이 종이장 처럼 찢겨져 팔랑인다. 거울 뒤 커다란 구멍에서 누군가 손을 내밀어 흔든다. 잘있었니?

잘가거라. 또 오렴

문을 열어주는 이발사의 목소리는 다정하다. 얼굴 없는 몸이 몸 없는 얼굴을 손에 들고 이발소 문을 나선다. 가볍구나. 몸 없는 얼굴이 얼굴 없는 몸에게 속삭인다. 대답하듯 발아래 거울이 화들짝 깨어진다. 우린 언제나 조심해서 걸어야해, 그렇지 않아?

네 차례로구나. 흰 보자기가 몸을 덮자 눈을 감고 목을 움츠린다. 겁내지 말아라 얘야. 나는 30년 동안 머리를 잘랐지만 아직 집을 찾지 못했단다. 30년 동안이나 얼굴 없는 몸들이 거울 속으로 걸어들어 온다. 안녕하세요?

깨끗이 잘린 목, 검은 구멍에서 연기처럼 나비떼 피어오른다. 이상해요. 요즈음은 밤이 너무 빨리 찾아와요. 거울 쪽으로 숙여진 얼굴을 이발사의 두 손이 지긋이 잡아당겨 곧추세운다.

아주 화창한 날이구나. 그렇지?

　– 졸시 「이발소」 전문


**백일몽**

머리를 자르기 위해 이발소에 간다.

머리를 자르기 위해? 아니 사실은 머리카락을 자르러 가는 것이지만 대부분의 사람들은 머리카락 대신 머리라고 말해버린다. 머리를 자른다?. 그럼 이발사는 조선시대의 사형집행인인 망나니란 말인가? 붉은 옷을 입고 산발을 하고 커다란 반월도를 휘두르며 춤추는 망나니. 하지만 이발사는 흰 가운을 단정하게 입었고 자신의 머리카락은 기름을 발라 단정하게 뒤로 빗어 넘겼다. 머리 혹은 머리카락을 자르기 위해 이발소 의자에 앉는다. 이발사가 머리를 만지면 이상하게 졸음이 온다. 졸면서 나는 낮 꿈을 꾼다. 데이빗 린치(David Lynch)의 영화 〈이레이저 헤드 Eraserhead〉에서처럼 내 머리가 뎅강 잘려나가 연필지우개가 되는 꿈. 연필 뒤에 붙어있는 내 머리로 노트에 씌어진 글들을 지우면 지우개처럼 내 머리도 뭉개진다. 내 머리는 뭉개지면서 글자를 지운다. 반쯤 뭉개진 내 머리 속이 궁금하여 나는 연필을 들어 내 머리 속을 들여다본다. 머리속에 지워지다만 글자들이 묻어있고 뇌의 촘촘하게 붉은 주름 사이마다 조그만 알들이 숨어있다. 나는 그 알들을 나비의 알이라고 생각한다. 내가 나비, 를 생각하는 순간, 내 머리 속에서 검은 나비 떼가 일제히 날아오른다. 한낮이 캄캄해진다.

**빛의 창문**

영화는 서사적인 구조를 가진 한 시간 반가량의 산문이라고도 할 수 있겠지만 1/24초 동안 진행되는 한 프레임의 이미지들이 쌓여 서사를 구축한다는 점에서 영화는 또한 시와 닮아있다. 그리고 금세기의 가장 매혹적인 장르로서 영화는 제 위상을 확고히 한 지 오래다. 예술이자 산업이며 오락이자 학문의 절묘한 결합체인 영화라는 장르는 처음엔 문학의 적자로 출발한 하위장르였으나 문학의 한계를 초월, 이제는 문학뿐만 아니라 지금까지 존재해온 모든 예술의 장르들을 점령한 공룡이 되어 있다. 영화는 또한 한 국가의 문화적 척도를 가늠할 수 있는 가장 보편적인 잣대 역할을 하는, 누구에게나 손쉬운 감동과 재미의 전달력을 가진 세계공통어이며 인간이 향유할 수 있는 모든 문화장르의 집합체이기도 하다. "20세기 전반에 대도시적인 삶의 일부분이고 영화관은 대도시의 내부이며 대도시 또한 영화관의 내부에서 표본적으로 모사되고 있다"고 한 보드리야르의 말이 익숙하다 못해 진부한 것이 되어버렸을 정도로.

언어로 이미지를 구축하는 시인은 그럼 영화에서 무엇을 보는가. 영화라는 거대한 산업은 시인이 원고지에, 혹은 컴퓨터 모니터에 시를 쓰는 일같은 수공업이 아니므로 누구나 장 꼭토처럼 '빛의 잉크'로 스크린에 시를 쓸 수는 없는 일이다. 그러므로 일상에서의 지리멸렬을 견디는 방법의 하나로 때때로 영화라는 오락을 찾는 사람들의 무리에서 떨어져 나와 영화라는 장르가 세상을 인식하고 형상화하는 방법을 시인들은 보고자 할 것이다. 때로는 질시에 찬 눈으로, 때로는 경이와 감탄의 마음을 숨기지 못한 채. 그럴 때 영화는 문학처럼 타인의 눈을 통하여 세상을 바라보는 窓이 된다. 움직이는 현란한 이미지들로 가득 찬 빛의 창문.

**악마 혹은 괴짜.**

데이빗 린치는 헐리우드가 "꿈의 공장"만은 아니라는 걸 보여주는 대표적인 감독일 것이다. 오직 이윤을 남기는 산업만이 최우선의 목표인 헐리우드에서 그는 기괴하고 음울하며 끔찍하기 그지없는 영화들을 만들어 낸다. 데이빗 린치는 표면적으로 안온하기 그지없는 일상이 사실은 자세히 들여다보면 "잘린 귀가 버려져 있는 정원"이거나(Blue Velvet) 추한 외모 속에 숨은 고귀한 영혼을 알아보지 못하는 소경들의 세상이거나(The Elephant Man) 논리적으로 설명 혹은 이해가 불가능한 일들이 끊임없이 벌어지는 작은 마을이거나(Twin Peaks) 현실과 악몽의 경계가 불분명한 정체불명의 어떤 가상공간(Eraserhead, Lost

Highway)이라고 생각하는 듯하다. 그래서 "꿈의 공장" 반대편을 홀로 어슬렁거리는 비주류의 이단아이기를 주저하지 않는다. 1977년에 만들어진 데이빗 린치의 영화 〈이레이져 헤드〉는 불길하고 기분 나쁜 상황과 이미지로 가득 찬 악몽 같은 영화이다. 줄거리 요약이 불가능할 뿐만 아니라 현실과 환상의 경계는 모호하거나 지워진 채 이해할 수 없는 불가해한 상황으로 가득차 있다. 때로 그것들은 너무 끔찍하거나 참혹해서 눈을 가리고 싶을 정도이다. 접시 위의 구워진 비둘기의 허벅지가 경련을 일으키며 용암같은 검은 피를 내뿜는다거나, 갓난아기의 온몸이 붕대로 감겨져 있어 붕대를 풀면 아기 스스로 배의 외피를 벌려 내장을 드러낸다거나, 벌려진 아기의 뱃속에 비둘기의 허벅지와 내장, 고환 등이 역겹게 숨을 쉬고 있다거나, 아이와 아버지의 머리가 갑자기 바뀐다거나, 화분 속의 시든 식물이 피를 토한다거나…… 데이빗 린치는 인간의 일상에 잠재해 있음에도 불구하고 미처 인식하지 못하는 공포의 감정들에게 예민하게 감응하는 더듬이를 가진 듯하다. 그래서 그의 영화는 일상의 숨겨진 이면으로 들어가는 낯설고 두려운 문이다. 그 문 속의 세상은 추악하고 불결하며 악몽보다 끔찍한 일들로 이루어져 있다. 문을 박차고 햇빛 화안한 현실의 일상으로 뛰쳐 나올 것인지, 눈을 크게 뜨고 구역질을 참아가며 그것들을 찬찬히 들여다 볼 것인지를 선택해야 하는 기이하게 낯선 세상으로 열린 문.

## 부드러운 텍스트

영화는 더러 향기마저 풍기는 말랑말랑한 텍스트이다. 그래서 뜯어먹기가 힘들 뿐만 아니라 소화도 잘 안되는 역사, 철학, 미학서적등 활자매체들보다 더 쉽게 구미가 당기는 메뉴이기도 하다. 그러므로 나는 딱딱한 텍스트들에 멀미를 느낄 때엔 주저없이 극장의 어둠 속으로 잠입하거나 한밤중에 일어나 DVD플레이어를 켠다. 스크린 위에서 나는 때때로 들뢰즈-가따리의 기관없는 신체를, 리오따르의 표류를, 보들리야르의 시뮬라크라를, 푸코의 육체를, 데리다의 경계를 감지하거나 조우한다. 뿐 만 아니라 피터 그리너웨이의 새로운 영화에서 해체를, 압바스 키아로스타미의 영화에서 리얼리즘의 진정성을, 테렌스 멜릭의 영화에서 서정의 극치를 경험한다. 그런 경험들은 내게 심한 질투심과 소외감을 안겨다 줄 뿐만 아니라 언어의 기능에 관한 회의와 혼란을 안겨다 주기도 한다. 그럼에도 내가 영화관과 영화 관련 인터넷 사이트의 순례를 멈추지 못하는 이유는 영화가 세상을 되비추는 대단히 성능이 좋은 거울이기 때문이다. 그래서 때때로 나는 이 거울들에게 되묻곤 한다. 넌 왜 문학의 관심과 시선이 미처 가닿지 못하는 곳에 언제나 먼저 도착해 있냐고. 지금 내가 발딛고 서있는 지점은 어디쯤이며 나는 무엇을 보고 있으며 또 보고자 하느냐고. 현대의 영화는 넓고 깊은 시각을 갖추고 있다. 이 부드러운 텍스트는 힘이 세다.

**꿈속보다 낯선**

이상하다. 이발소에서의 내 꿈은 깨어지지가 않는다. 아니 내가 꿈속에서 머리카락을 자르러 왔는지도 모른다. 이발사의 번쩍이는 날 선 가위가 날렵하게 움직일 때마다 내 머리 속에서 자라난 검은 나무들이 베어진다. 섬세한 뇌의 주름들에 찍힌 글자들이 잘려나간다. 잘려 나간 글자들을 나는 읽을 수가 없다. 모음만으로 혹은 자음만으로 이루어진 글자들. 눈 앞 가득 검은 나비들이 날아다닌다. 나비들은 날개마다 선명한 금빛의 바코드가 찍혀있다. 이상하게 그 바코드만은 잘 읽힌다. 나는 그 바코드에 찍힌 금액들, 숫자들을 기계적으로 세어 기억하기 시작한다. 내가 암기한 바코드들을 이발사의 가위가 잘라내기 시작한다. 검은 나비들의 날개가 잘려진다. 잘려진 날개들이 떨어져 내린다. 우수수, 우수수. 툭툭 어깨를 치는 이발사의 손에 의해 나는 내 머리 속을 벗어난다. 내 목 위에 달린 머리가 한결 가벼워져 있다. 이발소 문을 열고 밖으로 나온다. 햇빛이 쏟아진다. 이상하다. 집으로 가는 길을 찾을 수가 없다. 세상이 온통 낯설다. 여긴 처음 와보는 곳이야. 두려움이 몰려온다. 목덜미에 소름이 돋는다. 이발소 문 앞에 서서 나는 얼굴을 찡그린다.

# 나쁜 남자, 아버지 혹은 그저 한 사람

영화 〈피와 뼈〉

올해(2004)의 부산국제영화제에서 가장 인상깊게 본 영화는 재일동포 영화감독인 최양일의 〈피와 뼈〉이다. 물론 야외상영관에서 올해 부산국제영화제의 개막작인 왕가위감독의 〈2046〉(〈화양연화〉의 속편격인)을 보긴 했지만 기대가 큰 탓이었는지 실망도 컸다. 〈화양연화〉가 오래토록 짙은 여운을 남기는 한 편의 완성도 높은 시였다면 글쎄, 〈2046〉은 그 시에 관해 이러저러한 주를 다는 한 편의 에세이 같았다고나 할까. 왕가위 감독의 영화답게 눈을 뗄 수 없는 매혹적인 비주얼이 있긴 했지만 전체적으로 산만하고 지루한 느낌을 떨칠 수가 없었다. 〈화양연화〉에 깊숙이 몰입했던 기억이 영화보기를 방해했던 것일지도 모를 일이지만. 〈피와 뼈〉를 상영하는 극장 앞에 길게 늘어선 인파 중엔 지면에서 자주 만나는 영화평론가들의 면면들도 만날 수 있었다. 그건 최양일 감독의 신작영화에 갖는 관심도를 반영하는 일로 느껴졌다. 재일동포 소설가인 양석일의 원작소설을 영화화한 이 작품은 올해 깐느 영화제에 초청받아 상영된 작품이며 〈하나비〉의 기타노 다케시가 주인공으로 출연한 영화이기도 하다.

양석일은 일본문단에서도 독특한 작가로 꼽힌단다. 사소설이 일본문학의 전통이 되어버린 풍토, 섬세하고 연약하며 민감한 의식의 변화들을 포착하는 소설들 사이에서 거칠고 폭력적이며 인간영혼의 맨살을 가감없이 까발리는 그의 소설은 일본소설이 금기시하는 영역들을 과감히 뛰어넘었다는 평가를 받아왔다. 한마디로 대부분 여성적인 문체와 주제로 구축된 일본문단에서 힘있고 남성적인 문체와 문제의식을 가진 작가라는 것. 1936년 일본 오사카에서 제주 출신 부모 사이에 태어난 교포 2세인 양석일은 고교생이었던 18세 무렵부터 시를 쓰기 시작했다고 한다. 그러나 조총련계가 대부분이던 당시 교민사회의 풍토 속에서 '문학은 정치에 종속해야 한다'는 논리에 찬성할 수 없어 글쓰기를 포기한다. 이곳저곳을 떠돌던 그는 헨리 밀러의 『남회귀선』이란 소설을 접하게 된 후 작가가 되기를 결심했다고. 소설 〈피와 뼈〉는 일본 양대 대중문학상의 하나인 야마모토

슈고로(山本周五郎)상을 수상한 데 이어 최고 권위의 나오키(直木)상 후보에도 올랐으나 근소한 차이로 탈락했다. 그러나 다른 문학상을 수상한 작품이 나오키상 후보작으로 추천된 것은 처음이어서 그것만으로도 소설 『피와 뼈』의 작품성을 인정받았다고 할 수 있을 것이다. 이 소설의 그 무엇이 이토록 일본 독자들의 시선을 끌어당겼을까. 일본의 비평계는 주인공의 무조건적이고도 거침없는 폭력성과, 금기로 여겼던 재일교포들의 맨살을 스스로 드러냈다는 점을 지적한다. 그러나 한국문단의 시각은 좀 다른 듯하다. 일본의 문학은 매끈하게 다듬어진 문체로 마치 우물을 파듯 개인의 주변을 헤집는 사소설이 주류인데 일본 독자들은 이제 그런 문체나 주제의식에 식상했다는 것. 이런 상황에서 이념이나 국경을 넘나들고, 대중과 순수를 넘나드는 그의 작품이 시선을 모으는 것은 당연하다는 것이다. 그래서인지 주인공의 이런 폭력성에 대해 일본의 많은 여성 독자들은 '매력적인 남성상'이라는 말과 함께 엽서를 보내온다고 한다.

예리한 일본도가 아니라 날 무딘 부엌칼로 뭉텅 썰어내는 듯한, 그래서 살점이 떨어져 나오는 폭력을 자갈밭에 달구지 굴러가는 듯한 문체로 휘갈겼다

이는 이 작품을 번역한 소설가 김석희의 변이다. 영화제의 수

많은 영화들 속에서 내가 이 작품을 고른 이유가 여기에 있을 뿐더러 나는 또한 최양일, 기타노 다케시의 팬이기도 하기 때문이다. 〈달은 어디에 떠 있는가〉〈개 달리다〉의 최양일은 재일동포, 혹은 이방인, 혹은 소외계층의 현실과 존재감을 지속적으로 추구해온 감독이다. 배우, 코미디로서의 비트 다케시, 감독으로서의 기타노 다케시의 명성이야 더 설명할 필요가 없을 터. 그러니 양석일의 소설 『피와 뼈』의 주인공인 재일동포 1세를 기타노 다케시가 연기하고 최양일이 영화로 만든다는 사실이 어찌 매혹적이지 않을 수 있으랴.

어쨌든 나는 영화제를 취재하러온 일본국적의 카메라와 스텝들이 분주하게 움직이는 극장에서 마침내 영화를 관람한다.

우리 세대가 생각하는 아버지의 모습은 어떤 것일까? 아마도 오로지 가족을 위한, 가족에 얽매인 한 생애를 사시는 분일 것이다. 자신의 욕망, 자신의 존재는 가족부양이라는 막대한 사명감 속에 묻어버리고 사는 사람, 겉으로는 강하고 무뚝뚝하고 권위적이지만 속으로는 잔정을 감추고 있는 사람, 이를테면 최근에 개봉된 한국영화 〈가족〉에 등장하는 주현 같은 캐릭터쯤 되지 않을까. 영화 〈피와 뼈〉는 주인공이 자신의 아버지를 소개하는 나레이션으로 시작한다. 제주도에서 보다 나은 삶을 위해 오사카로 입항하는 배의 갑판 위에 서서 꿈의 신대륙인 일본땅을 바라보는 젊은 날의 아버지. 이런 도입부에서 대개 연상되는 건 그야말로 가족을 위해서 온갖 고생을 마다않는 아버지에 관한 회상이나 에피소드일 터. 그러니 원작소설을 읽지 않은 분들은 혹시 국산영화 〈가족〉에서처럼 비현실적인 결말에 감동할 마음의 준비를 하진 않았을까? 하지만 영화는 철저하게 이를 비껴간다. 그런 관객들에겐 그야말로 배신이자 배반일 것이다. 집을 떠나서 제멋대로 떠돌다 모처럼 돌아오면 어머니에게서 성욕부터 해소하는 남자, 반발하거나 반항하는 가족들에게 무지막지한 폭력을 행사하는 무뢰배, 떠돌다 낳은 배다른 자식들이 찾아오게 만드는 난봉꾼, 자신이 운영하는 공장의 노동자들에게 더 없이 가혹한 악덕고용주, 아내와 가족을 버리고 전쟁통에 과부가 된 여자와 사는 색마, 피도 눈물도 없는 고리대금업자, 섹스를 위해서라면 구더기가 끓는 썩은 고기도 마다 않는 짐승, 기타노 다케시가 연기하는 영화 속의 아버지는 그런 모습이다.(기타노 다케시의, 짐승보다 더 치열하게 자신의 욕망에 복무하는 남자에 관한 연기는 썩 잘 어울린다. 원래 그의 얼굴엔 무표정 속에 숨겨진 냉혹함과 잔인함이 있었다는 사실을 새삼 상가시킨다) 해방 전후의 한국 상황과 마찬가지로 일본 역시 지식인들은 좌익에 매료되고 무지한 국민들은 힘겨루기에 돌입한 이데올로기의 틈바구니에서 희생당하거나 고통 받는다. 그런 부분에서마저 한국과 일본의 근대사는 이란성 쌍둥이처럼 닮아 있다. 씁쓸하다. 하지만 자신이 사는 당대의 현실과는 상관없이 주인공의 아버지는 어묵공장으로 고리대금으로 착실하게 부를 축적한다. 자신의 딸이 자신으로 인하여 자살을 기도하거나 자신에게서 돈을 빌린 사람이 빚독촉에 못 이겨 강물로 뛰어들거나 전혀 상관하지 않는 채로. 몇 명의 여자를 갈아치우고 또 짐승의 종족보호 본능에 가깝게 많은 배다른 자식들을 세상에 흩어놓고 난 후에야 아버지는 마침내 자신의 아들 하나와 전 재산을 들고 북한으로 떠난다. 그리고는 소식이 끊어진다. 영화의 마지막, 아마도 북한의 어느 오지인듯한 곳에서 한 젊은이가 흩날리는 눈발 속에서 얼어붙은 땅을 파고 있다.

관 하나가 딱 들어갈 만큼의 공간. 그리고 움막으로 돌아와서는 밥을 먹는다. 젊은이의 뒤에서 아버지는 숨넘어가는 소리를 낸다. 이제 곧 죽을 것 같지만 그렇거나 말거나 관을 묻을 땅은 파놓았으니 젊은이는 자기일은 다 했다는 듯 돌아앉아 밥을 먹는다. 아버지의 얼굴엔 추호의 회한이나 후회의 빛이 없다. 담담하다. 그리고 영화는 끝이다.


감독과의 대화를 위해 관객 앞에 선 최양일 감독의 모습은 한 마디로 대인의 풍모를 짙게 풍긴다. 큰 키, 큰 덩치와 강한 인상의, 그러나 부드럽고 겸손한 어조에서 자기만의 세계를 이룩한 자의 고집과 여유가 배어나온다. 관객 중 누군가가 질문을 던진다. 아버지의 폭력성은 어디에서 비롯되는 것이냐고. 아마도 험난하고 신산한 시대의 질곡이 우리들의 착하디착한 아버지를 그런 괴물로 만들지 않았냐고 묻는 듯하다. 그쯤에서 나는 극장문을 나선다. 남자들의 본능적인 야성을 길들이고 세뇌하고 거세시키는 건 아마도 '가족'이라는 관습 혹은 제도가 아닐까. 페미니즘 진영 혹은 페미니즘 문학에서는 가부장제의 억압에서 비롯된 여성들의 분노와 상처……들을 이야기하지만 가장 또는 가부장이라는 의무에 갇혀 억압당하는 남자들의 상처는 왜 당연한 것으로 치부되는 걸까.  남자들 또한 누구도 가부장이 되기를 원치 않을 지도 모른다. 들판의 사자처럼, 사막의 표범처럼 아니 그도 아니면 숲 속의 뻐꾸기같은 삶을 꿈꾸는 게 남성이라는 종족들이 가진 본성일 수도 있지 않을까. 남성들의 발목에 채워진 가장이라는 족쇄, 그 족쇄를 아랑곳하지 않은 채 자신의 동물적인 욕망과 본능에 충실한 한 생애를 살다간 저 영화 속의 나쁜 남자인 아버지가 거인으로 느껴지는 연유이기도 하다. 일제강점기와 해방전후라는 역사의 가파른 질곡도 결코 저 아버지를 가두는 철창이 되지 못했다. 세상에는 관습과 제도를 거부하고 의무에 얽매이지 않은, 않는 아버지들도 많다. 모두들 알고 있지만 침묵하는 어떤 존재를 영화는 거침없이 관객의 눈앞에 들이밀고 있다.

# 거울에 비친 물 혹은 기차

장 콕토, 이창동, 김기덕의 영화 속 이미지

### 영화, 이미지라 불리우는 거울

책 속에 인쇄된 활자들이 품고 있는 언어들은 정지되어 있다. 움직이지 않는다. 하지만 누군가가 그걸 읽어주었을 때, 기호화된 이미지들은 독자의 머리 속에서 빠르게 움직이기 시작한다. 열이면 열, 백이면 백. 사람의 머리 속, 가슴 속에서 제각기 다르게 상상되는 이미지들. 그것들은 살아있다. 잊혀지거나 그렇지 않거나 상관없이 그것들은 생명을 갖는다. 1/24 초당 한 장씩. 필름 속에 인화된 정지된 이미지들이 빠른 속도로 회전할 때마다 스크린 속의 이미지들은 움직인다. 현실의 속도와 똑같이, 혹은 더 느리거나 빠르게, 현실의 속도, 색채, 소리와는 상관없이 과장된 허구의 현실로 몸을 바꾸기도 한다. 한 편의 시가 언어로 구축된 한 채, 이미지의 사원이라면 영화는 끊임없이 움직이는 변화무쌍한 그림들이 구축하는 이미지의 제국이다. 시와 영화, 둘은 아주 멀리 떨어진 산봉우리이지만 끊임없이 서로를 마주보고 있는 이란성 쌍둥이이기도 하다.

1930년, 시인 장 꼭토는 영화 〈시인의 피〉를 만들었다.

시인의 영화 만들기는 당시로서는 흔치 않은 전례였고 영화를 오락이나 산업이 아닌 사진의 발전된 한 장르, 즉 예술의 한 도구로 인식한 결과이기도 했다. 그래서 그의 영화는 관객들이 편안하게 이해할 수 있을 만큼의 일정한 줄거리나 서사구조를 가지지 않은 채 오직 끊임없이 교차하는 이미지만으로 이루어진 대단히 실험적인 영화였다. 장 꼭토는 언어라는 제한에 갇혀 있던 자신의 내면을 장악한 이미지들을 영화라는 형식을 빌어 자유분방하게 풀어냈다. 의식 혹은 무의식에 깊거나 얇게 각인되어 있지만 설명하기 힘든 이미지들의 움직임, 시인에게 영감을 불러 일으키는 이미지들을 언어나 회화가 아닌 영화적 이미지, 즉 움직이는 그림(moving picture)으로 표현하고자 했다. 지극히 모호하며 추상적이기 그지없는 이 이미지들을 스크린 위에 구현하기 위해 장 콕토는 1930년 당시의 영화가 구현할 수 있는 모든 기술들을 동원했다. 정지된 사진에서부터 초고속으로 움직이는 영상들, 카메라의 필름에 기록된 영상들을 거꾸로 돌리기, 뒤집힌 화면, 사건의 개연성과는 전혀 상관없이 교차되는 몽타쥬 등등. 이런 형식의 영화는 명백하게 살바도르 달리나 루이스 브뉘엘등의 초현실주의에 경도되어 있는 것이었지만 이들처럼 무의식을 드러내려 하기보다는 무의식의 세계를 확연한 근거를 가진 의식의 세계로 표현하고자 했다. 시인의 내면에 잠복하고 있는 의식들에 관한 다큐멘터리이자 전혀 사실적이지 않은 환타지이기도 한 이 영화의 주된 이미지는 거울이다. 장 콕토의 영화에서 거울은 현실과 환상의 세계를 구분 짓는 경계이자 서로에게 열린 문이기도 했다. 현실의 문인 거울의 앞면과 환상의 세계이자 시인의 내면이기도 한 거울의 뒷면 사이를 자유자재로 왕래하면서 장 콕토는 한 사람의 예술가의 내면에 어떤 이미지들이 서로 부딪히며 뒤엉킨 채 작동하는가에 관한 고통스러운 과정들을 보여주고자 했다. 사물을 있는 그대로 비추는 거울의 일차적인 기능으로 시작해서 깨어져 분산되거나 뒤틀리며 형상을 왜곡하기도 하는 거울을 시인의 내면으로 열린 문으로 설정해둔 장 콕토는 그 문 안에서 일어나는 지극히 내면적이고 심리적인 이미지들을 세심하게 가공하여 스크린 위에 펼쳐 보였다. 그러니 이 전위적인 영화는 그 자체로 스크린 위에 빛으로 찍어진 한 편의 시이기도 한 것이다. 삶과 죽음이 드나들고 욕망과 증오, 반성과 성찰의 시간을 제공하는 공간이기도 한 이 거울의 이미지들은 마야 데렌이나 케네스

엔젤 등의 아방가르드 영화의 탄생과 발전에 결정적인 영향을 미쳤을 뿐만 아니라 타르코프스키같은 작가주의 영화의 거장에서부터 블록버스터라 불리는 헐리우드 오락영화에 까지 영향을 미치고 있다. 이미지의 구축으로 한 편의 시를 만드는 시인으로서의 장 콕토가 머잖아 거대한 이미지의 시대가 도래하리라는 걸 예측했을지는 알 수 없지만, 그 자신 일찌감치 독자 제각각의 머리와 가슴에서 상상되는 언어의 이미지가 실제에서 어떤 구체적 형상을 가지게 될 것인가에 대한 매혹, 움직이는 이미지가 가진 힘에 매혹 당해왔음을 알 수 있다. 그리고 그의 이런 작업들은 전 세계의 시인, 소설가들이 영화작업에 뛰어들게 하는 직접적인 계기를 마련하기도 한 것으로서 문자를 매개로 창작하는 예술가들에게 이미지가 가진 위력과 매혹을 전파한 전범이기도 한 것이다. 영화가 과거와 당대와 미래의 삶을 비추는 거울이라는 기능을 가졌음을 상기해볼 때, 시와 소설, 연극 또한 인간의 삶을 해부하고 비판하며 일상의 시간들 위에 돋보기를 들이대는 일임을 되집어 볼 때, 장 콕토가 구현한 영화 속 〈거울〉의 이미지가 가진 상징은 의미심장해진다.

### 한국 작가영화 속의 이미지들

장 콕토의 영화 속 거울의 이미지가 그러한 것처럼, 90년대 이르러 꽃피기 시작한 한국작가주의 영화 속에도 제각각의 작가들을 대표하는 특징적 이미지들이 숨겨져 있음을 알 수 있다. 〈갯마을〉〈토지〉〈무진기행〉〈장마〉등 익히 알려진 원작소설을 영화로 재해석한 60~70년대의 문예영화들과는 달리 당대의 작가주의라 불리는 영화들은 대부분이 감독 자신의 시나리오로 만들어졌다는 점에서 기존의 문예영화들과는 변별성을 가진다. 원작소설이 이미 구축해놓은 성취도를 크게 벗어날 수 없고 그 지명도, 완성도에 일정부분 기대지 않을 수 없는 문예영화들과는 달리 영화감독 자신의 자작 시나리오는 한 사람의 작가가 가진 모든 것을 자신만의 개성적인 화법을 가진 세계로 표출할 수 있기 때문이다. 또한 당대의 문학적 시선이 미쳐 가닿지 못하는 곳, 이를테면 산업이자 예술인 영화 장르 특유의 성격-대중성이라는 산업적 측면의 문제-에도 자작 시나리오의 필요성은 필연적으로 제기되었을 것이다. 하여 당대 한국 작가주의 영화 속에서 확연하게 드러나 있거나 혹은 숨겨진 이미지들을 짚어보는 일은 흥미로울 수 있다. 영화작가들이 취사선택하는 이미지란 아무래도 작가의 세계관을 응축하기 마련이며 무엇보다도 시대를 읽고 이해하는 영화작가의 세계관을 직간접으로 비추어 드러내는 거울이자 출입구이기도 할 터. 그러므로 한국 작가주의 영화의 대표적 감독들인 이창동과 김기덕의 영화 속 주요한 이미지들을 통해 거칠게나마 우리가 살고 있는 지금, 여기의 삶과 사회의 전반을 유추할 수도 있을 것이다.

소설가에서 영화로 전업한 이창동의 영화 속 주된 이미지는 〈기차〉이다.

그의 소설〈녹천에는 똥이 많다〉등 일련의 소설과 영화〈아름다운 청년 전태일〉의 시나리오, 영화 〈박하사탕〉〈초록 물고기〉〈오아시스〉등의 필모그래피에서 알 수 있듯이 그는 리얼리즘 작가(소설가, 영화감독)로 불릴 수 있으며 그의 관심사는 근현대 한국사의 변방에 놓인 소외된 인물들의 삶이다. 영화감독 이창동은 현대 한국사회의 삶을 근원적으로 이해하기 위해서는 필연적으로 과거로의 회귀가 선행되어야 한다고 말하고 싶은 듯하다.

현재라는 시간을 이해하기 위한 '지나가버린 시간으로의 잠행'에 소용되는 이창동의 기제는 기차이다. 정해진 철로를 따라 운행하면서 결코 후진할 수 없는 운명을 가진 이 문명의 이기는 기존의 영화에서 만남과 헤어짐, 떠남. 방황, 되돌아감이 불가능한 유년의 추억 혹은 낭만 따위의 분위기를 상징하는 이미지의 전형으로 사용되어 왔다. 하지만 이창동의 영화에서 기차는 유약한 한 개인의 의지로는 제어가 불가능한 거대한 운명, 역사의 수레바퀴라는 의미를 가지고 등장한다. 그의 데뷔작인 〈초록물고기〉에서 주인공인 막동이는 군에서 제대해 귀향하는 기차 속에서 그의 운명을 가름짓는 여자를 폭력의 위험에서 구제하지만 그 자신 그 폭력에 연루되고 마침내 희생되는 운명에 파국을 맞는다. 영화 속 주인공이 기차를 타지 않았더라면, 기차의 앞 칸에서 날아온 한 장의 머플러가 그의 얼굴을 덮지만 않았더라면 물론 주인공의 삶은 달라질 수도 있었겠지만, 기차는 한 사람의 미미한 불행을 막기 위해 언제든지 되돌릴 수 있는 게 아니다. 그럴 때 기차는 그저 앞으로만 전진하는 거대한 속도를 가진 브레이크 없는 급류이며 한 사람의 소시민이 멈춰 세울 수 없는, 한 시대를 움직이는 사회의 거대한 시스템이다. 거기 탑승한 개인들은 아주 미미한 존재들이고 이 미미한 존재들의 행복과 불행에 관해 사회라는 거대 시스템은 전혀 관심이 없다. 그러므로 희생자라는 개념은 개인 자신에게만 해당되는 것이고 사회는 그들의 피와 눈물을 연료 삼아 앞으로 굴러가는 거대한 기차인 것이다. 이 거대한 기차를, 시스템을 이창동은 두 번 째 영화 〈박하사탕〉에서 후진시킨다. 90년대라는 기차는 어떤 역과 터널을 지나왔으며 한 무리의 어떤 사람들을 어디에서 태워서 어디쯤에서 내팽개쳐 졌으며 그들은 왜 거기서 이 기차를 타야했고 또 버려졌는 지를 묻고자 한다. 주인공의 삶의 궤적이 현재로부터 과거까지 거슬러 오르도록 거꾸로 배치된 이 영화는 지금 여기를 떠난 기차가 시간의 반대쪽으로 후진해서 당초 출발한 역으로 되돌아가게 만든다. 도시를 지나고 들판을 지나며 바다와 강과 산을 거치며 한번씩 기차가 멈추는 정거장엔 한국 근현대사의 갖은 상처들이 확인된다. 그리고 도착한 곳은 1970년대. 거기 모처럼의 고된 공장의 노동에서 풀려 나 강가로 나들이를 나간 순박한 청년이 있고, 그 청년에게 박하사탕을 건네는 순박한 처녀를 만나며 기차는 멈춘다.

그런 다음 이창동 감독은 이제 멈추지도 후진하지도 못하는 기차가 아니라 누구든 마음만 먹으면 멈춰 세울 수 있는 곳으로 사람들을 안내한다. 영화 〈오아시스〉에서 영화 속 주인공은 자신의 장애인 애인을 차량들이 줄지어 운행하는 고가도로 위에 내려놓는다. 역시 앞으로 앞으로만 빠른 속도로 달려가는 거대한 차량의 행렬을 모두 멈추어 세우고 그 한가운데서 자신이 원하는 대로, 자신의 의지대로 춤추고 노래하는 아름다운 광경을 연출한다. 하지만 그것은 단지 세상으로부터 소외되어 핍박받는 한 무능한 청년의 환상일 뿐이다. 그가 환상에서 깨어나는 순간 여전히 차량들은 큰 물결을 이루며 앞으로 달려갈 뿐 누구도 후진하거나 멈추어 서지 않는다. 그럴 때, 주인공이 그저 백일몽을 꿀 뿐인 이 고가도로의 차량행렬 또한 누구도 멈출 수 없는 세상의 거대한 시스템, 한 대의 브레이크 없는 기차에 다름 아니다. 이창동 감독은 기차라는 상관물을 통해, 그의 영화 속에서 끊임없이 달려오고 달려가는 기차의 이미지를 통해 당대의 현실에 관해 직시하고 발언하고 분노하며 또 성찰하고자 한다.

김기덕의 거의 모든 영화엔 물의 이미지가 등장한다.

하지만 그것들은 흐르거나 넘실대지 않고 그저 고여 있다. 한국영화에서 물의 이미지는 대단히 고전적인 상징의 테두리 안에 머물러 있었다. 죄와 허물을 씻고 정화하는 세례의식의 장소이거나 일탈을 꿈꾸며 삶을 이탈한 인간들이 잠시 해방감을 만끽하는 열린 공간이거나, 생명을 잉태하고 거두는 영원불변한 대자연의 상징이거나 등등. 하지만 김기덕의 영화 속의 늘 등장하는 물의 이미지는 특이하게도 폭력이 난무하는 도피와 죽음의 공간으로 설정된다. 그의 데뷔작 〈악어〉의 주인공은 한강에 투신한 사람들의 주검을 건져주고 대가를 받는 일로 연명하는 청년이다. 삶을 포기한 사람들이 마지막으로 선택장소에서 주인공이 살아가게 된 내력을 영화는 설명하지 않지만, 삶 대신 죽음을 선택한 사람들의 주검이 떠있거나 가라앉아 있는 물속에 주인공은 누군가가 버린 낡은 소파를 가져다 놓고 그 소파에 앉아 그 나름의 도피를 즐긴다. 악다구니가 넘치는 지상에서의 사악한 삶을 잠시 멈추는 시간에 그는 물 속으로 내려와 자신의 몸이 극한의 한계에 다다를 때까지 자기학대를 거듭하며 죽음을 시험한다. 영화 〈푸른 대문〉에서 직업이 창녀인 여주인공 또한 지상의 비루한 삶의 시간을 벗어나 바다 위에 놓은 전망대 위에 앉곤 한다. 그곳은 이 영화의 주공간인 창녀촌의 좁은 빈방의 풍경과 유곽을 운영하며 살아가는 가족의 남루한 일상과 선명하게 대조되기는 하지만 드넓고 푸른 수평선을 보여주거나 하지는 않는다. 김기덕의 카메라는 바닷물 속에서 물 위의 부표에 의지한 채 앉은 주인공의 먼 모습을 보여줄 뿐이다. 물 위의 주인공은 금방이라도 바다 속으로 떨어질 듯 위태해 보일 뿐만 아니라 그저 폭력적인 시간의 흐름에 몸을 맡긴 채 파도에 휩쓸리는 해초의 모습과도 닮아있기도 하다. 살인을 저지르고 외딴 저수지의 낚시터로 도피한 남자에게 저수지의 물 위에 떠오르는 부표 위 작은집 또한 도피처이다. 영화 〈섬〉 속 물 위의 외딴 집은 낚시터의 주인이 가진 낡은 배 한 척이 아니면 도저히 건너올 수 없는 곳이어서 도피의 장소로는 안성맞춤이지만 역설적으로 배를 소유한 낚시터의 여주인이 폭력적 권력을 행사할 수 있는 공간이기도 하다. 폭력범죄를 저지르고 도피한 주인공은 두려움과 후회로 번민하지만 그 역시 권력을 가진 자의 폭력에 시달리다 다시 물 속으로 도피진다. 〈악어〉와 〈푸른대문〉과 〈섬〉의 주인공들은 공통적으로 삶을 영위하기 위한 마지막 공간으로 물이 있는 공간을 선택한다. 이 세 영화의 주인공들이 자발적으로 물이 있는 곳을 찾아든다면 영화 〈해안선〉의 주인공은 군대라는 조직의 명령으로 자신의 의지와 무관하게 외딴 섬에 고립된다. 이 외딴 섬 역시 세상으로부터 소외된 공간이고 이 공간을 다스리는 규율 또한 세상의 그것이 아닌 야만적 폭압의 질서인 것. 그럼으로 인간의 내면에 도사린 원초적이고 야만적인 폭력적 본능들이 쉽사리 분출되는 계기를 마련하는 공간이기도 하다. 그곳에서 실수에 의한 폭력을 저지른 주인공은 섬에서 추방당하지만 그 자신 또한 순환하는 폭력의 희생자가 되어 섬으로 돌아온다. 김기덕의 영화 〈봄 여름 가을 겨울 그리고 봄〉은 앞의 네 영화 〈악어〉 〈푸른 대문〉 〈섬〉 〈해안선〉의 완결편 처럼 보이는 영화이다. 산 속의 연못 위에 세워진 암자에서 노승은 어린 동승과 살고 있다. 노승의 가르침 과는 다르게 동승은 절 주변의 작은 생명들에게 폭력적인 행위를 일삼는다. 동승은 자라 절을 떠나지만 청년이 되어 (아마도) 살인을 저지르고 다시 폐허가 된 물 위의 암자로 찾아든다. 그곳에서 청년은 수행과 구도를 시작하지만 물 위에 고립된 암자는 청년에게 위안과 평온을 찾아주지는 않는다. 오히려 암자를 품은 산 속의 연못은 청년의 삶에서 고통과 죽음의 기억만이 저장된 곳일 뿐이다. 영화 〈악어〉 〈푸른 대문〉 〈섬〉 〈해안선〉이 물이 주는 고립으로 인해 죽음에 관한 극한의 두려움과 싸우는 폭력적 공간이어서 누구도 구원받지 못하는 곳, 곧 연옥의 이미지로 형상화된 것에 반해 〈봄 여름 가을 겨울 그리고 봄〉은 마침내 그 연옥을 박차고 떠나 지상으로 귀환하는 인간을 보여준다. 그리고 육신의 고통을 통해 구원을 향해가는 인물을 보여주기는 하지만 김기덕의 영화 속의 고여 있음으로 침묵하는 물의 이미지는 인간의 본성을 정화하고 신생을 가능하게 하는 자연의 일부, 즉 소멸하고 회생하는 생명의 상징이 아니라 인간의 몸 속을 흐르는 피의 변주, 마치 성악설에 기초한 근원적 악의 상징처럼 읽히기도 한다. 맑고 투명하게 흐르는 물이 아니라 탁하고 흐리며 음습한 기운을 띤 채 악취를 풍기며 고여 있는 물, 그런 물의 이미지를 통하여 인간의 내면에 도사린 폭력적 욕망과 그 폭력을 부추기고 이끌어내는 사회주변부와의 관계를 되돌아보게 한다.

인간이 영화를 발명한 이래 영화는 그저 자연과 인간의 일상을 있는 그대로 재현하는 거울만이 아니라 시와 소설같은 언어의 예술이 미처 가 닿지 못하는 영역까지 도달 할 수 있는 예술의 한 장르임을 차근차근 증명하고 있다. 장 콕토가 열어 보인 그 거울의 문, 이미지의 안팎에는 영화작가 개개인의 지향점과 세계관을 극명하게 드러내는 함축된 이미지들이 있고 그것은 또한 당대의 삶을 비추는 거울이며 인간의 내면에 잠복한 다층적인 욕망의 바로미터이기도 하다. 하지만 이 거울의 기능은 또한 대중을 현혹하고 호도하며 집단무의식을 부추키는 상업적 기능 쪽으로 극대화 되어가고 있음을 확인하게 될 때면, 장 콕토가 제시한 순기능으로서의 거울의 의미는 더 큰 의의를 가지게 된다. 이창동, 김기덕의 영화가 그러하듯이 영화 또한 문학처럼 세상에서 가장 큰 거울이기도 하기 때문이다.

# 거울 속의 괴물들

프란시스 베이컨의 인물화들

**자화상**

거울이라는 도구를 발견하게 되고, 거울을 통해 자신의 모습을 확인하게 되면서부터 인간은 아마도 불행해지기 시작한 게 아닐까? 자신의 겉모습을 자신은 볼 수 없으므로 그저 타인의 시선과 언어에 의지해 자신의 모습을 이해할 수 있었던 시대가 차라리 행복하지 않았을까. 생명을 얻어서 태어난 최초의 얼굴, 온전한 한 인간의 얼굴은 부여받은 생명을 유지하기 위해 끊임없이 모습을 바꾸어야 한다는 걸 깨닫는 데는 그리 오랜 시간이 걸리지 않는다. 그럼에도 불구하고 인간은 날마다 거울을 통해 자신의 모습을 들여다보며 안도하거나 불안해하는 일을 반복한다. 내가 알고있는 나의 모습과 거울이 알려주는 내 모습은 늘 일정한 거리를 가지는데다 수시로 그 모습을 바꾼다는 걸 알고 있기 때문이다. 그래서 거울 속에 비친 모습이 낯설고 또 낯설어서 '이게 과연 나일까'를 늘 의심해야 한다. 만약에 투명한 유리를 통해 어떤 실내의 공간을 들여다보듯 인간의 머리 속을 훤하게 비추어 보여주는 거울이 있다면. 아니 인간의 얼굴이라는 게 제 머리 속의 풍경과 똑같은 모습을 하고 있는 물건이라면 어떨까. 끔찍할까? 아름다울까? 그래서 사람들은 저마다 자화상을 그린다. 자신의 얼굴에 드러난 시간의 흐름과 영혼의 풍경을 확인하기 위하여 날마다 거울 앞에 서는 일은 바로 그것이다. 다만 화가들은 그걸 그림으로 기록하여 남긴다는 점이 다를 뿐이다. 오늘 아침에도 변함없이 내가 확인한 거울이라는 이미지의 그릇 혹은 자화상의 캔버스 속에 기록되던 내 얼굴이 기억나지 않을 때가 종종 있다. 눈과 코와 입술 따위가 서로 뒤엉켜 거의 다 지워지고만 얼굴, 아니 누군가에 의해 지워지고 지워지다 남은 눈이나 코의 흔적 따위만을 가진 두렵고 추악한, 그렇지만 왠지 낯익은 나의 얼굴이.

### 기록

많은 화가들이 그러했듯이 프란시스 베이컨(Bacon, Francis. 1909–1992. 영국) 역시 자신의 자화상을 많이 남겼다. 거의 매년 자신의 얼굴을 〈자화상을 위한 습작〉이라는 제목의 그림으로 남겼는데 특히 1970년대엔 유독 자화상들을 많이 남기고 있다. 겨우 알아볼 수 있을 만큼의 형체만을 유지한 채 본래의 모습을 지우고 무너뜨리고 재구성하거나 얼굴의 특정부위, 즉 눈이나 코등을 강조한 작품들은 한결같이 보기 흉하게 일그러진 모습들이다. 베이컨은 자화상 외에 자신의 주변인물들이나 역사상의 유명인물들을 모델로 많은 작품을 남기기도 했다. 하지만 그는 모델을 캔버스 앞에 세우는 대신 사진을 사용했고 그 사진이 자신에게 주는 순간적인 인상들을 재빨리 그려냈다. 또한 사진뿐만 아니라 잘 알려진 고전작품이나 영화의 한 장면등을 차용해 자신의 느낌으로 재구성하거나 변형하는 작업들을 해왔는데 이는 베이컨만의 독특한 작업방식이었고 이 작업은 또한 그가 명성을 얻는데 일조를 하기도 했다. 벨라스케스의 그림 〈교황 인노켄티우스 10세〉를 비명을 지르는 교황의 모습으로 변형한 작품이 대표적인데 이런 작업의 대상들은 고흐에서 록그룹 롤링 스톤스의 리더 믹 재거에 이르기까지 다양한 인물들이 포함되어 있다. 베이컨은 왜 자신의 얼굴뿐만 아니라 역사상의 유명인들, 절친한 주변의 인물들을 굳이 추하게 일그러진 모습으로 그려냈을까. 뿐만 아니라 거의 매년 빠지지 않고 마치 기록화처럼 제작된 그의 자화상들까지도 얼핏 일정한 방식으로 제작된 것처럼 비슷해보인다. 주변인물들의 얼굴은 차치하고서라도 1956년에서 1987년까지 그가 그려낸 자신의 얼굴들을 보면 나이가 들어갈수록 자신의 얼굴이 비교적 온전한 형태를 지닌 얼굴로 그려져 있음을 알 수 있다. 어쩌면 베이컨은 자신의 그림이 가진 미학적 논리나 신념 이전에 자신의 얼굴을 완성하는 일을 위해 그림이라는 형식을 사용한 것은 아닐까 하는 생각이 든다. 베이컨만큼 만큼 자신의 얼굴에 집착한 화가는 그리 많지 않을 것이다.

**괴물**

여러 색깔들이 뒤섞인 탁색이거나 무채색으로 황칠하듯 그려놓은 일그러지고 뭉개진 신체들과 얼굴들을 보고 있노라면 베이컨은 아마도 인간이라는 존재에 대한 지독한 경멸, 아니 경멸을 넘어 환멸을 가졌던 게 아닐까 생각된다. 주변의 증언에 따르면 베이컨은 화가로서 자신의 사회적 명성을 잘 이용할 줄 알았을 뿐만 아니라 걸출한 언변까지 갖춘 채 자신의 그림을 비판하는 평론가들과 논쟁을 즐김으로 당시 저널리즘에 끊임없는 이슈를 제공한, 대단히 유능한 속물이기도 했다고 한다. 또한 사진 속 프란시스 베이컨 노년의 얼굴은 자신의 삶과 그림에 걸맞게 '老醜하다'는 표현에 모자람이 없다. 그랬거나 말거나 나는 베이컨의 그림을 볼 때마다 인간 누구나의 심연에 숨겨져 있을 인간에 대한, 인간의 존엄성에 대한 인간의 의식과 의식 속의 통제하기 힘든 욕망에 대한 지독한 경멸을 발견한다,

그건 거울 속에서 마주치는 인간의 표피적인 외형이 아니라 거울 저 너머에 엄연히 존재하는 분열되어 파편화한 의식일 것이고 정신과 육체를 망라한 자기파괴의 충동에 관한 형상화 일거라는 진부하지만 상식적인 생각을 떨칠 수가 없다. 아무래도 예술가들이란 그 어떤 변명도 무용지물일 만큼 자신의 작품 속에 자신을 드러내는 법이니까. 16세 때 집에서 쫓겨나 건달, 마약중독자, 도박꾼 따위 부랑자로 떠돌면서 베이컨이 만났던 시간은 어떤 것이었을까. 장식미술과 가구제작을 생업으로 하던 그가 그림을 그리게 된 후 아주 대단한 찬사와 명성을 얻게 되고 나서도 여전히 방탕한 생활을 버리지 않았던 이 괴물같은 화가의 내면엔 어떤 얼굴이 숨어있었던 것일까. 그의 초기 자화상들 속의 얼굴들은 저 유명한 엘리펀트맨(코끼리 사나이)을 닮아있다. 천사의 영혼을 가졌으나 악마의 외형을 가지고 태어났다는 이유로 한 생애를 천형 같은 고통으로 보낸 사람. 베이컨의 인물화는 피카소의 입체파가 그랬던 것처럼 대상을 분해한 후 재구성하는 방식을 취하고 있긴 하지만 정교하게 계산된 피카소의 방식을 따르는 대신 대단히 즉흥적이고 충동적으로 자신의 얼굴을 일그러뜨리는 작업들을 해왔음을 알 수 있다. 그림의 소재가 되는 대상과 만나는 아주 짧은 순간의 인상을 중요시했다는 베이컨은 붓 이외에도 손가락과 옷감과 주변의 모든 도구들을 사용해 재빠르게 그림을 그려냈다고 한다. 어찌 보면 우스꽝스럽고 또 어찌 보면 흉측한데다 공포스럽기도 한 자화상을 비롯한 그의 그림들은 또 한편으론 기묘한 쾌감을 안겨주기도 한다. 딱딱한 뼈 위에 얹힌 얇은 가죽에 둘러싸인 눈과 입과 코와 머리카락으로 이루어진 하나의 물체에 불과한 인간의 얼굴. 하지만 그 속에 도사린 불온한 욕망이며 쾌락에의 충동, 불안, 죄의식과 권태…… 그 모든 것들을 농담하듯 혹은 장난하듯 순식간에 뭉개버리는 행위가 낳은 결과(그림)에서 인간은 어쩌면 역설적인 쾌감을 느끼지는 않는가. 지워진 눈과 제 위치를 버리고 엉뚱한 곳에 가있는 입술과 코를 가진 얼굴은 그저 어떤 살육자가 난자한 하나의 살덩이에 불과하지 않은가. 베이컨은 그 자신 절제와 윤리를 배려하지 않은 채 거침없이 방탕한 삶을 살았으므로 인간을 그저 쾌락에의 충동으로 뭉쳐진 하나의 살덩어리로 인식하진 않았을까 하는 생각을 하게 된다. 지식과 규범과 제도와 교육에 의해 훈련된 겉모습 속엔 숨겨져 결코 다스리지 못하는 거대한 욕망의 살덩어리. 베이컨이 그리고자 한 것은 인간의 얼굴에 스민 고귀한 영혼이 아니라 이것이었지 않았을까.

### 고깃덩어리

베이컨이 고통스럽게 짓이겨 버린 건 얼굴만이 아니다.

그는 인간의 몸 또한 세밀하게 분리하여 여기저기 배치해 놓

는 작품들을 남겼다. 아니 그의 대표작들은 자화상이나 인물화
가 아니라 인체에서 분리되어 여기저기 내던져진 이 '고깃덩어
리'들에 관한 작품들이라고 할 수 있다. 인간의 몸에서 떨어져
나온 신체의 여러 기관들은 뼈와 힘줄과 근육을 선명하게 드러
내며 예수처럼 십자가에 걸려있거나 침대, 목욕탕, 의자 등 일
상적인 공간에 던져져 있다. 이 잔혹하게 절단된 신체들이 있
는 풍경은 인간이 느낄 수 있는 고통과 공포의 감각을 생생하
게 전달해준다. 물론 베이컨이 의도한 것이 인간의 감각을 자극
하는 그 생생한 느낌만은 아니었을 것이다. 정신의 집, 영혼의
거주지인 인간의 육체, 그 연약한 몸속에 뒤섞여 있는 폭력성이
며 고통, 쾌락과 비탄 따위 '날것'의 감정들을 드러내 보이고자
했을 터이지만 이 느낌은 너무도 생생한 것이어서 그는 어쩌면
마치 푸줏간의 주인이 식육동물을 팔기위해 부위별로 섬세하
게 나누는 것처럼 인체를 절단하는 일이 가지는 폭력과 잔혹성
을 즐기는 것처럼 보이기도 한다. 유기적으로 정확하게 결합되
어 있어야만 제 구실을 하는 인체의 각 부분들은 그러니 인체
에서 떨어져 나와 분리된 이후에도 전혀 구체적이고 개별적인
느낌들을 부여받지 못한다. 이들은 피와 살의 느낌만은 선명하
게 갖고 있되 그 형체는 심하게 훼손된 상태이기 때문이다. 변
형, 분해, 재구성, 비틀림 등의 방식을 통해 전혀 다른 형체를
가지게 된 이 살덩어리들은 그로 인해 더욱 공포스럽거나 혹은

우스꽝스러운 모습으로 변해있다. 그러니 베이컨의 자화상이나 인물화를 보는 일은 그 흉측하게 일그러진 채 경멸과 조롱, 비애와 농담을 동시에 담고 있는 듯한 얼굴만을 보는 일이 아니라 그 얼굴이 가지고 있거나 얼굴에서 떨어져나간 몸까지 동시에 상상하는 일이기도 하다. 얼굴 없는 몸, 얼굴에서 떨어져나간 얼굴들은 아마도 어떤 모호한 공간-문이나 벽, 계단, 통로 따위 구체적인 공간이 아니라 거의 경계를 가지지 않은 어떤 불확실한 공간-속에 의도적으로 놓여져 있을 것이다. 분홍과 빨강, 검정과 노랑등의 강렬한 원색의 공간들은 연극적인 어떤 상징성을 부여받은 채 닫혀있다. 암울한가하면 또 기묘하게 명랑하기도 한 이 공간 속에 얼굴없는 몸들은 심하게 훼손되어 한 점 그림자만을 가진 채 갇혀있다. 내장과 뼈, 피의 흔적만으로 존재하는 이 '고깃덩어리'들의 없는 얼굴들, 스스로 버렸거나 혹은 타의에 의해 분리되었을 얼굴들은 잃어버린 자신의 몸을 기억할 수 있을까. 그 몸이 제공하던 고통과 쾌락의 기억들을 그리워할까 혹은 번거럽고 통제 불가능한 몸을 벗어버린 해탈의 경지를 달가워하게 되지는 않을까. 보편적인 아름다움의 반대쪽으로 걸어 들어가 마조히즘적 쾌락을 형상화하는 이 괴물같은 화가의 내면에 인간의 육체에 관한 어떤 기억들이 내포되어 있는 지 궁금해진다. 경멸과 조롱과 연민의 감정을 넘어선 지점에서 그저 하나의 물체로 전락시켜버린 고깃덩어리에게 한점의 그림자를 굳이 부여하는 일에는 어떤 의미며 가치가 생겨나는 것일까. 얼굴 없는 몸이거나 몸없는 얼굴이거나 온전하게 얼굴과 몸을 가진 인간의 육체라 할지라도 화가 베이컨에겐 그저 한 점의 고깃덩어리에 불과할 수도 있다. 아니 그는 처음부터 고통과 권태, 불안에 시달리는 인간이라는 존재에 관한 지독한 경멸을 갖고 있었기에 그토록 참혹한 풍경을 상상할 수 있었을 터이고 그러므로 거리낌 없이 인간을 한 점 고깃덩어리로 전락하게 하는 조롱을 방식을 가질 수 있었을 것이다. 아무런 의식도 기억도 가지지 않은 그저 하나의 물체, 아니 쉽사리 부패하는 물컹거리는 살 속에 주렁주렁 힘줄을 매단 뼈와 끈적 끈적한 액체를 듬뿍 머금은 물체. 그것만이 걷고 달리고 춤추는 우아하고 아름다운 몸과 고매한 의식으로 노래와 비명과 침묵을 동시에 가진 인간이라는 동물의 본질이라고.

**감옥**

둥글거나 사각형이거나 산산조각으로 금이 가 있든 지에 상관없이 세상의 모든 거울은 자신 앞에 서 있는 모든 대상들을 재빨리 자신의 몸속에 가두어 버린다. 닫힌 공간에 갇힌 것들은 본능적으로 출구를 찾게 마련이지만 거울이 가진 출구는 그저 하나의 환영, 이미지일 뿐이다. 그러니 거울 속이 출구없는 공간이라는 걸 안 순간, 갇힌 자들은 어쩔 수 없이 거울에 비친 자신의 모습을 바라볼 수밖에 없다. 그게 거울이 가진 거부할 수 없는 권능이고 권력이다. 방기하거나 외면할 수도 없는 상황에서 자신의 모습을 확인해야 하는 건 고통스러운 일이다. 또한 거울 속 자신의 모습을 들여다보고 또 들여다보노라면 자신의 모습이 점점 더 다른 사물로 바뀌어 간다는 것을 거울 속에 갇혀본 이들은 안다. 어느 땐 구름이고 바람이자 나무이고 어떤 땐 의자나 침대이며 어느 순간엔 또아리진 긴 꼬리를 제 몸속에 갖춘 비열한 한 마리 짐승이기도 하다. 몸서리치며 거울을 깨뜨려 버렸을 때, 수십 수백 개로 세포분열한 수많은 감옥 속에 각기 다른 모습으로 갇힌 자신의 모습을 확인하게 될 때, 거기 프란시스 베이컨이 평생에 걸쳐 그려낸 인간의 얼굴, 인간이라 불린 고깃덩어리들의 얼굴이 있다. 그것이야 말로 이미지나 환영이 아닌 실체인 것. 베이컨의 그림은 그런 믿음을 가능하게 한다.

# 영화에서 배우다

## 영화는 시다

"영화는 시다, 소설과 시를 비교할 수 없듯이 영화는 시의 장르에 해당된다" 내러티브를 배제한 채 극한적으로 아름다운 이미지만으로 만들었던 영화 〈형사 duelist〉가 비평 쪽에서는 좋은 평가를 받았으나 흥행에서는 실패한 후, 최근에 발매된 dvd에서 이명세 감독이 자신의 영화에 관해 설명하며 강변한 말이다. 대개 사람들은 영화가 소설이 가진 기능의 변종쯤이라고 생각하는 게 일반적인 견해일 것이다. 서점에서 책을 사고 책상에 앉거나 침대에 반쯤 몸을 일으킨 채 누워 소설을 읽으며, 머릿속으로 언어가 설명하고 내포하는 이미지, 풍경들을 독자 혼자만의 관점으로 상상하는 일이 소설이라면, 영화란 공개된 장소에서 여러 사람들과 어울려 누구나 쉽게 이해할 수 있는 이미지, 즉 움직이는 그림으로 설명되는 이야기들을 보는 일이 다를 뿐 영화는 소설을 읽는 일과 다름없다는 생각들 때문이다. 일상적이고 구체적인 에피소드들을 나열해 한 편의 영화는 만들어지고 관객들은 그 영화 속의 내러티브를 따라가며 자신을 대입시키거나 구경꾼이 되거나 하며 울고 웃고 감동 받기를 원한다. 그러니 어쩌면 영화는 시와는 다소 동떨어진 장르가 아닌가. 몇 개의 압축된 언어가 제시하는 이미지만으로 독자들의 지적, 감성적 신경을 일깨우는 시라는 장르는 TV, 영화, 컴퓨터 등의 수많은 영상에 노출되어 익숙한 당대의 여러 문화적 코드와는 여러모로 적합하지 않은 형식일 수 있을 터이고 그래서 시라는 장르는 영상매체들의 위력에 떠밀려 주변장르로 밀려나게 되었다. 그럼에도 불구하고 "영화는 소설보다 시에 가깝다"라고 강변하는 이명세 감독의 주장은 여러모로 흥미롭다. 막강한 경제력의 원천인 산업이자 당대가 열광하는 오락이며 가장 대중적인 예술의 장르인 영화라는 형식을 굳이 비산업적이기 그지없는 소수 장르인 시의 영역으로까지 근접, 확대하고자 하는 영화인들의 치열한 의식들이 어쩌면 지금 최고의 전성기를 맞고 있는 한국의 영화의 가능성 혹은 저력이 아닐까, 아니 영화라는 장르 자체가 가진 힘이자 가능성을 아닐까 하는 생각들 때문에.

## 영화의 작가주의

시나 소설의 장르에 비해서 영화가 대중적인 호응을 크게 얻고 있는 이유는 아마도 당대의 삶에 관한 여러 사회적 문제들을 폭넓고 민감하게 다루고 있다는 점이 아닐까하는 개인적인 생각을 갖고 있다. 물론 스크린 쿼터라는 정부의 영화보호 정책으로 인하여 단순히 관객의 말초적 감성만 건드리는 저급한 오락물들도 많이 제작되고 있기는 하지만 그 반대쪽에선 한국영화에서 유래가 없을 만큼의 예술영화, 작가주의 영화가 만들어지고 있는 점도 주목할 만한 현상이다. 영화가 문학이나 음악, 미술 등 순수예술 장르들의 한계를 뛰어넘어 지금의 위치를 획득하게 된 이유 중의 하나는 아마도 70~80년대 문학이 담당했던 역할들, 당대의 삶과 사회적 제반 문제들을 이슈화하고 의식화하는 데 치중하기를 게을리 하지 않은 탓도 있지 않을까 싶다. 당대의 대표적인 작가주의 영화감독으로 홍상수, 김기덕, 이창동 등을 꼽을 수 있을 것이다. (이들 외에도 박찬욱, 김지운, 임상수, 봉준호등 일련의 영화감독들이 자신들만의 색깔있는 작업들을 해오고 있긴 하지만 이들은 비교적 스릴러, 호러, 누아르등 장르영화의 형식을 선택해 관객동원이라는 흥행코드 전략을 굳이 배제하지 않는다는 점에서 앞의 세 사람과 다소의 변별성을 지닌다고 봐도 무방할 것이다.) 이들은 각자 다른 소재, 다른 관점, 다른 형식으로 한국사회가 가진 삶과 사회의 이면들을 치열하게 탐구하고 제시함으로서 오락산업의 장르인 영화를 다양한 변주와 해석이 가능한 지적 텍스트로 승화시켜 놓는다는 점에서 영화작가를 넘어 예술가의 반열에 손색없이 놓여지게 된다. 홍상수는 〈돼지가 우물에 빠진날〉〈강원도의 힘〉〈오! 수정〉〈생활의 발견〉〈여자는 남자의 미래다〉80년대와 90년대를 거치며 집단 무의식에 사로잡힌 무기력한 지식인들의 초상을 일상적인 대화와 풍경을 통해 통렬하게 비판하고 조롱하는 작업들을 해오고 있다. 〈돼지가 우물에 빠진 날〉의 소설가, 〈강원도의 힘〉의 교수, 〈오! 수정〉의 잡지 편집장, 〈여자는 남자의 미래다〉의 영화감독, 화가, 〈생활의 발견〉의 연극배우 등 홍상수의 영화 속에 등장하는 주인공들은 한결같이 당대 한국사회의 지식인들 혹은 지식계층이라 부를 수 있을 만한 사람들이다. 홍상수는 이들 지식인들의 소소한 일상의 풍경들을 그리면서 그들이 가진 위선과 위악을 드러내고 조롱하며 한 점 수식도 허용하지 않는 적나라한 초상화를 그려 보여준다. 홍상수의 영화는 영화를 보는 관객들이 마치 자신의 모습을 거울로 비춰 보이는 듯 혹은 관객들 미처 보지 못하거나 인식하지 못하는 모습들을 가식 없이 제시함으로서 관객들을 불편하게 만든다. 영화 속의 인물들을 향해 조소와 고소를 금치 못하다가도 일순 그 우스꽝스럽기 그지없으며 연민조차 불러일으키는 인물들이 지금, 여기를 살고 있는 자신의 모습에 다름 아니라는 것을 깨달은 순간의 당혹감을 안겨주는 영화들이다. 김기덕의 경우는 인간의 내면에 잠재해있는 악마성을 서로 다른 계층의 인간들 사이에서 발생하는 폭력을 통해 드러내 보여준다. 김기덕의 영화에 등장하는 인물들은 홍상수의 영화 속 인물들과는 달리 대부분 주류사회에서 소외된 인물들이고 그런 연유로 그들이 처한 사회적 환경의 억압을 견디며 사는 사람들이다. 〈악어〉의 노숙자, 〈실제상황〉의 거리화가, 〈해안선〉의 군인, 〈파란 대문〉과 〈나쁜 남자〉의 창녀, 〈수취인 불명〉의 혼혈아, 〈섬〉과 〈봄, 여름, 가을, 겨울〉의 살인자, 〈활〉의 노인 등. 이들의 억압되고 소외된 감정을 다양한 폭력적 행위로 표출하며 파국을 맞거나(〈수취인 불명〉〈섬〉〈해안선〉) 갈등을 거쳐 화해에 이른다.(〈나쁜 남자〉〈파란 대문〉〈봄, 여름, 가을, 겨울〉) 김기덕은 소외계층의 사람들이 유일하게 자신을 드러내고 표현하는 방식인 폭력과 폭력의 의미에 주목하면서 현재 한국사회가 숨기고 있는 폭력적 계급구조의 부조리를 다양한 방식으로 표출한다. 김기덕의 영화에 등장하는 폭력은 헐리우드를 비롯한 서방세계의 영화들에 등장하는 폭력들, 즉 인간의 본능적 감성을 자극하는 대리만족의 쾌감으로서 차용되는 폭력과는 전혀 다른 지점을 향한다. 그는 대립과 갈등의 결과물로서의 폭력이 아니라 소통과 교감을 위한 몸부림으로서의 폭력, 폭력이 아니면 소통할 수 없는 극단적인 상황에 놓인 사람들을 통해서 우리사회가 숨기고 있는 혹은 덮힌 채

가려져 있는 치부들을 드러내고자 한다. 숨겨져 있는 폭력적인 계급사회를 직설적인 폭력의 드러냄으로 대응하기라는 전략을 구사하고 있는 것이다. 홍상수가 한국영화의 모더니즘 계열을 대표하는 작가라면 이창동은 리얼리즘 계열의 영화를 대표하는 작가라고 할 수 있다.(김기덕은 그 어떤 경향에도 포함하기 어려운 그만의 독자적인 세계를 견지하고 있다고 하는 게 일반적인 견해일 것이다) 〈초록물고기〉〈박하사탕〉〈오아시스〉단 세 편의 영화만으로 한국영화에 작가주의라는 명칭을 가능하게 한 그의 관심은 일관되게 리얼리즘의 경향에 경도되어 있다. 김기덕의 경우와 마찬가지로 이창동의 영화 속 인물들 또한 한국근현대사의 격류에 휘말려 표류하다 소외된 계층의 사람들이고 이창동의 관점은 그들의 시선을 통해 당대의 현실을 바라보기이다. 이창동의 영화에는 한국근현대사의 과정과 그늘과 늪이 선명하게 들여다 보이는 미덕을 내포하고 있다. 이미 리얼리즘 계열의 소설가였던 그의 시각은 문학이 아니라 영화라는 매체와 형식을 만남으로서 더 큰 지평을 열게 되었다고 평가되는데 이런 사실은 문학과 영화의 한계와 가능성을 가늠할 수 있는 하나의 사례가 되지 않을까 생각된다. 작금의 한국 작가주의 영화를 대표하는 이들의 영화를 보면서 나는 이들의 시각이나 소재, 관점과 겹쳐지는 세계를 가진 시와 시인들을 떠올린다. 더불어 시와 시인들이 가지지 못한 혹은 시인의 감성이나 관심이 미치지 못한 여러 부분들에 관해서도 생각해보곤 한다. 주제나 소재, 관심영역, 그리고 사실적이든 추상적인 것이든 이미지로 구축되는 장르라는 점에서 영화는 시와 충분한 유사점을 가진다. 그러니 '영화는 시다' 주장에 일순 동조하게 되기도 한다.

### 텍스트

위에서 열거한 한국의 대표적 작가주의 영화감독들이 가진 공통점은 그들이 지금, 여기의 현실을 치열하게 꿰뚫고 있다는 점 말고도 그들이 굳이 문학의 텍스트에 의존하지 않는 다는 점이다. 〈문예영화〉라고 불리었던 60, 70년대의 작가주의 영화는 한결같이 이미 문학적 평가를 받은 소설의 원작들을 영화로 재창조 됐었고 비로소 예술영화의 대접을 받았었다. 〈무녀도〉 〈토지〉 〈갯마을〉 〈무진기행〉 〈별들의 고향〉 〈겨울여자〉 등 문학적 완성도를 검증 받았거나 당시 폭발적인 호응을 얻었던 베스트셀러들을 영화화함으로써 영화는 문학의 서자라는 일반론을 가능케 했다. 그러나 지금의 영화작가들은 굳이 검증된 문학의 힘과 틀을 빌리지 않는 대신 감독들 스스로 창작한 시나리오로 영화를 만든다는 점이 60,70년대의 한국영화와는 다른 점이다. 물론 홍상수의 첫 영화 〈돼지가 우물에 빠진 날〉은 구효서의 소설 〈낯선 여름〉이 원작이고 현재도 다수의 소설들을 영화화하는 관례들은 여전하지만 작가주의 영화에서 더 이상 문학적 완성도를 가진 원작은 필요치 않게 되었고 감독들의 자작 시나리오 그 자체만으로도 얼마든지 훌륭한 텍스트가 완성된다는 점에서 영화는 더 이상 문학의 힘을 빌려야 작가주의 영화가 가능한 문학의 서자가 아닌 것이다. 문학작품이 이제 더 이상 영화작가들에게 창작의 동기와 영감을 제공하는 텍스트가 아니라고 해도 영화는 그 자체 만에게도 각종 언론매체나 잡지, 단행본 인터넷을 통하여 다양한 해석과 비평의 행복한 세례를 받는다. 이건 한국 현대시의 전성기라 일컬어지던 80년대에도 받지 못했던 환대이다. 전문 비평가의 비평문뿐만 아니라 인터넷의 각종 아마추어 홈페이지나 블로그를 통해 전문가 못지않은 글들이 홍수를 이루고 대학의 영화학과나 각종 영화전문학교들은 문전성시를 이룬다. 영화는 그저 소일거리 오락이 아니라 인간의 지성이 쌓아온 철학이 뼈대가 되고 미술과 음악과 연극과 무용이 몸을 이루고 있는 지적, 문화적 텍스트의 집결체이다. 그래서 당대의 화두는 누가 뭐라고 해도 오로지 영화이며 영화는 이미 문학이 누렸던 지위를 일찌감치 선점해 자리바꿈을 해가고 있다. 시와 소설을 읽으며 한 사람의 인간이 갖추어야 할 지식과 교양을 쌓는 대신 지금은 영화라는 부드럽고 접근하기 쉬운 텍스트를 통해 세상을 읽고 영화 속에 녹아있는 철학과 미술과 음악과 문학을 배우며 문화적 감수성을 쌓아가는 시대이다. 그럴 때 문학은, 그 중에서도 시는 무엇이며 어느 지점에 위치해 있으며 어디로 가야할 것인가. 소설처럼 간간이 영화의 원작이 되거나 모티브가 되지도 않는 시는 어떤 효용가치를 가지고 있는 지에 관해 진지하게 생각해 본다. 일상의 무료함을 위무하거나 두 시간 가량 일상에서의 짧은 일탈을 위해 영화관을 찾고 DVD를 사지만 영화는 내게 결국 시에 관해 생각하게 하는 텍스트에 불과하다. 세상 그 어느 것이 시에 관한 텍스트가 아닐까 마는.

**비교 혹은 반성**

"영화는 영화만이 할 수 있는 영역이 있고 문학도 마찬가지다. 나는 나의 영화를 문학에 기대고 싶지는 않다" 몇 년 전 이명세 감독을 인터뷰 했을 때 이명세 감독이 했던 말이다. 처럼 영화엔 영화만이 도달할 수 있는 지점이 있고 마찬가지로 문학이, 그 중에서도 시가 가지고 있는 기능이나 영역에 영화가 도달하지 못하는 지점도 있다. 세상의 관심이 온통 영화에만 쏠려 있고 시라는 장르는 소수만이 향유하는 하위 장르로 밀려났다고는 해도 여전히 시와 시인은 존재한다. 누구도 시를 쓰는 시인이 지금 영화가 누리는 영화榮華를 누리고자 하는 꿈을 꾸지도 않는다. 그러나 나는 영화를 보면서, 영화가 하고 있는 여러 사회적 순기능들을 목격하면서 많은 반성과 자책을 하지 않을 수 없다. 당대의 독자들로부터 소외받고 외면당하는 시와 시인들이 미처 자각하지 못하는 직무유기는 없었는지에 관해 숙고할 필요가 있을 거라고 생각한다. 지금의 한국현대시는 앞서 거론한 작가주의 영화들만큼 현실의 구석구석까지 손을 뻗고 눈길을 주며 관심영역을 넓히고 있는 지, 이명세 감독처럼 내러티브가 생명인 영화에서 내러티브를 배제한 채 이미지만으로 한 편의 영화를 만들어 관객들에게 영화를 시적 기능과 영역까지 체험케 하고자 하거나 피터 그리너웨이처럼 다분할된 화면 속에 첩첩으로 이미지를 쌓아가거나 한 순간에 무너뜨리며 인간의 사고와 오감을 극한으로 몰고 가는 첨예한 실험의식으로 늘 무장해 있었던가, 대중들이 영화에 열광하며 한 편의 영화를 한 권의 훌륭한 텍스트로 대접하며 다양한 시각으로 예리하게 분석하고 평가하는 일에 몰두해 있는 사이 시와 시인들은 그저 일상이나 자연이 주는 희로애락만을 노래하며 자기 안에 갇혀 늘 똑같은 시선, 목소리, 형식에 갇혀 있지는 않았는지 등등. 어쩌면 어리석은 비유나 생각일 수도 있겠지만 나는 홍상수, 김기덕, 이창동등의 작가주의 영화 건 상업성, 대중성에 천착한 오락영화이건 상관없이 영화들에서 나는 시가 놓치고 있는 부분들에 관한 생각을 멈출 수 없다. 홍상수의 미학, 김기덕의 폭력에 관한 사고, 이창동의 한국 근현대사 독해등은 어쩌면 시와 시인들이 먼저 도달해 있어야 하는 지점이었지는 않았을까. 김지운(〈장화홍련〉〈달콤한 인생〉)의 탐미적 이미지들, 봉준호(〈살인의 추억〉)의 과거를 통한 현재를 발견하는 시각, 차이밍량(〈청춘만세〉〈흔들리는 구름〉〈안녕, 용문객잔〉)의 현대 도시인의 고독과 단절에 관한 집착, 왕가위(〈동사서독〉〈화양연화〉)의 일견 진부하지만 영원한 주제인 사랑에 관한 탐구, 피터 그리너웨이(〈프로스페로의 책들〉〈필로우 북〉〈털시 루퍼의 가방〉)의 영화에 숨어있는 철학과 실험정신 또한 시의 영혼과 육체 안에 풍성하게 담겨있었어야 할 자양분은 아닐까하는 생각들을 해본다. 영화 속에서 시와 소설과 철학, 사회학, 미술과 음악을 발견하고 향유할 게 아니라 한 편의 시가 시 속에 그것들을 풍부하게 내포하고 았어야 하는 건 아닐까 하는 생각들을. 어쩌면 영화는, 영화라는 장르와 매체는 이제 시나 소설이 가져야할 관심영역을 훌쩍 앞질러가고 있는 지도 모른다. 그럴 때, 나는 질투와 자괴감, 열등감을 느낀다. 그러므로 어떤 영화들은 늘 팽팽한 긴장과 한 시도 잠들지 않는 깨어있는 의식을 가지라는 무언의 충고와 질책을 안겨주기도 한다. 세상 모든 것이 그렇지 않을까마는 영화에게서도 나는 너무 많은 것들을 배우고 깨우친다.

# 누가 영화를 두려워하랴

 21세기는 이미지의 시대가 될 것이다, 그 중에서도 제7의 예술이라 불리며 산업과 예술이라는 상반된 두 가지 얼굴을 가진 영화라는 장르가 음악, 미술, 문학, 철학 등 기존의 장르들을 통폐합하는 제왕이 될 것이라고 많은 논객들이 호들갑스럽게 예언했었다. 그 예언에 동조하는 또 다른 논객들에 의해 하위문화로 불리던 대중문화들은 전에 없던 새로운 의미들을 부여받는 호사를 누리기 시작했다. 사회학자들은 그동안 천대받았던 이 가련한 장르에 관해 대단히 우호적인 분석을 하기 시작했고 철학자들은 고매한 철학의 개념과 논리를 적극적으로 하위문화들에 대입하여 새로운 논리들을 생산해내기 시작했다. 가진 건 오직 언어라는 구태의연한 도구뿐인 시인들은 자신이 가진 이 오래된 도구가 낡아빠진 구세대의 전유물로 전락하지 않을까 당혹스러워했고 또 다른 한편에서 시인들은 시 속에 적극적으로 영화를 끌어들이기도 했다. 그런 시도는 더러 신선했고 더러 구차해보였으며 더러 쓸쓸해보이기도 했다. 시대의 총아로 떠오를 것이라 예언되는 영화를 보지 않으면, 전에는 별로 눈여겨보지 않았던 오락산업에서 졸지에 문화의 뉴웨이브로 떠오른 이 영화라는 괴물을 이해하지 못하면, 누구라도 시대에 뒤떨어질 것이라는 강박적 불안에 쫓기던 시절, 영화라는 장르를 새로운 시대에 도래할 새로운 문화적 징후라 추앙하던 그런 떠들썩한 분위기 뒤쪽에서 나는 슬금슬금 영화들을 훔쳐보고 있었다. 사실은 그 이전부터 부산의 시네마떼끄, 라는 조그만 영화소모임에서 영화를 기웃대고 있었다는 게 정확하다. 그곳에서 나는 적어도 산업이라는 자본주의 재화에 오염되지 않은 혹은 덜 물든 이상한 영화들, 이른 바 아트필름 혹은 컬트라 불리는 기이한 영화들을 훔쳐보고 있었다. 훔쳐보다가 마침내 슬금슬금 그 마력 속으로 발을 디뎌가고 있었던 것. 지금이야 컴퓨터를 켜고 마우스 클릭 한 번이면 어디서든 아주 빠른 속도로 한 편의 영화를 소유(?)할 수 있지만 90년대 후반 2000년도 초반에 그러지 못했다. 영화동호회나 각국의 문화센터에서 정보를 교환하기도 하고, 해외여행이나 출장을 가는 지인들에게 구차한 부탁을 하기도 하고, 이도 저도 안되면 아마존이라는, 거대한 정

글같은 외국의 사이트에서 비싼 돈 들여가며 한 편의 영화들을 사기도 했는데, 그런 행위들을 하는 무리들은 자신들을 일컬어 무비마니아, 라 불렀다. 재즈 마니아, 락 마니아, 클래식 마니아, 와인마니아는 있었지만 이전에는 없던 무비 마니아들은 그걸 마치 시대의 선구자나 되는 양 자랑스러워하기까지 했는데 돌이켜보면 그것 또한 당시의 트렌드였고 지금은 한물간, 잊혀진 유행어가 되어버린 채이다.

생각해보면 나는 지리멸렬한 일상을 한 두 시간 잠깐 멈추게 하는 영화의 막강한 오락적 기능, 말하자면 일종의 마취제 같은 역할을 하는 영화의 기능에 매료되었던 게 아니라 영화라는 장르가 갖는 독특한 표현방식에 매료되었던 것 같다. 물론 여기서 지칭하는 영화란 당시 마니아라 불리던 무리들이 가졌던 불문율인 헐리우드 영화를 철저히 배제한 영화, 즉 자국의 검열을 통과하지 못한 제3세계 영화, 기이하고 불온한 상상력을 가진 컬트영화, 지겹기 그지없이 길고 장황하게 예술가들의 자의식을 드러내는 아트필름 따위를 뜻한다. 그 영화들 속에서 날뛰는 기존의 규범과 관습을 뒤엎는 도발적인 시각들, 지나치게 자유분방해서 전혀 새로운 이미지들, 문학이나 철학의 관심이 가닿지 못한 전복적인 관점들에서 나는 내가 읽고 써온 시들에서 느끼지 못했던 새로운 매혹을 느꼈던 것 같다. 지리멸렬, 그야말로 지나치게 착하고 지나치게 아름답고 지나치게 일상적이고 지나치게 감동적인 시들에서는 미처 느낄 수 없었던 새로운 힘을 낯설기 그지없는 그 영화들에서 느꼈던 것 같다. 그런 이상하고 기괴하며 위험하기조차 했던 언더그라운드의 영화들에서 일상과 인간, 세상과 세계를 뒤집어 유추하고 상상하며 해석하는 즐거움은 결코 만만치 않았다. 그리고 그 즐거움이 내 멍청한 시에게 어떤 영감이나 에너지를 가져다주었으면, 하는 욕망을 의식적이든 무의식적이든 가졌던 것 또한 부인할 수 없다. 그러면서 끊임없이 영화 속에서 시 혹은 시적인 것, 시가 될 수 있을 것 같은 가능성과 시가 될 수 없는 것, 영화를 뛰어넘을 수 있는 시와 영화를 결코 뛰어넘을 수 없는 언어 혹은 시라는 형식의 한계 사이에서 갈등과 질시를 반복했던 것 같다. 그런 한편으로는 또 본능적으로 영화 속에서 시와 시인을 발견하고 있는 자신을 목격하기도 했다. 「이레이저 헤드 Eraser Head (데이빗 린치)」선 김언희 시인의 시를, 「No.3」에선 최영철 시인의 시를, 피터 그리너웨이의 시에선 박상순 시인의 시를, 압바스 키아로스타미의 영화에선 80년대 리얼리즘 시의 위력을, 왕가위 영화에선 90년대 도시시의 근원을, 홍상수의 영화에선 거대 담론이 사라진 80년대 이후의 일상시의 현주소를……하는 식으로. 말하자면 나는 시 혹은 언어가 가지지 못한 영화가 가진 힘을 탐색하면서 그 힘을 시 속으로 끌어들여 확장하는 길을 모색하고자 했으나 오히려 이 두 개의 얼핏 닮은 듯하지만 사실은 극단적으로 상반된 장르가 가진 특성만을 고스란히 인지하게 되었는지도 모르겠다. 그럼에도 불구하고 이 이상하고 기괴하며 멍청하고 짱구같은 소외된 영화들, 헐리우드 주류영화의 반대편에서 끊임없이 자신만의 세계를 추구하는 어리석은 영화들 속에서 내가 본 건 세상을 인식하는 자유로운 시각과 새로운 관점(Perspective)이었다. 그건 내 편협한 시선을 아주 조금이나마 교정시켜준 점 부정할 수 없을 것이다. 시를 시작한 처음부터 지금까지 그래왔듯이 진부한, 지리멸렬한, 규격화한, 익숙한, 새롭지 않은……에 맹렬한 반감을 가진 내게 매혹과 절망과 세계를 해석하는 냉철한 인식을 동시에 준 건 소수들만을 마니아로 거느린 이상한 영화들이었다.

　박찬욱의 영화 「올드 보이」의 지하철 씬. 늦은 밤 텅 빈 지하철 안에 주인공이 앉아있고, 아무런 설명도, 개연성도 없이 거대한 벌레 한 마리가 주인공의 맞은 편 좌석에 앉아있다. 무어라 설명할 수 없이 기괴하지만 매혹적인 이 이미지가 여전히 머릿 속에 선명하게 남아있다. 피터 그리너웨이의 실험적인 영화 「털스 루퍼의 가방」에 등장하는 분할된 화면, 즉 하나의 스크린에 수없이 잘게 나뉘어진 화면 속에서 제각기 다른 공간, 다른 시간, 다른 얼굴들이 일제히 관객을 향해 쏟아붓는 말들이 주는 충격적인 문법, 아무런 장치도, 설명도 없이 느닷없이 벌어지는 데이빗 린치의 영화들 속의 신비로움을 넘어 불가해한 현상들 또한 마찬가지. 언어에 매달려 언어 속에 칩거하면서 한 발짝도 언어 밖으로 나가지 못하는 내게 느닷없는 해방감과 파괴의 쾌감을 선사해주는 영화만이 가진 재미, 아름다움, 쾌감들이다. 하지만 언제부턴가 나는 인터넷과 케이블 티비에 넘쳐나는 영화들에서 천천히 떠나오고 있었음을 알게 됐다. 물론 여전히 나는 시에서처럼 기존의 형식과 관점을 뒤집는 전혀 새로운 도발적인 영화가 나오기를 기대하고 그런 소문을 가진 영화들을 기꺼이 찾아보면서 그 속에서 내 시의 옹졸하고 근시안적인 시각과 방법론을 반성하고 있기는 하지만 그것 뿐, 나는 밤새워 영화를 보던 시간에서 틈만 나면 독서를 하는 처음의 시간으로 되돌아 왔다. 90년대 논객들이 예상한 것 같은 경천동지할 상황은 생기지 않았고 대중문화가 순수문화를 집어 삼키지도 않았으며 언어를 제영토로 가진 시라는 형식은 다만 쇠퇴했을 뿐 멸종하지는 않았다. 아니 어쩌면 쇠퇴와 멸종의 시간을 지나 새로운 중흥기를 맞게 될지도 모른다는 안일하고 천진한 기대마저 가지게 된 편이다. (다만 영화가 집어 삼키리라던 21세기 일상의 시간들은 휴대폰, 태블릿PC같은 휴대기기들이 점령하고 있으니 90년대의 예언들은 일정부분 맞아떨어졌다고 해야 할까) 영화라는 장르는 여전히 시와 시인들이 매의 눈으로 포착하고 섭취해야 할 자양분들을 분명히 풍부하게 갖고 있다. 예술이기 이전에 거대자본에 의해 움직이며 진화하는 이 영화라는 산업이 결코 놓치지 않는 현실인식이 그러할 것이고 시대와 사회가 가는 방향을 동물의 생존감각으로 포착하는 촉각이 그러할 것이고, 그러면서도 은연 중에 대중을 움직이는 이미지가 가진 무의식적인 힘은 여전히 유효하기 때문이다. "이미지는 모든 예술의 어머니이다. 내가 영화감독이 된 것도 이미지가 강한 흡인력으로 다가왔기 때문이다. 내 영화가 완벽한 예술이어서도 종합예술이기 때문도 아니다. 이미지는 모든 것이다."라고 이란의 영화감독 압바스 키아로스타미는 말했듯이. 하지만 나는 이제 영화라는 장르의 특성 밖에서 시라는 장르의 영원불변하는 특성에 관해 생각한다. 한때 매혹 당했던 영화라는 형식은 내게 시인으로서의 정체성을 되돌려주는 매개체의 노릇을 기꺼이 해주었으니 내 시를 비추는 거울이었다고 해야 할까. 영화는 영화, 나는 이제 영화를 두려워하지 않는다. 영화가 가진 무궁무진한 상상력의 힘을 어떻게 시의 힘으로 치환할 것인가에 관해 고민하지 않고 촉각을 곤두세우지도 않으면서 그저 무덤덤하게 아주 가끔씩, 영화를 본다. 시인들은 영화를 부러워하지도 않는다, 그저 길가의 흔한 술집이나 카페, 모텔을 보듯 할 뿐이다, 라고 나는 생각한다. 누가 영화를 두려워하랴, 누가 영화를 부러워하랴. 시는 시, 시인은 시인. 나는 극장에서 나와 천천히, 아주 멀리 걸어 나가고 있는 중이다.

# 4

詩

# 말의 몸, 말과 몸

말들은 아주 편편한 바닥에 누워 있다. 하늘도 닮고 땅도 닮았다. 라고 그들이 서로에게 중얼중얼 말한다. 그들은 아직 서로 얼굴을 마주보지는 않는다. 그들은 상대방이, 또는 상대방들이 무수히 같은 바닥에 있다는 것을 알고 있다. 그러나 보고 싶지 않다. 기다림이 완성될 때까지는 각자의 생을 껴안고 더 안으로 충실해야 한다고 생각한다. 연민의 깊이가 운명의 공유의 결단에 이를 때까지. 어떤 말은 스폰지처럼, 다른 말은 찰흙처럼, 다른 말은 엎어놓은 항아리처럼, 또는 생성중인 암모나이트 화석처럼 가만히 있다. 바닥에(하늘이 비추어 보이는? 모르겠다. 좀더 정확하게 말하면, 이젠 상관없다고 생각한다)…… 꼼짝하지 않고, 가끔 뒤치락대며, 게으르게, 시간의 실꾸리를 앞뒤로 오물딱쪼물딱 돌리면서…… 5000년이 훌쩍 지나갔다. 나는 벌써 내가 된 걸까? 네가 할퀴고 간 손톱자국에서, 나도 모르게, 말들의 다른 계곡들이 생성된 걸까?

　　– 김정란 「둥근 달」 부분


　존재하는 모든 것들은 말을 가졌다. 생명을 가진 것이나 생명이 없다고 믿어버리는 세상의 모든 사물들은 그러나 언어든 침묵이든 자신만의 고유한 말들을 내포하고 있다. 인간의 집과 집 속에 가득한 일상의 사물들, 인간의 집 주위에 포진한 모든 삶의 구성요소들에는 보이거나 보이지 않는, 들리거나 들리지 않는 많은 말들이 숨어있다. 길가의 전봇대와 신호등, 가로수, 간판들, 거리에 출렁이는 햇빛과 빗방울, 옷깃을 흔드는 바람, 바람에도 흔들리지 않는 바위, 바람에 쉽사리 순응하는 숲, 숲을 껴안은 산, 산 너머의 구름, 구름 너머의 허공에 까지 온통 말들은 걸려있고 널려있으며 숨어있다. 그리고 무릇 시인이란 그 보이거나 보이지 않는 말들을 불러들여 말들에게 몸을 부여하는 자들이다. '스폰지' '찰흙' '엎어놓은 항아리' '또는 생성 중인 암모나이트 화석'처럼 부드럽거나 딱딱하고 쉽사리 깨어지기 쉽거나 영생을 얻는 몸들을 빚어 말의 실체를 세상에 내보내는 일을 하는 사람들이 시인, 이라 불리우는 것이다. '나도 모르게, 말들의 다른 계곡들이 생성'되기도 하는 감각을 생래적으로 가지고 태어난 부류들, '시간의 실꾸리를 앞뒤로 오물딱쪼물

딱 돌리면서' 말의 영혼을 빚는 자들, 아무 것도 아닌, 아무 것 도 없는 곳에서도 기어코 말을 발견하고야 마는 밝은 눈을 가 진 족속들, 그들이 시인이라 불리는 자들이다.

해마다 암호처럼 여름은 오고
해독되지 못한 채 범람하는 햇살 속에서
지천으로 깔린 주인 없는 말들의 묘지에 앉아
종일토록 몸 매끈한 것들을 쓰다듬는다

천천히 길을 아껴 걷는다 적벽, 붉은 바위 층층히 쌓인 틈새로
어쩔 수 없이 속독으로 읽을 수밖에 없는 길들이 구겨진다
아무리 천천히 발음한다 해도
마지막 숨은 뱉어질 수밖에 없는 것인데
목 근처에서 탁 걸리며 퍼지는 문장들이
오래도록 씁쓸하게 걸리적거렸다
끝나버렸을지도 모를 문장을
오래도록 발음하고 있었다

적벽 붉은 강가에 서서 나는 방류되었던 치어처럼 나를 움켜쥐었
을 어떤 손을 상상하곤 했다 (나는 도망하고 도망하여도)
— 이혜미 「적벽 붉은 강가에서」 부분

형상이나 소리가 아닌 언어를 자신의 질료로 선택한 시인들에게 말은 자신을 존재하게 하는 무기이자 또한 자신을 끊임없이 괴롭히는 흉기이다. 말에게 찔리지 않기 위해서, 쏟아지는 말들로부터 자신을 보호하기 위해서 시인들은 말을 키운다, 말을 가꾸고 다듬으며 늘 조심스럽게 말과 마주하지만 지나치게 크고 무거워져버린 말들을 이따금씩 방목해야할 때도 있다. '말줄임표를 슬쩍 밀어놓'아야 할 자리가 필요한 시간은 반드시 있는 것이다. '공소시효 지난 문장'과 '모난 말'은 '물에 씻기고 바람을 품으며 저마다의 무늬로 둥글어져가'게 방목해야 하는 것이다. 말의 사육사이자 훈련사인 시인에게 세상은 끊임없이 말들이 태어나 '범람하는' 말의 샘이자 '지천으로 깔린 주인 없는 말들의 묘지'이기도 하다. '사람들이 버리고 간 모난 말들'이 시인의 영혼 속에서 상처받음과 회복을 되풀이하면서 한 알의 진주처럼 '저마다의 무늬로 둥글어져가'기 위해서는 필연적으로 시인의 영혼을 파먹고 살 수 밖에 없다. '아무리 천천히 발음한다 해도/ 마지막 숨은 뱉어질 수밖에 없는 것인데/ 목 근처에서 탁 걸리며 퍼지는 문장들이/ 오래도록 씁쓸하게 걸리적거렸다'라는 전언이나 '끝나버렸을지도 모를 문장을/오래도록 발음하'는 일은 말을 조련하며 갈고 닦는 작업의 고통을 드러낸다. 그런 고통은 징후들은 비교적 쉽사리 발견되며 이 또한 피할 수 없는 시인의 숙명이다.

1

나무는 참 수다스럽다. 자세히 들으면 나무만큼 시끄러운 것은 없다. 나무마다 수십 수백 수천 개의 입을 가진 잎들은, 사실 입의 윤곽만 남은 온통 혓바닥이다. 바람이 불면 누가 먼저라 말릴 새도 없이 종일 나불대는 말들, 그게 무슨 소린지 몰라 나무는 평생 제 혓바닥에 귀 기울이고 있다.

2

혓바닥이 땅에 떨어진다. 너무 왁자지껄한 말은 나무에 해롭다고 허공이 경고하지 않아도 나무는 거의 본능적으로 알고 있다. 거리에는 떨어진 혓바닥이 수북하다. 단지 계절만 탓하긴 입이 근질근질하다. 가끔씩 사람들이 지나치다 혓바닥을 주워 책갈피에 넣는다. 나무 속에서 나와 나무 속으로 들어가는 입들, 참 오랜만에 책을 펼친다. 샛노란 혓바닥이 빈틈없이 납작하다. 순간 나무의 침묵을 눈으로 볼 수 있다

– 권주열 「나무잎」 전문

'평생 제 혓바닥에 귀 기울이고 있'는 나무는 자신과 다르지 않은 존재라고 시인은 생각한다. 그러니 이 시에서 '나무'라는 단어를 '시인'이라는 단어와 바꿔도 별 무리가 없을 터. '혓바닥을 주워 책갈피에 넣는'일이야 말로 시인의 일이며 '거리에는

떨어진 혓바닥이 수북하다'라거나 '잎들은, 사실 입의 윤곽만 남은 온통 혓바닥'이라고 생각하는 눈이야 말로 시인의 눈이다. '땅에 떨어지'는 '혓바닥'들의 '너무 왁자지껄한 말'과 '종일 나불대는 말들'에 '경고'를 보내야 하는 책무를 가진 시인들의 고통이 침묵 쪽으로 기대며 기울어지는 일은 어쩌면 자연스러운 일이기도 하다. '나무의 침묵을 눈으로' 보는 자, 보고 싶어 하는 자 또한 시인이므로.

선술집에서 그는 말과 말 사이에 공장을 짓는다 다급하게 쌓던 빈 소주병을 움켜잡더니 그는 병 주둥이에 중얼중얼 입 바람을 분다 금방 굴뚝에서 나온 연기처럼 흐느끼는 말들이 술자리에 자욱해진다 그는 말끝에 〈이 눔의 연기 땜시 참말로 매워라〉와 〈굴뚝은 왜 원이고 공장은 왜 사각인 줄 아냐〉고 붙인다 눈시울을 붉히던 그가 이르기를 공장은 지폐와 닮아서고 굴뚝은 톱니바퀴를 닮아서란다 그의 말이 엉터리여서 더는 말과 말 사이에 공장을 지을 수 없게 되자 술집엔 추억이 된 말들만 그득해진다 그는 입을 다물고 구두에서 발을 빼내더니 긴 의자에 드러눕는다 그가 뒤척일 때마다 바스락바스락 말소리가 나고 그의 발가락이 양말을 뚫고 나와 꼼지락꼼지락 말장난을 한다 말 모서리에 누운 나뭇잎 한 장이 뒹굴고 있는데 어느 굴뚝에선가 맥없이 풀어져 나온 가을이 그를 지우고 있다

— 윤석정 「발가락과 나뭇잎」 전문

하지만 침묵에 가 닿기 위해서 혹은 침묵으로 세상의 말들과 대응하기에 세상엔 '말의 공장'들이 이미 너무 많이 지어져 있다. 최첨단의 자동생산설비를 갖춘 공장에서 날마다 생산되어 세상에 배달되는 말들이 '연기처럼' 자욱한 곳이 세상이다. '꼼지락꼼지락 말장난'을 하거나 '금방 굴뚝에서 나온 연기처럼 흐느끼는' '엉터리' 말들의 세상에서 태초에 태어났던 순결한 말들은 어쩌면 오래 전에 '추억'이 되어 버렸는지도 모른다. 세상에 범람하는 '말과 말 사이에' 지어진 공장들은 쉽사리 허물어지지 않는다. 말의 공장들은 지나치게 힘이 세다. 쉽사리 순결한 녹지를 허물고 바다를 메우며 하늘을 찌를듯한 높이로 세상 가득히 들어선다. 우리는 어쩌면 최첨단 자동화 시스템에 의해 생산되는 한 개의 〈말기계〉여서 자신의 의지와 상관없는 말들을 끊임없이 내뱉는 단위기계이거나 누군가에게 조종당하는 채로 생존을 위해 이미 학습된 말들만을 내뱉으며 생명을 유지해야 하는 노예같은 존재일지도 모른다. 누구에게도 세상의 그 무엇으로 부터도 훼손당하지 않은 채 순결한 몸과 영혼을 가진 말들은 어디에 있는 것일까. 우리는 그런 말이 태어났다는 사실조차 어쩌면 잊어버리고 있는 건 아닐까. 그럴 때 말은 환상에 침윤 당한다. 일상에서 이미 그 가치를 잃어버린 말의 존엄성을 그리워하며 찾아 헤멜 때, 환상은 쉽사리 시인의 내면으로 스며드는 것일지도 모른다.

망루에 올라 해바라기 꽃밭을 본다 그 수많은 꽃들이 바라보는 태양처럼 사내는 눈부시다 해시계를 삼킨 황금물고기 귀고리를 찰랑대며 여자는 묻는다 누구에게나 일생을 걸고 해바라기 꽃을 꺾듯 꺾어야하는 게 있다면 몽롱한 눈빛의 유디트가 헬멧처럼 들고 있는 홀로페르네스의 목 같은 게 아니겠냐고 망루 아래서 여자의 말을 엿듣던 뱀은 서둘러 허물을 벗어 던지고 해바라기 밭을 떠난다 어느덧 태양은 엑셀파일의 함수마법사 중 시간의 함수로 구해놓은 듯 망루 꼭대기 위로 정각에 도착한다 목이 마른 사내는 피크닉 바구니에서 꺼낸 술병의 목을 부여잡고 기어이 목을 칠 테냐고 묻는다 여자는 축제는 축제니까, 라고 해바라기 씨를 깨물 듯 또박또박 대답한다 망루 꼭대기에서 여자의 말을 엿듣던 태양은 진땀을 뻘뻘 흘리고 있다 여자는 최면을 건다 레드 썬 탁! 그러자 뱀이 벗어던지고 달아난 허물 속에선 화가의 잘린 귀와 귀를 자른 칼이 튀어나온다 여자는 잘린 귀를 확성기처럼 들고 싁─ 태양의 목을 친다 순간 꽃밭에선 해바라기꽃들의 노랑 비명들이 폭죽처럼 튀어 오르고 달아난 뱀은 깜짝 놀라 다시 허물 속으로 달아난다 피크닉 바구니를 헬멧처럼 들고 여자는 망루를 내려간다 피크닉 바구니에선 덜그럭 덜그럭 누군가의 목이 굴러다니는 소리가 난다

   ─ 안현미 「해바라기 축제」 전문

'엑셀파일의 함수마법사'는 불가능하다고 여겼던 것들을 가

능하게 해주는 현대문명이 필요에 의해 생산한 마법사이다. '엑셀파일의 함수'처럼 언어는 시인에게 불가능한 모든 것들을 가능하게 해주는 마법의 주문이기도 하다. 시간과 공간의 제약을 넘어 자유로운 상상과 환상 속으로 기꺼이 시인은 유영한다. 고대와 중세, 근대와 현대, 역사와 신화와 전설과 사실 속을 자유롭게 드나들면서 시인 자신만의 세계를 구축한다. 그럴 때 말은 홀로페르네스의 목을 베는 칼이자 최면을 거는 '레드썬'같은 주문이며 시인의 귀에 매달려 '찰랑대는' '황금물고기 귀고리'이다. 그 말들은 '해바라기꽃들'에게 '노랑 비명들'을 부여하고 '태양'의 '진땀'을 만들어내며 '몽롱한 눈빛의 유디트'를 현재에 되살려 내는 무소불위의 권능을 가진다. 아름답지만 위험하고 위험하지만 거부할 수 없는 치명적인 마력을 가진 말들이 펼치는 한 바탕 화려한 축제에서 시인은 말이 가진 환상의 능력을 마음껏 시험한다. 그게 설사 '뱀'이 벗어놓고 간 '허물'같은 것이라고 해도 상관없다. 적어도 이 환상 속에서 시인은 자유의지를 가진 존재이며 적어도 일상적인 말 기계에서 벗어나 마음껏 말을 부리고 조롱하는 마법사의 위치를 가지게 되었으므로.

1

너는 문을 닫고 키스한다 문은 작지만 문 안의 세상은 넓다 너의 문으로 들어간 나는 너의 심장을 만지고 내 혀가 닿은 문 안의 세상은 뱀의 노정처럼 굴곡진 그림들을 낳는다 내가 인류의 다음 체형에 대해 숙고하는 동안 비는 점점 푸른빛과 노란빛을 섞는다 나무들이 숨은 눈을 뜨는 장면은 오래전에 읽었던 동화가 현실화되는 순간이다 미래는 시간의 이동에 의한 게 아니라 시간의 소멸에 의한 잠정적 결론, 너의 문 안에서 나는 모든 사랑이 체험하는 종말의 예언을 저작한다 너는 내 혀에서 음악과 시의 법칙을 섭취하려든다 나는 네게서 아름다운 유방의 원형과 심리적 근친상간의 전형성을 확인하려든다 그러니까 이 키스는 약물 중독과 무관한 고도의 유희와 엄밀성의 접촉이다 너의 문은 나의 키스에 의해 열리고 나의 키스에 의해 영원히 닫힌다 나는 너의 마지막 남자다 그러나 네게 나는 최초의 남자다 너의 문 안에서 궁극은 극단의 임사 체험으로 연결된다 흡혈의 미학을 전경화한 너의 덧니엔 관 뚜껑을 닫는 맛, 이라는 시어가 씌어졌다 지워진다 살짝 혀를 빼는 순간 내 혓바닥에 어느 불우한 가족사가 크로키로 그려져 있다

2

나는 문을 닫고 너의 몸을 받는다 내 안으로 들어온 너는 사뭇 여장부스러운 근골과 큰 키를 과시한다 뒷굽이 십 센티미터에 달하는 하이힐을 또박또박 디디며 혓바늘 사이를 배회한다 몸 밖으로 빠져나온 네 혀가 나라는 한 세상을 뒤집어 오랫동안 표현하지 못했던 길몽과 흉몽 사이의 아득한 절대치의 추상화를 구상화한다 너는 무

용에 어울리는 몸을 가졌다 그러나 나는 건축에 어울리는 몸을 가졌다 그리하여 너는 내 몸이라는 凶家에서 춤추는 무희가 된다 내 혀는 너의 동선을 따라하며 네 가족들의 불편한 심기를 박물화한다 이 키스는 한 아이가 태어나고 죽어가는 과정에 대한 초현실적 리포트다 내 혀를 뒤집으면서 너는 네 인생의 가장 극적인 순간을 탐진한다 나의 문은 너에 의해 닫히고 나의 문밖에서 모든 시간은 풀어진 물감처럼 시계 밖으로 흩어져 사라진다 내 속에서 죽었던 것들이 관 뚜껑을 열듯 내 몸을 열고 문 열린 너의 바깥으로 날아간다 두 겹으로 붙어 네 겹의 문으로 열리는 이 방생의 순간, 네 눈 속에 담겨 있는 짐승은 고대 중국 용봉 문화 관련 서적에서 문득 흘려보았던 오래전의 내 얼굴이다 기뻐하라 너는 이제 오래전부터 인류가 꿈꿨던 환상의 미래, 춤추는 龍의 후손을 임신한 것이다

　- 강정 「키스」 전문


　말은 문이다. '문은 작지만 문 안의 세상은 넓다'는 전언은 말의 기능과 특질에 관한 적확한 지적이자 표현이다. 사람과 사람의 입맞춤은 몸이 없는 말, 보이지 않는 말에게 가장 구체적이며 생생하게 관능적인 몸을 부여하는 행위이므로 '오래전에 읽었던 동화가 현실화되는 순간'이며 '음악과 시의 법칙'이 드러나는 찰나이며 '종말의 예언을 저작'하는 경지에 까지 이르는 진경을 보여주기도 한다. 말없이 수많은 말을 나누는 '키스'

라는 동작은 한 사람이 가진 말들이 숨기거나 드러내기 꺼려했던 모든 환상을 타인과 공유하고 나누는 작업이며 허공을 떠돌던 외로운 말들에게 날개를 달아주는 매혹적인 행위이다. 적극적인 전언이자 또한 무한한 깊이와 넓이를가진 이 행위에서 말들은 비로소 몸을 얻고 날개를 달아 생생한 질감을 획득한 채 자유로워진다. 키스를 나누는 두 개의 몸과 영혼에서 날뛰는 이 말들은 환상이기는 하되 환상을 넘어선 사실이며 또한 강력한 힘을 가진 환상적인 실체이기도 하다. 그 속엔 '뱀의 노정처럼 굴곡진 그림들'과 '한 아이가 태어나고 죽어가는 과정에 대한 초현실적 리포트'와 '두 겹으로 붙어 네 겹의 문으로 열리는 이 방생의 순간'과 '불우한 가족사'까지가 망라되어 있다. 이른 바 한 사람의 생애가 다른 한사람의 생애와 서로 겹치고 열리며 닫히는 과정이 함축되어 있으니 그 안에 내재된 말들이란 이미 헤아릴 수 없는 질량과 무게를 가졌음을 부정할 수 없다. 기의와 기호의 과정을 생략한 채로도 완전무결한 소통을 가능하게 하는 행위는 어쩌면 말이 가진 최고의 경지를 실행하는 행위일 수도 있다. 환상이되 구체적인 실감을 가진 말에 관한 '절대치의 추상화를 구상화'하는 작업이 이 한 편의 시 속에 담겨있다. 세상에 흘러넘치고 한 인간의 내면에 끓어넘치는 말의 풍경이 말 없는 행위에 의해 그 진면목을 드러낸다는 침묵의 아이러니한 양면성에 관해서까지.

내가 마침 그 도시에 도착했을 때 낙타를 타고 온 상인들은 메카를 향해 엎드려 바닥에 입을 맞춘 채 기도문을 땅속으로 흘려보내고 있었다

저녁이 되면 이곳의 바람은 습곡을 따라 흐르다 절벽으로 스며들어 단층을 만들기도 한다 사람들은 기도하던 자리를 쓸어 붉은빛을 물고 있는 돌가루를 공중에 뿌린다 바람이 그들의 기도를 실어간다고 믿는다 이를테면 향신료처럼 물드는 중동의 하늘쯤 그 아래에 한참을 엎드려 있는 중년의 아랍인 펄럭이는 옷깃의 화약냄새로 물방울처럼 터지던 가족들을 불러오고 있다 어디서 유해 같은 가루가 그의 머리를 쓰다듬는다

심장을 떠난 목숨이 사원의 불을 밝힌다

먹이를 꽉 껴안은 거미처럼 노을은 지금 나를 제 품에 가두고 있다 바람이 읊어주는 바위의 전생에는 주술에 이끌린 영혼들 북회귀선을 타고 흩어진다 사하라사막으로, 인도로, 쿠바의 북쪽으로 나는 귀를 열어 그들의 언어를 채집하지만 무게가 없는 인연은 망을 빠져나가 달빛이 된다 이곳에서 부려온 전생을 온통 소진할 것이라고 내 안에서 서걱이는 돌가루들이 이국의 언어가 불을 밝히는 나를 페트라 혹은 장밋빛 도시라 부른다

– 이강산 「페트라로 간다」 전문

이제 말은 알아들을 수 없는 '이국의 언어'에서도 발화해 모습을 드러낸다. 침묵하는 풍경 속에도 또한 무수한 말들이 '스며들어 단층을 만들기도 한다'는 걸 이 시는 보여준다. '엎드려 바닥에 입을 맞춘' 간절한 '기도문'으로서의 말이 이국의 낯선 풍경 속에서 '붉은빛을 물고 있는 돌가루를 공중에 뿌'려지는 걸 시인은 목격한다. '귀를 열어 그들의 언어를' 굳이 '채집'하지 않아도 시인은 그들 이방의 민족이 가진 역사며 애환을 충분히 이해할 뿐만 아니라 '심장을 떠난 목숨이 사원의 불을 밝힌다'는 진리까지도 이해하게 된다. 이 말없는 풍경은 그러나 말하고 설명하며 설득하는 행위보다 더 많은 말을 시인에게 전달한다. 풍경을 이해하고 풍경 속에 숨겨진 말을 해독하고 자신의 언어로 재조립하는 건 시인의 내면에 오래 도사렸던 말들이 낯설면서 또한 낯설지 않은 이 침묵의 풍경들과 부딪쳤기 때문일 것이다. 침묵의 내부에서 다시 수많은 말을 이끌어내는 일은 어쩌면 태초의 오염되지 않은 말의 시원에 가장 가까이 다가가는 일일지도 모른다. 그리고 시인은 그런 순결한 말들을 만나기 위해서 순례를 멈추지 않는 고단한 순례자이기도 할 터이다.

다시 '말들은 아주 편편한 바닥에 누워 있다. 하늘도 닮고 땅도 닮았다'라고 진술한 김정란의 시에서처럼 말은 생물이자 무

생물이다. 그 말들을 일으켜 세우고 걷게 하고 노래하거나 고통에 찬 비명을 지르게 하거나 날개를 달아 날아오르게 하는 뭇은 시인들의 것이다. 시인들은 모두 자신의 말을 위해서 길을 떠나거나 환상의 주술을 빌려오거나 침묵 속으로 깊숙이 내려가기도 한다. 치열하게 말에 복무하고 말을 신앙하거나 저주하는 그들이 발견하고 재창조하며 끌어올린 말들 속에는 어쩌면 누구도 해독하지 못하는 기도와 주술과 전생의 기억과 체온이 스며있다. 나는 그들의 언어에 깊숙이 전염되기를 원하지만 그저 겉모습만 훑으며 지나가는 행인에 불과할 수도 있다. 하지만 잘 조련된 그들의 말이 내 무력한 말들을 깨워 단련시킨다는 사실은 부인하지 못한다. 누구에게나 그렇듯이 내게도 여전히 말은 '스폰지'이자 '찰흙'이며 '엎어놓은 항아리' 혹은 '생성중인 암모나이트 화석'이다. 말이 죽은 자리에 소리와 영상이 들앉아버린 이 시대에도 여전히.

# 시간의 얼굴

웅크리고 잠든 새우 한 마리

한 때는 온 바다 밑을 헤집고 다녔을 가장이었다가

한 손에 다 말아 쥐고 싶었을 수평선도 놓치고

등 웅크리고 잠든 새우


수염처럼 상징도 때론 빛 바랜다

- 성선경 「새우」 도입부


그러나 뭇사람의 손때가 묻고 물만 닿아도 녹아나는

비눗갑이 일찍이 상상해 본 적이 없는 비누의 허약한 체질은

얼마나 비눗갑을 놀라게 하고 실망에 빠지게 했을 것인가?

나날이 작아지는 비누들 나날이 풀어지는 관념의 물컹한 살집들
오, 가엾은 비눗갑들이여, 그들은 비누에 대해
얼마나 순진한 기대와 어리석은 집념을 품고 있었던가?
– 이선영 「오, 가엾은 비눗갑들」 중간 부분


꽃은 피어나는 순간부터 낙과의 시간을 향해 줄달음친다. 아이는 노인이 되고 푸른 쇠는 붉게 녹슬고 딱딱하던 비누는 풀어져서 마침내 물과 함께 사라져 버린다. 저 완강한 영원불변의 직선인 수평선마저 '한 손에 다 말아' 쥘듯한 패기와 열정을 가졌던 젊은 시인들은 어느 새 완숙의 경지에 다다른 중견시인들이 되어있다. 시간의 흐름은 진화일까 퇴보일까. 시간이 흘러서 마침내 도달하는 곳엔 무엇이 기다리고 있는 것일까. 늙음, 망각, 지혜와 여유. 신생 의 꿈, 죽음의 그림자 혹은 윤회…… 시간에 관해 일반적으로 상상할 수 있는 것들 외에 또 무엇이, 어떤 것이 흘러가는 시간의 끝에서 기다리고 있을 것인가. 계절의 변화가 아니라면 아무런 느낌도 없이 무감각하기만 해서 흘러간다, 라는 표현이 낯설기 조차한 시간은 그러나 분명 숫자로 표기되는 이면에 무언가를 차곡차곡 쌓아놓고 있을 것이다. 그러다 어느 날 문득, 아하 시간이 그야말로 쏘아버린 화살처럼 달려가 버렸구나, 하는 순간을 안겨다 줄 것이다.

  그래서 '수염처럼 상징도 빛 바'래게 하는 시간의 힘을 절감

하거나 시간이라는 '관념'에 대해 '얼마나 순진한 기대와 어리석은 집념을 품고 있었던가?'를 새삼 깨닫게 할 것이다.

흘러가버린 시간의 결은 시인들의 시세계에 어떤 무늬를 새겼을까, 어떤 '관념'이 '물컹'해지고 어떤 '집념'이 '작아'져 버렸는지, 또 시인들은 시간에 관한 어떤 사유와 대응을 준비하고 있는 지에 관해서 어렴풋하게나마 엿볼 수 있었던 건 〈서정과 현실〉 2006년 상반기호의 '한국시의 새로운 개성 21인 특집' 덕분이다. 대표작(아마도 자선대표작)과 신작을 나란히 배치해놓은 이 특집 속의 시인들은 그러나 '새로운' 시인들이기보다는 이미 각기 나름의 세계와 지명도를 한국문단에 인식시켜 놓았거나 놓고 있는 시인들이라고 해야 옳지 않을까 싶다. 그래서 그들의 대표작들은 다시 읽어서 새삼 새로우며 신작들은 시인들의 근황을 짐작하게 하는 묘미를 보여준다.

시인들 또한 늙는 것일까, 혹은 시간의 흐름에 순응하기를 거부하며 늘 처음의 얼굴과 목소리를 유지하고 있는 것일까, 아니면 시간의 흐름에게 조차 제 나름의 질서를 부여하며 새로운 시간을 보여주고자 하는 것일까. 그런 기대에 찬 마음으로 시인들이 견뎌오고 건너왔으며 건너가고 있는 시간들을 시 속에서 읽는다.

급류를 탄 표류물

납득할 수 없는 그러나

분에 넘치는 개죽음

손댈 수 없이 더러운 강물 위, 보여?


당신 혼자 탄 구명보트 옆을

끽끽끽 웃으며

떠내려가는

내가

(중략)


보지들이 비처럼 쏟아진다고

노래한 건 너

였지?

    – 김언희 「후렴」 중간 부분


시간은 얼굴을 가지지 않는다. 냄새도 표정도 없으며 그저 희미한 징후만이 드러 낼 뿐이다.

보이지 않는 시간의 얼굴을 찾아내어 보여주는 일은 시인의 몫이다. 어쩌면 시간은 '급류'이고 인간은 '급류를 탄 표류물'일지도 모른다. 하지만 당황하지 않고 휩쓸리지도 않으며 그저 환멸에 가득찬 시선과 어조로 조롱하고 눙치며 시간의 흐름을 희롱하는 일 또한 시인의 일이자 놀이라는 걸 김언희의 시는 보여준다. 시간 앞에서 유약하기 그지없는 생명들에 관해서 노래할 때, 비탄에 젖은 목소리, 숨기기 힘든 자기 연민, 완숙하고 완곡한 깨달음의 포즈 따위는 김언희의 시에 없다. 짐짓 평화롭고 아름다워서 아무 일 없어 보이는 시간의 표면 아래에서 맹렬하게 냄새를 숨기며 죽음을 향해 부패해가는 존재들을 망설임 없이 들추어 보이는 일이 김언희의 일관된 작업이다. 그 작업들은 변질하고 발전하며 시시각각 모습을 바꾸는 시간 속의 육체들, 상징들, 죽음의 징후들과 마주하게 한다. 에미넴의 랩 '보지들이 비처럼 쏟아진다고'는 질풍노도 같은 세계의 변혁이 거의 끝나갈 무렵이던 80년대 후반, 당시의 시대상황과 미래를 풍자 혹은 예감했던 노래 It's Rainning Man의 21세기 하드코어 버전이다. (남자들이 비처럼 쏟아져 내리네. 할렐루야) 숨겨진 시간의 얼굴은 변한 듯 변하지 않고 변하지 않는듯 하지만 또한 인식하지 못하는 사이 빛의 속도로 변해간다. 그건 은유의 시대와 직설의 시대를 뛰어넘는 무소불위의 힘이어서 시간에 대응하는 시인들의 사유 또한 달라질 수 밖에 없다. 어쩌면 그건 당연한 일이며 시인이라는 존재가 소멸하지 않고 끊임없이 등장하는 연유이기도 할 터이다.

아흔 아홉의 꼬리를 흔들며 기억이 지워진다.

치매처럼 잃어버린 기억들이 끌려 올라온다

순간을 얻고 백년을 잃는다

천년을 얻고 또 백년을 잃은 채 돌아오는 시간으로

나는 또박또박 뚜벅뚜벅 걸어갈 것이다

– 박서영 「상실」 후반부


여행이란, 결국 우물을 찾아드는 것인가

고작 우물에서 우물로 가는 것인가

(중략)

구름의 우물 역에서 기차가

오고 있었다


우물은 흐르는 것.

사내 하나가 그 위에서 기다리고 있었다.


아무 일도 하지 않기 위한 산책.

– 성윤석 「구름의 우물역에서 오는 기차」 후반부


당연하게도 시간의 가장 큰 얼굴은 망각이다. 지금 여기에 머물렀던 찰나가 등 뒤에 서 있게 될 때, 기억은 '아흔 아홉의 꼬리'를 갖게 된다. 그 하나의 기억을 얻기 위해, 그 하나의 기억이 기억으로서 존재하기 위해 어쩌면 '백년' 혹은 '천년'이 필요한 지도 모를 일이다.

그럴 때 시인은 기꺼이 '순간을 얻고 백년을 잃'기로 작정한다. '백년' 혹은 '천년'과 순간은 단지 이음동의어일 뿐이라는 걸 이미 알아버린 까닭이다. '순간'과 '천년'은 거울 속에 비친 거울에 다름 아니다. 그러니 몽환이나 비애로 시간을 수식하는 대신 그저 올곧은 시각과 마음가짐으로 '또박또박' 혹은 바람 없는 날의 호수 같은 무심으로 '뚜벅뚜벅' 걷고 응시하고 사유하는 법을 박서영은 보여준다. 박서영의 시간이 기억에 관한 망각과 체득의 반복을 거듭하며 순환하는 것이라면(천년을 얻고 또 백년을 잃은 채 돌아오는 시간) 성윤석의 시간은 우물이 그러하듯이 흐르되 흐르지 않는 것이다. 지표밑을 거미줄처럼 얽힌 수맥을 통해 흘러가던 물줄기가 잠시 모여 쉬는 곳이 우물이니 '우물은 흐르는 것'이라는 표현은 일견 당연하지만. (물론 구름의 우물역은 雲井이라는 지명에 대한 시인의 재해석이다)이 또한 시간의 형상, 시간의 특성과 빼닮아있기도 하다. 그러므로 '여행이란, 결국 우물을 찾아드는 것인가/ 고작 우물에서 우물로 가는 것인가'라는 전언은 시간과 시간 사이를 걷는 일에 불과하기도 한 삶의 단면에 관한 빼어난 형상이기도 하다. 그리고 어쩌면 지표 아래를 흘러가던 물줄기가 잠시 걸음을 멈추고 우물이 되는 순간은 인간의 기억이 생성되는 순간일 테고 그런 순간에 대응하는 시인의 태도는 또한 무심한 '산책'이다. '아무 일도 하지 않기 위'해 '또박또박 뚜벅뚜벅' 걷는 '산책'이야 말로 시간을 정면으로 응시하고 성찰하는 행위이며 '아흔 아홉의 꼬리'를 가진 기억의 정체를 제대로 파악하는 태도일 터이다. 여행과 구름과 우물과 기차는 어쩌면 보이지 않는 시간의 얼굴을 드러내기 위한 가장 적절한 비유이지 않을까.

모래밭 위의 무수한 화살표들
앞으로 걸어간 것 같은데
끝없이 뒤 쪽을 향해 있다

저물어가는 해와 함께 앞으로
앞으로 드센 바람 속을
뒷걸음질치며 나아간 힘, 저 힘으로

새들은 날개를 펴는가
– 손택수 「물새 발자국 따라가다」 앞부분

새소리 몇이 아직 나뭇가지에 걸려있는데 벌써 산이 어두워지다
니

그녀는 천천히 고쟁이를 추키고 바구니를 든다

그리고 여기저기 불똥이 튀고 있는 강줄기를 따라 내려간다


수세기 자기 속을 돌아나온 강을 치맛자락처럼 끌고

노파는 간다

— 이경림 「강」 후반부


끊임없이 '앞으로 걸어간' 시간, 이미 흘러가버린 시간들은 때로 망각이나 허무의 얼굴만을 가지는 것은 아니다. '앞으로 걸어간 것 같은데/ 끝없이 뒤 쪽을 향해 있'는 시간, 기억이라 불리는 흘러가버린 시간들 속에는 아름다운 힘이 숨어있기도 하다는 걸 손택수의 시들은 보여준다. '저 힘으로 새들은 날개를'펴는 것이라는 시인의 인식은 시간에 관한 일반적인 속성조차 바꾸어 놓는 설득력을 가진다. 시간은 어쩌면 지상에 존재하는 모든 생명들을 앞질러 가는 게 아니라 그림자처럼 생명의 뒤 쪽에 존재하는 것이며 무릇 모든 생명에 관한 의지들이 시간의 얼굴, 시간의 육체를 바꾸어 놓을 수도 있으리라는 긍정적 인식은 시간에 관한 또 다른 해석을 가능하게 한다. 그런가하면 이경림의 시간은 유한한 존재인 인간(노파)과  영원한 생명을 가진 '강'이 대비될 때 얼굴을 드러낸다. 그것은 얼핏 슬픔이고 연민이지만 영원히 존재하는 것의 표상인 강을 노파의 치맛자

락으로 치환하며 시간의 슬픔을 정화하고 초월한다. '수세기 자기 속을 돌아나온 강'이라는 표현 속에는 죽음이라는 시간마저 껴안는 넉넉하고 여유로운 힘이 내포되어 있다. 맞물려있어 누구도 알 수 없는 시간의 시작과 끝은 인간의 가진 숙명인 유한함 너머가 아니라 바로 인간의 몸 속에 깃들어 있는 것, 즉 인간이 낳고 기르며 함께 하는 것이니 인간이 바로 시간의 몸, 시간의 얼굴이라는 걸 알겠다.

오래간만에 밖에 나오니 사람은 없고 인형들만 돌아다녔다. 커다란 여행가방을 든 인형이 담배연기를 피워올리며 바쁘게 걸어가는 길가 나무의자에 검은 색안경 낀 인형이 다리를 꼬고 앉아 오래된 신문을 보고 있었다. 둥근 얼굴에 긴 코가 달린 인형들은 공터에 버려진 낡은 침대에 누워 낮잠을 자고 있었다. 낡은 침대엔 곰팡이들이 잔뜩 붙어 있었다.

    – 김참 「인형들」 앞부분

그렇다면 시인의 상상력이 시간의 내부로 잠입한다면 거긴 어떤 풍경이 기다리고 있을까. 김참의 시들은 여전히 멈추어 선 시간들 속을 자유롭게 걷고 뛰고 비행한다(시간이 멈추자 나는 날았다) 현재에서 시간을 멈추거나 시계바늘을 급회전하여 근 미래로 안내하거나 혹은 미래도 과거도 아닌 전혀 낯선 공간을 제시하는 김참을 시간의 창조자라 불러도 무방하지 않을까. 시인 자신의 내면이기도 하고 시인자신이 상상하고 창조하며 해석하는 세계이기도 한 이곳에는 낯선 상황들로 가득차 있다. 어둡고 기이하며 암울하거나 가볍고 자유분방하다. 무거움, 격식, 권위, 규범 따위의 중력을 제거해버린 이 세계는 어쩌면 유토피아의 외형을 가져 마땅하다. 하지만 김참의 시 속에 등장하는 세계는 21세기가 전망하는 미래의 시간, 즉 유토피아가 아니라 디스토피아에 더 가깝다. 김참이 시간을 멈추어 세우고 인간을 직립보행하게 하는 중력을 제거하고 그 자리에 낯선 풍경들을 잔뜩 쌓아올린 이유는 아마도 '권태로움' 때문이 아닐까. '오래된 신문'을 읽는 일처럼 이미 알고 있는 것들, 진부하고 정형화된 관념들, 결론이 뻔히 보이는 사건들로 넘쳐나는 치졸하고 지리멸렬한 시간들에 관한 권태와 환멸 때문은 아닐까. 권태와 환멸의 끊임없는 순환이 세계의 본질이며 그것은 또한 억겁의 시간이 흘러도 변하지 않을 것이며 인간의 삶을 지배하는 시간 속에 신비감 따위는 애당초 존재하지도 않는 것이라고. 그러니 '곰팡이들이 잔뜩' 피어있는 '낡은 침대'에 누워 '낮잠을 자'는 일도 시간의 권태를 견디는 하나의 방법일 수도 있다고 여기는 건 아닐까. 감정상태가 철저하게 배제된 채 화자의 심드렁하고 무미건조한 어조의 묘사로 일관하는 김참의 시 속에는 시간을 이해하는 전혀 새로운 은유와 상징들이 풍부하게 잠재해 있다.

얼굴도 향기도 없지만 시간은 늙지 않는 채 끊임없이 새로운 시대와 상황과 인간을 낳는다. 그리고 새로운 시인들 또한 쉼없이 태어난다. 시간이 가진 수많은 특성들, 죽음과 신생, 망각과 소멸, 응시와 초월 사이를 시인들은 끊임없이 왕래하면서 각기 다른 얼굴과 향기와 목소리를 보여주고 들려준다. 시 속에서 시간을 발견하는 일은 현재의 위치와 과거의 의미, 미래를 향한 전망을 탐색하고자하는 욕망의 발현이기도 하다. 그러므로 시는, 시인은 늙지 않는다. '천년을 얻고 또 백년을 잃은 채 돌아오는 시간' 속을 '또박또박 뚜벅뚜벅 걸어'가고 있는 까닭으로.

# 시선들, 관점들, 닫힌 바깥과 열린 안

　부산국제영화제에서 세계각국의 다양한 영화들을 보면서 느낀 건 불안과 반성이다. 영화라는 장르가 세계를 인식하는 시각은 대단히 넓고 깊어서 절로 시를 쓰는 나 자신의 세계관과 시야를 되돌아 보지 않을 수 없었다.

　영화가 시와 무슨 상관이냐는 반문은 일견 당연하겠지만 영화라는 누구나에게 열린 창에 비치는 세상과 삶의 풍경읽기를 즐겨하는 나 자신에겐 그리 쉽게 간과할 만한 문제가 아니다.

　영상언어와 문자언어는 본질적으로 다른 형식이기는 하지만 작가의 주관이 이미지로 형상화 된다거나 작가의 세계관이 그 이미지 깊숙이 관여한다는 점에서는 궁극적으로 유사성을 가진다고 믿는다. 무엇보다 영화라는 매체는 산업과 예술의 경계를 공유하지 않을 수 없는 장르이므로 당대의 현실을 폭넓게 분석하고 깊숙하게 관여한다는 장점을 가진다. 그 영화의 눈을 통해서 나는 문학의 시선이 미처 가닿지 못한 세상의 다양한 문제들, 관심사들을 만나고 점검하고 분석해본다. 그럴 때, 내가 가진 언어가, 언어로 이미지와 서사를 구축하는 나의 작업이 얼마만큼 협소한 시각 아래 이루어지고 있으며 세계를 이해하는 나의 의식은 또한 얼마나 보잘 것 없는 것에 불과한 것인가를 반성하지 않을 수 없다. 당대의 현실에 발을 디딘 채 끊임없이 몸을 바꾸며 지평을 넓혀가는 영화의 보폭은 문학의 관점으로 쉽사리 따라잡기 힘들만큼 다양하고 변화무쌍하다. 그러므로 시인의 눈으로 '영화보기'는 날 선 눈으로 '현실을 감시하기'에 다름 아니다. 주제와 형식, 소재를 다루는 영화의 깊고 넓고 발빠른 시각은 나처럼 게으른 시인에게 불안과 반성의 시간을 가지게 하기에 충분하고도 남는다.

유리병을 깨었다
아니 깨들었다

톱니처럼 칼날 베어물고 자해와 폭력의 어중간한 각오를 벼리는 초록색 소주병

저 손은 내 손이 아니라 너의 손이다

거꾸로 감기는 필름처럼 내 손에서 너의 손으로 넘어가는 잘린
손목같은 병모가지


투두둑 떨어지는 것은 밤을 알리는 새들


이상한 결투의, 종적없는 분노의,

밤이 자꾸 깊어가는데

마지막까지 쓸어담으려는 손바닥에 자꾸만 핏금이 어린다

    – 노혜경 「사라지는 것들의 습관 9.–유리병」 전문(주변인의 시 가
을호)


   노혜경의 신작들은 두 번째 시집 『뜯어먹기 좋은 방』 이후 눈
에 띄게 미니멀해졌다는 느낌이다. 확신에 찬 어조로 활달하게
내달리던 어법들이 한결 침착해지고 사려 깊어진 듯 하다. 전이
되고 전염되는 폭력성의 본질에 관한 탐색으로 읽혀지는 이 시
에서 절로 최근의 이라크, 아프가니스탄 전쟁과 한진중공업 노
조사태 등을 연상하지 않을 수 없다. '톱니처럼 칼날 베어 물고
자해와 폭력의 어중간한 각오를 벼리는 초록색 소주병//저 손
은 내 손이 아니라 너의 손이다'라는 시구는 폭력의 근원과 과
정과 결과를 깊은 함축으로 드러낸다. 폭력의 근원이 어디에 있

는 가를 나지막하지만 서늘하게 날카로운 시선으로 응시하고 있음을 보여주고 있기 때문이다. 그렇게 비롯된 폭력들은 어떻게 전이되어 변형되고 확장되는가. '거꾸로 감기는 필름처럼 내 손에서 너의 손으로 넘어가는 잘린 손목 같은 병모가지'가 그것이다. 끊임없이 악순환되는 세상의 모든 폭력의 고리들을 누가 어떻게 잘라낼 수 있을 것인가. 그것은 '마지막까지 쓸어 담으려는 손바닥에' 어리는 '핏금'이다. 피를 먹고 자라서 피를 부르는 폭력의 속성은 힘이 다하는 마지막까지 뜨거운 선혈을 요구한다. 누구의 어떤 피가 이 폭력의 씨앗과 불꽃을 껴안는 희생양이 될 것인가. 그건 세상의 모든 날 선 것들, '톱니'와 '칼날'과 '잘린 병모가지'같은 분노를 넉넉하게 껴안는 여성성 혹은 모성일 것이라고 노혜경 시인은 인식하는 듯하다. 큰 목소리, 큰 몸짓이 아니라 있는 듯 없는 듯 밖으로 드러나지는 않지만 넓고 깊고 넉넉한 성스러운 여성성 혹은 모성.

도마 위에 놓인 파를 썰면서 내다보는 저녁 창
두 칸의 유리세상 속에는 늘 다른 사람들이 등장한다
어디로 걷고 있는 사람들 몸에서
어디로 날아가는 말
언덕배기 가파른 풀밭가를 웬 여자가 한 발 한 발 조심히 내려오고 있다

오그려 사린 그 몸의 발디딤은

한참 눈을 붙들더니 포장도로에 닿자 바로 거드름을 피며 가버린

다

그 길,

넘어갈 듯 풀을 잡고 몸을 세우곤 하던 그런

비탈길을 갈 때는 온통 몸과 길에만 정신이 오롯하였지

고생이 끝나고 안전한 길에 어서 닿기만을 기다렸지만

편안하지 못한 그 길에서 어쩌면

몸은 파드닥 덥게 살아 있는 걸 거야

거드름 피지 말라고

아직도 나 미끄러질 것 같은 그 길 위에 있는 건가?

허물러질 것 같은 담에 배를 대고

흔하디흔한 호박덩굴이 몸을 바짝 오므리고 있다

— 이선형 「편안하지 못한 그 길」 전문(주변인의 시 가을호)


노혜경의 활달하고 큰 보폭을 가진 어법과는 대조적으로 낮고 조용조용하며 섬세하게 미시적인 시선으로 일상의 이면을 응시하는 게 이선형 시인의 시선이다. 세상의 모든 이념이나 신념에 앞서 개개인의 소시민적 일상의 껴안고 이해하며 애정어린 시선을 보내는 일의 소중함을 아는 자의 고요한 시선인 것이다. 잠시만 한눈을 팔면 '미끄러'지고 마는 삶이라는 '편안하

지 못한' '비탈길'을 '오그려 사린' '몸의 발디딤'으로 걷는 사람의 긴장된 '보폭'을 응시하는 시인의 시선 역시 조심스럽기 그지없다. 시인에게 삶이란 '허물러질 것 같은 담'에 불과한 것이고 그 허물어짐을 방지하는 일이란 '담에 배를 대고' '몸을 바짝 오므'린 '흔하디흔한 호박덩굴'의 몸짓과 같은 걸 거라고 시인은 생각하는 듯하다. 하지만 그 고통스럽게 긴장된 길 위의 삶이 사실은 '파드닥 덥게 살아 있는' 것이라는 작지만 소중한 역설을 드러내 보이는 작업이 이선형 시인의 일관된 시세계이기도 한 것이다. 그런 시세계는 단아한 아름다움을 유감없이 드러낸다. 하지만 '두 칸의 유리세상 속'에 갇힌 혹은 안주하는 시인의 시선은 또 그만큼 협소하고 소극적일 수밖에 없다는 약점을 안고 있다. 일상을 혹은 세계를 전지적인 시점으로 관조하는 시각, 즉 위에서 아래로 내려다 보는 시선은 반드시 필요한 관점이기는 해도 시인의 세계관에서 전부가 되어서는 안 된다는 것과 늘 경계와 반성을 필요로 하는 것이라는 게 나의 편협한 생각이다. 세계를 크게 파악하는 장점을 가진 반면 적극적인 의지가 결여된 채 그저 하나의 관념으로 추락할 수밖에 없을 터이므로.

벽 속에 가구를 숨긴다
장롱을 밀어 넣고

화장대를 밀어 넣고

침대마저 밀어 넣으면

드디어 나는 빈방 하나를 준비한다

비었다는 것은 희망과 두려움이 공존하는 공간이다

희망과 두려움에 한꺼번에 노출되어 버린 나는

황급히 구석으로 몸을 옮긴다

구석에서 바라본 풍경은

꼭지점의 막다름으로 나를 몰아가는 사각형이다

내 앞에 펼쳐진 백지의 막막함

내 작업은 그 백지에

내가 숨긴 가구를 불러내는 것

그런데 나의 가구들에겐 이름이 있었는가

장롱이라고 부르면 세상의 모든 장롱이

화장대라고 부르면 세상의  모든 화장대가

침대라고 부르면 세상의 모든 침대가

잠시 귀를 기울일 뿐

나의  다만

그 가구들을 기억하는 내가 있을 뿐

이미 가구들은 내 속에 숨어들었고

나는 태생이 벽이었고

애초에 내 방은 비어 있었다

– 김종미 「빈방」(애지 가을호)

김종미 시인의 시각은 물화되어 가는 현대인의 존재에 관한 물음과 탐색을 보여준다. 일상에의 탐색과 확인이라는 또 다른 미시적인 시선인 것이다. '장롱'과 '화장대'와 '침대'는 현대인의 일상에 꼭 필요한 도구라는 점에서 문명의 이기임에 분명하지만 그 이기들이 현대인의 삶의 척도, 즉 삶의 질과 소속된 계층을 상징하는 물화의 상징이라고 생각할 때, 그것들은 전혀 다른 의미를 가지게 되는 것은 자명하다. 인간이라는 존재의 무게와 물화된 가구들의 무게가 점점 대등해지는 물신의 사회를 견뎌야 하는 시인에게 그것은 때로 거추장스럽기 그지없는 물건들이 되는 것이다. 물신사회의 무게에 짓눌린 시인은 마침내 그것들을 '벽' 속으로 밀어넣어 버린다. 그 행위는 문명의 이기들에 묻혀서 지워져가는 자신의 존재를 재확인하고 되찾고자 하는 자각에서 비롯되었을 것이다. 하지만 시인의 존재증명을 위한 은밀한 의식儀式에서 확인 되는 건 '가구들은 나를 기억하지 않고' '다만 그 가구들을 기억하는 내가 있을 뿐'이라는 사실이다. 다시 말하자면 내가 이미 속속들이 물화되어 버린 존재, 가구들과 같은 존재라는 것을 확인했을 뿐이다. 그런 확인은 '나는 태생이 벽이었고/애초에 내 방은 비어 있었다'라는 고통스러운 반성 혹은 자기 확인에 다다른다. 이런 반성과 자기 확인의 작업, 즉 '두려움'의 과정을 거친 후에야 비로소 자기만의 '방'에 대한 '희망'을 가지게 될 수 있을 것이다. 그리고 그런 '백지'같은 '빈 방'에 마침내 자신의 '희망'들을 채워 넣을 수 있게 되지 않을까. 김종미 시인은 시선은 안과 밖, 즉 시인의 내면과 시인의 내면을 억압하는 바깥과의 긴장된  관계 속에 놓여있다. 세상에게 혹은 스스로에게도 '벽'이 되어 있다는 긴장된 의식은 고통스럽지만 또한 시인에겐 의미있는 미덕이 되지 않을까 생각된다.

> 잔디밭에 사과상자 하나 놓여있다
> 상자의 귀퉁이가 심상치 않다
> 하얀 연기와 분홍빛이 샌다
> 망아지가 날뛰고, 양떼가 이동하는
> 상자 안은 원래 초원이었다
> 상자의 덮개가 열리고 손가락 마디만한
> 양떼들이 바글바글 몽싱몽실 기어 나와
> 잔디밭의 서쪽을 향해 무리지어 간다
>
> 양떼무리 사라진 잔디밭에
> 푸른 비닐봉지 하나 떠있다
> 바람이 불어도 날아가지 않는다

무슨 말을 하려는 지 날아가지도 않고

단호한 자세로 고정되어 있다

단호한 자세로 움켜쥐고 있다

−정익진 「양떼구름」(애지 가을호)


막스 에른스트나 살바도르 달리의 그림을 연상시키는 시 속
에서 정익진 시인의 시선은 일견 이선형 시인의 관조적 시선과
닮아 있으나 진술이 아닌 묘사로 일관하고 있다는 점은 다르다.
진술 속에 시인 자신의 육성을 노출하는 대신 풍경과 상황 속
에 숨기고 묻어 놓는다. 멀리서 바라보는 전지적 시점은 동일
하나 사실적인 묘사가 아닌 미니멀하게 재창조된 풍경을 제시
함으로서 시인의 그림자는 자신이 창조한 상상 속으로 몸을 숨
겨 버린 것이다. 풍경과 상황을 자유롭게 열어놓고 사라진 시인
의 그림자를 쫓아 '잔디밭'을 헤매거나 '비닐봉지'를 뒤질 필요
는 없다. 잔디밭에 놓인 게 판도라의 상자거나 '사과상자'거나
또한 중요하지 않다. 어쩌면 시인의 시선은 현실을 충실히 재현
하여 묘사하거나 자신의 세계관을 적극적으로 드러내거나 삶
의 미세한 결들에 돋보기를 들이대어 깨달음을 건져내거나 하
는 일에 별 의미를 두지 않거나 환멸을 가졌거나 할 터이므로.
그러므로 어쩌면 세상이란, 우주란 아무 곳에나 버려진 하나의
사과상자에 불과할 지도 모른다는 시인의 무의식에 동감하거

나 반대할 필요 또한 없을 것이다. 삶이란 혹은 세계란 시인의 촉수로 건져 올리거나 정의하기엔 지나치게 의미망이 넓고 무거워서 추상으로 밖에 표현할 수 없다고 생각될 수도 있을 터이므로. 그러나 추상 혹은 초현실주의 또한 구체적이고 세부적인 세계관의 구축 혹은 의미망을 획득하지 못할 때엔 단순한 아름다움에 그칠 수도 있다는 비판 또한 면하기 어려울 것이다. 시인이 발딛고 선 땅과 면밀한 연관성을 갖을 때만이 구체적인 설득력을 얻을 수 있을 터이므로. 그건 아마도 '푸른 비닐봉지'로 형상화된 지상으로 내려온 하늘이 '움켜쥐고' 있을 '말'이 어떤 기능을 할 수 있을 것인가, 하는 문제와 직결되어 있기도 하지 않을까.

위에 거론한 몇 편의 시에서 거칠게 살펴본 것으로는 턱없이 부족한 것이기는 하겠지만 지금 여기, 시인들의 시선이 어느 곳으로 향하고 있으며 어떤 관점으로 지금, 여기를 이해하고 수용하고 있는 지 대충 짐작은 할 수 있지 않을까 싶다. 한 사람의 시인이 세상의 안과 밖을 모두 들여다보고 관심을 가질 수는 없는 일이겠고 또한 시인들마다 관심의 영역이 다르고 자신의 개성을 역량껏 드러낼 수 있는 지점이 제각기 다르겠지만 나의 편협한 생각으로는 좀 더 다양한 시선으로 넓고 깊게 관점들로 지금, 여기를 들여다 보게 되었으면 하는 느낌을 가진다. 안과 바깥을 향한 균형 있고 긴장된 시각과 관점이 더욱 필요하지 않을까 하는 느낌. 물론 이런 느낌이나 반성은 당연히 나 자신으로부터 출발한 것이고 이런 개인적인 촉구 또한 내 어설픈 시 쓰기를 향한 자기비판의 한 부분에 불과한 것이다. 하지만 문학이, 그 중에서도 시라는 장르가 주류문화의 뒷전으로 자꾸만 밀려나고 있는 이유 중의 하나가 세계를 이해하고 수용하며 발언하는 적극적이고 치열한 문제제기의 부족에 있지 않을까, 하는 생각은 아무래도 지우기가 힘들다. 시인이 자신이 부리는 언어에 관한 엄격한 사유를 토대 삼아 자신이 발 딛고 숨 쉬는 세상에 관한 냉철하고 다양한 시선과 관심들을 심층 있게 내려놓는 일, 그게 무엇보다 필요하지 않을까 하는 생각을 한다. 안으로 또 밖으로 열려있는 다양한 시각과 관점들을 다양한 형식으로 형상화하는 작업이야 말로 시인의 책무이지 않을까. 지금, 여기의 시인들은 조금은 안일하게 이미 나 있는 길, 누군가가 만들어 놓은 길을 별 의심 없이 가고 있는 건 아닐까 하는 생각을 해본다. 그러므로 이선형 시인의 시에서처럼 '거드름 피지 말라고/아직도 나 미끄러질 것 같은 그 길 위'에 있다는 뼈아픈 충고를 부끄러워하며 가슴 한 켠에 가만히 묻어놓아야 하지 않을까, 하는 생각을.

# 생각할까, 노래 먼저 할까

저잣거리에 앉아 노래 부르다가

어느덧 노을에 멱감게 되었다.

황홀에 취했다가

어둠 속에 빠졌다.

어둠 속에는 아무것도 없음을

알아차렸다.

아니, 한 시인이 거기 있어

없는 것이 없음을

알아차렸다.

― 강남주 「시인을 만나다」 전문(부산시인41호)

불황, 불경기, 청년실업, 정치혐오, FTA, 파병문제…… 미래를 예측하기 힘든 불신의 시대를 살고 있다. 진리 혹은 진실, 한 시대가 필연적으로 가져야하는 가치들은 늪 속보다 더한 혼돈 속에 얽매어 헛돌아가고 있고 질시와 반목과 몰이해로 등돌려야 하는 세대와 세대의 간극, 중세의 계급제도처럼 세습이 고착화되어가는 빈부의 격차, 제각기의 이해관계로 첨예하게 대립하고 있는 정치적 이념적 논리…… 등등이 세포분열을 거듭하는 시간대가 지금, 여기 이곳이다. 이런 첨예한 불안의 시대와 동행하는 시인들은 무얼 보고 어떤 상상력을 가동시키는가, 게다가 영상문화와 통신문화가 점령한 탈언어의 시대를 시인의 언어는 어떤 힘과 의의를 가지는가에 관해 관심이 쏠리는 것은 어쩌면 자연스러운 일이다. 골방에 갇힌 관념적 사유 대신 '저잣거리'에서의 노래가 지금 여기에 필요한 것은 아닐까 생각해 본다. 넉넉하고 치열하게 시대를 껴안으며 시대와 같이 숨쉬기 위해 기꺼이 '저잣거리'의 '어둠'에 빠지기 위해 시인들은 신발 끈을 조여야 할 시대가 아닐까 하는 생각을. 어느 시대나 그랬던 것처럼 '아무 것도 없'는 어둠 속에서 '없는 것이 없'는 것을 보아내는 시인의 눈이 제 역할을 다해야 할 때, 즉 '한 시대를 되비추는 잘 닦여진 거울'로서의 문학의 순기능이 제대로 발휘되어야 하는 때가 지금일 것이다.

뱃고동 몇 개 떠도는 항구

가느다란 실에 목을 매단 것처럼 누런 풍선들이

띠룩때룩 떠다닐 땐 부황에 뜬 얼굴들이

국제시장 난전에서 꿀꿀이죽 배급을 받던 그 피난살이

활동사진을 다시 보는 것 같았다

욕망이며 진저리인 산다는 짓들

보나마나 또 복권들을 샀고 한순간에 일생을 들어먹을

대박의 거품을 물고 떼밀려가는 저 로또물결들

아무리 꿈자리를 높여도 이불밑인 서민들이

새우잠으로 일군 꿈이 역사도 바로 세우는데

린치와 납치가 횡행하는 거리거리 현상붙은 경제사범들은

수배전단지를 지탱해주는 벽을 믿고 오히려 늠름해

자식들 카드빚 갚아주다 카드깡에 무너진 금순아

여기서 뽑고 저기서 돌려막아도 뚫리는

금전이란 막고 품어 잡는 미꾸라지가 아니라

구멍은 구멍으로 막아야 했다

— 서규정 「금순아」 중 부분(현대시 2월호)


    서규정 시인은 '욕망이며 진저리인 산다는 짓들'과 마주선 저 잣거리의 현장에서 퇴행하는 역사와 무너져 내리는 인본주의의 틈을 엿보고 있다. '국제시장 난전에서 꿀꿀이죽 배급을 받던 그 피난살이'로의 퇴행이 지금 이곳에서 다시 되풀이되고 있는 것이라고 믿는다. '가느다란 실에 목을 매단' '누런 풍선들'이란 다름 아닌 현재 이곳에서 벌어지는 삶의 구조와 풍경들을 축약한 비유이다. '가느다란 실' 한 오라기에 연명한 삶들과 거리에 넘쳐나는 노숙자들과의 거리는 지척이다. 시인의 눈에는 '한순간에 일생을 들어먹을' 위태로운 외줄타기로 시대를 건너가는 삶들이 '여기서 뽑고 저기서 돌려 막아도 뚫리는' '구멍'으로 인식되는 건 어쩌면 당연하다. '저렇게 큰 구멍'으로 형상화된 '둥근 해'란 자연의 무한한 생명력의 표상이자 무릇 인간이 포기하지 말아야 할 희망의 상징이긴 하지만 살아갈수록 커지기만 하는 '구멍'을 막지 못하고 사라져버린 '금순이'들을 어디서 어떻게 찾아 껴안아야 할 것인가에 관해 막막한 물음을 던져주는 무거운 시다. 사라져버린 혹은 거리에 넘쳐나는 금순이들을 찾아 껴안고 '둥근 해'의 눈부신 햇빛 아래로 되돌려주는 일에 관한 '한 오라기'의 관심은 또한 시대가 놓치지 말아야 할 소중한 것들일 테니.

갇힌 수(囚)자를 쓸 때
사각의 한귀퉁이를 열어둡니다.
그리로 숨 쉴 수 있도록
구멍 하나 열어주는 겁니다

그러면 얼마 안있어 그곳에

화분이 하나 내놓입니다

햇살이 오래 머물기를

그렇게 한참 그곳을 바라보노라면

담요 하나 변기 하나 뿐인

조촐한 방이 보입니다.

– 신정민 「창」(시와 사상 겨울호)

　서규정 시인의 시선이 삶의 억압된 굴레에 갇힌 자들을 바라보는 밖으로 열린 시선이라면, 신정민 시인의 시선은 인간의 내면을 고즈넉하게 들여다보는 안으로 열린 시선이다. 서규정 시인의 시 속에 등장하는 '카드빛'이란 단어가 표상하는 자본주의 사회의 무분별한 소비가 파생시킨 여러 그늘들이, 신정민 시인의 시선 속에서는 '담요 하나 변기 하나 뿐인/ 조촐한 방'으로 형상화되어 비대해진 현대인의 욕망에 낮고 조용하게 절제된 삶의 풍경하나를 제시한다. '갇힌'다는 행위자체는 자신의 안을 찬찬히 성찰하는 시간을 갖는다는 말과 동의어이며 또한 내면 성찰을 통하여 바깥을 내다보고 인식하는 일에 다름 아닐 터이므로. 그래서 '사각의 한 귀퉁이를 열어' 둔다는 것은 단절과 폐쇄로서의 갇힘이 아니라 대화와 소통의 기능을 가능케 하는 사유의 행위를 의미하는 일일 것이다. 온몸으로 막아내야 하는 서규정 시인의 '구멍'과 신정민 시인의 '화분' '햇살' '담요 하나 변기 하나'만으로도 가능한 소통의 공간으로 제시된 '구멍'은 또한 같은 의미이자 상징일 것이다. 서규정 시인의 힘차고 활달한 어투 속에 감춘 비애의 정조와 신정민 시인의 낮은 어투 속에 내재된 조용한 힘은 서로 대비되는 대조적인 부분들이지만 시대를 인식하는 전체의 시선은 일맥상통하는 것들이다. 같은 시간, 같은 지점을 바라보는 시각이 이처럼 다른 개성 속에서 발화한다는 점은 아름답고 또 흥미로운 방법론이라고 생각된다.

해야 내려라 해야 내려라
간밤 덮어쓴 검은 흙탕물 씻어내고
해야 내려라
그날 우리를 잠못들게한 천둥번개
숨막히던 기름때 죄다 씻어내고
아직 남은 서산 너머 저녁노을 씻어내고
해야 내려라
산넘어 오시는 반가운 님 바쁜 걸음 앞에
우리 돌아서게 한
우리 뿔뿔이 흩어져 삿대질하게 한
밤을 살라먹고 어둠을 살라먹고

빵빵해진 얼굴 환하게 웃는 얼굴

이쁜 해야  내려라

어둠이 싫어

둘로 쪼개진 지난 밤이 싫어

쭉정이만 남아 몸 부딪히는 들판이 싫어

넷으로 다섯으로 쪼개져 등돌린

매운 바람이 싫어

해야 내려라

네가 오면 내가슴 더워져 좋아라

– 최영철 「1월, 해–박두진 「해」의 가락으로」 부분(현대시 2월호)


서규정 시인의 '둥근 해'와 신정민 시인의 '햇살'의 상징적 연장선상에서 읽는 최영철 시인의 '1월, 해' 또한 희망의 전언이자 소망이다. '해야 솟아라 해야 솟아라'에서의 솟아서 멀리 아득한 관념적 희망의 상징이 아니라 인간의 마을로 '내려'와 함께 몸 부비며 숨쉬는 구체적인 삶의 숨결로서의 '해'를 소망하는 시인의 염원은 따뜻하고 간절하다. '흙탕물' '천둥번개' '기름 때' '저녁노을' '밤' '어둠' '쭉정이'라는

부정적 이미지들 속에 숨은 우리사회의 모든 그늘들을 말끔히 씻어 정화하며 데워줄 해를 기다리는 시인의 어조가 분노와 비아냥의 함성이 아니라 '노래'의 형식을 빌려왔다는 점에 주목

한다. 막을 수 없는 '구멍'과 갇힘을 강요하는 '사각'의 공간과 맞서는 시인의 무기가 노래여야 한다는 점은 여전히 유효하고 또 필요하다고 인식하고 있는 까닭일 것이다. 인간의 뇌를 지배하는 영상문화와 인간의 심장을 옭죄는 첨단 통신문화와 맞설 시인의 무기는 오직 노래, 따뜻한 가슴 안에서 오래 묵힌 성찰과 사유의 노래뿐일 것이다. 그러므로 지금은 '검은 흙탕물'을 '덮어'쓴 채 본래의 모습을 잃어가는 것들에 관하여, 꽃처럼 푸른 새벽으로 달려가지 않고 그저 머물러 있기만 하는 '저녁노을'에 관하여, 사람들을 '뿔뿔이 흩어져 삿대질하게 한' 밤과 어둠에 관하여, '넷으로 다섯으로 쪼개져 등 돌린/ 매운 바람'들에 관하여 날카로운 성찰과 깊은 사유의 샘에서 퍼 올린 노래로 치유해야할 때인 것이다. 부드럽고 따뜻한 한 소절의 노래는 날선 칼날보다 힘이 세므로, 그래서 상처투성이가 된 채 잃어가는 것들, 이젠 잃어버렸다고 생각되는 것들을 다시 불러내 치유하고 위무하여 되살리는 큰 힘을 발휘하는 것이므로.

과거는 흰 색이다 흰 바다
또는 흰 자작나무 숲이다 자
작 나무 숲은 새벽 안개들이
가득 해 있고 내 그리움은 흰
자작 나무들이 쥐고 있다 그러

나 나는 흰 자작 나무들은 만

날 수 없고 그리움 속에는 흰

바다 한 장이 있다.

– 조의홍 「현실적?25」 전문 (부산시인41호)


시집 『꿈. 2408』 이후 조의홍 시인이 일관되게 추구해오고 있는 이 내면적이고 추상적인 세계는 여전히 팽팽한 긴장을 유지하고 있다. 한 사람의 시인이 일관된 자신만의 세계를 유지한 채 완성을 위한 행보를 늦추지 않는 작업은 주목받아 마땅하다고 생각된다. 조의홍 시인의 시적 특성은 짧은 산문의 형태를 유지하면서도 노래가 가져야하는 유연한 가락과 이미지의 리듬을 흩트리지 않는다는 점에 있다. '흰색'으로 드러나는 지나가버린 시간의 이미지는 시인의 자의식이나 기억이라는 관념이 훼손시키지 않은 원형의 공간일 것이다. 온통 흰색이 지배하는 공간에 숲과 나무와 바다가 공존한다. 숲과 나무와 바다 또한 설명이 필요 없이 영원한 생명의 상징적 존재 혹은 공간들이고 그것들 또한 흰색의 주조 속에 녹아있거나 희미한 실루엣만으로 스며있다. 그리고 그것만으로 하나의 풍경, 하나의 노래는 완성된다. 시인은 더 이상의 개연성이나 부연설명을 덧붙이지 않은 채 언어 밖으로 몸을 숨긴다. 나머지는 독자들이 이 이미지의 행간 속으로 걸어 들어가 산책하거나 눕거나 등을 기대거나 하면서 독자 나름대로 한 편의 시를 완성하는 것이라는 걸 시인은 이미 알고 있는 것이다. 아무 것도 강요하지 않는 것, 손 내밀어 독자를 이끌거나 주입을 요구하지 않는 것, 시인 스스로 독자에게 걸어와 독자의 마음을 움직이는 것, 이것이 노래의 생명이자 노래의 아름다움임을 이 시는 '흰바다 한 장'처럼 선명하게 보여주고 또 들려주고 있다.

거미가 달빛을 끌고 온다

방금 간 칼날처럼 예리한 달빛이다

달빛이 하얗게 지나가는 길목

나뭇잎들 가장자리가 베어나간다

조심조심 거미가 달빛을 엮는다

보일 듯 말 듯, 훅 불면 날아갈 듯 가볍게

살아 움직이는 것들 기꺼이 퍼덕이며 날아와

걸리지 않고는 못 배기게

한 번 걸리면 다시는 빠져나가지 못하게

금속성을 내며 팽팽하게 펴진 달빛

거미가 슬픔을 몇 개 위장으로 매단다

바람 앞에 거는 순간, 출렁

기다렸다는 듯 밤이 통째로 걸린다

천천히 조여드는 달빛, 움직일수록

살 속으로 깊이 파고 든다

거미가 반짝이는 달빛에 이빨을 박고

숨어 있는 캄캄한 은유의 수액을 빨아 올린다

정교하고 처절한 어둠으로 출렁거리는

거미는 얼마나 위험한가


제 살을 크게 한 점 저며 낸 열아흐레 달,

산허리를 딛는 걸음이 휘청거린다

　　　– 최정란 「달빛거미」 전문(부산시인41호)


　시인의 노래가 저잣거리로 가닿기 위하여, 가닿아 사람들 사
이를 물고기처럼 헤엄쳐다니며 가슴을 열어 어루만지게 하기
위하여 시인의 촉수는 '달빛'마저 생포하는 '거미줄'이 되어야
하리라고 최정란 시인은 노래한다. 시 「달빛거미」는 표면적으
로 달빛을 생포하는 거미와 거미줄의 치열한 습성에 관한 묘사
의 겉모습을 지니고 있지만, 실은 노래를 낳기 위한 하나의 노
래를 가지기 위한 시인의 산고에 관한 시로 읽혀진다. '보일 듯
말 듯, 훅 불면 날아갈 듯 가볍게/ 살아 움직이는 것들 기꺼이
퍼덕이며 날아와/ 걸리지 않고는 못 배기게/ 한 번 걸리면 다시
는 빠져나가지 못하게' 촘촘하고 '정교'하게 사유와 성찰의 그
물을 펼쳐야 하는 시인의 은밀한 자기고백이자 다짐에 다름 아

닌 것이다. '반짝이는 달빛에 이빨을 박고/ 숨어 있는 캄캄한 은유의 수액을 빨아올'려야 하는 시인의 작업은 또한 '처절한 어둠으로 출렁거리는' 작업이어야 함으로 '위험'하다고 시인은 고백한다. '제 살을 크게 한 점 저며' 내야 하는 고단한 작업임으로 시인은 늘 '휘청'거리는 혹은 '휘청'거려야 하는 존재라고. 그러지 않고서야 어찌 시인이 펼친 사유의 그물에 한 소절의 절절한 노래가 와 걸릴 것이며 또 그걸 생포할 수 있을 것이냐고. 쉽사리 태어나지 않는 노래, 쉽사리 발효되어 육화되지 않는 노래의 습성에 관한 이 한편의 시는 갓 시인의 길을 걷기 시작한 한 시인의 가열찬 자기다짐이면서 또한 모든 시인된 이들의 공통된 마음가짐에 대한 노래라 생각된다.

바닥에 등을 내주고

잠을 청할 때

배 위에 덮은 신문지는 자꾸, 펄럭였다

군내 밴 신발 베개 삼아

쿰쿰하게, 쿰쿰하게 젖어드는

칼잠, 속

민주 같은 것, 이데올로기 같은 것이

구호를 외치며

지나갔다

시린 바람 목덜미를 뚫고 지나갔다, 밤새

쿰쿰한 냄새에 절은

쿰쿰한 눈

허겁지겁 뜨고

달려간 공장까지

맨몸과 맨머리의 미래는

칼잠 밖으로 자주 떨어지고

구포역 마당

외국인 근로자 몇 웅크려 잔다

신발 베고, 신문을 덮고

　－ 송인필 「누가 칼잠을 잔다」(김해문학 16집)


　칼날처럼 위태로운 시대에 칼잠을 자야하는 이는 비단 '외국인 근로자' 뿐만은 아닐 것이다. 그들을 바라보는 시인 역시 밤새 뒤척이며 칼잠을 자야 했으리라. 아니 시인들이야말로 '이데올로기'를 껴안고 '구호'를 껴안고 한 소절 봄꽃 같은 노래를 낳기 위해 '맨몸'과 '맨머리' 로 '칼잠'을 자야 하지 않을까, 기꺼이 칼날의 시간들에게 '등'을 내준 채 '칼잠 밖으로 자주 떨어'지는 일을 마다하지 않아야 하지 않을까,

　낯선 땅에서 미래와 생존을 위해 칼잠을 불사하는 외국인 노동자들처럼 낯선 시대와 맞서 노래로 대응하기 위해 시인들은

늘 노숙하는 이방인이 되어야 하지 않을까 생각한다. 겨울과 봄 사이의 시간에 부산의 시인들이 여러 지면에 발표한 시들을 거칠게 읽어내면서 시인들의 가슴에 잉태되고 또 부화되고 있는 노래들을 감지한다. 그리고 안으로 닫힌 시선이 아닌 안과 밖을 균형잡힌 시선으로 읽어 포획하고 체화한 더 많은 노래들이 필요한 시대임을 실감한다. 봄이 와서 이 광폭한 시대를 날카롭게 질타하며 부드럽게 어루만져줄 향기 그윽한 노래들이 폭죽처럼 피어나기를 소망한다.

# 상처를 인식하는 여러 시각들

공원매표소에서 이천원을 주고 산 길이
해벽海壁 앞에서 감쪽같이 사라졌다

태종대 자살바위 옆 2시 방향에 깎아지른 벼랑이 보인다
벼랑을 움켜쥐고 있는 몇 그루 동백과 소나무 발톱이 반짝인다

묘연했던 길의 행방이 보인다

벼랑 속으로 들어간 길
길은, 저리도 제 삶에 열심인 것들과
현기증을 견디고 있다.

벼랑의 시대다. 시대라는 '깎아지른' 벼랑이 눈앞을 가로막고 있다. 장기불황의 경제적 고통보다 더 견디기 힘든 건 불투명한 미래와 혼돈을 거듭하는 가치들과 표류하는 시대의 정신들이다. '감쪽같이 사라'진 길을 IMF라는 장애물을 통과하면서 예측하지 못한 건 아니었으나 막상 맞닥뜨린 벼랑의 시간 앞에서 감당해야 하는 열패감과 당혹감의 무게는 만만찮다. 이럴 경우 할 수 있는 일이란 '벼랑을 움켜쥐'는 일 밖에 없는 것일까. 그 '벼랑'을 움켜쥔 채 치열하게 반짝이는 '발톱'을 그저 바라볼 수 밖에 없는 것일까. '벼랑 속으로 들어간 길/ 길은, 저리도 제 삶에 열심인 것들과/ 현기증을 견디고 있다'는 원무현 시인의 전언은 의도와 상관없이 지금 이곳의 시간들이 감당하고 있는 여러 정황들을 선명하게 드러내 보이는 듯 하다. '제 삶에 열심인 것들'에 대한 애정 어린 헌사이자 그럼에도 불구하고 결코 섣불리 희망을 드러낼 수 없는 시대에 관한 불안인 '현기증'이라는 양면을 이 시는 덤덤한 표정으로 껴안고 있다. 하지만 그 속엔 가까스로 견뎌내고 있는 상처의 깊이가 감지된다. 안간힘으로 '벼랑'을 '움켜쥐고' 있는 상처들은 이 계절에 발표된 여러 시인들의 시편들 곳곳에서 '반짝이고' 있음을 확인하는 일은 그다지 어렵지 않다.

계속된 침묵을 떠나보내지 않으려고

삭풍을 잡은 퍼런 울음을 단단히 묶어두려고

제 몸 속에 파문을 새겨넣은 나무처럼

떨림은 둥근 무늬를 지니고 있다

쉼없는 파문을 움켜쥐고 있다

어깨를 떨며 울었던 상처의 옹이마다

아픈 몸을 누인 슬픔이

둥근 눈물로 쏟아지는 것도

몸 속에 새겨 넣은 물무늬 때문이다

마음 한가운데를 움켜쥐고 있는 파문 때문이다

삶은 떨림의 한가운데를 움켜쥐고

둥근 파문으로 기억될 것들을 키우는 곳,

움켜쥐었던 파문을 놓아버리면

한꺼번에 닥칠 커다란 떨림으로 몸가누지 못할까봐

꾹꾹 가슴으로 물무늬를 삼켜낸 사람의

얼굴에서 물무늬로 무늬지는 시간을 읽는다

오랜 여운으로 깊고 둥글어지는 떨림

파문을 잡아낸 인생만이 둥글어진다

  ─ 강미정 「주름」 전문(시문학 사화집 10호)


일상의 미세한 희로애락들을 감지해온 강미정 시인의 시선이 일상의 외피를 넘어 더 깊숙이 가 닿은 곳 또한 다름 아닌 인간이 지닌 상처의 내면적 영역이다. '삭풍을 잡은 퍼런 울음'을 '침묵'으로 견뎌온 자의 내면에 '둥근' '물무늬'가 새겨지는 일은 어쩌면 필연적인 것일 테지만 그것을 섬세하게 궁글려 형상화하는 일은 그리 만만한 작업이 아니다. 삶을 인식하는 곰삭은 사유와 성찰 끝에서야 비로소 도달할 수 있는 영역이기 때문이다. 또한 그것은 '쉼없는 파문'과 '어깨를 떨며 울었던 상처의 옹이'를 가진 자만이 얻을 수 있는 '깊고 둥글어지는 떨림'의 경지이기도 할 것이다. '아픈 몸을 누인 슬픔'이 '마음 한가운데를 움켜쥐고 있는 파문'의 나날들이 곧 삶의 부분이자 전체라고 강미정 시인은 파악하지만 그 고통 끝에 비로소 '둥글어'져 '사람의 얼굴에서 물무늬로 무늬 지는 시간'의 아름다움을 읽어낸다. 둥근 것이 아름다운 이유는 둥긂으로서 타인에게 상처를 주지 않는 부드러움을 가졌기 때문일 것이고 그렇게 안으로 둥글어지기 위해서는 오랜 시간을 '꾹꾹 가슴으로 물무늬를 삼켜'내야만 했을 것이다. 세대와 이념과 빈부의 격차를 넘어 모든 인간의 육체에 평등하게 새겨지는 '주름'이란 다름 아닌 '한꺼번에' 닥친 '커다란 떨림'을 '침묵'으로 견뎌낸 고단한 시간의 '무늬'일 것이므로. '둥근 눈물'이란 모든 인간이 가져야 하는 '떨림'이자 '파문'이며 '무늬'인 것이고 그러므로 시대와 개인이 공유해야 하는 고통의 무게만큼은 적어도 평등해질 때 비로소 세상은 '둥근' '무늬'를 가질 수 있을 거라는 전언이 '둥글'다는 표현 속에 내재되어 있다. 개인적인 상처에서 발화한 고통이 '둥근 것'의 아름다움에 관한 깨달음으로 진화하고 마침내 상처 없는 세상에 관한 소망으로 소리 없이 확장되는 곳에 이 시의 아름 다움은 두드러진다.

태풍 매미에 온몸이 할퀸 바닷가 숲

뿌리가 흔들린 나무들을 본다

바닷물을 뒤집어 쓴 잎새들이 까맣게 타죽어

멸망한 소돔을 보듯 등이 시리더니

문득 꽃이 핀다

문득 참새부리같은 신록이 번진다

계속 코너로 몰리다 마침내 펀치를 날리는

권투선수의 팟발선 주먹질처럼

목련은 뜨거운 봉오리를 내지른다

사월엔 그저 풀풀 눈웃음을 날리던 벚꽃

시월엔 흔들리는 눈매가 맵다

겨울을 걸어 나오는 봄이 아니라

이제 곧장 겨울로 걸어가야 하는 봄이구나

위기일수록 씨앗 품으려는 날카로운 열망에

꽃을 피운다는

나무들 부은 눈빛이 나를 흔든다

맵싹한 잎새 하나 내 등에 돋는다

그 꽃들, 뿔이었구나.

– 김수우 「시월의 봄」(시와 사상 겨울호)


　시대의 위기, 삶의 위기를 감지하는 시인의 눈은 여전히 날카롭다. 시의 무용론 혹은 시의 위기라는 세간의 풍문들과는 상관없이 시인들의 촉수는 여전히 갓 돋은 '뿔'처럼 부드럽고 또 날카롭다. 일상적인 편안한 어조로 진술된 김수우 시인의 이 시 속엔 그러나 만만치 않게 한 시대를 진단하는 날카로운 의식이 숨어있다. '까맣게 타죽어'가는 시대를 예감하며 '멸망한 소돔'에의 두려움을 느끼는 시인의 시선은 '풀풀 눈웃음을 날리던 벚꽃'같은 시간들에 관한 반성과 '뿌리가 흔들린 나무'같은 시대에 관한 성찰로 이어진다. 지금은 '핏발선 주먹질처럼 뜨거운 봉오리'가 필요한 때, 혹은 '위기일수록 씨앗 품으려는 날카로운 열망'을 가져야 하는 때라는 인식. 그런 인식이 가능한 시인의 몸은 나무와 다름없다. '곧장 겨울로 걸어가야 하는' 시간 혹은 자연의 변화를 누구보다 빨리, 자연스럽게 체득하고 예견하는 나무의 생리가 시인의 가슴 안에 자리잡고 있을 터이므로. 세상의 모든 '부은 눈빛'들을 온몸으로 받아 껴안으면서 '맵싹한 잎새' 하나를 틔우기를 소망하는 시인의 몸속은 보이지 않는 상처로 가득하겠지만 그 상처들만이 '꽃을 피'울 수 있으리라는 진술은 얼핏 평범하다. 하지만 그 평범한 진술 속에 더 크고 보편적인 삶의 진실들이 숨어있기도 하다는 사실을 이 시는 다시 한 번 되새겨 보게 한다.

밤 열시의 지하철에 그가 탔다
그는 봉투 한 묶음과 빳빳하게 코팅된
종이 한 장을 꺼내 졸고 있는 내 손에 얹는다
잠결에 나는 편지지에 꼭꼭 눌러 쓴 그의 편지를 읽는다
신라의 화랑인 그가 문희에게 보내는 편지에서
그의 부러진 팔과 다리가 새어나온다
한 올 한 올 떨어져 나온 거친 세월이
순식간에 무릎 위에 수북이 쌓인다
지갑에서 천 원짜리 두 장이 그의 손으로 옮겨간다
봉투를 한 묶음 더 내미는 동안에도
그의 넥타이는 녹이 슨다
꿈결에 바늘을 꺼내들고
편지지 모서리에 저고리 고름을 꿰맨다
그 사이에 그는 어디로 갔는지 보이지 않고
그가 서 있던 자리에 갑옷의 파편들이 예각으로 흩어져 있다
몇 개의 가장 날카로운 빛의 조각을 주워서

천년전에 그가 나온 봉투에 조심조심 담는다

말발굽 소리가 잦아들며 지하철이 멈춘 다음역

비단치마 한 벌만큼 불빛이 환하다

　- 최정란 「문희, 꿈을 사다」 전문(국제신문 신춘문예 시 당선자 사화집)

　한 시대의 상처가 단순히 당대의 현실에 그치는 게 아니라 역사의 아주 먼 시간 이전에 까지 뻗어있는 거대한 실뿌리 같은 것이라는 이 시의 상상력은 무척 흥미롭다. 원무현 시인이 '벼랑'에서, 강미정 시인이 인간의 육체에 새겨진 시간의 흔적인 '주름'에서, 그리고 김수우 시인이 뿌리가 뽑혀져가면서도 싹을 틔우는 쓰러진 '나무'에서 상처의 현황과 근원, 그리고 치유에의 열망을 드러내 보였다면 최정란 시인은 신화 혹은 역사적 사건의 모티브를 몽타주하여 삽입 교차시킴으로서 시대의 상처에 대응하는 자신의 분열된 내면을 고백하고자 한다. 늦은 밤 지하철 안에서 편지봉투를 파는 상인의 고단한 삶을 자신의 꿈과 대비시키는 기법은 짐짓 현실을 눙치는 듯하면서도 예리한 '각'을 세워 자신이 발 딛고 선 곳을 확인하는 태도 또한 은근히 신선하다. 지하철에서 편지봉투를 파는 행상인이 자신의 편안하지 않은 처지를 기록하여 들이밀며 자비를 구하는 '빳빳하게 코팅된/ 종이 한 장'을 시인은 '편지지에 꼭꼭 눌러 쓴 그의 편

지'로 치환하여 읽는다. 시인이 그의 '편지'를 읽는 순간 행상인
은 '신라의 화랑' 즉 훗날 태종무열왕이 되어 신라를 다시 일으
켜 세우는 젊은/희망으로 환생한다. 젊은 화랑은 나라가 처한
현실을 걱정하는 패기만만한 자신의 혈기를 훗날 문명황후가
되는 김유신 장군의 누이인 문희에게 긴 편지로 써서 보낸다.
시인이 굳이 신라의 어느 저녁으로 공간이동을 하는 까닭은 행
상인의 고통을 나와 상관없는 타인의 고통으로 뿌리쳐버리지
못했기 때문이다. 팔과 다리가 온전치 않은 행상인의 삶의 기록
을 늦은 저녁의 지하철 안에서 읽어 내려가는 일은 누구나 그
러하듯 고통스럽기 때문이리라. 시인은 행상인이 내민 종이쪽
지에서 그가 싸워온 삶의 불행을 먼 역사의 공간 속으로 옮겨
와 읽는 것으로 그 고통을 함께 나누고 위무하고자 한다. 그렇
게 타인의 불행한 삶의 이력들을 읽어 내려가는 동안 '한 올 한
올 떨어져 나온 거친 세월이/순식간에 무릎 위에 수북이 쌓'이
고 그 '거친 세월'과 함께 '녹슬'어가는 그의 '넥타이', 넥타이가
상징하는 현재의 절망을 함께 읽는다. 그리고 '바늘을 꺼내들
고/ 편지지 모서리에 저고리 고름을 꿰'매는 상상을 함으로서
타인의 고통, 시대의 절망에 한가닥 희망의 답신을 보내고자 하
는 것이다. '몇 개의 가장 날카로운 빛의 조각을 주워서/ 천년전
에 그가 나온 봉투에 조심조심 담는' 행위와 '저고리 고름을 꿰'
매는 행위는 시대와 개인의 상처와 상처의 고통을 공유하고자

하는 열망에 다름 아니다. 그리고 그 열망은 일정부분 아름답고 감동적이기까지 하다. 그러나 이 시의 마지막 2행은 지나치게 낙관적인 전망을 드러내 보이거나 시대와 개인의 상처에 관한 시인의 열망이 극히 개인적인 위안을 얻기 위한 것에 불과할 수도 있다는 혐의에서 자유롭지 못하다. '말발굽 소리가 잦아들며 지하철이 멈춘 다음 역/ 비단치마 한 벌만큼 불빛이 환하다'는 전언적 결말은 물론 시인이 꿈꾸는 희망에 관한 하나의 상징적 묘사이겠지만 시인이 굳이 신라라는 역사적 신화적 공간까지 상상력을 확장해 봉합하고자한 (꿰매다, 라는 단어 혹은 행위는 이 시의 핵심을 아우르는 부분이다) 개인과 시대의 상처가 그리 단순한 낙관에 이르지 못함은 물론 더 큰 괴리와 간극이 존재한다는 것을 간과했기 때문일 수도 있다. 그러므로 시 전체가 가지는 무게와 여운을 희석시키는 마지막 2행은 아쉬움을 남긴다. 물론 그것은 섣불리 희망에 관해 말할 수 없는 시대의 탓이기도 할 테지만.

　　그의 옆자리는 비어있었다

　　반쯤 벌어진 입술 사이로 구겨진 머리칼
　　여전히 그와는 상관 없었다
　　휘어질 것 같은 가느다란 몸으로

장주의 호접몽을 따라가다가

기울어지고 어푸러진 세상자락이었다


진작 요량하지 못한 생애 우물거리는

입은 여전히 열려있었고 벌레처럼


머리칼이 달라붙는 길거리의 잠

쓰러진 겉잎과 속잎


뻘 속에 한쪽 발을 빠뜨리고 허우적이는

사람들은 미처 보지 못한다

온몸을 잠 속에 빠뜨리고도

수면 위로 떠올라 섬광처럼

하얀 연꽃을 피우고 있는 그의 온전한 잠을


아무렇게나 태어난 생은 없다

– 권정일 「길거리의 잠」 전문(국제신문 신춘문예 시 당선자 사화집)


    시인은 아마도 길거리에 잠들어 있는 노숙자를 목격한 터일
것이고 그 풍경에서 모든 욕망들을 잃었거나 빼앗긴 채 길거리
로 내몰린 자의 잠 속을 엿보려 한 것이리라. '장주의 호접몽'이

상징하는 것, 이른 바 자본주의 사회의 덧없는 욕망을 쫓아 앞으로 앞으로만 내달리다 마침내 '기울어지고 어푸러진 세상'의 한 '자락'을 목격한 순간의 기록일 것이다. '벌어진 입술'과 '구겨진 머리칼'로 길거리에서 '온몸을 잠 속에 빠뜨'린 자는 팽팽하게 얽혀서 돌아가는 시스템 사회에서 낙오한 자의 전형적 모습이다. 그러나 그 황폐한 풍경을 시인은 '온전한 잠'으로 단정한다. 일상적, 보편적 삶을 살아가는 이들이야 말로 '뻘'이 지칭하는 욕망으로 뒤엉킨 사회에 '한쪽 발을 빠뜨리고 허우적이는' 삶이며 그 진창에서 벗어 나왔을 때 비로소 진정한 자유, 삶의 의미를 체득할 수 있으리라고 믿는 듯하다. '뻘 속에 빠뜨린' '한쪽 발'을 빼내어 물방울처럼 가볍게 수면 위로 떠오르는 일, 즉 모든 욕망으로부터 자유로워져 '섬광처럼/ 하얀 연꽃을 피우고 있는' '온전한 잠'의 상태를 '미처 보지 못'하는 일상적 삶의 무지를 짐짓 질타하고 있다. (이 부분에서 '피우고 있는'은 지나치게 주관적 진술이다. '피우고 있을'이 더 적절하지 않을까) 하지만 이런 관념뿐인 낭만적, 온정적 시각 또한 당대의 시인들이 경계해야 할 부분이지 않을까. '아무렇게나 태어난 생은 없다'는 마지막 구절이 내포한 휴머니티의 진중한 무게에도 불구하고 시인의 시각이 대상과 지나치게 밀착함으로서 잃어버린 객관적 거리유지가 아쉽게 느껴진다.

스프를 끓일 때 아버지와 엄마와 나는 항상 마주 앉거나 곁에 앉
는다 빙글빙글 냄비를 저으니 아버지와 엄마와 내가 섞인다 빙글
빙글 얼굴들이 섞인다 빙글빙글 얼굴들이 뭉개진다 아버지와 아버
지와 아버지가 돈다 엄마와 엄마와 엄마가 돈다 나와 나와 내가 돈
다 한 그릇 끈끈한 액체가 되기 위해 나는 돈다 나는 수차례 나도 모
르게 아버지가 되는 것이다  나는 수차례 나도 모르게 어머니가 되
는 것이다 혼숙과 혼음의 수프, 농도가 알맞은 수프는 상처내기 쉽
다 아물기 쉽다 잘 끓여진 수프에서 물집들이 솟아오르고 가라앉는
다 잘 뭉개진 아버지와 엄마와 나 태어나기 전으로 돌아간 아버지
와 엄마와 나 태어나기 전부터 상처인 따뜻한 한 그릇 가족

　– 조말선 「스프」(현대시1월호)


　자본주의 사회의 병폐는 가족관계의 붕괴현상을 통해 극명
하게 드러난다. 가족이라는 사회적 관계에 관한 고찰은 다양한
양면성과 함의들을 지니고 있겠으나 그러한 문제들은 차지하
고서라도 가족해체는 당대가 직면한 시대적 현상이 아닐 수 없
다. 조말선 시인은 사회구성의 가장 최소단위이자 근본인 가족
이라는 관계의 근원을 응시하고자 한다. '마주 앉거나 곁에 앉
는' 관계인 가족, 서로 '섞이고' '뭉게지고' '한 그릇 끈끈한 액체
가 되기 위해' 끊임없이 얽혀야 하는 가족이라는 애증의 관계를
스프를 끓이는 일, 이라는 탁월한 비유로 형상화한다. '잘 끓여

진 수프에서 물집들이 솟아오르고 가라앉'듯이 '상처내기 쉽'고 또한 '아물기'도 쉬운 관계, 그 관계는 '태어나기 전부터 상처'였음을 인식하는 시인의 시선은 정치적으로 올바른 태도를 유지하고 있지만 다분히 개인적이고 내면적인 범주에 머무르고 만다. 본질적으로 '상처'의 관계임을 파악하는 지점에 안주할 뿐 사회적 문제로의 확장은 시도하지 않는다. '태어나기 전부터 상처인 따뜻한 한 그릇 가족'에 관한 역설적 성찰은 나름의 미학적 완성도를 유지하고 있지만 그 울림의 진폭은 그리 멀리가지 않는다는 점 또한 못내 아쉬운 부분이다.

시라는 장르가 혹은 시인의 언어가 한 시대의 상처를 치유하고 구원하리라고는 거의 아무도 믿지 않는 시대를 살고 있다. 그럼에도 불구하고 개인의 삶에서 당대의 공동체적 삶까지 스며든 상처들은 끊임없이 불려나오고 있고 또 불려나와야 한다. 이런 다양한 상처들은 자기위안과 망각이 결코 치유해주지 못한다는 건 평범한 진리이다. 상처의 근원을 알고 불러내어 사유하는 일만이 상처를 치유할 수 있을 터이므로. 그러므로 차갑고 또 뜨거운 시각으로 당대의 상처들을 들여다보는 일 또한 시인의 의무이리라고 믿는다. 일상의 여러 섬세한 현상과 감정들을 개인적 관점으로 토로하고 노래하는 일, 그리고 한 편의 시가 가져야 할 언어의 미학적 완성도를 추구하는 일 또한 마땅히 나름의 아름다움을 내포하고 있겠으나 거기에서 한 발 더 나아가 개인적 상처가 사회적 상처로 승화되는 지점의 모색도 필요한 시기라고 생각된다. 작은 울림이 큰 울림을 불러오는 시. 작은 목소리로 낮게 노래하지만 그 울림은 상처로 얼룩진 시대를 정직하게 불러내고 위무하는 시, 전쟁과 축제의 북소리같은 시를 그리워하는 건 다분히 개인적인 취향 탓일까. 뭇 생명들을 불러내기 위한 봄추위가 만만찮다. 그러나 머잖아 천지가 꽃으로 넘쳐날 것이다. 꽃보다 짙은 향기를 가진 시들도 함께.

# 시선들, 마주보거나 혹은

어떤 한 가지의 주제, 한 개의 동일한 세계 혹은 하나의 사물과 상황을 바라보고 인식하고 사유하는 제각기 다른 시선들을 만나는 일은 흥미롭다. 시인들의 시가 제각기 가진 이 유사하거나 이질적이거나 서로 대척점을 가진 관점들은 어쩌면 시인들이 삶을 영위하고 있는 지금, 이곳의 전반적인 표면과 심층을 아울러 드러내는 것이기도 할 테니까.

한 그릇 끈끈한 액체가 되기 위해 나는 돈다 나는 수차례 나도 모르게 아버지가 되는 것이다 나는 수차례 나도 모르게 엄마가 되는 것이다 혼숙과 혼음의 수프, 농도가 알맞은 수프는 상처내기 쉽다 아물기 쉽다 잘 끓여진 수프에서 물집들이 솟아 오르고 가라 앉는

다 잘 뭉개진 아버지와 엄마와 나 태어나기 전으로 돌아간 아버지
와 엄마와 나 태어나기 전부터 상처인 따뜻한 한 그릇 가족
　- 조말선 「스프」 중에서


얘야 내 포도를 네가 먹으니 보기 좋구나 아버지 껍질눈이 웃으신
다 알맹이 발라먹고 뱉은 아버지 껍질눈이 새 옷 사입은 나를 바라
보며 웃고 계신다 행복하다 생전의 할아버지 깊디깊은 눈 속 한번도
들여다본 적이 없는 어린것들이 달라붙어 포도를 먹는다 한 송이 또
한 송이 할아버지 포도를 먹어치운다 알맹이만 발라먹고 뱉어버린
아버지, 껍질눈이 웃으신다 어린것들 바라보며 웃고 계신다
　- 유홍준 「포도나무 아버지」 중에서


가족 혹은 혈연을 바라보는 조말선과 유홍준의 시각은 얼핏
달라 보인다. 가족해체의 시대라고 단정 짓는 일방적인 사회적
단정에도 불구하고 가부장적 가족사회의 내부에서 결코 자유
로울 수 없음을 드러내는 두 시인의 관점은 물론 변별점을 가
지고 있다. '상처'와 '물집'을 정확히 인식하고 있음에도 불구하
고 조말선은 가족이라는 한 그릇의 '스프'를 위해 스스로 '잘 뭉
개진'채인 자신의 자의식을 바라보기만 한다. 그리고 '따뜻한
한 그릇 가족'이라고 명명하는 일로 가족이라는 연대에 대한 연
민을 굳이 숨기지 않는다. 이에 비해 유홍준의 시선은 전통적으

로 계승되어지는 가족구성원들의 숭고한 자기희생에 관한 애틋한 긍정과 이해를 적극적으로 드러내고자 한다. '알맹이만 발라먹고 뱉어버린 아버지'와 '한 송이 또 한 송이 할아버지'는 여전히 지금 이곳에서 칭송되어 마땅한 미덕으로 이해하는 것. 가족에 관한 우리 시대의 시각은 여전히 연민과 긍정과 이해의 대상이라는 걸 두 사람의 시는 결코 부정하지 않는다. 가족의 해체나 새로운 대안가족에 관해 제시하는 〈안토니아스 라인〉 같은 진보적 상상력은 아직 시기상조인 듯하다. .

> 그날 밤 재경이가 잠든 사이 엄마는
> 코가 길어 졌단다 그리고 또 재경이 몰래
> 밤늦도록 TV를 보는 밤도 맥주를 마시는
> 밤도 조용조용 아빠랑 다투는 밤도 엄마 코는
> 빨개지고 길어진단다 코가 너무 길어져
> 간지러운 밤에는 엄마는 팽하고 코를
> 잘라 연필을 만들어 재경이는 읽지도 못하는
> 시라는 것을 쓴단다 어떤 새까만 밤에는 엄마
> 코는 너무 길어져 끝이 보이지 않도록
> 먼 곳까지 가기도 한단다 그래도 새벽이 오면
> 엄마 코는 거짓말처럼 다시 납작코로 들어 온단다
> ─ 성미정 「재경아 재경아 엄마는 코가 길어지는 밤이 있다」

성미정의 경우도 이런 시각에서 그리 멀리 떨어져 있지 않다. 가족 구성원의 일상 속에 놓여졌음으로 '길어진' '코'와 온전한 자의식을 되찾아 시를 쓰는 '어떤 새카만 밤'의 '코'가 가진 거리는 물론 밤과 낮의 간격 같은 것이기는 하지만 '새벽'이 오면 여전히 '거짓말처럼 다시 납작코로 들아'올 수밖에 없다. 누구도 가족이라는 연대가 가진 강력한 원심력을 벗어나 다시는 돌아올 수 없거나 돌아오지 않아도 좋은 '끝이 보이지 않도록 먼 곳까지' 갈 수는 없다는 사실을 인정하고 있다. 다만 시인들은 '팽하고 코를/ 잘라 연필을 만들어' 누구나 쉽게 '읽지도 못하는/ 시라는 것'을 쓸 수 있을 뿐이다. 조말선의 연민과 유홍준의 이해와 성미정의 비애가 놓인 자리는 그리 멀리 떨어지지 않은 곳에서 나란히 동행하는 것으로 읽혀진다. .

내 불가살은 저 태평양에 두고
내 뻐꾹새는 저 티베트에 두고
내 나무늘보는 저 아마존 밀림에 두고
밥하고 강의하고 이렇게 늙어간다

내 손가락은 저 툰드라 침엽수에 묶어두고
내 눈동자는 저 북극 눈더미 속에 파묻어두고
내 가슴은 저 태평양 심해 속에 녹거라 두고

나 이렇게 밥 먹고 잠자고 술 마시고 심지어 웃기까지 한다

　- 김혜순 「불가살」 앞부분

　시인이 견뎌내는 '코가 너무 길어져/ 간지러운' 일상의 심연, 즉 '끝이 보이지 않도록/ 먼 곳'은 '태평양'과 '티베트'와 '아마존' '북극'이라는 비일상적 공간일 수도 있을 것이다.

　'밥 먹고 잠자고 술 마시고 심지어 웃기까지'하는 지리멸렬한 시간의 맞은편에 존재하는, 일상의 어느 한 부분도 스며들지 못하는 광대한 순수의 공간. 그 곳은 不可殺, 누구도 죽일 수 없고 누구도 훼손할 수 없는 절대공간이지만 그러나 그 절대공간의 존재는 시인에게 '혀에서 바늘들이 돋아나와 입술을 닫을 수 없'게 만드는 일상의 훼방꾼, 걸림돌이기도 할 것이다. 하지만 '자꾸 찾아오지 마라 내 불가살아 발광 불가살아'는 저주이자 축복이기도 할 시 쓰는 일에 관한 역설일 수 밖에 없다. 더구나 그것이 아이러니하게도 '밥 먹고 잠자고 술 마시'는 일상의 요소, 즉 '밥풀떼기'로 만들어졌으니.

　나와 내 밑그림 이 포개지지 않아 가위로 나를 오린다 다시 퍼즐게임을 시작한다 소용없다 내 한 몸 아귀를 도무지 맞출 수 없어 멈출 수 없는 전쟁난 전쟁 전의 내 웃음을 기억할 수가 없다 오자 하나만 발견해도 보던 책을 내던지는 나를 정독하다 내팽개친 이 누구

인가  정오의 해가 몸속에서 프로펠러처럼 돌아간다 꼬리잡기 놀이에 지쳐 나를 뚫고 나온 걸레 같은 햇살이 내 둘레에 그림자 창살을 박는다 일몰 없는 내 가슴에 빗살 모양의 칼집을 낸다 오려 낸 여분의 내가 창살 밖에서 나를 바라본다 몸을 돌려 자세를 바꿔도 흘러가지 않는 시선들 엄마 자궁에서 듣던 빗소리가 그립다

　― 장승리 「신경성 하혈」 전문


　不可殺은 '툰트라'와 '북극'과 '심해'에 살지 만은 않는다. 不可殺은 나의 '밑그림' 속에도 산다. '나를 정독'하면 할수록 그곳엔 수많은 不可殺이 있다. 그러니 '나와 내 밑그림 이 포개지지 않'는 일은 당연하지 않을까. '내 가슴에 빗살 모양의 칼집'을 내거나 '내 둘레에 그림자 창살을 박는'는 이는 시인의 내부에서 거울처럼 '내가' '나를' 마주 '바라'보고 있는 不可殺의 존재이다. 김혜순의 '툰트라'와 '북극'과 '심해'는 장승리가 그리워하는 '엄마 자궁'과 마주보고 있기도 하다.


　그가 다른 병원에서 받아온 약들을 먹이고 꿈이라는 불모지의 한가운데로 이동시킬 것이다 그는 곧 꿈속에서 꿈꾸지 않기를 기대할 것이다 천재적 배우답게 그의 입술에는 기관총이 붙어있다 숨을 쉴 때마다 아상블리즈한 총알들이 몸의 모든 구멍에서 정액색깔로 흘러나온다 이런 걸 신경정신이라는 거요? 나는 늘 침울해 전쟁터는

없고 총알만 있으니 재미없어 나를 어디다가 쏴버려야 하는 거지?

   - 김이듬 「변두리병원 마리 수선점」


  조심스럽게 자신의 내부를 향해있는 장승리의 존재에 관한 예민한 감각은 김이듬에게로 오면 거침없는 어투를 덧입은 채 자신의 내면뿐만 아니라 외부에 까지 공격하기를 서슴지 않게 된다. '빨간 스판팬티를 쥐고 안 놓'는 삐에로나 '아무리 다급해도 흰 가운을 갈아입'는 의사의 '의상집착'에선 다양한 상징과 전언들이 읽힌다. 한 사람의 존재를 타인에게 드러내는 최소의 장치가 의상이라면 삐에로는 어릿광대 옷을, 의사는 흰 가운을 걸쳐야 비로소 자신다워진다고 믿는 우스꽝스러운 존재의 부조리. 모두가 자기가 몸에 걸친 어떤 '레벨'이 붙어있는 의상에 맞게 연기하는 무언극의 배우, 그것도 샤를 드뷔로처럼 빼어난 마임이스트에 다름 아니라고 질타한다. 하지만 우스꽝스럽고 친절한 미소 뒤에 뻔뻔하고 잔혹한 본성을 숨긴 삐에로는 인간의 또 다른 모습이기도 하지만 이는 또한 모든 예술가들에게 마르지 않는 영감을 제공하는 예술적 악마, 또 다른 不可殺일 수도 있다. '자신을 자신의 옷으로부터 추방하지 않기 위하여 필사적으로 버티고 있'는 '나를 어디다가 쏴버려야 하는'지에 관해 치열하게 '제 그림자와 결투하는' 시인들의 아름답고 처참하기까지 한 不可殺.

종아리를 문지르며 물이 차 있는 방 밖으로 나가 본다 멀리 가고 있던 햇빛이 물에 비치고 있다 흰 옷 입은 오래된 사람들이 발소리 내며 가고 있다 나무들은 조용하고 바람은 골목 바닥으로 미끄러 져 내려오고 어제 가던 길을 간다 늙어가는 사람들이 보인다

부슬비가 내리고 천둥치는 저녁 돌멩이 밭에 앉아 돌멩아 돌멩아 부른다 여기가 어느 날의 골목이니 어제는 왜 어둡지 않았니 나는 계속 열이 나서 바깥 잠을 자며 내 안부를 네게 묻는다 옆집과 내 집 을 지나가는 게 걸음 슬픔을 오늘도 본다 그가 탄 버스가 떠나가고 가수는 머리카락 곧추서는 노래를 하고 밤벌레도 깊어서 새롭게 소 름 돋는 노래 달게 달게 불러댄다
　　─ 이태선 「내 슬픈 전설의 496페이지」 부분

동강의 자갈밭에 비비새가 누워 있다

주둥이가 묻혔다 자갈돌 몇 개가 바싹 틈새기를 좁혀서 비비새 부리를 물고 있다

흐르는 힘과 나는 힘이 오래 스미어서

강 밑바닥을 환히 비치게 했고, 다음 날은 더 깊이 비비새를 비쳐서

강물 속으로 날아가는 비비새가 보였고 비비새가 씻기었고 비비

비, 강물이 지저귀기 시작했고

— 위선환 「자갈밭」 뒷부분


장승리는 바깥에서 안으로 김이듬은 안에서 바깥으로 서로
마주보고 있다. 두 개의 시선이 부딪치는 곳에는 그저 무심히
혹은 무심을 가장한 채 삶의 표면을 응시하는 속 깊은 눈이 있
다. '물'에 비치는 '햇빛'과 '발소리 내며 가'고 있는 '사람들'을
바라보는 시선은 '늙어가는 사람들'처럼 '조용'하게 가라앉아
있다. 하지만 그 조용한 시선이 풍경과 현상의 내부로 옮겨가게
되면 점차 격렬해진다. '여기가 어느 날의 골목이니 어제는 왜
어둡지 않았니'라고 스스로에게 던지는 질문은 시인의 마음 풍
경은 '바깥 잠'이라는 단어에서 드러나듯이 소외와 고독의 풍경
이다. '옆집과 내 집을 지나가는 게걸음 슬픔을' 보는 시선은 무
심한 듯 고요하지만 '머리카락 곤추서는 노래'처럼 짙은 비애가
숨겨져 있다. 풍경의 외면을 빌려 시인 자신의 내면풍경을 드러
내기 위해서는 깊고 차갑고 날카로운 시선이 필요하다. 비비새
의 주검에서 '강 밑바닥을 환히' 들여다보는 일과 '강물 속으로
날아가는 비비새'를 보는 일 혹은 '강물이 지저귀'는 소리를 듣
는 눈이 그러하듯이. 강물의 '흐르는 힘'과 새의 '나는 힘'에 관
한 사물을 깊게 들여다보는 시선에서 비롯된다. 사물의 현실적

외형에서 사물의 내부로 옮겨가면서 마침내 현상의 이면에 숨은 넓고 깊은 세계로 까지 가닿는 명징한 시선은 '지저귀다 목이 쉰 강'과 '더는 울지 못하는 혓바닥'에서 흘러나오는 적요를 끌어내기에 이른다. 비비새의 주검에서 강물의 지저귐을 듣는 눈과 '늙어가는 사람들'을 응시하는 눈은 아마도 같은 표정이리라.

컴컴한 영혼의 산중으로 가서 내 이미 오래전에 뿌려놓은 인연의 꽃잎들을 보고서

아직 여기 그리워 이곳에 아직 있었니? 하고 물어보는 봄밤인 것을

그대 어디에도 없는 염주알 같은 미련을 토하고 마음의 절간을 하늘에 드리우며 내내

붉은 비석에 쏟아지는 눈발을 두 손 모아 쓸어 넘기니 이 봄밤 눈 맞으며 떠다니는 저 컴컴한 영혼을 따라

너 이 붉은 절간 하늘을 적막하게 붙들고 서서 눈 맞고 있느냐
　　ㅡ 김태동 「붉은 절간에서」 전문

한때 나는 새의 무덤이 하늘에 있는 줄 알았다.
물고기의 무덤이 물 속에 있고

풀무치가 풀숲에 제 무덤을 마련하는 것처럼

하늘에도 물앵두 피는 오래된 돌우물이 있어

늙은 새들이 거기 다 깃들이는 줄 알았다

피울음 깨무는 저 저녁의 장례

운흥사 절 마당 늙은 산벚나무 두 그루

눈썹 지우는 것 바라보며 생각하느니

어떤 죄 많은 짐승 내 뒤꿈치 감옥에 숨어들어

차마 뱉어내지 못할 붉은 꽃숭어리

하늘북으로 두드리는 것 일까

  – 장옥관 「하늘우물」 앞부분

　절이라는 공간은 그런  고요하고 깊은 마음의 시선을 갖거나 가지게 되는 가장 적합한 공간이지 않을까. 그 절이 깊은 산 속 어디에 있거나 저자거리 한복판에 있거나 상관없이 어쩐지 '컴컴한 영혼'의 내부가 쉽사리 들여다 보이는 곳이기 때문일까. '어떤 죄 많은 짐승'과 '염주알 같은 미련'은 같은 의미로 읽히고 '피울음 깨무는 저 저녁의 장례'와 '붉은 비석에 쏟아지는 눈발' 또한 같은 선상에 놓인 삶의 이행과정으로 이해된다. 봄의 '저녁'이나 '봄밤'에 만나는 '꽃잎'들은 왜 '오래전에 뿌려놓은 인연'이거나 '차마 뱉어내지 못할' '귀 얇은 소리들'일까. '늙은 새'들과 '늙은 산벚나무' 또한 '붉은 비석'이 있는 공간과 겹쳐

진다. 한 해를 시작하는 첫 계절인 봄을 건널 때 '무덤'과 '감옥'
과 '붉은 절간' 더더욱 선명해지는 건 생명이 가진 생래적인 역
설 때문일 것이다. 봄은 '마음의 절간'을 새삼 발견하는 시간이
고 '차마 뱉어내지 못할 붉은 꽃숭어리'가 주저리 열리는 걸 목
격하는 시간이므로. 하지만 이런 깊고 고요한 경지의 건너편엔
'서둘러 달아올라 입 뜨겁게 마'르는 열병을 앓는 시선도 있다.

꽃 꿈이 깊어 아침 잊으니 망울 틔기 전에 봉오리 터진다 주전자
는 서둘러 달아올라 입 뜨겁게 마른다 타는 입 보듬지 않고 성급하
게 따르니 물 미처 잔에 닿기도 전에 바닥으로 쏟아져 피로 돌지 못
한다 허둥대며 흘러넘친 말들 주워 담는 사이 빵은 썩어 곰팡이 슨
다 그믐 넘고 이월 건너도 여전 물 가득 찬 물귀처럼 꽃은 살이 안
찬다 토한 말에 취해 아침 버리니 얕은 숲 바람에도 꽃들 휘청거린
다 꽃 진 밑자리, 오래 또 어수선산란하겠다
　　- 남태식 「어수선산란」 전문

저는 제가 죽었는지도 미처 몰랐어요. 툭 치면 가루가 될 듯 뼈만
남은 제가 아직도 창가에 앉아 뿌리 뽑힌 느릅나무를 바라보고 있
네요. 밑둥은 다 말라 갈라터져 버렸는데도 우듬지엔 연두 몇 잎 매
달고 있는 나무, 아직도 제가 죽은 줄도 모르고. 아, 봄날이 가고 있
네요. 다시 바람이 불까요.

봄이라는 말과 꽃이라는 말과 꿈이라는 말은 때로 동의어이다. '꽃은 살이 안 차'는 찰나의 생명이고 '밑둥은 다 말라 갈라 터져 버렸는데도 우듬지엔 연두 몇 잎 매달고 있는' 꿈속의 시간이다. '서둘러 달아올라 입 뜨겁게' 말라버리는 시간이므로 '허둥대며 흘러넘친 말들'을 쉽사리 주워 담을 수가 없다. 그렇게 '어수선산란'한 남태석의 꽃 진 밑자리와 '다시 바람이 불'기를 기다리는 정채원의 꿈 혹은 '기억' 또한 겹친다. '바람에 머리칼 한 움큼 빠져나가는 줄도 모르고, 뼈에 숭숭 구멍 뚫리는 줄도 모르'는 사이 지나가버리는 시간은 또한 '제가 죽은 줄도 모르'는 채 미몽에 시달리는 인간의 그리움과도 닮아있다. 우리가 '허둥대며 흘러넘친 말들 주워 담는 사이'에 시간은 어느 새 '늙은 산벚나무 두 그루'와 '붉은 비석' 근처로 시간은 우리를 데려다 놓는다. '피울음 깨무는 저 저녁의 장례'는 늘 '꽃 진 밑자리'에 의식을 치를 준비를 끝내놓은 채다. 그러니 세상의 모든 '흘러넘친 말들'은 때가 되면 어김없이 어느 '붉은 절간'의 '하늘북'으로 걸리게 될 것이다.

　　천정이 높은 나무거든 목이 긴 병이거든
　　뿌리에서 너무 멀리 걸어 왔나보다

물관으로 잠이 스며들지 않아

비오기 직전 길다란 그림자의 바깥까지

주황빛 단소 소리를, 소리의 넝쿨을 넌출넌출

피울 듯한 예감에 마음이 떨릴 때도 있지

꿈일 뿐이지 천 개의 현을 알아듣는 귀가

어두운 터널 속 지뢰처럼 묻혀 있으니

침묵이고 고요고 벙어리인 내 입술을 읽어봐

　　– 권현영 「기린과 능소화와 물방울이 있는 자화상」 부분


나는 단순한 인생을 좋아한다.

뒷모습은 없어도 좋다.

겨울에는 거미들을 위해

더 많은 구석을 가진 영혼이 필요해.

그것은 오각형의 방인지도 모르고

막 지하에서 돌아온

양서류의 생각 같은 것인지도 모른다.

　　– 이장욱 「뼈가 있는 자화상」 부분


　여전히 '제가 죽었는지도 미처' 알지 못하는 내가 궁금할 때, 그럴 때 자화상은 그려진다. 자화상은 그저 나의 얼굴을 그리는 게 아니라 내가 걷고 있는 시간의 지형도를 그리는 일이다. 자

화상은 '마음의 절간'을 찾아보는 GPS같은 것, 내 현재의 위치와 내 위치 속의 '구석'과 '길다란 그림자'와 '마음'의 '떨림'을 그려 넣는 기록화인 것, '침묵이고 고요고 벙어리인 내 입술을'을 내가 '읽어'보는 작업에 다름 아니다. 권현영은 자신의 현재를 '목이 긴 병'인 '기린'과 '천정이 높은 나무'인 '능소화'로 기록한다. 그것들은 '뿌리에서 너무 멀리 걸어'왔으므로 '물관으로 잠이 스며들지 않'는 공통점을 가진 것들이다. 그것들은 또한 '목이 긴 병'이 그러하듯이 일상에의 쓰임에 불편한 것들이다. 그럼에도 불구하고 능소화에서 '주황빛 단소 소리'가 들리거나 기린의 높은 키가 '천 개의 현을 알아듣는 귀'가 될 날의 예감을 굳이 숨기지 않는다. 권현영의 자화상 속엔 '지뢰처럼 묻혀 있'는 희망이 숨어있지만 이장욱은 굳이 '뒷모습은 없어도 좋다'고 단언한다. 선혈과 선혈이 얽혀 흐르는 살을 모두 버렸으므로 희로애락이 생생하게 드러나는 표정 따위가 드러나지 않는, 그저 몇 개의 '뼈'로 이루어진 자화상을 그리고 싶어 한다. '더 많은 구석을 가진 영혼'은 자신의 내부로 조용히 침잠한 상태일 터이고 그것이 비록 '양서류의 생각'이거나 '먼 곳의 소문들'에 불과하다고 할지라고 그것은 '"안개 속에서' 안개를 헤치고 만나는 자신의 '처음 보는 얼굴'을 확인하게 되는 작업일 거라고 생각하는 듯하다. 자신의 내면에 잠재된 욕망을 드러내는 권현영의 자화상과 욕망을 제거한 상태에서 욕망의 실체와 대면하고자 하는 두 시인의 시선은 엇갈린다. 하지만 엇갈리며 지나치는 교차지점에서 새로운 자신의 얼굴을 확인하고자 하는 욕망은 겹쳐진다. '복화술' 속에 숨은 '지 독 한 그늘'과 '안개 속에서' '꿈틀'거리는 '뼈'는 이미 익숙하게 서로를 알아본 이후이다.

너는 해초마냥 나를 휘감았네 내 머리카락 역시 천 개의 손이 되어 너와 얽혀들었지 내 손금 가득 푸른 비늘이 출렁이는데 이끼 덮인 너의 몸이 요동치는 한 마리 물고기였네

혈관 가득 가느다란 실바람이 분다 아무 이유도 없이, 아니 무슨 이유라도 있는 듯이 너는 미안하다 했던가 다 내 잘못이라 했던가 난시(亂視)의 눈으로 바라보는 너의 바다가, 그 물비늘이 끝내 나를 눈멀게 했다
— 이혜미 「측백 그늘」

아무르 불가사리를 토막 내면
다섯 개의 가방과 열 개의 의자와 스무 개의 태양이 생겨요

손잡이가 많은 가방 속에서
토막 난 스무 개의 나무기둥이 나오고

샛노란 의자에 너무 많은 다리가 새로 생겨요

마흔 여든 새로 생긴 눈부신 태양이 의자에 앉으려는데
의자가 모자라서 하늘에 떠 있어야 하는 태양이 새로 생겨요
– 신정민 「아무르 불가사리」 부분


　바다를 이미지화하는 이혜미와 신정민의 시선 역시 전혀 다른 방향으로 엇갈려있다. 측백나무의 그늘에서 바다를 발견하는 이혜미의 시선과 바다와 직접적인 상관물인 불가사리에서 잡다한 일상용품들과 나무를 건져내는 신정민의 시선은 상이하다. '손금 가득 푸른 비늘이 출렁이는' '너의 바다'가 강한 역동성과 색채감을 느끼게 하는 감각적인 이미지라면 '다섯 개의 가방과 열 개의 의자와 스무 개의 태양'은 구체적인 사물과 비현실적인 현상이 뒤섞인 환상적 이미지이다. '너의 바다가, 그물비늘이 끝내 나를 눈멀게 했다'의 전언에서 알 수 있듯이 이혜미의 시선은 자연에서 새로운 의미와 아름다움을 발견해내며 자연에 동화되거나 압도당하는 전통적인 시각에 가깝다. 반면 불가사리라는 바다의 일부분이 가진 특성들, 이를테면 자연환경에 적응하는 강한 생명력이나 토막이 나도 쉽사리 죽지 않고 그 자체만으로도 하나의 생명을 가진 개체로 되살아나는 불가사리의 변신에서 '너무 많은 다리가 새로 생'기는 '의자'와

'스무 개의 나무기둥'을 꺼집어내는 나름의 상상력을 가진 시각을 보여준다. 이처럼 하나의 소재, 하나의 주제 혹은 세계에 관해 사유하고 해석하는 시인들의 독특한 시각을 따라 가보는 일은 꽤 까다로운 집중력을 요구한다. 마주보거나 나란히 동행하거나 서로 지나치며 엇갈리는 각각의 시선들은 우리 삶의 다양한 면모를 그대로 반영하고 있기 때문일 것이다.

# 지명들

木浦라는 말
木浦라는 말

그 나무나루라는 말과 순정이라는 말과
그 나무나루라는 말과 눈물이라는 말과
그 나무나루라는 말과 어스름이라는 말과

木浦라는 말
나무나루라는 그 이름과, 세상에 와 존재하는
그립고 서럽고 누추한 것들의 호칭과
그것들을 가리키는 이름을 살짝 한 번 바꾸어

불러보고 싶어지는

그 나무라는 단어 곁에 가을날이라고
그 나무라는 단어 곁에 조막손이라고
그 나무라는 단어 곁에 민들레라고

木浦라는 말
왠지 그렇게 나무나루라는 모국어의 글썽임 곁에
그것들의 내면
그것들의 깊은 혼백의 옹이까지
살며시 불러내어 함께 놓아두고
바라보고 싶어지는

木浦라는 말
木浦라는 말
목포는 나무나루라는 그런 말
　– 정윤천 「목포라는 말」 전문. 시집 『구석』에서 발췌


　사람들은 누구나 어떤 공간, 어떤 지역, 어떤 지명에 관한 크
고 작은 기억들을 갖고 있다. 어떤 지명이 가진 그 공간만의 특
성으로 인해 마음 속에 깊이 각인된 기억 혹은 추억들. 그것들

은 한 사람의 생애가 가져온 시간 속에 키 큰 나무의 뿌리처럼 크고 작은 영향들을 미치고 있을 것이다. 구체적으로는 내가 태어나 자란 곳, 잊혀지지 않는 청춘의 한 때가 영근 곳 또는 한 사람의 삶에 결정적인 정서를 부여한 곳이 되기도 하는 지역과 지명들은 한 사람의 삶에 여러 겹의 무늬를 새긴다. 하물며 늘 두 눈 부릅뜨고 제 존재의 심연을 들여다보아야하는 시인들에게야 두말할 나위가 있으랴. 그것들은 시인의 시세계와 그 근간을 이루는 바탕이 될 수도 있을 것이고 시인의 시적 성향을 결정짓는 중요한 모티브가 될 수도 있을 것이다. 그러므로 한국시에 등장하는 여러 지명들은 그 자체로 간과할 수 없는 의의를 지니거나 부여받게 된다. 또 어쩌면 시인들의 시에 등장하는 지명들은—대다수의 사람에게 익숙한 지명이거나 전혀 낯설고 생소한 지명이거나에 상관없이—독자들 개개인이 가진 제 나름의 지역적, 지명적 인상이나 기억에 의지해 어렵지 않게 한 편의 시 속으로 진입할 수 있게 된다. 최근에 발간된 정윤천의 시집 『구석』의 여러 시편들은 어떤 특정한 지명과 공간들 속에 내포된 내밀한 정서들이 구체적으로 드러나 있었다. 그것들은 주로 현대라는 시간적 배경 저쪽에 위치한 것들이어서 이제는 잊혀져가는 한국적 정서들을 강하게 환기시키는 것들이다. '목포'와 '나무나루'라는 동일지명을 한자어와 순우리말로 각기 다르게 반복할 때, 그 지명들에 관한 객관적이고 보편적인 인상과 그

지명의 의미에 숨은 내밀한 정서는 서로 충돌한다. 하나의 지명이 가진 이 바깥과 안, 두 개의 얼굴은 낯설면서 또 서로 닮아있다. 사람들이 익히 아는 유행가가 주는 목포라는 지명의 인상에 비해 그 지명을 굳이 순우리말로 풀어 읽는 시인의 내면에 각인된 기억은 훨씬 구체적이다. 이제는 누구도 거의 사용하지 않는 '순정'과 '눈물'과 '어스름'이라는 말은 나무나루라는 식물적 느낌을 가진 지명에 의해 생생하게 환기된다. 근대화, 산업화의 시기 이전에 목포라는 지명이 가진 한국의 원형적 정서는 어떤 거부감이나 어려움없이 자연스럽게 시의 바깥으로 걸어 나온다. 그저 관념에 불과했으므로 잊고 살았던 '그립고 서럽고 누추한 것들'에 관한 감정들은 '가을날' '조막손' '민들레'의 얼굴을 얻어 생생하게 재현된다. 그렇게 어떤 지명들 속에 깊게 배어있는 정서들을 순우리말로 다시 한 번 호명하게 될 때, 그것들은 '모국어'가 가진 '깊은 혼백의 옹이'까지도 선명하게 들여다 보이게 하는 힘을 가진다. 하나의 지명이 잊고 살았던 어떤 기억 하나를 불러낼 때, 하나의 지명을 우리가 알지 못했거나 알면서도 잊고 살았던 다른 이름으로 다시 한 번 소리 내어 불러줄 때, 그것들 속엔 전혀 다른 얼굴과 의미들이 숨어있음을 알겠다. 이 시는 우리가 알고 있는 모든 무표정하고 무덤덤한 지명들을 잊어버렸던 모국어의 이름으로 다시 한번 불러보고 싶게 만든다.

외발 리어카에 어둠을 담고 골목길을 오른다

골목이 내 모습처럼 흔들린다

어둠을 밀어내고

늦도록 돌아가는 아내의 미싱소리

아내는 끊어지는 윗실을 바늘귀에 끼우며

띄엄한 삶을 깁고 있을 것이다

북실에서 밑실 한 가닥을 뽑아 꿈을 기웠던 친구들도

되돌림질에 흘어 이제는 이 골목을 오르지 않는다

흔들거리는 골목을 혼자 오르며

조임새를 맞추고

삐걱이는 꿈을 다독여 눕힌다

피댓줄을 끼우고 헛도는 북집에 기름도 친다

아내도 가끔

드르륵거리는 미싱소리처럼 끓어오르는 가래침를

하청받은 삶 위에 카악

뱉어버리고 싶었는지 모른다

무좀 걸린 아내의 미싱소리 소복한 오르막 끝집

골목을 꼭 잡는다

실눈 뜬 아내 서녘끝 초승달에 生한가닥 끼우고 있다.

— 유행두 「內동 629번지」 전문(서정과 현실)

때로 어떤 기억들은 행복하고 아름다운 기억 이전에 먼저 존재한다. 어쩌면 아름다운 기억들은 꽃과 같은 것이어서 쉽게 낙화하여 흙속에 묻혀버리는 것일 수도 있다. 그에 반해 절망과 고통에 관한 인상과 기억들은 강철같은 것이어서 표면은 붉게 녹슬어 있을망정 그 속은 여전히 쉽사리 부러지지 않는 강철 본연의 단단함을 숨기고 있는 것이 아닐까. '內동 629번지'는 서울이나 목포 혹은 창원이나 마산 어디가 되었건 여전히 우리가 사는 지상의 어딘가에 존재해 왔거나 여전히 존재하고 있는 공간, 그 공간을 부르는 지명일 것이다. 시인이 혹은 우리가 설사 그 공간을 이미 떠나왔다고 할지라도 우리들의 귓가에 여전히 남아있는 '늦도록 돌아가는' '드르륵거리는 미싱소리'는 쉽사리 사라지지 않는 종류의 것이다. '흔들거리는 골목'과 '외발 리어카'에 담긴 어둠과 자꾸만 '끊어지는 윗실'은 우리의 내부에서 여전히 움직인다. 이 가난하고 쓸쓸한 골목의 풍경은 굳이 '內동 629번지' 만의 것이 아니다. 우리는 여전히 '삐걱이는 꿈을 다독여 눕'히는 중이며 '피댓줄을 끼우고 헛도는 북집에 기름'을 치는 중이며 '미싱소리처럼 끓어오르는 가래침을/ 하청 받은 삶 위에 카악/ 뱉어버리고 싶'은 일상을 묵묵히 견디며 건너는 중이다. 정윤천의 '나무나루'가 그러한 것처럼 유행두의 '內동 629번지' 역시 하나의 지명이 개별적 공간에서 벗어나 시인의 내면, 우리들의 내부 속으로 현실의 구체적인 형상을 가진 공감각적 지명으로 되돌려 준다. 근대화의 물결을 이미 건너와 첨단 산업화의 한복판에 놓여있다고 믿거나 믿고 싶은 우리들의 마음 기저엔 미처 지우지 못한, 아니 결코 지워지지 않거나 지울 수도 없는 기억들이 여전히 도사려 있다. 그럴 때, 시인의 기억 속에 각인된 하나의 지명은 그저 기억일 뿐인 추상적인 관념에 생생하고 구체적인 얼굴을 되돌려주는 계기와 기폭제가 된다. 그런 숨겨진 얼굴들을 여기 이곳에 다시 불러내는 일은 결코 서푼짜리 감상적인 향수이거나 과거에로의 무기력한 퇴행이 아니다. 문명의 이기와 물질자본의 편리에 길들여져 가는 우리의 자화상을 재확인하는 일이며 현재를 파악하고 이해하는 날카로운 잣대가 될 수 있다. '미싱소리 소복한 오르막 끝집'에서 우리는 얼마만큼의 거리에 와 서 있는가에 대한 쓸쓸하고 날카로운 잣대.

그대 꽃구경가요. 길은 언제나 휘어진 안쪽 쓸쓸한 시선을 품고 우리의 중심을 벗어나 외곽이 되어가네요. 그곳에 가면 당신과 나 벚꽃나리는 환한 꽃대궁 속을 달리던 오토바이 한 대, 비스듬이 세워져 있는 길 건너 항공철물소 항공갈비 항공슈퍼 당신과 나의 머리 위로 고공 중인 꽃잎처럼

그대 꽃구경가요. 자꾸만 작아지던 양철대문을 드나들던 어머니 외출한 아버지의 포마드 기름냄새가 밴 양복이 걸려있는 이발소에

딸린 방 한 칸, 그곳엔 시외버스 배차시간 빛바랜 숫자들이 돌아오
지 않을 시간을 견디며 꽃잎을 지우네요 내 방 창문옆에 활주로가
되어주던 내그리운 빨강 기다려도 오지 않을 내 아버지의 청춘이 뒤
엉켜 활활 타오르는 플라스틱 원형간판에 불이 켜지면

　그대 꽃구경가요. 눈이 멀도록 환하게 쏟아지는 아득한 웃음소리
이른 점심을 먹고 커브를 돌면 끝이 아니길 바라던 구부러진 화전
사거리 이정표를 따라 오늘은 그곳에 꽃잎이 내려앉네요

　– 박선경 「화전」 전문(현대문학 7월호)


　아마도 어느 비행장 부근이 아닐까 싶은 시 속의 이 공간,
'화전사거리'엔 그리 오래지 않은 시간대의 풍경이 생생하게
드러난다. 이 '중심을 벗어난 외곽'의 풍경은 '나무나루'나 '內
동 629번지'와 그리 멀리 떨어져 있지 않다. 다른 점이라면 이
곳은 가장 첨단적이자 대표적 공간이동의 수단인 비행기가 있
는 공항 부근이라는 것이고 그런 지리멸렬한 일상에서 재빨리
벗어나 하늘높이 날아버릴 수 있는 '활주로'를 늘 곁에  끼고
있음에도 불구하고 이곳엔 여전히 띄엄띄엄 들어오는 '시외버
스 배차시간'표가 붙어있는 '이발소'와 '이발소에 딸린 방 한칸'
과 '양철대문'을 드나드는 삶이 계속되고 있다는 점이다. 초속
으로 날아가는 비행기를 대신하는 건 '벚꽃나리는 환한 꽃대궁
속을 달리던 오토바이 한 대'이지만 그나마 이것도 나의 몫은

아니다. 내가 가진 건 초속 몇 마일로 날아가는 비행기가 아니라 그저 '당신과 나의 머리 위로 고공 중인 꽃잎' 초속 5센티미터로 날아 내리는 꽃잎을 지켜보는 일뿐이다. 그러니 '기다려도 오지 않을 내 아버지의 청춘이 뒤엉켜 활활 타오르는' 이발소의 '플라스틱 원형간판에 불이 켜'지는 것을 보며 그저 꽃놀이를 꿈꾸는 삶, 그것이 나의 것이다. '커브를 돌면 끝이 아니길 바라던 구부러진 화전 사거리'의 '이정표'는 지금 이곳 어디에나 여전히 존재한다. 일상의 혼곤함에 잠시나마 편리와 위안을 주는 '항공철물소 항공갈비 항공슈퍼'가 어느 도시, 어느 마을, 어느 골목에나 존재하듯이. 시인이 노래처럼 읊조리며 꿈꾸는 '꽃놀이'는 이런 진부한 삶을 잠시나마 벗어나 어떤 즐겁고 아름다운 축제의 공간으로 이동하고자 하는 욕망 혹은 떠나온 곳으로 회귀하여 자신의 존재가 발아하고 성숙한 근원에 대한 성찰일 수도 있겠지만, '꽃놀이'의 또다른 의미는 아마도 높낮이가 양음지가 없고 직립보행과 초속비행의 구분이 없는 평등한 공간, 공동체에의 염원일 수도 있을 것이다. 누구에게나 공평하게 아름다움과 향기로 행복을 나눠주는 꽃의 상징이 그러하듯. 처럼 시인 개개인이 자신의 피와 뼈 속에 각인되어 있는 어떤 지명을 굳이 되살려내는 일은 현재 머물러 있는 '지금 이곳'과 앞으로 도달해야할 '거기 그곳'에 관한 탐색에 다름 아닐 것이다. 당연히 그것들을 가능하게 하는 일은 시인 자신의 가진 근원에 관한 각성 혹은 재발견일 터이고. 한 개의 공간에 부여된 지명들엔 그저 기호에의 인식이 아닌 다양하게 중첩된 시간들이 숨어있다. 그 속에서 잊혀져가는 소중한 것들, '모국어의 글썽임' '모국어의 혼백'을 다시 불러내는 일은 여전히 충분한 가치가 마련되어 있음을 새삼 깨닫는다.

# 집 혹은 무기로서의 언어

신발을 잃어버렸다, 신발을 잃어버린 꿈은 흉몽이라는데, 신발없이 어떻게 집으로 돌아가나, 펑펑 쏟아지는 눈발 속에 찍히는 맨발의 상실감, 그래도 가야해, 집으로 가야해, 신발을 잃어버린 꿈은 흉몽이라는데, 습관을 몸에 배게 해선 안돼, 모든 것은 꿈의 파편, 별의 파편들이야, 차가운 맨발도 불타는 난간이 될 수 있어, 집으로 가야해, 흉몽도 자꾸만 밟다보면 어느 새 꽃피는 길몽, 눈으로 이미 그것을 맛본 자는, 오, 맨발로도 언제든지 자신의 꿈 살아내고 자신의 꿈 끌 수가 있어, 그 자신이 바로 한 채의 집, 불켜진 창이니까,

– 김상미 「불켜진 창」 전문(주변인과 시 23호)

10년 만에 돌아왔다는 폭염의 여름이 지나가고 있다. 그야

말로 악몽이었다. 지구온난화와 생태파괴가 불러온 악몽을 피해 사람들이 집을 떠나 휴가를 간 사이, 명분 없는 전쟁터로 젊은 목숨들은 슬그머니 내몰렸고 계속되는 열대야는 그 '상실감'을 덮어 눌렀다. '흉몽'이다. '흉몽의 여름' 그 '흉몽'과 '상실감'을 뚫고 그래도 '집'으로 돌아가야 한다는 시인의 전언을 듣는 마음은 착잡하다. '집'은 무엇이며 어디만큼 있는가. 우리 시대에 그게 있기나 한건가. 그건 '흉몽'의 '습관'을 밟아내느라 상처투성이 '맨발'을 가진 자만이 도달할 수 있는 경지, 즉 온전하게 자기 스스로가 되는 상태라고 말하는 듯하다. 그랬으면 좋겠지만 과연 그럴까. 이 험난한 시대의 자갈밭을 맨발로 걸어 살아내기만 하면 '언제든지 자신의 꿈'을 꾸게 될 수 있을까. 살아내고 또 살아내어 마침내 '불타는 난간'이 될 수 있는 것일까. 그런 온건한 희망을 쉽사리 가질 만큼 세상은 결코 편안하지 않은 것 같다. 스스로 불 켜고 일어서는 집이 되기 위해 일어서다 쓰러져 허물어지는 집들이 너무 많다. 폭염의 나날들이 지나면 햇빛 서늘한 가을이 오듯이 맨발이라도 그저 살아내다 보면 '꽃피는 길목'의 나날들을 만나게 될 수 있을까. '이미 그것을 맛본 자'들이 사실은 우리 시대임에도 불구하고 '흉몽'의 나날들은 계속된다. 죽음의 사지로 내몰린 내 이웃, 내 혈육들은 과연 무사히 '불켜진 창'을 가진 집이 되어 돌아올 수 있을까.

밥을 푼다

팔레스타인 아홉 살짜리 자살테러를 보며

밥을 차린다

카드빚에 몰려 동반자살한 일가족을 보며

밥알을 씹는다

이라크 시골마을이 당한 무차별 폭격을 보면서도

밥알은 환하다

어머니를 살해한 청년의 무표정한 목덜미를 보면서도

곱씹던 밥알을

아프간 잿더미에 누운 아기의 넓은 흰자위를 보며

끌꺽 삼킨다


하얀 곤충으로 파닥이는

그들의 밥을 내가 먹는다

저녁밥상에 피어난

무수한 눈동자

— 김수우 「행복한 저녁」 전문(주변인과 시 23호)


　지금 여기, '불켜진 창' 속에 차리는 저녁밥상은 편안하지 않다. 내가 삼킨 밥알들은 모두 나를 응시하는 '무수한' 눈동자가 되어 밥상 곁에 둘러앉는다. 우리 시대의 불행은 '환한' 밥알들을 나누어 줄 수 없음에 있다. '그들의 밥을, 내가' 혼자 '먹는다' 는 뼈아픈 사실에 있다. 집 속에서도 집 밖에서도 '흉몽'은 계속 된다. 지금은 희망을 이야기하기에도 '흉몽'을 이야기하기에도 적합하지 않은 시간이다. '모든 것은 꿈의 파편, 별의 파편들이 야,'라고 단정짓고 나서도 '하얀 곤충으로 파닥이는' 이들의 '눈 동자' 앞에서는 침묵할 수밖에 없다. 아니 그저 '곱씹던 밥알을' '끌꺽 삼'키는 수밖에 없다. 시인이 삼키는 밥알들이 모두 바윗 덩어리가 되는 시대. 아무도 온전히 누구의, 스스로의 집이 될 수 없다. 집을 가진 자도, 집을 잃어버린 자도 모두 '신발'을 잃 어버린 시간 속을 헤매고 있다. 헤매고 헤매어 봐도 늘 그 자리 인 시간 속.

갔던 사람이 돌아오고 있다. 갔던 신문이 돌아오고 있다. 갔던 울 음도 돌아오고 있다. 갔던 이메일도 돌아오고 있다. 갔다가 또 돌아 온다. 뿌리내릴 곳 없단다. 눈물 뿌릴 곳 없단다. 돌고 돌 뿐이라 한 다. 여기서 누군가 만날 것 같고 여기로 새로운 소식이 올 것 같아, 갔다가 온다. 와서는 간다. 돌고 돈다. 돌지 않고는 못배길 날이라며 돈 놈이 되어 돈다. 갔던 오버가 돌아오고 있다. 중년이 걸쳤던 오버 어깨가 쳐져 돌아오고 있다. 그리고 또 그리는 원, 이 원을 벗어난 곳은 없다. 돌고 돈다. 돌지 않으면 중심을 잃고 쓰러져버린다. 돌고 돈다. 너도 돌고 나도 돈다. 빙글빙글 세상이 돈다.

    – 김왕노 「환승역」 전문(주변인과 시 23호)

  삶의 진부함에 대하여, 우리 시대 삶의 위태로움에 관하여 '돈다'는 말의 이중적 의미를 차용하여 시인은 비아냥거린다. 그 비아냥거림 속에는 처절함과 쓸쓸함과 분노가 뒤섞여 있다. 왜 시대는, 인간의 삶은 돌고 또 돌기만 하는가. 한번 쯤 '중심을 잃고 쓰러져'버리지 않고, 그래서 새로운 질서를 가진 신생의 세계를 꿈꾸지 않고 빙글빙글 돌기만 하며 끈질긴 원심력으로 지탱되고 있는 것인가. 어느 시대나 사람들은 '이 원을 벗어난 곳'을 꿈꾸었지만 그 곳은 언제나 신화나 전설 속에서만 존재했다. 그걸 모르는 사람은 없다. 그러니 더 이상 새로운 것이 존재하지 않는 하늘 아래에서 그저 '돌지 않고는 못배길 날이라며 돈 놈이 되어' 살아갈 수밖에 없는 곳. 똑같은 사람, 똑같은 신문기사, 똑같은 메일, 뿌릴 곳 없는 눈물을 주렁주렁 매달고 살아야 하는 비루하고 진부한 세계에 관한 분노를 시인들은 늘 전복시켜 버리고자 하는 불온한 욕망에 시달려 왔다. 완강한 세상의 '중심'을 뒤흔들어 버린 후 날마다 새로운 바람이 도래하는 세상에 관한 꿈을 꾸어온 것. '모든 것은 꿈의 파편, 별의 파편들'이라고 선언하며 새로운 별을 기다려 왔지만 시인들의 욕망은 그저 노래에 불과한 것이다. 그러므로 시인들의 삶은 '노래하며 견디기'에 불과한 것이다. 이제는 아무도 들어주자 않는 노래, 절망과 패배와 상처를 견디며 가까스로 부르는 노래들. 하지만 그 노래 속에 '잃어버린 신발'이 숨어 있고 '꽃피는 길몽'의 나날들이 숨어있다고 믿는다면, 그건 지나치게 고루하고 순진하기 조차한 믿음에 불과한 걸까. 도대체 그 무엇이 잘못되었길래 시인들이 꿈꾸는 세상은 한 번도 도래하지 않는 걸까.

전신을 가다듬고 가 닿아야 할 저 너머 거기 도솔천 물소리 같은 바람이 일고 즐거이 파도칠 일만 남은 이 시대 아직 총칼이 필요한가 양날을 벼리고 벼리는 수평선, 흐린 눈 비비며 달리던 산도 날개를 접고 무슨 소린가 물가에 멈춰 귀를 달았다.

아무리 입이 간지러워도 참았어야지 쉽게 노하고 쉽게 기뻐한 나팔꽃 무모한 도약이 시작되고 잔인한 꽃은 피어 독을 품고 잠들었다가 기다리지 않아도 오는 그것과 섭섭함에 민감한 사시나무 가지 끝에서 자아올린 물관을 통한 뿌리의 말은 간지럽지만 나무가 모여 숲을 만들고부터 초록 어둠에 귀가 먼 임금님, 소복소복 쌓이는 눈보다 흰, 무 속같이 시원한 저 나무의 소리가 귀에지로 굳어 염전 소금밭 고무래질로 긁어낸 바닥까지 후벼 파지만 하루가 다르게 쑥쑥 자라는 당나귀 귀는 자르지 못하였다

아직 슬픔의 씨앗에 싹도 안 튼 소녀가 할례를 치르고 수족이 잘

린 이라크 소년이 붕대 틈 사이로 웃는데 전지가위를 쥔 고흐란 사
내는 나의 늦은 귀가를 기다리던 가로수 왼쪽 귀를 잘랐고 새벽 4시
재림한 예수는 흩어진 귀를 쓸어 무덤을 쌓는데 나는 안개 속에서
흰 칼을 빼어든 검객을 보았다. 허공을 긋는 바람의 손.

　　－ 박정애 「고흐는 왼쪽 귀를 잘랐다」(문학도시 여름호)


　시인의 분노는 그러나 '총칼'이 아니라 '안개' 속에 숨은 '검
객'을 불러낸다. 임금님이 숨긴 '당나귀의 귀'를 노래하는 시인
의 노래는 어둠 속의 '흰 칼'이므로. 언젠가는 임금님의 모자
를 벗겨 임금님이 숨긴 당나귀의 귀를 잘라버릴 수 있을 거라
고 시인은 믿는다. 그러기 위해서는 스스로 웃자란 자신의 '귀'
부터 잘라내야 한다고, '쉽게 노하고 쉽게 기뻐한 나팔꽃'의 노
래부터 자책해야 한다는 시인의 전언은 두리뭉실, 판소리의 리
듬을 닮아있다. 슬쩍 눙치고 슬쩍 허를 찌르며 굽이굽이 넘어가
는 사설 한 가락. (박정애 시인의 시들 속에는 언제나 흥겹고 또 처절
한 토속적 리듬과 가락이 스며있다. 이는 시인의 시를 변별하게 하는
특징일 수도 있겠으나 이 사설이 지나칠 경우 의미의 모호함과 주제를
약화시키는 역할을 하기도 한다는 느낌이다.) '가 닿아야 할 저 너머
거기 도솔천'은 여전히 멀고 아득하다. 얼마나 많은 '귀'를 자르
고 얼마나 많은 언어의 '검객'을 불러내고 얼마나 많은 '무덤'들
을 세운 후에야 도래할 것인가,를 생각하는 시인의 귀가는 늘

늦을 수 밖에 없다. 언제쯤이면 시인들은 '무덤' 속같은 어둠 속에서 걸어 나와 '소복소복 쌓이는 눈보다 흰, 무 속 같이 시원한 저 나무'들에 관하여 노래할 수 있게 될까. 시인의 무기는 오직 언어 뿐이다. 언어, 즉 시인의 모국어에 관한 깊은 사유와 긴장을 멈추지 않는 일, 언어의 '양날을 벼리고 벼리'는 일, 서슬 푸른 칼날이자 맑은 거울로 만드는 일, 또한 시인의 의무이자 책무이다.

너를 닥나무로 알고 베겠다

가늘고 길게 자라는 오후에다

터억 무쇠솥걸고

백피가 될 때까지 삶고 또 삶겠다

까칠한 말들이 끓어

입 안 가득 백태가 끼면

초경처럼 붉은 꽃무릇 닥풀삼아

풋대질 하겠다

네가 으엉으엉 말문을 열면

나도 어응어응 대답하겠다

말과 말이 서로 부둥켜 안고 누운 부벽

뜨거운 평면의 시간을 지나

등뼈 투명한 한 지 한 장

허리 세우는 소리 듣겠다.

　– 권선희 「오해를 풀다」 전문(주변인과 시23호)


　'까칠한 말들'의 세상을 견디는 시인의 언어는 당연히 힘겹고 무능하다. 꽃이 되는 말, 바람이 되는 말, 샘물이 되는 말, 깃발이 되는 말의 시대는 쉽사리 다시 오지 않을 것이다. 그럴 때 시인의 언어에 관한 인식의 중요성은 거듭 강조해도 모자람이 없을 터. 끊임없이 '베'고 또 베어 내면을 확인해야 하고, '백피가 될 때까지 삶고 또 삶'으며 사유해야 하고, '입안 가득 백태가 끼'지 않도록 '풋대질'해야 함은 당연하다. 단지 표피적인 의미망을 가진 언어의 '뜨거운 평면의 시간'을 견딘 후 마침내 '으엉으엉' 언어가 말문을 열 때까지, 제 스스로 일어나 말을 걸어 올 때까지 시인의 언어에 관한 사유는 멈추지 말아야 할 것이다. '등뼈 투명한' 언어가 '허리 세우는 소리'를 들을 수 있는 시인이야말로 행복하다. 칼이나 거울처럼 흉기로 돌변할 수 있는 언어에 관한 경계심을 늦추지 않는 이 시인의 시는 그래서 시의적절하고 또 아름답다. '말의 집'인 시인의 가슴에 '터억' 걸린 '무쇠솥' 하나가 믿음직스러운 이유는 그런 이유일 것이다. 그 무쇠솥에서 '밥알'처럼 환하고 '눈동자'처럼 서늘한 시들은 태어나리라.

토닥토닥 고분을 캐는 소리

늑골을 파는 소리

흙을 일궈내고 빗방울 모양의 곡옥(曲玉)을 가려

머리에 귀에 팔에 온몽이 찰랑이는 빗방울 여자를 거느리고


박물관 지나 토성(土城)을 지나 힌두사원 너머 몽골고원 그 남자 청동빛 부푼 근육을 지나, 북아프리카 그 여자 검은 유두를 지나 지구가 걸어가는 발자국 소리, 멀리 주술사가 두드리는 여음의 북소리를 따라

밤내내 걸어가는 신라적 처녀를 따라 그녀가 채우는 놋쇠요강의 질긴 가락을 따라, 백제마을을 지나 백수광부를 부르는 여옥의 노래소리를 따라, 열두 줄 빗줄기로 두드리는 그 여자 분첩소리를 따라, 여덟 구멍 강물로 이어지는 피리의 궁음(宮音)을 따라 흐르고 흘러 여기 내 몸 속으로


토닥토닥 고분을 파는 소리

내 몸을 캐는 소리

고생대적부터 나의 그리움이

잠인 듯 꿈인 듯 무덤인 듯

오, 봉분처럼 둥근 그대 늑골 속으로

– 김영미 「빗소리」 전문(시와 반시 여름호)

그렇게 담금질한 언어들은 세상의 사막을 적시는 단비가 될 것이다. 오랜 폭염을 다스리려는 듯 내리는 빗소리를 따라 '지구가 걸어'온 길을 다시 한 번 걸어가 보게 하는 '잃어버린 신발' 잊혀져가는 노래를 되찾는 역할을 하게 될 것이다. 시인의 몸 속에 여전히 '고생대적' '그리움'이 살고 있는 한 노래는 멈추지 않을 것이므로. 시인에게 생명이자 집인 노래. 그 노래의 시원을 찾아 '고분을 캐'고 '박물관'과 '사원'과 꿈과 노래를 헤집는 시인의 손길은 당당하고 또 여전히 씩씩하다. '고분'같은 몸의 '늑골' 속에 '주술사'의 '북소리' 속에, 설화와 전설의 '피리'소리 속에 뭍 생명을 일깨우는 '빗소리'같은 노래들은 여전히 살아있다. 그 노래들은 죽음이 탐하지 못하는 영생이어서 '잠인 듯 꿈인 듯 무덤인 듯'한 당대의 삶에 늙지 않고 시들지 않는 '청동빛 부푼 근육'과 '검은 유두' '고구려적 그 여자 분첩소리'가 가진 관능의 힘을 일깨운다. 이제는 아무도 들어주지 않는 노래일지언정 여전히 노래는 힘이 세다. 시간과 공간을 가로질러 꿈과 신화를 일깨워 대동한 채 '빗소리처럼' 우리 곁에 도착한다. 절망과 패배의 상처로 얼룩진 시간들을 '토닥토닥' 깨워 일으킨다. 탁월한 비유와 대담하고 구체적인 상상력을 가진 노래는 '봉분처럼 둥근 그대 늑골 속'에 새로운 집을 짓는다. '꽃피는 길몽,'의 '눈으로 이미 그것을 맛본 자'의 꿈은 주저하지 않는다. 빗방울이 '흉몽'에 짓눌린 잠을 깨우듯, 잠든 대지

속 깊숙이 숨은 씨앗을 터뜨려 꽃피우듯 새로운 시인들은 끊임없이 태어난다. '한 채의 집, 불켜진 창'이 되어 비루하고 진부한 세상의 어둠 속에서 반짝인다.

다시, 지금은 '맨발'의 시대, '펑펑 쏟아지는 눈발 속에 찍히는 맨발의 상실감'같은 상실의 시대이다. 이 '흉몽'의 한가운데를 관통하고 있는 시간 속에서 시인들의 역할은 오직 하나, 멈추지 않고, 헤매다 쓰러지지 않고, 형형한 눈빛으로 깨어있어 스스로 '반짝이는' 일이다. '불켜진 창이 되어' 혹은 그 창 속에 차린 '저녁밥상'에 둘러앉은 '무수한 눈동자'를 위한 '늦은 귀가'길에서도 섣불리 자란 자신의 귀를 자르는 '하얀 검객'을 만나면서. 자신들의 유일한 무기인 언어들을 '풋대질'하며 '흉몽의 시간'과 마주서야 한다. '어응어응' 혹은 '으엉으엉' 말없는 말이 말문을 열 때까지, 시대의 어둠이 걷혀질 때까지. 그래서 세상의 모든 죽어가는 것들의 '집'인 무덤을 두드려 무덤을 '캐'며, 폭염을 다스리는 빗방울처럼 잠든 것들을 깨워 일으키며 당당하게 깨어 있어야 하리라. 다시 도래한 '흉몽'의 시대란 어쩌면 시인에겐 축복의 시간이 될 수도 있을 터이므로.

# 그네와 새

    지리멸렬한 일상에서의 일탈을 꿈꿀 때, 혹은 지상에 영원히 발목을 붙잡힌 채 살아야 하는 숙명과 맞닥뜨렸을 때, 인간은 아마도 새라는 존재를 발견하게 되었을 것이다. 한순간의 날갯짓, 한순간의 비상으로 순식간에 지상의 일상을 이탈하는 새의 가벼움이 인간에겐 경이가 아닐 수 없었을 것이다. 그런 경이로운 존재로서 새는 인류의 역사 곳곳에 신화와 전설로 살아남아 인간의 시간 속에 공생해 왔을 뿐만 아니라 각박한 현대문명의 시공간 속에서는 더욱 절절하게 자유의지와 생명에 대한 아이콘으로 각인되어 있다.

    인간의 자유의지를 훼손하고 마멸시키는 일상의 지리멸렬을 각기 다른 시선으로 직시하고 노래하는 한혜영, 강미정 두 시인의 시 속에 새(혹은 그네)가 등장하는 것은 어쩌면 자연스러운 일이다. 한혜영 시인이 시간 속에서 변질되고 변형되는 새의 의미를 재인식하며 인간이 태초에 가졌던 충만한 생명력의 복원을 쫓아 고공비행을 시도한다면 강미정 시인은 그저 지상에서 아주 약간 발을 들어 올린 상태로 그네에 앉아 흔들리며 일상에 숨은 삶의 의미들을 되새기고자 한다. 지상에서 이탈하지 못한 채 마모 되어가는 삶의 원형을 쫓는 한혜영의 시선이나 그네에 앉아 흔들리며 가능한 지상 가까이 떠서 일상에서 잊혀진 온기들을 찾는 강미정의 미시적인 시선은 일견 닮아있기도 하고 한편으로는 적지 않은 거리를 유지하고 있기도 하다.

플라스틱으로 만든 오리 한 쌍
최대한 다정한 모습으로 연출한
사랑과 사랑 사이에 거미줄이 쳐 있다
참으로 지겨운 금실
움직이지 않는 사랑은 얼마나 지루한가
(중략)
본시 제 영혼에 깃들인 숙명처럼
날개 가득 혼란을 펄럭이며 먼 강물로
어둠 박차고 밤마다 떠나는 천둥오리
그 위험하고도 아슬아슬했던 날개의 배반이

얼마쯤의 생을 흥분시켰는지 알 수 없으리

– 한혜영 「아름다운 陰謀」 중에서


목단 서너 송이, 어머니는 평생 한 통속이었을 꽃가지
사이사이 벙어리 새들과 난감하게 눈을 맞추었을 것입니다
나들이 옷 한 벌 꺼낼 수 없어 내내 헛손질했을
장롱문짝서 흩어졌던 꽃잎 한 조각을 물고 오늘밤은
벙어리 새가 문득 내 손바닥 위에 내려와 앉은 것입니다

– 한혜영 「어머니와 장롱」 부분


　한혜영이 원래 꿈꾸었거나 자신의 정신 속에 깃들었던 새는
'시도 때도 없이' 불어와 날개를 펼치는 바람에 거침없이 날아
오르던 생명력 충만한 새였을 것이다. 그러나 그 새는 지금 그
저 '플라스틱으로 만든 오리 한 쌍'이 되어 지리멸렬한 일상의
시간 한구석을 장식하고 있을 뿐이다. '움직이지 않는' 사랑 (혹
은 새)은 '얼마나 지루 한 것인지'를 이미 알고 있지만 그러나 한
혜영의 일상에서 '倦怠의 팔' 속에 옭매인 채 갈등하는 새는 다
만 '돌아'눕거나 '목숨걸고 간통을 꿈'꾸는 여자들에게 공감을
표하는 것으로 간신히 자신의 존재를 지탱해나가고 있을 뿐이
다. '낡은 턴테이블'같은 시간 속에서 '뒤죽박죽 엉키는 세월,
시린 물속으로/ 곤두박인 나무그림자에 매달린 여자 하나가/

어제의 한 고비를 넘지 못해 마구 휘둘'릴 뿐인 일상에서 애초에 한혜영의 영혼에 몸속에서 퍼득이던 새들, 자유의지의 날개들은 이제 '꽃가지 사이사이 벙어리 새'가 되어 앉았거나 '늙은 단풍나무 품 속 깊숙이' 숨어서 잠들어 있다. 그 새들을 찾기 위해서, 힘차기 그지없던 날개를 다시 만나기 위해서 한혜영은 '엄마의 절망'(시 「엄마의 장롱」)속을 들여다보기도 하고 '누에고치'같은 '옛집'(시 「옛집에 가다」)을 다시 찾아보기도 한다.

주먹 안에 갇힌 새가 울먹울먹 푸푸거리다 날아간 저 편
뜻밖에도 날마다 표류하던 장롱이 돌아온 것입니다
차압딱지 한 장은 물론 뒤쪽에 붉을 테지요
유난히도 손때가 반들거리는 북두칠성 그 문고리를
힘껏 잡아당겨 그때 그 캄캄하게
뒤엉켰을 어머니의 절망을 들여다보는 중인 것입니다
– 한혜영 「어머니와 장롱」 부분

옛집이 비로소 고개를 끄덕였네
이때 홀연히 나를 빠져나가는 나비
한 마리 먼 후일 날개 지치도록 젖어
찾아왔을 때 깜빡 밝아지는 전구처럼
내 몸이 환해졌네 어느 날 문득

그리워서 찾아올 지구

우리의 행성이 눈물겹도록 따스했네

  – 한혜영 「옛집에 가다」 부분


  그리고 마침내 시간의 흐름에 휩쓸려 잃어버린 날개들이 나비가 되어 '깜빡 밝아지는 전구처럼/ 내 몸'을 환하게 밝히고 있음을 깨닫는다. 그리고 비로소 '우리의 행성이 눈물겹도록 따스했네'라고 인식할 수 있는 지점에 까지 도달한다. 한혜영이 진부한 일상에서 되찾아낸 날개는 다름 아닌 '녹슬고 때묻고 더러워진 세월을 받아 반짝반짝 닦는'(시 「어린 무당」) 행위, 즉 시인의 자의식 속에서 소멸되지 않아 진부한 일상에 휩쓸려가지 않게 하는 순수에의 의지일 것이다.


  문을 열 때 엄마 밥, 하고 소리가 나는 냉장고를 가지고 싶었던 게지 꽁꽁 언 고등어를 꺼낼 때도 엄마 밥, 맛있는 음식을 남겨 냉장고에 보관할 때도 엄마 밥, 하고 따르릉 울리는 냉장고 잘 들리지 않고 잘 보이지 않는 내면을 소리로 켜두고 싶었던 게지 엄마 밥, 엄마 밥, 하는 소리를 갖고 싶었던 게지

  – 강미정 「냉장고 속의 상상력」 부분


  로프를 타고 고층 건물의 창을 닦는 사람을 본다 창을 닦는 사람

은 섬세한 걸레질에 여념이 없다 시끄러운 창 밖의 풍경과 고요하고
조용한 창안의 풍경이 겹쳐진다 한 장 한 장 닦는 창을 닦는 풍경에
겹쳐지는 두렵고 무섭고 위험한 내 마음의 풍경, 창을 닦는 사람은
모른다 그가 매달려 있는 로프가 나를 조마조마하게 한다는 것을
　　– 강미정 「유리 닦는 사람」 부분


　강미정의 시선은 고집스러울 만큼 일상의 현실에 머물러 있
다. 여자와 '어미'라는 의식을 강하게 내포한 채 좀처럼 그 의식
의 경계 밖을 기웃거리지 않는 시 쓰기, 그게 강미정 시인의 시
가 가진 특성이라고 느껴질 만큼 두드러진다.

　한혜영 시인의 시가 기억과 현실 사이를 수평비행하며 과거
와 현실과 미래를 조망한다면 강미정 시인은 집과 놀이터와 회
사, 부엌과 베란다와 사무실을 왕래하며 보다 섬세한 시선으로
일상의 의미들을 더듬어 헤집는다. 한혜영은 새의 시선으로 진
부한 일상의 배반을 꿈꿀 때 강미정은 일상 속에 숨겨진 생활
의 비애와 작은 행복을 노래하고자 한다. 그러므로 '로프'를 타
고 '허공'에 매달리는 일, 가파른 상승과 추락을 꿈꾸는 일은 강
미정에게 일상을 위협하는 '두렵고 무섭고 위험한' '풍경'이 된
다. 대신 강미정은 '그네'에 앉아 흔들리며 끊임없이 흔들려야
하는 일상에서 흔들리지 않는 굳건한 중심을 발견하고자 한다.
일상에서 잠시 달려 나가거나 뒤돌아보거나 하지만 언제나 일

상으로 다시 되돌아오고야 마는 강미정의 '그네'는 한혜영의
'새'와 동격의 의미를 갖는다.

> 저 남자는 알고 있다
> 발자국이 찍힌 자리의 위험신호와 요철지점을
> 주무르듯 만지듯, 언제나 다른 장소를 향해
> 날뛰고 있었던 자신의 붉은 발을,
> 아내가 설거지하며 내던진 그릇의
> 파편을 밟으며 걷는 아픈 발을,
> 그러나 오늘은 달 밝고 고요한 밤
> 달빛이 그네에 앉으면 바람이 그네를 민다
> – 강미정 「놀이터」 부분

> 이제는 저도 세상 물정 좀 안다고 하는 딸애와 서로 말 한 마디도
> 하지 않고도 이 뜨거운 숨을 나눠 쉬며 긴 행간의 어떤 줄도 모르는
> 햇빛 속으로 손을 잡으며 손을 놓으며 아무 말도 아무 소리도 없는
> 그 어디 물 흐르는 냇가에 앉아 엄마라고 불리는 일과 엄마라고 부
> 르는 일의, 애틋함으로 물결이 반짝이며 흘러가는 것을 바라보았죠
> – 강미정 「바다 해자」 부분

강미정이 붙들고자 하는 혹은 발견하고 자 하는 중심은 일상

의 비애를 껴안아 보듬을 수 있는 모성, 즉 '엄마라고 불리는 일과 엄마라고 부르는 일'이다. 세상에서의 어미됨 만이 일상의 크고 작은 '위험신호와 요철지점' 감지하고 치유할 수 있다고 믿는 것이다. 그러므로 강미정은 따뜻하고 연민에 찬 모성적인 시선으로 자신과 주변의 불행에 '성실하게 귀 기울이기'고 '무게를 다 안아주'기를 마다하지 않을 뿐더러 넉넉하게 이해하고 감싸 안고자 한다. 그런 강미정의 모성적인 시선은 실직한 이웃을 바라보거나(「놀이터」) 삶의 무게에 짓눌린 가족을 이해하거나(「울음이라는 현」) 세상에서 소외된 자들에게 갖는 관심(「검은 안경을 낀 아버지」) 등 어느 것이던 한결같이 희망과 긍정의 마음을 버리지 않는다. 시인의 모성적 시각과 관심만이 세상의 불행을 정화하고 일상의 고통을 순화하는 것이라고 믿기 때문이다. 그러므로 강미정의 시 속에는 현실에서의 칼날 같은 갈등이나 반목, 그로 인한 내적, 외적 긴장이 개입되지 않는다. 다만 일상에서의 '우리들 목소리를 냉장고에 싱싱하게 저장'했다가 지치고 힘든 삶의 어떤 순간들에게 되돌려주고 삶을 긍정케 하고자 하는 시인의 더운 가슴만이 있을 뿐이다. 그 따뜻함은 그것 자체로도 충분히 아름답다.

목이 쉬도록 삶을 목놓아 부르는
그의 노래는 울지 않는 울음,

울부짖는 자신을 큰 목소리로 외칠 곳도 없어

소리 내어 꺼이꺼이 울 곳도 없어

내 현을 떨면서 그의 목을 안고 등을 안으면

등만 보여주며 살았던 삶에게 미안해지고

따뜻하구나 내 무게를 다 안아주는

그의 다리는 늘 후들거렸을 것인데

　– 강미정 「울음이라는 현」 부분


　그러나 지상에서 솟구치거나 비상하는 새는 때로 예기치 않은 장애물이나 폭풍우를 만나 추락할 수 있는 위험을 무릅쓰는 것이므로 팽팽한 긴장의 아름다움을 동반한다. 그것은 또한 그런 위험을 무릅쓰지 않아도 되는 그네 위에서의 사색과 대비되는 부분이자 새와 그네가 가진 본질적인 거리, 즉 한순간 지상의 삶에서 일탈하는 새의 상상력으로 일상적인 삶의 배반을 꿈꾸기도 하는 한혜영의 시선과 일상의 크고 작은 슬픔들을 껴안으면서 일상이라는 지상의 삶을 긍정하고자 하는 강미정의 미시적인 시선의 차이를 드러내는 부분이다. 그런 대조적인 시각과 거리의 차이가 존재함으로서 두 시인의 시세계가 서로 도드라져 보이기도 한다는 점 또한 부인할 수 없는 사실이다.

# 잠들지 않는 밤의 시인

정영태 시인의 시들

나의 발은
발가락이 여섯이어야 한다

쓸모도 없고
오히려 발을 아프게 하는,
그러나, 그것이 없으면
내 발이라 할 수 없는
여섯 번 째 발가락,
나를 배반하여 나를 완성하는
유다의 얼굴

언제였을까,

여섯 번 째 발가락이 돋던 날은,

시를 처음 쓰기 시작한 날은

– 「여섯 번 째 발가락」 부분


　91년 가을, 정영태 시인을 처음 만났다.

　전망출판사를 운영하는 서정원 시인이 동의대 국문과에 재학할 당시였고 이문걸 교수의 소개로 서정원 시인과 습작을 하고 있을 당시다. 동의대 국문학과의 가을축제 시낭송회 때 기타를 들고나가 노래를 몇 곡 불렀고 거기서 정영태 시인의 짧은 문학강연을 들었다. 당시 나는 동인지 〈木馬〉에서 읽은 정영태 시인의 감각적인 언어들에 감탄과 부러움을 가지고 있었는데, 정영태 시인의 강연은 엄숙하고 진지한 분위기와는 거리가 멀었다.

　"시? 그거 아무 것도 아냐, 똥같은 거지. 그러니 쓰고 싶은 대로 써"

　동의대의 문학동아리에 소속된 학생들을 대상으로 정영태 시인은 농담을 섞어가며 그렇게 말했던 것 같다. 작은 키에 통통한 몸, 천진하게 웃는 모습에서 왠지 권위적인 풍모를 가진 의사가 아닌 개구쟁이 아이 같다는 느낌을 받았다. 하지만 막상 뒷풀이를 하는 술집의 건너편 좌석에 앉은 정영태 시인은 다짜고짜 쥐어박듯이 내게 물었다.

"니는 뭐 하는 놈이고. 노래 좀 하던데 가수가?"

한쪽 구석에 멋쩍게 앉아있던 나 또한 나도 모르게 퉁명스레
대답했다.

"아닌데요"

속으로는 "아니 뭐 이렇게 무례한 사람이 다 있노" 했다.

옆에 있던 서정원 시인이 같이 시를 습작하는 중이라고 소개
를 하자 정영태 시인은 망설이지도 않고 말했다.

"그라모 습작인 지 습자진지 한 번 내봐라. 내가 봐주께"

학생들 모임에 왔으면 학생들 작품이나 봐주지 무슨 망신을
주려고 그러나 싶었지만 나는 또 무슨 마음에서였는지 서류가
방 속에 넣어 다니던 몇 편의 습작시를 건네줬고 단숨에 훑어
본 정영태 시인은 이렇게 말했다.

"이거 이름만 지우면 내가 쓴 거라고 해도 믿겠는데, 괜찮네.
니 앞으로 나를 형님으로 모셔라."

그날 이후 나는 1주일에 서너 번은 정영태 시인과 만나서 술
을 마시기 시작했고 정영태 시인과 술을 마시던 부산의 많은
시인들을 소개받게 되었다.


　　네 몸 속의 첼로를 켜봐

　　악기로 가득한 사막의 내장이 들어있어

달빛의 머리채를 질질 끌고가는

밤의 신발소리도 들리고 있어

바람 속 無蹈병의 나무도

가지가 비틀리는 아픔을 참고 있어

속살을 파고들어 머리를 쳐박는

별들의 아름다운 꼬리,

  -「敎習時間 1」부분


  첫 만남 이후 정영태 시인과 나는 1주일에 두세 번, 당시 임
명수 시인이 경영하던 주점 〈양산박〉에서 만나 술을 마시기 시
작했다. 당시의 〈양산박〉에는 많은 문인들이 저녁마다 출근을
하다시피 모여들곤 했고 그곳의 모임에서 제각각의 교류들을
쌓아나가고 있었다. 나 역시 그곳의 말석에 끼어 앉아 많은 문
인들을 정영태 시인으로부터 소개받을 수 있었다. 술자리에서
의 토론과 논쟁을 즐기는 정영태 시인의 취향을 몰랐던 나는
술을 마실수록 시니컬해지는 그의 독설에 처음엔 적잖이 당황
했으나 곧 그 독설의 악의 없음을 알게 되었고 차츰 그런 토론
과 논쟁의 자리를 즐기게 되었다.

  "시인은 시를 쓰는 눈과 시를 보는 눈이 같은 거야, 시는 잘
못쓰지만 시를 보는 눈은 높다고 말하는 놈들, 그거 다 거짓말
이야"

문학이론 외에도 미술과 클래식 음악 등 다른 문화장르에의 박식함을 감추지 않았던 정영태 시인과의 술자리는 그야말로 치열한 문학교실이었는데, 토론이나 논쟁에 지지 않기 위해서 나 또한 문학서적 외에도 다양한 종류의 인문학 서적들을 읽어 내야 했다. 한창 문학에 관한 허기에 시달리던 당시의 나는 정영태 시인과의 토론과 논쟁을 통해서 어렴풋하게 시의 본질을 짐작할 수 있었을 뿐만 아니라 술꾼의 체질까지 발견하게 되었다. 당시의 나는 애주가였던 부친의 영향으로 거의 술을 입에 대지 않고 있었는데 정영태 시인의 협박과 강요 때문에 도저히 술을 거절할 수 없었다. 그런데 놀라운 건 저녁 7시쯤에 시작한 술자리가 12시를 넘고 새벽을 맞으면 같이 술을 마시던 일행들이 어느 틈엔가 하나 둘 사라지고 난 후에도 나는 거의 멀쩡했던 것이다. 그렇게 정영태 시인이 확인시켜준 술꾼의 체질과 기질 덕분에 밤을 꼬박 새우며 술을 마신 후에도 별 어려움 없이 일어나 출근하는 나날들을 당시엔 계속할 수 있었다. 그 시절 우리들의 술자리 문학교실에 불려나온 시인들은 헤아릴 수 없이 많았다. 아니 당시에 시집을 발간하거나 문예지에 시가 실린 시인들의 작품 거의 모두가 불려나왔다고 해도 과언이 아닐 것이다. 정영태 시인은 누군가가 발표한 시를 들고 와서 아주 훌륭한 시라며 기쁨과 흥분을 감추지 못하기도 했고, 누군가가 제시한 이견엔 얼굴을 붉히며 반론을 제기하기도 했는데, 그 중에

서도 이형기, 허만하 시인에게서 받은 영향에 관하여 자주 이야
기하곤 했다. 그리고는 언제나 농담 반, 진담 반으로 정영태 이
렇게 말하곤 했다.

"세상엔 시인이 많고 많지만 이형기, 허만하, 정영태 세 사람
빼고 나머지는 별로 중요하지 않으니 관심 꺼도 돼"

술자리에 있던 다른 이들과 함께 웃음을 터뜨리긴 했지만 속
으로는 기꺼이 그 의견에 동조를 해드렸고 또 진심으로 그렇게
되기를 바랐다.

비가 오는 밤에는

브람스를 들어야 한다

젖지 않으려고 숨어있는 창들,

귀를 감추고 듣고 있다

무엇 하나 적시지 못한 채로

비는 내 밖에 내리고 있다

오래도록 기다렸다가

많은 것을 얻고 가질 수 있었지만

나의 나무, 나의 집, 나의 영혼은

지붕 밑에 웅크리고 숨어서

저 비를 두려워하고 있다

브람스의 短調는

왜 가진 손을 더 슬프게 하는가

　－「브람스를 들으며 4」부분


　정영태 시인과의 술자리 문학교실이 열리던 곳은 당시 남포동에 있던 두 곳의 〈양산박〉, 즉 임명수 시인이 운영하던 〈양산박〉과 윤진상 소설가가 운영하던 〈양산박〉이 주무대였고, 12시 이후에는 동광초등학교 옆에 위치한 〈골목집〉 또한 새벽까지 술을 마시곤 하던 곳이었다. 뿐만 아니라 가끔씩은 다대포에 있던 〈정영태 내과의원〉으로 오라는 호출을 받기도 했다. 정영태 시인의 진료실은 의학서적과 문학서적들이 뒤섞여 있고 쓰다만 원고들이 여기저기 널려 있는데다 클래식 음악이 흐르고 있어서 이곳이 도대체 진료실인 지 시인의 집필실인 지 분간이 가지 않을 정도였다. 환자들을 진료하는 틈틈이 시를 쓰는 정영태 시인은 믿기지 않을 만큼 많은 시를 써내곤 했는데, 그렇게 시를 마구 퍼내면 타작이 될 가능성이 많지 않느냐는 걱정스런 질문들엔 단호하게 대답하곤 했다.

　"시인은 언어를 아끼는 사람이 아냐, 언어를 낭비하는 사람이지. 즐기면서, 행복하게 언어를 낭비하는 일이 시인의 권리이며 의무이고, 그것도 모르다니 똥같은 놈들"

　농담과 뒤섞인 독설과 비아냥은 정영태 시인의 어법이자 전매특허였지만 이상하게 욕은 할 줄 몰랐다. 정영태 시인이 할 줄 아는 유일한 욕은 '똥 같은'이라는 말이었다. 똥 같은 인간, 똥 같은 시, 똥 같은 음악, 똥 같은 그림…… 다대포 선창가의 허름한 횟집 또한 정영태 시인에게 수도 없이 똥같은 놈이라는 비난을 들어가며 토론과 논쟁을 거듭하던 곳이었다. 하지만 시간이 지날수록 하나의 이론과 텍스트에 관한 분석들에서 내가 반론을 제기하는 횟수가 늘어났고 '똥같은'이라는 말을 듣는 횟수 역시 늘어났다. 하나의 논쟁에서 행복한 합의에 도달하면서 술자리를 파하는 날도 있었지만 끝내 어떤 합의에 도달하지 못하고 얼굴을 붉히며 "똥같은 놈, 니는 도대체 시가 뭔지도 몰라" 소리와 함께 헤어지는 날이 더 많았다. 그러면서 나는 등단을 하게 됐고(92년 4월) 당시 강남주, 임명수, 이몽희, 이병구, 배광훈 시인으로 결성되고 있던 동인지 〈신서정시그룹〉의 일원이 되어 임명수, 이병구, 강경주, 배광훈 시인들과도 종종 만나 술자리를 갖곤 했다. 당연히 이 분들과의 술자리에서도 문학에 관한 열띤 토론은 여전히 계속되었고 그 중심엔 언제나 정영태 시인이 있었다. 93년에 이규열, 김경수, 정성욱, 서정원, 송유미 시인들과 무크지 〈전망〉을 10집까지 발간한 후 부산에도 시전문 계간지가 필요하다는 의견들이 제기됐다. 정영태 시인을 비롯한 여러 사람들이 모여 계간지 창간에 관하여 의논했지만 제각기의 다른 견해차이 때문에 합의에 이르지는 못하고 정영태 시인은 김경수, 송유미 시인등과 시전문지 〈시와 사상〉을 창간

했다. 〈시와 사상〉이 창간되고 난 이후 나와 정영태 시인과의 술자리 문학토론은 사실상 중지됐다. 아마도 지금의 〈시와 사상〉 멤버들과 그 술자리 문학토론은 계속되었으리라. 하지만 나는 차제에 좀 더 객관적인 거리를 두고 정영태 시인의 시를 읽을 수 있는 시간을 갖게 되었던 것같다.

전등을 켠다
몸 안의 세포들이 밝아진다
켜질 듯 말 듯
뇌 속에 숨어사는 뇌세포들,
그들이 사랑스럽다

전등의 등 뒤에서
여러 얼굴의 밤이 나타난다.
살아있다는 희열로 나를 떨게 하면서,

밤 속에 숨어있는 시간과 공간
암짐승의 암내로 나를 유혹한다.
그들을 사냥하여
하나의 절망을 먹이고 살찌우려 한다,
늘 내 속에 굶주리고 있는.

전 인류를 배신하고

나 혼자만이 차지하는 밤,

지구 최초의 밤,

인간의 눈에 겁탈 당해 보지 않은,

인간의 지혜를 다 합친 것보다 아름다운

白痴美의 밤

– 「밤」 부분


정영태 시인을 '밤의 시인'이라고 불러야 마땅하지 않을까. 그의 시는 대부분 잡다하고 번잡한 일상이 잠시 몸을 숨긴 시간에 잠들지 않고 깨어나 어둠을 거울삼아 몽상의 왕국을 구축하는 작업이었으니.

정영태 시인의 시세계는 첫 시집 『결국 우리의 아픈 침묵 속에』, 제2시집 『형틀 위의 잠』 제3시집 『꿈의 끝이 여기에 있다』에 실린 시들과 제4시집 『테크노피아의 폐허 위에서』 제5시집 『우주관측』에 실린 시들의 세계가 다소 다른 지향점을 갖고 있긴 하지만 그 세계를 에워싸고 축을 이루는 건 언제나 밤과 어둠이라는 점 또한 발견할 수 있다.

〈밤을 위한 시론〉이라는 평론집의 제목이 말해주듯이 정영태 시인의 시세계는 늘 잠들지 않고 깨어있는 밤의 시공간에 편중되어있다. 어둠에 덮여있는 밤의 세계는 그 모습을 명확하게 드러내지 않는다. 다만 일상이 이루어지는 익숙한 낮풍경의 관습으로 어둠 속을 유추하고 상상할 수는 있을 뿐이다. 정영태 시인은 그런 밤의 풍경과 속성에 매혹당하여 밤이라는 시공간 안에 마음껏 자신만의 세계를 재창조한다. 일상에 쫓겨 한낮에는 제대로 발견하지 못하는 자신의 존재를 직시할 수 있고, 존재의 시원을 사유하고 상상할 수 있고, 분열되어 흩어지는 내면의 자아를 마음껏 방목하여 현존하는 세계 너머에 또 다른 자신만의 세계를 구축하기에는 햇빛 아래 보다는 밤의 어둠 속이 제격이기 때문이었을 것이다. 게다가 시인에게 한낮의 일상이란 그저 생활을 영위하기 위한 수단에 지나지 않을 수도 있었을 터이므로. 그 삶을 영위하기 위한 어쩌면 굴욕적이었을 수도 있는 시간들이 지나간 뒤에 도착하는 밤의 시간은 시인의 의식을 명료하게 깨어있게 하고 시인을 마침내 시인답게 하는 배려와 축복의 시간들이었을 것이다. 하여 정영태 시인의 시 속에는 사실적인 풍경이나 현상의 재현이 존재하지 않는다. 일상의 삶에서 부딪치는 갈등과 모순과 부조리들은 시인이 밤을 맞이하는 순간 저절로 지워져버리거나 시인 자신이 의도적으로 지워버린 것으로 보인다. '중력도 자장도/관성도 역학도/도형이나 수식도 없는,/진공과 침묵 뿐인 그곳'(시 「리겔」에서 인용)인 밤의 세계를 종횡무진하는 분방한 의식과 감각적인 언어만이 비로소 시인을 자유롭게 하기 때문일 것이다. 밤과 어둠은 시인을 자신이 세운 왕국의 군주로 임명한다. 그래서 시인은 자신의 왕국을 다스리는 거만한 군주의 어조로, 때로는 군주이기 때문에 필연적으로 감당해야 하는 고독과 비애에 가득찬 어조로 밤의 세계를 노래한다. 그런 밤의 군왕이 일상적인 지상의 밤에 만족하지 않고 더 멀리 우주전체를 관측하면서 전우주의 지배를 꿈꾸는 일 어쩌면 당연한 수순일 것이다.

> 나의 우주는 잎새처럼
> 밤의 품 속에서 떨고 있다
> 色色의 꽃잎이 떨어져 쌓이고
> 감성의 그물 속에 갇혀 퍼덕거리는 밤,
> 오랜 방황에서 돌아온 혜성이
> 나의 품 속에서
> 지느러미를 쉬고 잠든다
> 방정식의 예쁜 根들이
> 악기처럼 입을 벌려 속삭이고
> 멀어져가는 좌표의 끝에서
> 나의 잠꼬대는 메아리가 되고 있다
> 밤을 뜨개질하는
> 별의 생애가
> 하나의 잎새처럼 떨고 있다

나는 케플러의 안경을 쓰고

지구에 떨어진 빛의 다리를 고치고 있다

다시 우주로 날려보내기 위하여.

– 「우주관측 1」 전문


　희로애락에 발목을 잡힌 채 날개를 거세당해야하는 지상의
삶에서 훌쩍 떠나와 시인은 이제 우주전체를 자신의 품 안에
끌어들여 자신의 발아래 무릎꿇리고자 하며 우주의 모든 별들
이 자신이 지배하는 또 다른 속국이 되기를 꿈꾼다. 아마도 그
건 인간이 발 딛고 사는 지상의 절망과 고통으로 부터 벗어나
더 큰 자유를 얻고자하는 시인의, 그야말로 몽상가의 천성을 어
쩔 수 없는 시인이라는 종족다운 야심일 것이다. 그렇게 이 세
계를 창조한 전지자의 시점으로 정영태 시인이 관측한 우주 속
에는 '수평선 없는 바다'와 '受胎告知를 받는 암새'와 '인간의
말을 흉내내는 파도'와 '순결한 입술과 혀를 가진 별'들이 공존
하는 아름답고 성스러운 곳이다. 거기에 비하면 지상이란 '受胎
告知하러 오던 천사가/내려올 곳이 없어/허공에 눈 맞으며 그
대로 서있는 곳'이고 '암나사와 숫나사가/ 인간의 흉내를 내며
녹슬고 있는 곳'이며 '아무 죄도 없는 빛 하나가/인간의 망막에
부딪쳐 죽는' 곳이다. 그러므로 인간의 불순한 욕망들이 아직
침범하지 않은 우주의 순결한 아름다움을 지켜내기 위하여 기

꺼이 '대패와 망치질로/ 밤새 별자리를 수선하고 있는/지구의 한 시인'이 되어야 하는 것이라고 정영태 시인은 믿는 것일 터이다.

나를 바다라 부르지 마라,
바다 밑의 바다,
바다이기를 포기한 진짜 바다.

꿈도 없다, 사랑도 없다.
바라는 것이 있다면 단 하나,
이 세계를 소금덩이 속에 절여버리는 것,
그리하여 영원히 나만의 차지로 삼는 것.

이유가 뭐냐고?
나야말로 진정한 테러리스트,
즐거움을 위해 지구 하나쯤 허비해도 좋다.

이데올로기는 없다.
이 맹목의 테러리즘,
그러기에 소금은 더욱 순수히 정련된다.
지상의 눈물을 죄다 모아

나만이 정련하여 맛보는 순백색 결정체

　　－「死海」부분


　언어의 기능과 시라는 형식의 장르에 대해 맹목적인 신뢰와
신념을 가진 시인, 자신의 시세계에 관한 한 흔들리지 않는 자
부심을 가진 시인, 도대체 끝이 어딘 지 알 수 없는 왕성한 창작
욕과 열정을 가진 시인. 그게 내가 아는 정영태 시인이다. 그는
시가 아니면 삶이 의미없다고 느끼는 데다 시 이외엔 별다른
욕심이나 관심이 없으며 오로지 시에 치열하게 복무하는 생에
서 어린 아이처럼 순수한 행복을 느끼는, 어쩔 수 없이 천상 시
인인 것이다. 제1시집의 발간년도가 1987년, 제2시집의 발간
시기는 1988년 제3시집과 제4시집의 발간은 1989년 한해에
동시에 이루어졌다. (89년 1월과 89년 10월 발간) 이런 사실은 87
년과 89년 3년 이라는 기간 동안에 시집 4권을 묶을 정도로 열
정적으로 시에 매달렸음을 알 수 있다. 시인 스스로 밝혔다시피
‘시를 쓰지 않고 참는 일이 시를 쓰는 일보다 더 고통스’러울 만
큼 생활인으로서의 일상보다 시 쓰는 일에 몰두했다는 걸 증거
하는 결과들이다. 아마도 낮에는 병원에서 환자를 진료하는 틈
틈이 시를 쓰고 밤이면 동료시인들과 어울려 토론과 논쟁을 즐
기던 나날들이 자양분이 되어 그 많은 시들을 낳게 했을 것이
다. 93년 전망출판사에서 시집 〈어머니와 함께 불루스를〉을 출

간한 이후 정영태 시인은 병마에 굴복하고 말았다. 아마도 일상의 업무와 과다한 음주 외에도 부산에서 최초로 시전문 계간지 〈시와 사상〉을 창간해 일정궤도에 올려놓는 일이며 또 역량있는 후배시인들을 발굴하고 양성하는 일의 무게가 더 빨리 병마를 부르기도 했을 것이다.

정영태 시인 자신이 야심차게 계획한 시세계의 지도가 채 완성되기도 전에 병마의 부름을 받은 일은 안타깝기 그지없다. 그 수많은 술자리 문학교실의 토론과 논쟁을 거치며 어렴풋하나마 내가 알게 된 정영태 시인의 완성된 시세계란 이런 것이었다. 초기에 천착한 꿈과 무의식, 정신분석학적 내면탐구 그리고 자폐적 몽상의 세계인 〈꿈의 끝이 여기에 있다〉 시작하여 〈형틀 위의 잠〉에서 내려와 〈유토피아의 폐허 위에서〉의 문명에 관한 사색을 거친 후 〈우주관측〉까지, 인간이 잃어버린 날개를 찾아 우주의 끝까지 올라가 본 후 비로소 다시 지상으로 연착륙하여 여유 있는 보폭으로 지상을 산책하며 보다 넓고 깊은 시야와 뜨거운 가슴으로 자신만의 독특한 시세계의 지평을 열어보여 주는 것, 즉 지상과 천상을 자유로이 왕래하며 두 간극 사이에 자신 만의 새로운 세계창조를 완성하는 것……

병마가 찾아오지 않았더라면 정영태 시인은 아마 지금도 하루에 몇 편의 시를 쓰고 브람스와 말러. 쇼스타코비치를 들을 것이며 오로지 시를 위해서 미학서적을 탐독할 것이고 성경을 읽을 것이다. 그리고 저녁이면 중앙동으로 나와서 자신이 읽은 누군가의 시 한편을 낭송해주며 훌륭한 시를 만난 기쁨으로 얼굴이 붉어졌을 테고 동료, 후배 시인들과 격렬한 논쟁과 토론을 하고 있을 것이다. 그리고 시를 앓고 있는 어리버리한 어떤 문학청년을 만난다면 앞뒤 가리지 않고 다짜고짜 이렇게 말할 것이다.

"너 머하는 놈이야. 시 쓰고 싶어 하는 놈이야? 그럼 습작인지 습자진 지 내봐. 내가 봐줄테니"

그렇게 또 누군가의 형님 혹은 선생님이 되었을 테고 새벽까지 이어진 술자리를 끝내고 귀가하는 택시 속에서마저 시를 쓰고 있을 것이고 일 년에 한 번 2년에 한 번 시집을 묶었을 것이다. 하지만 나는 여전히 정영태 시인의 시에 관한 열정을 의심하지 않는다. 최근에 만난 정영태 시인은 병세는 많이 호전된 듯 보이기도 했을 뿐더러 그리 쉽게 시를 놓아버릴 분이 아니라는 걸 누구보다 잘 알고 있으므로. 그래서 다시 술자리 문학교실을 열고 특유의 독설과 농담이 어우러진 어법에 만신창이로 깨지다 코너에 몰려서 슬그머니 약을 올리게 되길 바라곤 한다.

"형님. 이 번에 발표한 시는 별로 재미가 없던데요. 형님도 이젠 힘이 딸리나 보네요?"

"너거들이 머를 아노, 똥같은 놈들이. 천하의 정영태가 그리

호락호락해 보이나? 보드리야르에 의하면······"

가진 책을 다 읽었다

안경을 닦으며 창 밖을 내다본다

우주를 들고 무한공간에 서 있는

오만하고 고독한 지구,

함박눈이 그 위에 떨어져 쌓이고

그의 오만한 어깨도

어쩔 수 없이 기울기 시작한다.

겨울 우주의 밤은

인간의 고치들로 가득하다.

산 자의 영혼과 죽은 자의 영혼이 섞여있다.

몸 안 지하감옥의 終身囚

한 번 만이라도 아름다운 밤을 보여달라고

그가 똑똑 신호를 보내온다

－「모짤트의 레퀴엠 1」 부분

# 일렉트로니카, 재즈, 혹은

조말선의 시 몇 편

　　요즘 뉴욕의 클럽밴드인 브라질리언 걸스(Brazilian girls)의 음악을 즐겨듣는다. 밴드의 이름이 가진 지명과 성별은 전혀 상관없는 이 밴드(남자 셋, 여자 하나의 구성)의 음악은 일반적인 클럽밴드의 음악, 즉 춤을 추기 위한 음악이 아니다. 보편적으로 말하자면 일렉트로니카적 정서를 기본으로 재즈와 레게, 하우스 뮤직과 보사노바, 블루스, 사이키델릭등의 장르가 혼합된, 한 마디로 규정하기가 대단히 힘든 독특한 음악이다. 재즈인가 하면 어느 새 일렉트로니카이고 또 어느 새 보사노바였다가 블루스인 이 음악들은 대단히 사이키델릭한 매혹을 불러일으킨다. 끊임없이 반복되는 멜로디들은 꿈꾸는 듯 나른한 몽환의 안개를 피워 올리지만 그 몽환 속에 숨은 가사들은 역설적이게도 모두 시들이다. 고대 그리스의 시에서부터 네루다의 시까지를 가사로 차용한 이 음악들은 팝음악이라는 대중적인 형식 속에 단단하고 지적인 울림들을 감추고 있다. 조말선의 시들을 읽다가 이 밴드의 음악을 떠올린다. 아니 이 음악을 듣고 있노라면 어느 새 조말선 시인의 시들이 와서 겹쳐진다.

개인적인 취향으로 좋다, 라고 생각되는 한 편의 시를 읽은 후의 느낌들은 다양하기 그지없다. 하지만 거칠게 요약하자면 대개 두 가지 정도의 느낌으로 분류할 수 있지 않을까 싶다. 우선 대단히 차갑고 명징한 시, 이를테면 교과서적 완성도를 두루 갖춘 시를 읽었을 때, 내 머리는 좋다, 라는 느낌을 갖게 되지만 그 느낌이 가슴까지 내려오지는 않는다. 절제되고 정제된 시어, 단단한 형식, 적확한 비유들…… 그러나 그것만이 시의 전부가 아닐 거라는 느낌을 도저히 떨치기가 힘들다. 그런가하면 한 번 읽고 나서 명확한 파악이 오지 않는 대신 쉽사리 설명할 수 없는 어떤 매혹에 사로잡히는 시들이 있다. 이 매혹의 정체가 무엇일까를 생각하며 자꾸 읽게 되는 시, 그러다 마침내 온전하게 그 시의 핵심에 접근하게 게 될 때의 쾌감을 갖게 하는 시, 아무래도 나는 두 번째 경우의 시 쪽에 더 마음이 끌린다. 첫 번째 경우의 시인이 가급적 뮤즈를 제압한 후 차가운 이성을 유지하며 쓴 시라면 두 번 째 경우의 시는 시인이 뮤즈를 제압하지 않고 뮤즈와 같이 놀고 즐기면서 쓴 시 일 것이다. 다르게 말해보자면 첫 번 째 시가 부단한 자기점검으로 치열하게 학습된 의식으로 쓰게 되는 시라면 두 번 째의 경우는 시인의 내면에 오래 묻혀 삭아 있다가 어느 날 어느 순간에 갑자기, 느닷없이 튀어 올라 활자화 되는 시일 것이다. 그러면서도 그 시 속에 차가움과 뜨거움, 즉 한편의 시가 가져야 하는 인식과 형상, 두 개의 추가 팽팽하게 균형을 이룬 채 조화롭게 맞물려 있는 시, 시인이라면 누구나 이런 '시로 인해 들어 올려지는' 경험을 원하겠지만 그건 그리 빈번하거나 쉬운 일이 아니다. 조말선 시인의 경우, 아마도 수많은 다른 경우가 존재하겠지만 비교적 후자 쪽에 속하는 시를 가진 시인이 아닐까하는 개인적인 생각을 갖고 있다.

  냉장고에 보관한 서른 개의 오늘 어제 구이 해 먹은 오늘 그제 삶아 먹은 오늘 오늘은 오늘을 어떻게 요리하지 도르르 말아먹을까 찜 쪄 먹을까 오늘을 다 먹은 뒤에도 내일은 팔지 않는다 오늘을 다 먹은 뒤에도 내일은 살 수 없다 첫 울음과 함께 태어난 오늘 부패한 뒤에도 서른 개의 오늘 부화한 뒤에도 서른 개의 오늘 깨뜨리면 쌍욕이 튀어나오는 오늘 일제히 구린내가 진동하는 오늘 뒷구멍으로 까놓은 오늘 내일이 궁금한 오늘 암탉의 배를 가르면 조롱조롱 열려 있다

  −「오늘」 부분

조말선 시인의 시는 대개 위의 시와 같은 형식–길지도 짧지도 않은 적당한 길이의 산문시–을 갖고 있다. 그리고 대부분 일상에서 흔히 만날 수 있는 상황이나 풍경들에서 얻어진 모티브들을 대단히 낯선 세계로 치환해 드러내 보이는 특성을 갖고 있다. 낯익은 풍경들이 전혀 다른 낯선 세계로 바뀌어지고 나면 그곳엔 낯익은 일상의 세계가 숨기고 있는 치부들이 명명백백하게 모습을 드러낸다. '냉장고에 보관된 서른 개의 오늘'은 이를테면 인간의 영위하는 삶의 한 단위, 즉 한 달의 상징일 테고 그 한 달을 구성하는 하루하루는 지리멸렬하기 그지없다. '삶아먹은 오늘'과 말아먹고 찜 쪄 먹으며 안간힘으로 버티지만 '오늘을 다 먹은 뒤에도 내일은 살 수 없'는 비루한 삶의 속성은 어쩔 수 없다. '부패한 뒤에도' '부화한 뒤에도' 여전히 변함없이 서른 개, 한 달 삼십일 그대로인 채 변하지 않는 인간의 삶, 그 하루하루를 '깨뜨리면 쌍욕이 튀어나'올 뿐만 아니라 '일제히 구린내가 진동'할 만큼의 환멸을 품고 있음을 적나라하게 드러내 보인다. 이 시는 조말선 시인의 시가 가진 특성을 고스란히 드러내 보이는 전형적인 시라고 할 수 있다. 우물거리는 듯, 중얼거리는 듯 심드렁한 어조를 갖고 있지만 그 속에 세계가 숨긴 음험한 치부들, 부패한 일상의 시간에 관한 환멸을 직시하는 날카로운 응시의 한 순간이 포착된 시.

검푸른 당신의 창문 수심이 깊은 당신의 창문 물고기처럼 성별을 알 수 없는 그림자가 어른거리는 당신의 창문 당신이 없는 틈에 익사체처럼 떠오르는 당신의 여자가 쿨럭쿨럭 허공으로 검푸른 물을 게워내는 당신의 여자가 물고기들을 게워내고 수초들을 게워내고 당신을 게워내는 당신의 여자가 하품하듯 창문을 열고 이불처럼 무겁게 펄럭인다 당신이 빨래집게처럼 어둑어둑 서 있는 당신의 창문 수족관처럼 폐쇄적인 당신의 창문 노출을 꺼리는 당신의 창문 완전히 노출된 당신의 창문 형광등의 조도로 전략을 조절하는 당신의 창문 알려지지 않은 사생활이 퉁퉁 불어나는 당신의 창문 몇 차례 익사체가 떠올랐다는 당신의 창문 한 사람이 많은 사람인 당신의 창문 많은 사람이 한 사람인 당신의 창문 흥미롭게 당신을 관람하는 당신의 창문

   ―「당신의 창문」 전문


한 개의 멜로디, 한 개의 소주제를 끊임없이 변주하며 반복하는 형식은 일렉트로니카 음악의 전형적인 형식이다. 이런 형식은 나른함을 불러일으킬 뿐만 아니라 몽환적인 주술을 거는 역할을 하기도 한다. 앞의 시에서 수없이 반복되던 '오늘'과 마찬가지로 위의 시에서 수 없이 반복되는 '창문' 역시 일상의 세계를 낯선 내면의 세계로 인도하기 위한 주문이다. 이 주문은 얼핏 무의식적 자동기술의 방법을 떠올리게도 하지만 이는 전략

일 터, 조말선 시인의 대부분의 시는 이 전략 속에 시인의 의도를 슬쩍 숨겨놓음으로서 팽팽한 긴장을 유지하는 형식을 즐겨 사용한다. 위의 '당신의 창문'이 드러내는 세계는 그리 낯설지 않다. 히치콕의 영화 '이창'에서처럼 숨어서 지켜보는 자와 지켜 봄을 당하는 자 사이에 허물어진 경계, 그 은밀하고 혼란스러운 풍경은 현대인의 자아분열로 가득한 내면의 풍경에 다름 아니다. '수심이 깊은' 바다여서 누구도 들여다볼 수 없기를 원하지만 사실은 '수족관처럼' 작고 '완전히 노출'된 부조리한 시간 속에서 갇혀있는 현대인의 불안은 곧바로 '한 사람이 많은 사람'이자 '많은 사람이 한 사람'으로 수축과 세포분열을 반복한다. 나와 타인의 '성별을 알 수'도 없을 뿐더러 '하품'하는 '익사체'와 동거하는 삶을 견디는 방식이란 고작 '형광등의 조도로 전략을 조절하는' 일, 즉 자신의 의식을 힘겹게 끄고 켜가며 가까스로 통제하는 일 뿐이다. 끔찍하다. 이런 비현실적이며 환상에 가까운 풍경은 그러나 낯설지 않다. Philip K Dick의 『벌거벗은 점심』이나 『트레인 스포팅』 등 드럭소설(Drug Novel) 혹은 영화에서 익숙하게 보아온 풍경들이다. 정체성을 찾아 방황하거나 절망하거나 마침내 자멸하는 현대인의 초상은 이제 하나의 전형이 되어가고 있다고 해야할 터, 위의 시 「당신의 창문」 속에 '빨래집게처럼 어둑어둑 서 있는 당신'은 환멸에 가득찬 시선으로 자신의 의식과 당대의 세계를 응시하는 현대인들, 그저 한 개의 기능으로 고착되어 버린 우리 모두의 혼란스러운 초상임에 틀림없다. 이 '창문' 없는 세계를 어찌할 것인가. 그저 '관람'할 것인가. '검푸른' 환멸을 '게워내'며 비명을 지를 것인가. 그도 저도 아니면 그저 눈을 감고 '익사체'처럼 침묵할 것인가.

　　종합영양제의 한 가지 견해로 내 입맛은 천 가지 음식에 길들여진다 나는 너무하다 과실에서 부실에서 나는 너무하다 교배에서 교잡에서 천정에 켜지는 백 개의 백열등 나는 백 개의 아버지 때문에 무한증식하는 가랑이 나는 너무하다 언어에서 침묵에서 나는 너무하다 실험에서 실습에서 나는 너무하다 과잉에서 결핍에서
　　－「온실용 식물 1」부분

이번에 발표한 조말선의 시들은 조말선 시인이 기존에 고수해왔던 형식과 내용에서 크게 벗어나지 않는다. 게다가 이 다섯 편의 신작시는 거의 동일한 형식과 어조를 차용하고 있다. 브라질리언 걸스의 음악처럼 몽환적인 리듬의 반복으로 나른한 권태의 안개를 피워 올린 후 그 속에 가시 같은 혹은 비수같은 날카로움을 숨겨놓고 있는 형식, 보사노바이자 하우스뮤직이고 레게였다가 어느 새 사이키델릭한 비일상적 세계로 바뀌곤 한다. 어떤 이는 레게의 야성적인 리듬을 좋아하고 어떤 이는 하우스뮤직의 완고한 형식이 체질에 맞는다. 또 어떤 이는 사이키

델릭의 환각적인 느낌으로 현실의 환멸을 덮고자 하고 또 어떤 이는 아무 것에도 구애받지 않는 재즈의 즉흥성에 영혼을 맡긴다. 개인적으로 나는 조말선 시인의 시에서 재즈의 느낌이 더 강화되었으면 하는 생각을 해본다.(무릇 세상의 모든 시인이란 다른 시인의 시를 읽으면서 자신의 시를 생각하는 족속이기도 하다.) 형식 자체를 넘어선 형식, 전략을 넘어서는 전략, 바람처럼 자유롭게 풀려있으면서도 누구도 제압할 수 없고 누구의 통제도 거부하는, 태생적 자유로움의 미학. 하지만 어느 것이든 상관없다. '언어에서 침묵에' '실험에서 실습에서 나는 너무하다'라는 자의식만 있다면. '과잉에서 결핍'까지를 끊임없이 오가는 일은 운명으로 가진 이 또한 시인이라는 부류일테니.

# 진부한 세계에 관한 차가운 응시

박한나의 시에 관한 즐거운 오독

**돈키호테는 말을 가졌다**

　절벽에서 떨어져 죽기, 물속에 빠져죽기, 강도떼를 만나 왕창 털
린 다음에 총 맞아 죽기, 아니면 권태로움의 빈 들판에서 다가닥 다
가닥 말을 달려 도착한 네델란드, 그 곳에서 풍차를 들이박으며 비
장하게 죽어가기.

　-「돈키호테 연구」부분

　근래 들어 괄목할만한 성과를 보여주고 있는 일련의 젊은 제
주도의 시인들에 관한 나의 첫 인상은 박한나로 부터 시작되
었다. 『시와 반시』 신인상에 당선된 그녀의 작품들은 독특했고

기존의 어떤 시들과 일정부분 거리감을 갖고 있는 것들이어서 「진부함」에 관한 나의 강박관념을 슬쩍 건드렸었다. 게다가 신인상 시상식의 수상소감 순서에서의 그 당당함이라니. 김춘수, 이승훈 시인, 평론가 김준오 교수 앞에서도 전혀 기죽지 않고 주저함 없는 당당함으로 자신의 시관을 밝히는 이 새내기 시인의 면모는 꽤 부러운 것이었다. 맞아, 시를 시작하려면 저 정도는 되어야지. 기존의 어법, 문법, 형식들에 아무런 미련이 없어야지, 아니 더 도발적이고 발칙하게 끊임없이 시에 싸움을 거는 돈키호테가 되어야지. 짝짝짝. 나는 그 담대함에 박수를 보냈다. 문학권력적 허명 얻기에 한눈팔지 말기를. 아무도 인정하지 않는다 해도, 모두가 외면한다고 해도 거침없고 지침 없이 자기 길을 고수하기를. 승리자를 꿈꾸지 말기를. 시를 쓰며 사는 삶에는 우승도 준우승도 없으니까. 그 후로 아주 가끔씩 발표되는 박한나의 시들을 나는 굳이 찾아 읽곤 했다. 더러는 질투하고 더러는 실망하면서. 그리고 당연히 나는 이 시집의 해설을 쓰는 걸 거부했다. 첫 시집을 어떻게 나 같은 청맹한테 맡기시려고. 결과적으로 그 거부가 어쭙잖은 체면치레가 되어버렸지만 나는 연말의 분주한 시간들 사이사이 마다 박한나의 시들을 읽었다. 그러므로 이건 서툰 오독의 기록에 불과하겠지만 그러나 기꺼운 마음이었다.

내가 사랑한 건 오직 추파춥스

긴 막대에 매달린 동그란 달콤함

내가 빨아들이고 있는 만큼만 속을 내보이는 나의 사랑스런 추파

춥스

(중략)

그러나 내가 그대보다 사랑한 건 오직 추파춥스 뿐

딱딱한 사랑과 딱딱한 사랑의 차이는 뭘까

막대까지 부러뜨리며 묻고 싶은 밤에도

내가 믿고 싶은 것은 여전히 단단한 사탕의 힘

– 「내사랑 추파춥스」 부분


박한나는 아무래도 삶의 가벼움, 삶의 권태로움을 일찍 체득해버린 것 같다.(라고 나는 오독한다) 그녀의 시 곳곳에서 대항하기 힘든 권태, 견디기 힘든 지리멸렬한 일상에의 환멸을 감지한다. 그런 가벼움, 환멸에 관해 박한나는 작위적인 절망의 포즈를 지어 보이지도 않고 그 환멸에 관해 치열하게 대적하려는 의지 또한 내비치려 않는데 오히려 나는 그 점이 더 마음에 든다. 얼마나 많은 거짓 절망과 교과서적 결론을 가진 전망들을 기존의 詩들에서 봐오며 진저리를 쳤던가. 자신의 내면에 스멀

스멀 기어오르는 권태로움들을 굳이 내버려 둔 채 박한나는 자신의 안과 바깥, 삶의 일상을 심드렁하게 바라보고 가볍게 조롱하고 노래한다. 이 심드렁함이야 말로 박한나의 시가 가진 아주 중요한 특징, 혹은 개성이라고 생각된다. 놀랄 만큼 냉철한 현상들과의 거리두기, 즉 비판의 거리를 확보하고 있기 때문이다. 자신의 내면에 쓸쓸함과 권태로움에 관한 이해를 깊이 감춘 여행자만이 무표정의 얼굴, 무표정한 발걸음, 그러나 서늘하게 깊은 눈빛으로 단조의 육성을 가질 수 있듯이. 또한 그 심드렁함은 세상을 구축하고 있는 진부한 관습들을 거부하게 하는 힘을 내포하고 있기도 하다. 그래서 박한나는 꽤 자유롭게-형식과 어법, 상징과 관념에서-세상을 활보하고 자신의 내면을 들여다 볼 수 있게 된 건 아닐까.

노란색을 절대 관습적으로 상상하지 말라.
비 내리는 일요일, 노란 우산을 쓰고 또각거리는 경쾌한 하이힐 소리는 상상하지 말 것.
노란색 택시의 행운 따위는 결코 믿지 말 것.
절대 노란색을 희망의 상징으로 삼지도 말 것.
―「노란색을 단조풍으로 노래하기」 부분

시계자판 속에서 똑딱거리던 오후는 태양줄기를 따라 하늘로 오

른다

　오후의 권태가 우거진 관념의 숲속

　시간과 시간의 골짜기를 건너

　의식의 골짜기를 넘어

　샛노란 이마를 가진 한 마리 새는

　오후의 실오라기를 집어문 채

　시계 자판 속으로 날아들고 있다

　－「시계를 보면 졸립다는 생각이」부분


　권태를 체득함으로서 얻은 자유는 당연하게도 현실과 비현
실, 실제와 환상 사이를 거침없이 내왕한다. 실제와 환상의 경
계 지우기 또한 박한나의 시들에서 빈번하게 나타나는 특징 중
의 하나이다. 하지만 이 내왕에서 무력한 현실도피의 혐의를 갖
지 않는다는 점 또한 박한나의 시가 가지는 힘이다. 박한나는
때로 이 권태의 자식인 환상들, 환상의 이미지들을 자유롭게 풀
어놓았다가는 아무 일 아니듯 심드렁하게 일상으로 복귀한다.
환상에 깊이 집착하여 방언을 쏟아 내거나 서툰 지식으로 일상
이면에 숨어있는 추악함과　문명세계에의 비판을 시도하지도
않는다. 세계는 세계, 나는 나. 들뜬 비판의 목소리와 병적인 절
망의 몸짓 따위로 이 완강한 세계와 소통하거나 어줍잖은 전망
따위가 세상을 바꿔놓지 못한다는 것을 박한나는 이미 알고 있

다. 애늙은이 같다. 애늙은이 같은 무미건조함이 역설적으로 박한나의 시에 힘을 부여한다. 슬픔의 늪에 쉽사리 발을 들여놓지 않게, 진부함의 덫에 걸려들지 않게, 단조이기는 하되 뽕짝처럼 경박한 애조를 띄거나 발라드처럼 거짓 그리움을 가장하지 않게 되는 힘. 박한나의 시는 마카로니웨스턴에서 시거를 질겅질겅 씹어대며 무표정한 얼굴로 장총을 난사하는 클린트 이스트우드를 닮았다. 거침없는, 그러나 얼핏, 쉽사리 드러나지 않는 단조풍의 눈매를 가진 쓸쓸한 황야의 무법자.

건조함으로 한 세계를 이룰 수 있다.

(중략)

어스름이 내리는 저녁, 누에넨 사람들은 등불을 하나씩 켜고, 그들의 식탁에는 오늘도 불빛 하나만으로도 풍요롭다. 불행은 예술을 낳고, 역설은 마침내 진리를 낳는데, 나는 이제 어찌할 수 없다. 건조함만으로 이루어진 세계는 결국 사막의 모래처럼 무너질 수 있음을 나는 알고 있다.

– 「감자를 먹는 사람들」부분

사람들이 움직인다. 작은 동물원은 신호등에 따라 자동차가 움직이고, 건물에서 사람들이 쏟아져 나온다. 탁자에 놓인 물컵을 들어 천천히 쏟아버린다. 종이가 흠뻑 젖고 도시가 젖어 사람들은 우산을 펴고 뛰어간다. 벽에 걸린 지휘자가 젖은 소매를 쥐어짠다.

　– 「기다림은 길들여지지 않는다」

## 말들과 싸우다

　당신, 탁자 위에 놓인 푸른빛 꽃병을 보라.

　누군가,

　당신을 위해 누군가

　마음 속 우거진 적막함의 숲 속에서 막 꺾어온

　투명한 몇 송이 수선화들을 바라보라.

　그러나 무의미한 눈으로 바라보라.

　어떠한 의미도 덧붙이지 말고

　수선화는 수선화로만 생각하라

　– 「무의미를 위하여」 부분

　너무나 당연하게도 말을 가지지 못한, 말을 잘 다루지 못하는, 말이 없는 돈키호테는 존재하지 못한다. 박한나의 시들 중에 또 하나 두드러지는 부분은 '말'의 본질에 관한, '말'이라는 관념에 대한 사유이다. 달리는 말이 돈키호테를 싣고 세상 여기저기로 옮겨다 주었듯이 박한나 또한 자신을 세상으로, 타자에게로 실어 나르는 말이라는 기호의 의미에 대한 탐구를 게을

리 하지 않는다. 말이란 대단히 유용한 문명의 이기이지만 보이
지도 잡히지도 않고 그저 종이 위에 남겨지는 유령의 그림자일
뿐이라는 것에 대해 박한나는 회의하며 말의 본질에 다다르고
자 한다.

도심 한가운데서 자라는 숲 속, 말은 관념에 사로잡힌 채

단단한 나무로 일어선다

– 「어느 날의 숲 속」

모든 것은 변한다.

변하지 않는 것은 겨우 「모든 것은 변한다」는 말뿐.

사막 같은 낮은 바람이 불어오는 저녁, 나는 여전히 의자에 앉아

상념 속, 내가 키우는 말들을 바라본다.

– 「무제」 부분

내가 세상으로 방목시킨 말은 그러나 나를 벗어나는 순간 내
의지와는 상관없는 기호로 전이, 내지는 전락하고 만다. 뿐만
아니라 꽃은 칼로, 햇빛은 비로, 새는 바위로 몸을 바꾸어 본래
주인이었던 내게로 되돌아 상처가 된다. 그런 회의에 관해. 길
들여지지 않은 야생마 같은 말이라는 관념의 껍데기를 벗겨버
리고 박한나는 원시의 말, 아무런 의미도 껴입지 않은 말의 알

몸을 만나고자 한다. 그럴 때 박한나는 시적 장치가 거의 없는 생짜의 진술로 말의 기호성에 접근하고자 한다. 언어를 다루고 언어를 부리며 구사하는 시인 자신이 아무런 관념에 사로잡히지 않아야 말의 본질과 대면할 수 있다고 믿기 때문일 것이다.

　　모두 벗긴 후에는 빈 알맹이만 남아도, 네 모습은 모두 날아가 네가 아닌 것들만 남아도, 벗길 수만 있다면 모두 벗기고 싶다
　　－「노란색을 단조풍으로 노래하기」 부분

　언어와 시인. 언어와 사물 사이의 경계지우기, 그래서 서로 자유롭게 스며들고 소통하여 사물이 또한 언어가 되는 지점을 꿈꾸는 일 또한 박한나의 시가 도달하고자 하는 하나의 지향점일 것이라 생각된다. 그럴 때 비로소 '어둠의 원형질같은 그런 끈끈한 살점들을 떼어내고 문득, 다른 세계로 푸드득, 날아갈 수'(박쥐를 꿈꾸다) 있으리라는 희망을 가지게 되는 것이리라. 박한나는 어쩌면 전혀 새로운 항해도, 아무도 갖지 못했던 날개를 가진 언어를 꿈꾸거나 누구도 생각하지 못한 방법으로 세계와의 화해, 합일을 꾀하고자 하는 것일까. 나는 박한나의 이런 시도를 적극적으로 지지한다. 하늘 아래 새로운 것은 더 이상 없다지만 진부함 속에 함몰되어 버리거나 진부함을 굳이 피해가지 않는 많은 방법론들에게 결코 동의하지 못하기 때문이

다. 하지만 때로 언어를 주제로 하는 시편들에서 박한나는 이따금씩 그동안 유지해온 심드렁한 보행법이 흔들리는 경우를 본다. 그것은 말의 기만성, 허위성을 드러내기 위해 이미지로 말하기 보다는 거의 생짜에 가까운 진술에만 의존하기 때문일 것이라고 나는 다시 오독한다 '몸을 칭칭 감아놓은 관념의 투명한 거미줄'(퇴화)이 쳐진 언어를 날렵하게 통과하기란 그리 만만한 일이 아닐 것이라고. 박한나의 진술시 속을 헤엄치다 때때로 나는 자유로운 유영을 방해 당하곤 한다. 연과 연 사이의 여백이 너무 좁아서, 혹은 일방통행로를 설치해 놓은 경우가 있어서 나는 더 이상 나아가지 못하거나 서운한 마음으로 되돌아서는 경우도 있었다. 세계에 관한 시인의 지나친 확신은 이따금씩 독자를 불편하게도 한다는 것을 새삼 나는 깨달으면서 이 거칠 것 없고 자유분방하면서도 또한 내면 깊이 삶의 쓸쓸함을 숨긴 이 젊은 시인에게 너무 많은 것을 요구하는 것은 아닌가 하는 반성 또한 갖는다. '나는 쉽게 바닥을 내 보이는 것들을 사랑한다'(지하도에서)라고 노래하는 박한나가 가진 또 다른 미덕을 보여주는 시는 가령 아래와 같은 시들이 아닐까 생각한다. 삶에 관한 만만치 않은 깊이의 이해, 언어에 가식에 관한 날카로운 회의, 이 완고하고 진부한 세상를 단숨에 걷어차 버리는 촌철살인의 유희정신.

눈물 흘리는 물고기

바다울새는 카메라를 향해 몸을 약간 기울이고 있었다. 삶의 경계를 지나오며 수많은 흔적을 남기듯 그것은 금방 건너온 물속의 흔들림까지 간직하고 있었다.

(중략)

괴상한 소리로 울고 있는 동안에도 여전히 큰 눈을 부릅뜨고, 지느러미를 단단히 펼치고, 먹이를 잡아먹고, 모래언덕을 비벼 알을 낳고, 그러면서 먼 바다를 꿈꾸는 바다 울새, 울고 있는 동안에도 여전히 뒤를 돌아보고, 다음 삶을 위해 무장하고, 아이들을 낳고, 레고 블럭으로 꿈꾸기 적당한 왕국을 만드는 동안 결국은 자기의 흔적을 천천히 지워가는 또다른 바다 울새들. 바다울새가 카메라를 향해 큰 눈을 부릅뜨는 동안, 세상은 끊임없이 수많은 조간을 찍어낸다. 물고기 울음소리가 들리는 12월, 나는 현관문을 활짝 밀친다. 인간만이 존재할 이유가 없어졌다.

 -「눈물 흘리는 물고기-수많은 경계들 7」


**과대망상 금지구역**

햇살은 정원구석 덩굴 사철나무 이파리 위를 데굴데굴 구르다 떨어졌다. 버스가 먼지를 날리며 달리고, 관념은 통제되었다. 사고 원인은 과대망상으로 밝혀졌다. 과대망상 금지구역 표지판이 곳곳에 세워졌다.

– 「과대망상 금지구역」 부분


고통과 즐거움 사이를 수도 없이 왕래하던 나의 오독여행은 이제 끝났다. 12월이 거의 다 지나갔고 한 세기가 막을 내리려 하고 있지만 그깟, 인간이 구획지어 놓은 시간쯤이야 대수랴. 새로운 세상을 기대하는 일이야말로 과대망상일 테니까. 시인들은 여전히 쓸쓸할테고 말은 언제나 시인들을 배신하고 시인들을 지옥에 빠뜨릴 것이며 박한나의 시에서처럼 인간은 또 수많은 경계들 사이에서 흔들릴 것이니. 그러므로 박한나의 시집 말미에 이 시를 배치한 것은 의미심장해 보인다. 끊임없이 절망을 경험하면서도 자신의 언어가 세상 한 귀퉁이에서 작은 꽃씨가 되기를 희망하는 시인들의 꿈이야 말로 어쩌면 과대망상이 아닌가. 아니 그 보다 먼저 이 앞날이 촉망되는 젊은 시인의 시에 힘겹게 뱀의 꼬리를 붙여놓는 나 자신에게 과대망상 표지판을 제일 먼저 세워주어야 마땅하다. 누구나 그렇겠지만 나 또한 박한나의 시를 읽으며 내 시를 반성하고 유추한다. 시류를 곁눈질하지 말고 존재와 사물, 현상의 세계를 의심하고 회의하기를 게을리하지 않으며 대로가 아닌 황무지를 맨발로 걷자고. 황무지를 걷기 위해서 더 질기고 튼튼한 고독을 준비하자고.

# 일상의 환멸을 견디는
# 청정한 물의 시편들

이선형 시집 『밤과 고양이와 벚나무』

 

이선형 시인의 시가 가지는 가장 큰 특징은 무엇보다 정제되어 관념적이지 않은 언어와 지극히 절제된 어조에 있다고 생각된다. 이선형의 시는 자신의 세계에 대한 인식과 감정을 과장되게 변용하여 노출하지 않고 낮고 소박한 어조로 담담하게 진술함으로써 독자들에게 보다 큰 친화력을 갖는다. 세계 해석에 관한 시인 개인의 진정성에 관한 문제들을 이선형 시인은 특유의 솔직함으로 대응하고 있고 또 나름의 영역을 확보하고 있는 것으로 보여 진다.

이는 최근의 한국현대시에서 흔치 않은 미덕으로 여겨지기도 한다.(시인은 그것을 '생리 일 뿐이다' – 「액자 속의 개미」라고 말하고 있다.) 또 하나 이선형의 시가 가지는 매력은 일상의 모든 현상적인 외형과 가치들을 자신의 내면 안에 끌어 들여 아주 오래 묵힘으로써 들뜨지 않은 낮고 차분한 내면적인 어조를 유지하는 데 있다. 이 태도는 작품들 안에서 필연적으로 고요한 여백과 절제된 언어의 선택과정을 갖게 되며 그러므로 독자의 내면에 낯선 이미지들의 활기가 아닌 친숙하고 친근한 울림을 부려 놓는다. 이선형 시인이 주로 천착하는 주제는 대체로 일상에의 환멸, 시간의 유한성, 상호 소통하지 못하는 인간의 언어와 그로 인한 상처 등이다. 그 상처는 또한 소통의 매개인 언어에의 성찰로 이어지기도 한다. 이런 주제들을 이선형 시인은 결코 서두르지 않는 산책의 보법, 독백의 어법으로 조용조용 풀어 놓는다.

지극히 내성적이고 내면적인 언어들을 섬세하게 조탁한 작업의 시들이 이선형 시인의 시가 가지는 중요한 특징들이리라 믿어진다.


**상징과 실제로서의 '물'**

이선형은 시인 자신의 내부에 깃들인 혹은 엄습하는 고통과 절망, 환멸의 시간들에 관해 결코 비명을 지르지 않는다. 다만 묵묵히 오래 견딜 뿐이다. 이 오랜 견딤의 시간들 속에서 시인은 자신의 목소리를 듣고 천천히 따라가며 부재하는 것들에 대한 그리움과 언어에 관한 회의 등을 확인한다. 지극히 여성적이고 내성적인 이러한 자세는 거의 대부분의 시 속에서 생래적인 고요함과 여백의 넉넉함을 획득한다. 이선형 시인이 인식하는 삶이란 '깊이를 알 수 없는 공동 – 「내 발소리」', '보이는 것들 사이 보이지 않는 어둠 – 「봄밤의 기척」'이며 '한순간 나를 스쳐 지나가는 밤의 공기, 그 융단같은 뺨의 스침 – 「밤과 고양이와 벚나무」', '눈앞의 저 망망허공 – 「내 속에서 잣는 거미줄」'에 불과한 것이다. 아름다운 것들은 오래 지상에 머물지 않고 일상에의 모멸과 환멸은 오래 남아 시인의 영혼에 문신 같은 상처가 된다.(모멸은 날을 먹고 샌다 – 「오동나무와 적」) 이선형 시인은 고독과 환멸에 누구보다 예민한 감성의 촉수를 가진 시인이리라 여겨진다. 이런 상처를 견디고 또 정화하는 기제로서 '물'은 아주 중요한 상징을 내포하고 있고 또 이 '물'의 이미지는 아래와 같이 시집 전체를 관통하고 있음을 알 수 있다.

물속에
얼굴을 집어넣는다
천천히
– 「슬픔」


냇물 속에는
죽은 것들이 다시 살고 있어요

– 「작은 노래」

물 속으로 기울어진 산을 따라 기울어지는 나무

– 「처음보는 미루나무」

세상의 온통 시체를 싣고 가는 강

– 「저 물결이 따뜻하다」

이 외에도 물기, 빗발, 송사리, 섬, 밤물, 저수지, 물관, 물가 등 물의 이미지는 빈번하게 차용되고 있음을 알 수 있다. 제의로서의 정화, 신생, 재생의 상징을 갖고 있는 물의 이미지를 이선형 시인이 즐겨 사용하고 또 빈번하게 등장시키는 이유는 무엇일까. 이건 아마도 완벽한 세상에 관한 열망 혹은 꿈꾸기로 유추해 볼 수 있을 것이다. 그 꿈꾸기란 환멸과 모멸, 상처의 세상에서 실재와 부재, 현실과 환상의 경계를 허물어 시인의 내면에서나마 현실에서는 불가능한 자유, 완벽한 자유를 가지고자 하는 욕망으로 이해할 수 있을 것이다. 그럴 경우 '물'의 이미지는 자칫 어머니의 자궁, 혹은 양수 속 같은 근원으로의 퇴행, 현실도피의 욕망으로 읽힐 수도 있다. 유약하고 여린 시인의 감성으로 살아내기에 세상은 지극히 추악한 진창일 수도 있을 테니까. 하지만 이선형 시인의 경우는 이를 현실도피의 퇴행이 아니라 환멸의 현상과 언어로 가득 찬 지상에 오염된 자신의 영혼을 정화하는 제의의 기제로서 물을 선택하고 있음을 알 수 있다. 「슬픔」「처음보는 미루나무」「액자 속의 개미」와 같은 시편들이 이를 증명한다. 특히

사람들이 모여 있는데서 혼자 떨어져 나와 저수지 쪽으로 가고 싶었다

(중략)

저수지와 사람들 속을
하루종일 왔다갔다하며 정신없이 시간을 보냈다
－「액자 속의 개미」

의 경우처럼 '사람들 = 환멸과 모멸의 현실', '저수지 = 흘러 내린 물들이 모여 지상의 오욕을 정화하는 곳, 제의를 거행하는 사원'으로 규정한다면 오염과 정화 사이의 왕래가 이선형 시인의 현실 대응과 시적 세계관을 극명하게 보여준다. 또한 물은 시인의 더럽혀진 '손을 씻을 물길－「처음보는 미루나무」'을 가졌거니와 '한 번도 가본 적이 없는 곳을/ 가보기도 하고/ 한 번도 만난 적이 없는 사람을/ 만나기도 하－「처음 보는 미루나무」'는 지혜, 즉 현실을 온전하게 직시하게 하는 힘을 부여하기도 하는 완벽한 그 무엇이기도 한 것이다. 아마도 시인은 자

신이 감당해야할 고통과 모멸과 절망을 견뎌온 힘을 '물'로 비유하고 '물'로서 정화하며 '물'에게서 위안과 지혜를 얻고자 하는 건 아닐까. 현실도피가 아니라 이선형 시인에게 물은 현실과 환상의 경계가 적절하게 균형을 이룬 구원의 공간이자 상징이다.큰소리로 포효하며 달려가는 물이 아니라 깊어서 고요한 표면을 가진 잔잔한 공간, 혹은 상징으로.

**언어에 관한 회의적 성찰**

사람들은 까마득히 먼별입니다
곁에 앉아 있으나 흐린 말들이 사이를 이어갑니다
– 「붉은 냇물을」


송사리같은 말들이 움직이고 있는 것을 어느 날은 볼 수 있습니다
송사리를 뜨기 힘든 것처럼 그 말도 재빨라서 나는 늘 어리둥절한 얼굴이나 하고 있지요
– 「품」


아무에게도 말하지 않을 거다
그에게로 가는 사이 말은 금방 시들어버린다
– 「봄 종소리」

시인들은 누구나 언어의 한계, 유용성, 가벼움과 무거움에 관해 회의하고 절망하면서도 자신의 언어로 보이지 않는 그 무엇에겐 가에까지 도달하고자 하고 언어로 자신의 존재를 드러내고자 하는 족속들일 것이다. 그러므로 첫 시집을 낸 시인의 시집 속에서 언어에 관한 자의식을 살펴보는 일은 어쩌면 당연한 일이겠지만 이선형 시인의 또 다른 개성 하나는 언어에 관한 회의적인 인식이라 느껴진다. 이선형 시인에게 언어는 믿을 수 없는 그 무엇, 허망하기 그지없는 것으로 인식되고 있으며 세계에 관한 환멸의 대부분은 가볍기 그지없는 인간의 언어에서 비롯된다고 믿고 있는 듯하다. 그러므로 이선형 시인은 쉽사리 말하는 대신 오래 침묵하고자 하고 침묵이 충분히 발효됐을 때 혹은 밥물처럼 끓어오를 때 비로소 무언가를 이야기하고자 한다. 이선형 시인의 시에서 발견되는 진솔하고 소박한 울림의 미덕은 또한 이렇듯 언어에 대한 회의에서 비롯된 것이 아닐까 하는 유추를 가능하게 한다. 시집 속에서 이선형 시인의 어조가 유창하고 활달하며 확신에 차 있는 대신 다소 어눌하고 진중한 것은 아마도 언어에 대한 진지한 회의에서 비롯되지 않았을까 싶다. 인간의 몸 밖으로 달아난 말이 단지 찰나에 불과한 것이고 다시 돌아오지 않듯이 세상의 어디엔가는 반드시 태어나 존재하지만 보이지 않는 수많은 것들이 있고 어쩌면 시인은 그 '여기 말고 다른데'에 있을 지도 모르는 아름다움을 찾아 헤매

는 여행객일지도 모른다는 생각을, 이선형 시인의 시를 읽으면
서 하게된다.

풀끝은 마르고 생떼같이 햇빛
처마기둥타고 줄줄이 개미들 바쁘고
바람은 죽은 메뚜기 날개에 흙먼지 씌울 때,
말끔한 생을 훔쳐보며 마루를 닦고
윤나는 나무결에 얼굴을 비추며
나는 백일몽을 꾸나 보다
여기 말고 다른데
－「여기 말고 다른데」中

# 장대 끝에 매달린 도도한 눈

성선경 시인의 시세계

이제 그 여자는 없다

아무도 그 여자가 없다는 사실을

알려고도 하지 않고, 또 알았다손 치더라도

찾으려 하지 않겠지만

우리들의 허술한 기억력을 위하여

밤새워 싱싱한 언어들을 찍어올리던

그 여자, 지금은 아무 곳에도 없다.

─「청타수 김양」부분

80년대의 그 수많은 시인들은 모두 어디로 갔는가. 그들이
가졌던 순결하고 우직한 가슴과 칼날같은 언어들은 지금 어디

서 잠들고 있는가. 환상과 환멸의 시대라 일컬어지는 지금, 여기에서 성선경 시인의 첫 시집 『직녀에게』를 읽으면서 가장 먼저 떠오르는 생각은 이런 것이다. 거의 모두가 외면할 수 없는 한곳으로만 달려가고 있었기에 그에 따르는 갖가지 비난들—문학적 방법론, 세계관, 형식 등등—또한 피할 수는 없었을 테고, 일정부분 그건 80년대를 온몸으로 살아내고자 한 시인들이 가지지 않을 수 없는 부채감 같은 것이기도 했을 테지만 그러나 그 80년대적 정신들의 문학적, 미학적 완성도와는 상관없이 그건 소중하고 아름다운 시인됨의 자세임엔 틀림없었다. 80년대 시인들은 무엇보다 거시적인 시선으로 자신과 주변을 이해하고자 했으며 도덕적으로 올곧게 바른 육성을 가짐으로써 시대의 소금이 되고자했다. 달콤하지도 부드럽지도 않지만 다른 그 무엇보다 깊이 반짝이며 변하지 않는 시간을 제 몸속에 간직한 소금. 그 소금의 정신이야말로 80년대 시인들의 가슴을 식지 않게 한 소중한 기제이자 화두였음에 틀림없을 것이다. 그렇다면 지금, 여기를 사는 시인들은 어떤가. 성선경 시인의 시세계를 이야기하기 전에 우선 나는 지금, 여기의 내가 어쩌면 잊어버렸거나 잊어버렸을 어떤 소중한 정신에 관해, 책무나 혹은 순결성에 관해 먼저 반성해보기로 한다. 나는 어쩌면 80년대 보다 더 무거운 어떤 벽에 갇혀 있으면서도 짐짓 외면했거나 아예 눈감았거나 회피하지는 않았는가하는 무거운 반성.

받아버리겠어

이 땅의 불륜과 간지러운 아양

팔도 곳곳에 뿌려진 사과탄을

그냥 받아 버리겠어

이 젊은 근육질로 또는

근육질보다 더 단단한 각질로

우리들의 이마로 가슴으로

　　　　　－「뿔」 부분


　성선경 시인은 또한 80년대에 등단했고 또 80년대의 시를 거론할 때 빠져서는 안될 한 사람의 시인이 틀림없으므로 그의 시세계에 접근하기 위해선 그의 첫 시집을 진지하게 읽는 일이 우선되어야 함이 옳다. 일별하면 성선경 시인 역시 80년대의 모범답안이라 불러도 무방할 시들을 첫 시집에 싣고 있다. 더 꼼꼼히 읽어 나가노라면 성선경 시인이 가진 다층적인 세계들 중의 한부분에 불과하지만  앞서 인용한 「뿔」이라는 시에서 느껴지는 패기와 열정이 성선경 시인의 시가 출발하는 지점에서 중요한 위치를 차지하고 있다는 점이 분명해진다. 그건 「뿔」이라는 시에서처럼 세상의 불의와 비겁 따위와는 타협하지 않겠다는 의지들이 여러 시에서 읽혀지고 또 감지되기 때문이다. 「소」「바둑론」「만만파파식적」「나무에게」 등 비교적 첫 시집의 앞부분에 실려있는 시들에서 이런 패기와 열정으로 가득 찬 의식들을 발견할 수 있는데, 이는 또한 앞서 거론한 80년대 시들이 가진 특성들을 고스란히 내포하고 있는 시편들이기도 하다. 그러나 성선경의 첫 시집 속에 배치되어있는 또 다른 시편들, 어쩌면 80년대에는 잘 읽혀지지 않았을 시편들을 곰곰 읽어보면 다소 의외라는 생각이 들만큼 유려하게 서정적이고 또 섬세한 자기반성의 균형감각을 잃지 않고 있기도 하다.

내 얼굴은 속임수다

내 나이보다 고즈넉한

다방 구석에 숨어 담배를 피울 때나

더 심각한 얼굴로 몇 날

보이기 시작한 새치를 걱정할 때는

정말 거짓말이다, 남들이

내 나이를 물어올 적마다

경자생 쥐띠임을 부끄러워할 때

혹은 가난한 농부의 아들임을 운운할 때

성씨 문중의 먼발치 쯤 버려진

장손임을 뭐라도 되는 것처럼 열을 올릴 때에는

– 「세상의 모든 눈들을 속이며」 부분

어느 날 문득 아침같이 눈을 떠

내 삶을 길들이기 위해 묶어두었던

구겨진 말들을 하나씩 풀어놓으며

어지러이 찍어왔던 발자국들 내가 지울 때

아하 저기 저렇게 풀려나는 길

지상의 목소리들이 스스로의 포박을

뚝꾹 끊어버리고 제각기의 이름을 찾아

꽃들은 날개를 접고 씨방 속으로

내가 깎은 연필심들은 다시 광맥 속으로

　　　　　　　　　　　　　　　　－「청산행」


　「청산행」의 경우 물론 80년대적 상황으로 해석할 수 있는 여지도 충분한 시편이지만 이 시편에서 드러나듯이 사유와 말부림, 즉 인식과 형상이 상당한 깊이를 성취한 부분, 그리고 큰 목소리로 세상의 부조리를 질타하는 한편으로 제 속의 부조리들을 먼저 가늠하고 껴안는 균형감각을 유지한 점이 성선경 시인의 시가 80년대 시인들의 시풍 내지는 세계관과 일정부분의 차별성을 갖게 된 것이라고 생각된다. 그리고 이런 부분들이 성선경 시인이 지금, 여기에서도 여전히 한 사람의 시인으로서 존재하게 하는 힘이 아닐까 생각되는 부분이기도 하다. 대부분의 시인들이 그러한 것처럼 성선경 시인의 첫 시집에도 시적방법들에 관한 다양한 모색들이 들어있다. 그러므로 첫 시집에서 한 시인의 개성이 확연히 드러나거나 하지는 않는다. 그럼에도 불구하고 나는 성선경 시인의 첫 시집에서 어렴풋하게 그의 시적 개성들이 발아하는 지점들을 감지하게 된다.

> 세상의 섞을 것은 모두 뒤섞어
> 하나의 완전한 양식되기
> (중략)
> 하늘과 땅과
> 모든 공간을 다 막아버리고 혼자서
> 혼자서만 견뎌내야 할 막힘이 되기
> 온갖 양념에 뒤섞여 더 매운맛 되기
> 세상은 때때로 그리움도 있어서 더 슬프고
> 더러는 더 오랫동안 기다림도 갖게 되나니
> 먼훗날 아주 먼 훗날을 위해
> 하나의 완전한 양식이 되었다
> 양식이 되었다 똥되기
> ─「통조림」부분

> 이땅에서 몸팔아 못살 슬픔이 없나니
> 어쩌면 일요일 하루는 평등

글쎄, 오늘은 대체로 자유

가장 가까이에서 끌어안아야 할 이 땅의

세상에 빛난 이름들이 북극성이거나

그중 아름다운 별에 가 걸리고

남은 우리들의 물음은 황토굽이를 맴돌다

귀먹은 사람들로 잠이 들거나

말못할 형상들로 옷을 벗나니

아름이여, 올려거든 더욱 낮게 내려앉아서

우리 모두 온몸으로 짊어져야 할

이 땅의 중량감으로 오라

―「오뚜기의 말」

　　첫 시집에서 드러나 보이는 성선경 시인의 개성이란 물론 그의 초기시에서 대표작이라 할만한 「바둑론」과 또 그와 유사한 시풍들을 꼽아야 할 터이지만 묘하게도 내게는 위에 인용한 「통조림」이나 「오뚜기의 말」 그리고 「코끼리는 코끼리다」 「장독 뒤의 이 빠진 옹기그릇 하나」 등에서 더 성선경다움이 감지되어진다. 성선경 시인의 시적 특성을 거칠게 들어보자면, 소재에서는 「바둑론」에서 이미 드러나 보이듯이 크고 거창한 소재나 상황보다는 작고 상징적인 것을 취하고 있으며 세상을 인식하는 시선은 확신에 가득 찬 선민적 자의식에 관한 미시적인 토로보다는 일상적인 시간 속에서 지리멸렬한 삶을 영위하는 서민들의 풍경 속에 자신을 내려놓아 함께 어울리며 화합하는 조화로운 세상에 머물러 있다. 이는 아마도 성선경 시인의 시 세계가 지향하는 지점을 가늠하게 해주는 중요한 요소들일 것이다.(물론 이 부분은 시인의 두 번째 시집을 읽고 난 후에 더욱 확신을 가지게 된 느낌들이다) 그래서 성선경이라는 이름을 시인으로 알리게 된 80년대라는 시대가 가진 거대담론의 무게는 성선경 시인에게 어쩌면 불편한 것이었는지도 모를 일이다. 첫 시집의 중반과 후반부에 실린 토속적인 서정과 가락이 스며있는 시편들—「목화」「학」「정곡가는 길」「달래강 별가 1·2」—을 만나면 그런 생각은 언어들은 더 짙어진다. 그래서 나는 성선경 시인의 첫 시집에 실린 이 시 한 편을 의미있게 읽는다. 이런 나의 오독은 시인의 두 번째 시집에서 발화하고 있는, 많은 시인들이 잃어가고 있는 어떤 것들에 관해 이야기하기 위한 하나의 방편이기도 하다.

안녕히 가시라, 거룩한 그대의 품 안에
숨가쁘게 팔아버린 봄밤이
동백꽃같이 붉어 참꽃 씹으며 동그라미
배불러오던 보름의 달밤도
다 잊고 가시라, 이제 아무도

기다리지 않는 이 땅에 남은 우리들일랑

마지막 가는 길까지 홀로 남아서

장대끝 도도히 흐르는 눈알 하나

높이 높이 달아서 그대 가시는

먼길을 배웅하리니, 부디 어서 먼저

 - 「해바라기설」 부분


　성선경의 두 번째 시집은 2001년도에 출간되었다. 등단 13년 만에 상재한 시집이 두 권이라면 많지 않은 작업량이라 볼 수 있다. 그럼에도 불구하고 두 번째 시집이 가볍지 않은 것은 이 글의 첫 머리에서 이야기한 어떤 정신들, '세상의 불의와 비겁 따위와는 타협하지 않겠다는 의지'의 구체적인 형상들이 담겨져 있기 때문이다. 아니 첫 시집의 다소 관념적인 정신들이 보다 구체화되어서 시집 전체에서 반짝이고 있기 때문이다. 그런 면에서 성선경 시인은 여전히 80년대 시인이고 첫 시집에 드러내었던 세계관을 연장된 일환으로서의 방법론뿐만 아니라 더 푸르게 날이 선 언어와 가슴으로 세상과 마주 서있다. 그 마주 섬 속에 언뜻 언뜻 쓸쓸함이 내비치는 건 무릇 모든 시인들의 태생이기도 하겠거니와 시인의 나이 듦에 대한 사유이기도 할 것이다. 게다가 두 번 째 시집에서는 어쩌면 시인이 억눌러 놓았을 수도 있었을 시린 물꽃 같은 서정의 시편들을 배치해

두고도 있다. 그래서 형형하게 날이 선 눈빛과 안으로 깊이 갈
무리된 따뜻한 가슴이 때로는 날카롭게, 때로는 나직하게 부르
는 노래가 성선경 시인이 진심으로 세상에 내놓고 싶었을 노래
였으리라는 걸 이제는 알 수 있겠다. 그래서 성선경 시인은 80
년대와 마찬가지로 여전히 지금, 여기의 시인인 것이다. 아니
시간의 구분이 구차해질만큼 오히려 더 당당한 패기와 어조로
무장해 있다.

나는 잠자코 알인데
한켠에 밀쳐둔 상자같이
상자 속의 책같이
책장 속의 활자같이
그저 아직은 조용한 생각인데

콜롬부스처럼 어디
너 한 번 서보라고 한쪽 귀퉁이를 찌그러뜨리고
나는 불끈 알이 서는데

저기 미운 놈 간다고 던지고
물러가라, 물러가라 던지고
너가 어쩔 것이냐고

－「계란이 서다」 부분

두 번 째 시집에서도 시인의 시편들은 여전히 명확하고 단호한 어조와 적확한 비유를 가지고 있다. 그의 시는 (90년대 이후 시인들의 특성 중 하나인) 의미의 모호함과 애매한 이미지가 빚어내는 부자연스러운 화학반응을 거부한다. 첫 시집에서와 마찬가지로 이런 힘있는 시적 태도를 견지하며 시인의 두 번 째 시집 『옛사랑을 읽다』는 인간의 삶 속에 가득한 부조리와 비속함과 경박함에 관해 노래한다. 그 노래 속엔 지나간 젊은 날에 관한 회한과 현재의 삶이 짊어진 나약함에 관한 반성이 동시에 들어있다. 그러므로 그의 두 번째 시집은 그리움의 의미를 짚어가며 더러 세상을 향해 더러 질타하고 풍자하며 더러 자신의 삶을 내치고 껴안아가는 성찰의 기록이다. 각기 다른 몇 개의 어조가 병행되긴 하지만 어떤 어조를 차용하든 그 속엔 그리움에 관한 끝없는 사유의 몸짓이 배어있다. 그리움은 후회와 아쉬움의 다른 말이고 반성과 새로운 시작이라는 의미와 동의어이다. 두 번 째 시집에 담긴 성선경의 시들은 대부분 당대의 삶에 대한 날선 비판과 삶을 긍정하고 껴안고자 하는 그리움이라는 양날의 창으로 과거와 현재를 투시하는 일관된 태도를 견지하고 있다.

나는 드디어 말을 잃었네. 등이 굽은 강물은 제 물살에 푸른 녹만을 키우네. 이젠 녹슨 기억들만 물 위로 떠오르네. 달빛 아래서는 날이 선 칼날, 은어의 비늘을 잃고 언어의 물길을 잃고 시를 잃었네. 드디어 마침내 관음(觀音), 할 수가 없네

　－「은어(銀魚)가 없다」 부분


銀魚와 隱語와 言語라는 동일한 발음을 가진 말의 의미가 중첩되어 이루어진 이 시편에서 성선경은 자신이 잃어버린 것이 무엇인가를 드러낸다. 〈잃어버렸다〉는 것의 의미는 한 때 〈소유했었다〉라는 것을 의미한다면 성선경이 가진 그리움은 많은 것을 가리킬 수 밖에 없다. 우선 銀魚, 은어는 이름처럼 순결한 존재의 상징일 터이다. 시인은 더 이상 동시대에서 은어를 발견하지 못한다. 그것은 끝없이 몸을 바꾸며 흘러가 변하는 시간의 탓이고 시대의 탓이기도 하지만 무엇보다 시인 자신이 변해간다는 각성 탓이기도 할 것이다. 銀魚를 잃은 시인에게 隱語는 당연한 일, 그래서 시인의 言語는 더 이상 銀魚가 되지 못하는 것 일게다. 그렇게 銀魚가 사라진 세상을 성선경 시인은 갖가지 동물 이미지를 차용하여 드러내고자 한다. 그럴 때의 어조가 야유와 조롱의 몸피를 갖게되는 것은 어쩌면 당연한 일, 그의 조롱과 야유는 비속함으로 가득 찬 세상을 향해있는 듯하지만 실은 시인 자신의 삶을 향해 열려있기도 하다. 동물 알레고리를

차용한 시가 빛을 발하게 되는 지점이 이런 자기비판의 시선에
있는 것이라고 나는 생각한다.

나는 왜 뿔이 없는가, 명명 짓지도 못하는 뿔이 없었으므로 소같
이 들이받는 말들에 늘 상처를 입으며 오뉴월 게장같이 소금에 절
어 나는 왜 뿔이 없는가
　－「개뿔은 없다」 부분

내가 나안의 나와 어쩔 수 없이 마주 하였을 때 내가 생선의 비린
내처럼 떨쳐버리려던 게 너냐고 내가 한사코 달아나다 또 내 안에
갇히게 하던 게 너냐고 손을 달라 손은 안된다 한사코 달아나던 게
너냐고 가슴을 달라 가슴도 안된다고
　－「어쩜, 도마뱀같이」 부분

이놈은 참 영리한 개야
그가 볼을 톡톡 치면서
그의 이웃에게 소개할 때마다
살래살래 꼬리를 흔들며
고개를 숙이면서 조롱 당하고 있었다.
　－「파블로브의 개」 부분

성선경 시인의 시 속에 등장하는 동물들은 대부분 일상적 삶에 대한 반성을 가능케 한다는 점에서 인간의 거울역할을 하는 동물들이다. 동물, 더 정확히는 짐승의 사회와 다를 바 없는 인간의 사회를 질타하기 위한 분노의 화신이기도 하고 원시적인 야수성을 거세당한 채 하루하루 비루함을 견뎌내야 하는 삶의 단편들을 드러내기 위한 비유이기도 하고 다시 회복해야할 신선하고 순결한 그 무엇들을 상징하는 존재들이기도 하다. 이 역설과 패러디의 알레고리 속에 내밀하게 숨어있는 시인의 자의식은 초라하기 그지없는 현재의 삶들을 거침없이 드러내고 까발리지만 그러나 그 속에 내재되어있는 정조는 언제나 슬픔이다. 자유분방하게 구사되는 다양한 입심들 속에 숨어있는 이 슬픔의 정조는 자칫 거칠고 건조하기 마련인 강한 어조의 시 속에 블랙코미디 같은 여운을 남겨놓는다. 세분화, 파편화로 치닫는 경박한 자본주의 사회의 일원으로서 시인이라는 존재는 아웃사이더이기 마련이지만 성선경의 시편들이 분노와 슬픔이라는 상반된 정조를 교묘하게 만나게 한데는 단지 비루한 일상에의 반성만을 유추한 게 아니라 다시 銀魚같은 言語를 발견할 수 있으리라는 강한 확신을 만나고자 하는 의지의 확인에 있을 것이라고 생각된다. 그것은 또한 첫 시집에서 '받아버리겠어/ 이 땅의 불륜과 간지러운 아양/ 팔도 곳곳에 뿌려진 사과탄을' 이라고 노래한 바와 같은 정신의 맥락이며 시인이 여전히 자신의 세계관을 올곧게 지켜나가고 있음을 입증하고 확인하는 것이다. (시인의 입장으로서는) 깃발 같은 80년대에서 패전한 전장 같은 2000년대를 제대로 읽어내고 살아내기 위해선 우선 가열찬 자기점검의 수순이 필요하다는 각성이 성선경시인의 두 번째 시집이 소중하게 되는 의미일 것이다. 그러나 동물 알레고리를 차용한 시편들에서 아쉬운 점은 언어의 지나친 남용이 아닐까 싶기도 하다. 거듭 반복되는 언어의 사용은 운율의 고저강약을 강화시키는 역할에서 필요하긴 하되 자칫 언어유희에 빠질 염려가 있기 때문이다. 그럴 경우 시인이 획득하고자 하는 강한 주제성은 다소 유약해지지 않을까 하는 우려를 동반하기 마련이므로.

바람이 불고 꽃이 지는데
오지 않는 그대는 어디에서 저무는 노을
나는 돌아오지 않는 새를 기다리는 낡은 노을
흩어진 꽃잎같은 약속을 다시 주어모아
이제 빈하늘 새떼로 날려보내네
– 「몽유도원도(夢遊桃園圖)」부분

성선경 시인의 시가 가진 아름다운 힘은 시집 뒷부분에 실려진 전형적인 서정시편들에서 어쩌면 더 잘 드러나는 것은 아닐까 생각되기도 한다. 동물 알레고리의 시편들이 강함 속에 부드러움을 숨겨놓은 시편들이라면 뒷부분의 서정시들은 부드러움 속에 강함이 내재된 시편들이다. 시집 앞부분에서 구사된 리드미컬하게 입심 좋은 풍자의 시편들과 대조적으로 섬세한 언어와 낮은 어조로 일관한 이 시편들은 어쩌면 성선경 시인의 시 세계가 앞으로는 어디로 열려나갈 지에 관한 이정표가 아닐까 싶기도 하다. 질풍노도 같은 불(火)의 시간들을 지나온 뒤 시인의 눈은 흐르는 물속을 들여다 볼 수 있을만큼 깊어져 가고 있는 것이다. 그리하여 마침내 젊은 날의 자신이 혼신으로 찾아 헤매던 銀魚가 사실은 일상의 시간 속에 고요히 유영하고 있음을 깨닫는 지점까지 도달해 간다. '俗離, 만나네/기쁘게, 俗離'(「마음의 속리」) '목발을 짚은 갈매기에게는 목발을 짚은 하늘이 있듯/절름발이 당나귀에게는 절름거리는 길들만 따라'(「균열龜 裂」)되어오고 있었음을 알게되는 지점까지 도착하기란 그리 만만한 일은 아니다. 단지 하나의 포즈로서만의 깨달음이 아니라 갖은 불화와 상처를 통과하고 난 뒤, 다시 새로운 시선으로 대하는 세계는 완전히 달라져 있을 뿐만 아니라 온전히 제 모습을 드러내게 되었을테니까.

청산이 내 눈에 담기듯
내가 청산에 담기고

내가 저 너른 벌판 속에 살 듯

이내 속에 저 벌판을 담을 수 있다면

세상의 담이란 모두

얼마나 하잘 것 없는 것이냐

　　　　　－「문(門)」 부분


　야유와 조롱의 역설 끝에 놓인 이 문은 아마도 성선경 시인의 시에 다시 새로운 어떤 경지를 끌어다 줄 통로가 되지 않을까 싶다. 시인의 이런 시선은 시집 맨 마지막에 수록된 시 「겨울나무에게로」에 잘 드러나 있다. 이 한 편의 시 속에서 이 혼돈의 시대에 시인이 가져야 할 태도가 어떠해야 하리라는 것을 짐작할 수 있을 뿐만 아니라 이 시인이 가진 인식과 시적 재능의 깊이를 헤아릴 수 있다. 성선경 시인의 첫 시집과 두 번째 시집 사이에 큰 간극이나 큰 변화는 없다. 변함없이 '크고 거창한 소재나 상황보다는 작고 상징적인 것을 취하고' 있으며 90년대 이후 시인들의 특징인 미시적인 시선으로 자아 들여다보기, 혹은 분열하기의 기록 따위 따위도 발견되지 않는다. 대신 보다 구체적으로 형상된 언어와 보다 깊고 날카로운 시선으로 부조리한 삶의 의미를 바라보고 껴안고 또 꿈꾼다. 그래서 나는 성선경 시인의 시가 미덥고 정겹다. 나는 그의 시가 여전히 첫 시집의 그 순결한 정신을 견지하며 시대와 삶을 끌어안고 또 뛰어넘는 모습을 보여주리라 믿어 의심치 않는다.

　　겨울나무에게로 가서

　　이제 고요히 서 있겠다

　　내 가슴, 비늘이 덮일 때까지

　　뜨겁던 추억과 노을에 젖으며

　　뻗었던 팔들과

　　노래했던 음정들

　　모두 거두어 들이며, 가만히

　　철없이 지나가는 발자국 소리 듣겠다.

　　─「겨울나무에게로」 부분

# 원심력 혹은 둥근 거미줄

김영근 시집 『행복한 감옥』

나는 눈먼 파도

스치는 누군가의 가슴에 박히기 위해

연신 허리를 굽혔다 펴며 달려나가지만

결핍과 환멸의 사이

떠난 자리로 돌아올 뿐이다

– 「옛집에 들러」 부분

순전히 혼자만의 생각에 불과한 것일지도 모르지만 아무래도 내 생각엔 부산의 시와 대구의 시엔 어떤 변별성 같은 게 있다. 지리적으로 지역적으로 그리 멀지 않은 거리에 위치함에도 불구하고 대구와 부산의 시에는 서로 또 다른 무언가가 분명히 존재한다. 그건 세계관의 차이일 테고 시를 대하고 빚는 방법론의 차이일거라고 나는 거칠게 추론해보기도 한다. 가령 예를 든다면 송재학 시인의 시와 최영철 시인의 시에서 만나게 되는 차이점 같은 것은 아닐까. 송재학 시인의 잘 조탁된 언어가 빚는 내밀하고 촘촘한 울림이 있는 세계와 최영철 시인이 일상적인 어투로 빚어내는 대승적으로 범속하게 트여있는 세계. 김영근 시인의 첫 시집인 『행복한 감옥』을 읽으면서 가장 먼저 나는 이런 느낌들과 만난다. 물론 위의 생각들은 평소에 내가 가지고 있던 단편적인 생각들이었지만 김영근 시인의 시집을 읽으면서 이를 더 뚜렷하게 자각하기 때문이다. 내가 알고 있는 대구의 시인들이 비교적 세계의 본질을 향해 깊이 있게 천착해 나간다는 특성들을 갖고 있다면 부산의 시인들은 세계의 현상학적 문제들에 더 천착하는 것 같다. 대구의 시가 정적인 저력을 내포하고 있다면 부산의 시는 외향적인 에너지를 발산하는 것 같다.(위에서 이야기했다시피 이는 순전히 내가 알고 있는 시인들에 국한된 개인적은 느낌에 불과함으로 오해가 없기를 바란다) 그래서 나는 때때로 이 두 개의 각기 다른 힘을 가지고 있는 세계를 온전히 합쳐 내 것으로 할 수 있다면 하는 터무니없는 욕심을 갖곤 한다. 내가 가진 그 욕심의 일부를 김영근의 시집에서 확인하게 되는 일은 그러므로 즐겁기도 하고 좀 시샘이 나기도 하는 부분이다. 김영근의 시들은 이미 시집의 제목에서 드러나

듯 일상 위에 지은 집들이다. 그것은 바람의 집이기도 하고 구름의 집이기도 하나 끝내는 존재의 집으로 되돌아온다. 그것은 김영근의 시가 강력한 원심력을 지녔다는 걸 의미하기도 한다. 일상이라는 평범한 시간들이 김영근 시인에게 얼마만한 원심력을 휘두르고 있는가 하는 건 시집 아무 곳을 들추어도 금방 확인할 수 있다. 그것은 또 김영근 시인이 이 원심력과 얼마나 팽팽한 싸움을 벌이고 있는가를 확인하는 일이기도 하다. 그러므로 김영근의 시는 보이지는 않지만 거미줄처럼 드리워져 있어 가공할만한 힘을 발휘하는 시간 사이에서의 비틀거림과 피흘림과 중얼거림의 기록이기도 하다. 그야말로 '결핍과 환멸' 사이에서 눈 똑바로 뜨고 세상과 자신을 바라보는 쓸쓸한 기록인 것이다.

햇살이 만든 먼 길/ 집으로 돌아갈 수 없다고 혼자 중얼거린다/ 키작은 대추나무 졸다 이따금 흐느끼고/ 단발머리 꾸벅일 때마다 황급히 숨어드는 그늘/ 날카로운 부리의 햇살이/ 꽁지를 사정없이 쪼아댄다/ 움켜쥔 고무신 한 짝 스르르 풀어지고/ 노을 번지는 꿈 속에서

맨발로 쫓겨나온 마른 흐느낌이/ 갈 곳 없어 이곳저곳 기웃거리면/ 심심해 몸 뒤틀던 햇살

쇳소리 내며 덤벼든다/ 흐느낌은 뚝 그치고/ 쫓아다니며 깔깔거

리는 것도 시들해졌는지/개망초 철길 따라 까마득히/먼지 폴폴 날리며 혼자 돌아오는 햇살/ 매미 울음 사방에서 쏟아지는데/나무들 어디로 다 사라졌는지

　－「숲 7」 부분


　김영근이 인식하는 시간의 원심력은 대부분 결핍보다는 환멸로부터 비롯된다. 구체적으로 결핍은 슬픔으로 환멸은 비웃음으로 치환된다. 그럴 때 환멸은 시인에게 퇴로를 열어주는 게 아니라 다시 세상과 응전하게 하는 힘을 부여한다. 결핍은 그리움을 부르고 아무 곳에도 도달하지 못하는 그리움은 다시 환멸을 불러온다. 결핍과 그리움을 거쳐 환멸과 비웃음으로 전이한 김영근의 인식은 그러나 응전의 힘으로 충만해지기까지에는 좀 시간이 걸린다. 그것은 결핍과 그리움도 환멸 못지않게 김영근에게는 중요한 모티브이기 때문일 것이다. 시집의 곳곳에 포진해있는 여성적인 정조를 지닌 연시의 형태는 이 그리움에게 보내는 시인자신의 내밀한 헌사이다. 그 헌사의 끝에서 비로소 자신을 옭어 맨 시간의 거미줄을 인식하는 까닭일 것이다. 그래서 김영근은 그 헌사로부터 서둘러 빠져나온다. '매미 울음 사방에서 쏟아지는데/ 나무들 어디로 다 사라졌는지'라고 중얼거리면서.

방파제 끝에 바람개비 돈다 파도는 방파제를 치고 강인한 제 허리로 모세혈관까지 파고든다 하얀 이빨 흔쾌한 웃음 날리며 또다시 밀려오는 파도, 뿌리가 뽑힐 듯 헐떡이는 축을 흔들며 절정으로, 연기로 치닫는 바람개비의 신음 온몸의 소름 위에 다시 덮치는 파도 바람개비 팽팽하게 충혈된다 파열한다 까치노을 몸속에서 해일지고 한바다 끝까지, 무한 허공 파멸의 끝까지

　　－「외투」부분


　　노고단에서 반야봉으로 빗줄기 무리지어 건너 간다

　　왼발 오른발 뒤엉키며 자욱한 안개 속을

　　빗소리 한 발씩 뒤처지다가

　　임걸령 지나 가풀막 마침내 주저앉아 잉잉거려도

　　젖은 몸들 앞만 보고 걸어 나간다

　　반야봉 너머는 무엇이 있는지

　　물소리 가득한 눈빛 뒤로 떨치고

　　빨치산의 황급한 마음도 하나

　　꽁무니에 붙어 찍소리 않고 건너 간다

　　봉우리마다 밀려오는 포성

　　다 건넜나, 아슴하더니

　　기총소사 콩 볶듯 쏟아지고

　　돌아보던 마음 어지럽게 산개한다

- 「건너간다」 부분

　하지만 슬픔과 결핍의 거미줄에서 빠져나온 시인의 발길은 쉽게 지상에 내려지지는 않는다. 환멸의 시간들과의 응전은 그리 만만한 게 아니라는 걸 너무 빨리 알아버렸다고는 해도 시간과의 싸움에 관한 김영근의 모색은 끝나지 않은 것이다. 당연하게도 김영근은 여기가 아닌 거기를 '건너가'는 꿈을 꾸기도 한다. 그 꿈은 시인이라면 누구나 가지게 되는 필연적인 본성이다. 김영근 시인 주변의 누군가가 그랬던 것처럼 그 자신 또한 시간의 거미줄이 쳐져 있지 않은 이상향으로의 복귀, 최초의 자유 속으로의 영원한 귀환을 상상하기도 한다. 그것은 시인 자신의 개인적이고도 내밀한 상처에 연유하기도 하겠지만(「겨울풍경 5-불타는 집」「강변풍경」「옛집에 들러」「겨울풍경 3-기억」) 이는 시인의 피 속에 흐르는 본능적인 기질일 것이기도 할 것임으로 이 또한 시인이 이겨내야만 하는 숙명적인 싸움일 것이다. 그 싸움의 막바지에서 비로소 김영근의 세계인식과 시는 뚜렷한 지향점을 가진다. 그것은 다름아닌 일상과 일정한 거리두기이며 남루하고 비루하기 그지없는 일상과 정면으로 마주치기이다. 결핍과 환멸의 근원을 훑어가던 김영근의 시선은 비로소 자신이 복무하는 일상의 위악에게 애증이 교차하는 말걸기를 시작한 것이다.

너는 알까/ 액자와 푸른 커텐으로 삶을 가리는 것을/ 꽃과 짙은 향불이 우리의 마지막을 덮는 이유를/ 누군가가 죽었다는 기미는 전혀 없이/ 아침은 유리컵이 깨지듯/ 한 줌의 집착과 희망을 위해 달려왔다.

  −「이사移徙」 부분


이제/ 상상할 수 없다는 것이 얼마나 쓸쓸한 일인지/ 충직한 집사의 정중하고 정확한 동작으로/ 나무며 집들을 이곳에서 저곳으로 옮기고 있는 저 햇살을 보면/ 알지 그의 동작이 얼마나 집요한지/ 얼마나 오랫동안 계획된 것인지

  −「풀밭에서의 식사」 부분


비굴한 눈빛으로 접근하는/ 녀석의 도박이 나는 싫어 한 방 냅다 지르면/ 죽을 듯이 구석에서 캥캥거리다/ 꼬리를 감추곤 슬금슬금 가슴으로 기어드는/ 이 녀석의 법칙에 나는 맹목적일 수밖에/ 내 속에서 똥개를 끄집어 내면/ 나는 무엇이 남을까

  −「夏安居」 부분


결핍과 그리움으로 서성이던 나날들은 또 다른 원심력을 가져 김영근 시인에게 되돌아 왔다. 끊임없이 일상의 저쪽으로 내몰던 그 힘은 도리어 시인에게 원심력이 발생하는 그 한가운데

로 진입하게 하는 힘을 가져다 준 것이다. '세월이든 병이든 증오든 멀리 있어야/ 삭아 감쳐 맛이 나는 법(「구름」)' 이 지점에서부터 김영근의 일상을 대상으로 한 천착은 시작되는 듯 하다. '햇살이 창문에 큰물지면/ 큰물 끝의 고요에 섞여(「편안한 감옥」)' 돌아오는 일상의 진실들에게 김영근은 비교적 너그럽게, 조롱과 멸시를 짐짓 감추고 맞이한다. 더 이상의 격렬한 조롱이나 증오를 드러내지 않는 것은 오래 묵힌 슬픔의 힘이 또한 원심력을 회복하여 평상심을 가져다주기 때문일 것이다. 김영근이 천착하는 일상의 모습들은 시인의 가슴에서 한 번 모가 깎이어 비교적 부드럽고 낮은 어조를 줄곧 유지한다. 그 어조 속에서 환멸에 가득찬 시간의 생애는 보일 듯 안보일 듯 물기를 머금고 있다. '나는 갇힌 물이므로/ 네 느낌과 무게 만큼의 종이므로(「사하라」)' 물기를 머금어 낮게 갈아앉은 목소리가 분노로 떨리는 혹은 멸시에 찬 풍자와 조롱보다 더 큰 설득력을 가지는 것은 당연하다. '힘을 빼고 온몸을 던져/ 버틸 수 있는 건 그것뿐이야(「파도」)' 하지만 더러 김영근은 일상의 원심력에 휘둘려 허무 쪽으로 피신하는 행보를 보이기도 한다. 체념과 도피의 단맛 역시 시인이라 불리는 생활인에게는 결코 만만치않은 유혹이므로.

잔류한 어둠이 몇 개/ 장독처럼 옹송거리고 앉아 무어라 중얼거

리지만/ 찰리 채플린이 나일 수 없듯/ 그 역시 늙지 않는 조롱거리
일 뿐이어요

　　　　　－「무성영화」 부분


　　너무 멀리 떠나왔을까/ 자궁 속의 태아처럼 웅크린다/ 출산의 날
이 지났는데/ 아무

　　　　　－「불꺼진 창」


　　마지못해 마지못해 우리가 마주서도/ 웃음은 더이상 불타지 않는
다/ 죽은 자의 자라는 손톱 속에도/ 고귀한 시간이 남았을까 후렴
구만 바글대는/ 잘 익은 개살구 하나/ 썩을 일만 남은

　　　　　－「處暑 근처」 부분


　　이런 행보를 거쳐 마침내 김영근의 인식이 도달 한 곳은 '감
옥에서의 산책'이다. 끊임없이 달아나 보지만 언제나 그 자리일
뿐인 감옥같은 일상의 악몽을 견디는 길은 닫힌 기억으로의 퇴
행이나 스스로의 상처를 확인하는 고통 속으로의 침잠도 아니
고 가열차게 삶의 한가운데로 걸어가는 일이라는 것을 깨달았
다는 듯이. 그리고 그 일이 비록 러닝머신 위를 달리는 일에 불
과하다 할지라도 그는 기꺼이 삶의 비루한 얼굴들과 맞닥뜨리
고자 한다. 그렇게 러닝머신 위를 달리는 일을 김영근은 '꽃 속

에 갇혀 지'내는 일이라고 노래하는 경지에 까지 이른 것이다.

꽃 속에 갇혀 꽃이 된 바보같은 나에게/ 흘러가는 구름이 심각한
표정으로 물었다/ 제 몸 속에 가장 먼 사랑을 둔/ 꽃들의 붉은 노래
를 들어 보았는지/ 꽃이 꽃다운 것은 열망보다 숨가쁜/ 처절한 수
락임을/ 너는 아는지 모르는지

　－「꽃속에 갇혀 지내다」

그렇게 확인한 삶의 다양한 블랙홀들이 일상의 거미줄 속에
포획되어 있다. 김영근의 시가 획득한 것들 역시 그런 숨겨져
있던 생생한 삶의 진짜 얼굴들이다. 또한 그 풍경은 김영근의
시가 놓여야 할 좌표의 모습을 그려보이고 있기도 하다.

적들은 환하게 웃으며 달려온다

그들을 향하여 현기증을 무릅쓰고 나도 달려나간다

뛰어도 뛰어도 제자리지만

열 시가 햇살을 물어다

강파른 벼랑에 둥지를 틀 때

세탁기 속에 엉켜 열심히 표백되는 빨래는

널까, 날까

굳고 화난 표정으로 시작되는 관계가 없듯

꽃들은 다시 환하게 웃으며 다가온다

언젠가 너도 웃으며 피어났다

등을 맞대고 푸른 하늘을 보다

문득 주위를 둘러보았을 때

막힌 옹관의 문자판 위를

종이짝 같은 등판으로만 서로 버티고 도는 것을

수조 속을 돌고 돌다

다리가 꺾인 누군가의 중심이 무너져

하얗게 표백된 주름투성이의 서로를 가리키며

눈물이 나도록 웃을 때

언젠가 너의 비상구가 될 거란 말이

이따금 부는 바람처럼 쓸쓸했지만

수초더미에 숨어 한 발씩 옥죄는

우포늪은 둥글다


나를 가두는 것은 둥글다

타고 올라도 미끄러져 탈진하는

이끼 낀 시간의 푸르고 부드러운 눈매

열 시가 햇살을 물어다 꽃병에 꽂을 때

적들을 위해 현기증을 무릅쓰고

나는 런닝머신 위를 열심히 달리고 있었다

엄원태 시인이 시집 『소읍에 대한 보고』에서 육체가 감옥이 자 벽이라고 노래한 바 있다. 김영근 시인에겐 끊임없는 원심력 에 의해 되돌아오는 일상의 환멸이, 출구 없는 시간이 감옥 이 다. 감옥 속에서 세상은 더 잘 보인다. 숨어있던 구체적인 삶의 진실들을 더 잘 목격할 수 있을 것이다. 그러나 나는 또 한 번의 순전히 개인적인 느낌만으로, 김영근 시인이 감옥에서 한 번 더 주위를 둘러볼 수 있었으면 한다. 자신 안에 감옥을 세운 그 당 대 쪽으로 조금만 더 시야를 넓힐 수도 있지 않을까. 김영근의 시가 고스란히 물려받은 대구적 특성, 정교하게 조탁된 언어와 내밀한 사색의 결정체들이 자신만의 감옥에서 걸어나와 당대 의 여러 부조리들과 더 끈끈하게 조우한다면 행복하지 않을까. 어쨌건 이건 순전히 나만의 생각에 불과할 뿐이다. 아니 오롯하 게 나의 문제일 수도 있다.

5

시인

# 極과 毒의 내공 혹은 환멸의 끝

김언희 시인 인터뷰

　김언희 시인을 처음 본 게 언제였더라?

　아담한 체구에 어른들의 표현대로라면 깎아 놓은 밤톨처럼 야무진 얼굴에 직설 어투가 인상적이던 김언희 시인을 못 뵌 지가 꽤 되었음에도 불구하고 늘 만나온 것처럼 생각되는 건 아마도 『트렁크』『말라죽은 앵두나무 아래 잠자는 저 여자』등 두 권의 시집과 여러 지면을 통해 꾸준히 발표되는 특유의 시들을 읽고 있었기 때문이리라.

　진주의 고속버스 터미널에서 유홍준 시인을 만나 그의 차로 김언희 시인이 근무하는 진주 근교의 고등학교로 출발한다. 곤양읍을 조금 벗어나 개울을 건너고 들판을 가로지르자 한적하고 아담한 전형적인 시골학교가 나타난다. 김언희 시인의 시가 태어나는 곳으로는 전혀 어울리지 않게 고즈넉하고 서정적인 시골풍경이다. 학교 운동장에서 학교를 배경으로 사진을 찍으려 하자 한사코 사양한다.

"나 학교 선생이라는 거 알리기 싫어."

김: 이번의 두 번째 시집과 첫 번째 시집을 비교한다면?

김언희(이하 언): 자기가 시를 어떻게 쓴다는 걸 대부분 모르고 쓰지 않나? 1집에서의 곁가지가 많이 떨어져 나가고 가야 할 곳으로 들어섰다는 느낌. 뭐라고 그럴까. 공포심을 많이 극복한 것⋯⋯

김: 자신감 같은 거요?

언: 자신감하고 좀 다른 것 같다. 일종의⋯⋯ 말들이 치밀어 오를 때 그 말에 대한 공포심을 많이 극복한 것?

김: 자기 속에서 말들이 치밀어 나올 때 과연 이게 내가 의도하고자 한 것하고 맞는 것일까, 할 때⋯⋯ 그런 부분들이 많이 자신 있어졌다?

언: 자신이라기보다는 자포자기⋯⋯

김: 아하, 자신감이란 말하고 자포자기란 말하고 동의어군요⋯⋯

언: 왜 자포자기가 되냐면⋯⋯ 그렇게 밖에 쓸 수가 없으니까.

김: 그게 최선 아닐까요?

언: 글쎄 모르지. 그거…… 자포자기…… 자기가 원하는 스타일대로 망해가기로 작심하는 거, 망하는 거에 대한 공포심이 없어지는 거, 그게 자포자기지…… 더이상 독자들을 두려워하지 않는…… 자기 자신을 두려워하지 않는……

김: 그거 참 미묘한 문제네요. 독자를 두려워한다, 독자를 의식한다 하는 거……

언: 자포자기 해버리니까……겁나는 게 없어지니까……

김: 솔직히 전 어떨 땐 시들이 다 비슷비슷하다는 느낌 때문에 몸서리쳐지는 사람이거든요 근데 여기는 확실하게 김언희 표! 잖아요.

언: 시인이 너무 많고 시도 너무 많고 잡지도 너무 많고…… 무슨 무슨 주의하면 거기로 우루루 몰려갔다가……

김: …… 제일 궁금한 것…… 김언희의 시세계는 환멸의 끝까지 가는 거…… 도달하고자 하는 거 아닌가 ……

언: 아이 이뻐라. 환멸의 끝이라니……

김: 쉽사리 도달하지 못하는 곳을 향해 군말하지 않고 직통으로 바로 가고자 하는 것 ……

언: 왜 그런지는 나도 몰라요. 그저 시가 가자는 대로 가는 거지. 근데 많은 사람들이 시가 가자는 데로 못 가.

김: 눈치를 본다?

언: 눈치도 보겠고 공포심도 있고…… 난 이게 가능했던 게 선생

도 없고 동료도 없고, 그리고 챙겨야 할, 물려받을 밥그릇도 없고, 눈치 볼 권력자도 없고…… 아주 변방에 떨어져 있으니까 그게 가능했던 것 같애…… 자포자기…… 크게 버리면 다 버리는 것이니까……

서포의 어느 식당에서 장어구이로 식사를 하고 지리산의 대원사 쪽으로 유홍준 시인의 차로 이동하는 중에도 나는 끊임없이 날씨를 살핀다. 아주 맑은 가을햇빛 아래서 얼굴에 선명한 그늘이 드리워진 사진을 찍어야겠다고 진작에 생각했으므로 날씨에 적잖이 신경이 쓰인다. 시 쓰는 일 말고 또 어떤 일에 마음을 기울이냐고 묻자 짬짬이 비디오를 빌려 영화를 보는 정도 말고는 딱히 마음 쓰는 데가 별 없다는 대답이 돌아온다. 언젠가 만났을 때 스텐리 쿠브릭의 영화 〈Clockwork Orange〉를 빌려달라고 했던 일이 생각난다. 김언희 시인의 저 독특하고 엽기적일 만큼 개성적인 세계관이 어디서 비롯된 것일까 궁금한 김에 한 마디 더 던져 본다. "선생님 시를 읽으면 어떤 화가의 그림이 떠오르는데, 누군지 아시겠어요?" 쉴 틈도 없이 돌아오는 대답에 머쓱해진다. "프랜시스 베이컨"

김: 서부 경남에서 진주처럼 보수적인 도시도 없는데, 아이러니컬한 게 이런 보수적인 환경에서 김언희 시인의 시가 나온

다는 게 참 생각해 볼 만한 문제 아닐까요? 단순하게 생각
하면 좀 유별나다 독특하다고 넘겨버릴 수도 있겠지만 그
렇게 치부하고 넘어가기에는 또 다른 부분이 있을 것 같거
든요. 어떤 사회든 전통이나 보수적인 관습에 억눌리면 튀
어나오는 게 있잖습니까. 이형기, 박재삼 이런 대시인들의
세계가 워낙 크고 무거우니까 그게 오히려 에너지로 작용
하지 않았을까 하는 그런 생각…… 그런데『트렁크』나올 때
만 해도 21세기의 화두인 몸하고는 별로 상관이 없을 시대
였거든요. 근데 그걸 이 지구상에 생존하는 종류에도 가장
우수하다고 생각하는 만물의 영장인 인간의 몸을 완전히
내팽개쳐진 트렁크라고 딱 단정해서 말할 수 있었다는 게
너무 놀랍거든요. 도대체 이 세계관의 근원은 뭘까, 굉장히
동감하고 또 부러운 건데……

**언:** 시라는 게 가장 예민한 침묵 아닐까…… 시인이라는 존재가
잠수함의 토끼처럼 촉각으로 가장 먼저 느끼는 것…… 사람
들이 지금 와서 몸, 몸 한다는 게 우습기도 하고…… 지금 와
서 네티즌들 사이에는 엽기, 엽기 이래 가면서 화두가 되고
또 많이 읽히는 모양인데…… 새삼 나한테 엽기는 무슨 엽
기, 난 십 년 전부터 엽기였는데…… (웃음) 그런 생각도 들
고. 자세히 들여다보면 사는 게 엽기적이야. 왜 그 송이버
섯에다가 대못 박아서 팔잖아요. 그건 참으로 환상이더라

구…… 초현실이야…… 어찌 송이버섯에다 대못을 박을 생각을…… 안 부스러뜨리고 박을 수 있을까…… 그런 생각을 하면 어찌 사는 게 초현실이 아니겠어……

**김**: 처음 등단하실 때는 아주 훌륭한 서정시를 썼다고 하셨잖아요.

**언**: 처음에도 서정시라기에는 좀 묘한 뭔가가 있었어요. 전봉건 선생님이 보시고 하신 말씀이…… 김언희는 우회적이다…… 그러나 예술을 멀고 먼 우회라는 것…… 지금 생각해 보면 그게 콧구멍처럼 붙어 있거든 고작해봐야 오른쪽 콧구멍에서 왼쪽 콧구멍으로 가긴데…… 그 길을 얼마나 멀리 돌아서 가느냐가 문제인 것 같아…… 어떤 사람은 오른쪽 콧구멍에서 나와서 우주를 빙 돌아서 왼쪽 콧구멍으로 가는 사람이 있을 거고…… 또 어떤 사람은 1초만에 가는 사람이 있을 거고…… 그 문제인 것 같아.

**김**: 그냥 뵈면 엽기하고 전혀 상관없는 외모를 가지고 계신데……

**언**: 그게 엽기야. 그게 엽기 아니겠어? 그러니까 피부 한가죽 밑에 어떤 구더기가 끓는지 알 수가 없는 것……

**김**: 시중에 이런 게 있거든요. 극과 독으로 내공을 쌓는다라는 말, 김·언·희 시인한테 딱 맞는 말이라고 생각됐는데, 근데 이런 부분이 하루아침에 되는 건 아닐테고.

**언:** 글쎄 난 모르겠네. 그걸 내가 어떻게 알아.

**김:** 평소에 김언희(외모)는 전혀 시와 닮아 있지 않은 것 같은데……

**언:** 근데 우울증 걸려서 죽는 사람이 굉장히 평소에 쾌활해요. 오늘 잘 떠들고 잘 먹고 잘 놀고…… 그리고는 집에 가서 18층에서 종이비행기 타고 이륙해버리고…… 죽는다는 말을 달고 사는 놈 절대 안 죽지.

**김:** 시는 어떻게 시작을?

**언:** 진주여중 2학년 때 백일장에서 장원을 했는데, (김석규 선생님—부산의 김석규 시인)이 부르셨어…… 한참을 쳐다보시고 그러더니 원고지 쓰는 것부터…… 고등학교 졸업할 때까지 5년 학교 문예반하고…… 백일장 선수(?)하고…… 교생실습 나가서 내 학적부를 보니까 고등학교 담임이 뭐라고 썼냐하면 지나치게 솔직하다 라고 썼어…… 모든 것을 늘 극단적으로 표현하는 체질……

**김:** 어쩌면 시에서처럼 세계의 본질을 단숨에 꿰뚫어버리는 것, 꾸미지 않고 바로 가는 것의 시작이네요.

**언:** 생각해보면 우리 가계…… 아버지로부터…… 말을 잔인하게…… 여러 마디로 뭐라고 하는 사람이 아니고…… 한 마디로…… 그게 다른 사람에게 상처가 되게 말을 하는 거…… 그걸 내가 다 받았던 것 같애.

**김:** 어머니는 어떤 분이셨는데요?

**언:** 생활력은…… 돈 벌어서 산 적은 없으니까 난 생활력인지는 잘 모르겠다. 가난했으면, 경제적으로 쪼달렸으면 그렇게 했을 거고…… 근데 욕심도 많고 생명력이 강한 사람이라 자식이 많아서 막 해주고 먹이고 이래야 되는데…… 내가 하나밖에 없으니까 편집증적으로 나한테 쏠리는 거라…… 애정이 반대로 바라……는 만큼…… 나한테서 자기한테로 안 돌아오니까 애증관계가 생겨. 그러고 우리 어머니 같은 경우는 일상적으로 행복한 여자들이 갖는 거걸 다 자기 딸이니까. 다 능히 할 수 있는 아인데 왜 저렇게 사는지 궁금하신 모양이야. 지금도 생명도 에네르기가 넘치는 사람이지.

대원사 입구의 어느 찻집에 앉아 우문과 현답을 주고받는다. 김언희 시인은 자꾸만 말을 아끼고 그러다 보니 말은 자꾸 내가 많이 하게 되고, 찻집 옆을 흘러가는 물소리만 콸콸콸 녹음기 속으로 빨려든다. 그렇게 말씀을 안 하시면 내가 인터뷰 기사를 어떻게 쓰니가, 볼멘 소리를 하자, 아이구 김 시인이 알아서 다 써, 그리고 우린 술이나 마사러가자 하고 눙치지만, 아이구 그렇게 잘 마시는 술에 내가 속을 줄 알고, 진주 왔으니 본전 뽑고 가야지 싶은 생각에 막무가내로 말을 들이밀고 본다. 그런데 옆에 앉은 유홍준 시인은 뭐하나? 입에 꿀 발랐나? 마냥 듣고만 있게.

**김**: 어릴 때에도 나이답지 않게 예민했던 건 아닌지……

**언**: 한창…… 국민학교 4학년때 부터 시작해서…… 거의 지옥 같았었거든.

**김**: 환멸을 너무 빨리 알아버렸다?

**언**: 어릴 때부터 서커스의 뒷면을 너무 일찍 본 것…… 30살쯤에 봤어야 할 걸 국민학교 때 봐버린 것…… 그렇게 보기 시작하니까……

**김**: 신비라는 게 없지……

**언**: 세상의 비밀을 너무 빨리 알아버렸거든…… 세상이라는, 삶이라는 광대들의 서커스…… 비밀을 너무 빨리 알아버리니까 그게 그렇게 되지 않았을까……

**김**: 선생님(김언희 시인의 남편)은 (김언희 시인의 시를)뭐라고 하십니까?

**언**: 처음엔 『트렁크』발표되고…… 사람들이 읽으면서 어떻다, 어떻다하고 얘기하니까 이런 시 쓰지 마…… 하고 6개월 동안 말을 안했어…… 우리는 싸움을 하면 말이 여러 번 안 오가고 한 두어번…… 몇 개월이 그대로 가는 거야…… 너무 화가 나서 6개월 동안 말을 안 했어. 그래도 책잡히기 싫어서 양말까지 다 다려줬다. 그동안은.

김: 이 시들이 선생님한테는 불편하신가요?

언: 모든 사람들이 처음에 받아들이는 것처럼, 받아들인 거지…… 남자들은 그런 게 있는가 봐…… 자기와 결혼했으면 행복하게 살아야 하는데 왜 이런 시를 쓰나……

김: 살림이나 예쁘게…… 설거지, 빨래나 하며……

언: 남편의 양말에서 나는 냄새도 향기롭다? …… 글을 쓴다는 행위도 어쩌면 삶에 대한 배신행위지……

김: 평온한 일상을 위해서는 삶의 거짓된 부분들은 모른 체 넘어가야 하는 것이라면 글은 들추고 까발리고 해야 되는 작업일 테니까……

언: 삶을 위해 서로…… 어떤 약속된, 서로가 아미 다 아는 뻔한 거짓말을 해야 되는데 그걸 자꾸 깨니까……

김: 사람의 몸을 소재로 한다든지 어떤 금기시 되어 왔던 것들……. 성기, 육체, 똥…… 이라든지 그런 방법론을 가져오게 되는 계기는 뭘까요?

언: 난 이상하지 않아…… 왜 귀를 귀라고 하고 코를 코라고 하고 자지는 자지라고 하면 안 되는데? 누구나 음담패설, 농지꺼리…… 특히 경상도 여자들은 욕이 아주 일상이잖아…… 우리 엄마 같은 경우도 아주 절묘한 욕을 하거든 나한테…… 예를 들어 아침에 출근할 때 바지를 입고 나가면 엄마는 이래. 아이구, 키도 난쟁이 좆자루만한 게 멋 부린다고…… 바

빠서 머리를 감지 못하고 나가는 날이면 또 아이구 대가리
가 씹수세미 같구나…… 이상할 거 없어. 뭐, 내가 신문을 보
고 빙그레 웃으면 우리 엄마하는 말이 "와 웃네? 니 혼자 개
보지를 봤나" 이러거든. 그런데 그건 나한테는 욕이 아냐,
일상이거든…… 그걸 사람들이 왜 질겁을 하냐고…… 우리끼
리 음담패설 할 때는 질겁할 얘기를 많이 하면서 왜 그게 문
자화되면 시치미를 딱 떼는 거지? 왜 내 배꼽 아래 달려 있
는 걸 없는 척 해야 하냐고…… 가장 중요한 것은 예를 들어
서 나는 내 손이라고 하지만 정말은 내 성기의 손일지도 몰
라…… 내 성기의 머리고 내 성기의 코일지도 몰라…… 가장
근원적으로 들여다보면…… 근데 왜 그걸 없는 척 해야 하는
지 그게 이해가 안돼…… 내가 극단적으로 내숭을 혐오하는
게 그런 거라……

**김**: 이런 환멸의 세계관이 이런 식으로 형상화 되는 데는 어떤
계기나 방법론이 아니라 자연발생적인 거란 말씀이죠? 미
학적인 방법들을 의식적으로 동원한 게 아니고……

**언**: 어떤 미학을 빌린다?…… 내가 뭐 시학공부한 사람도 아니고
국문과 출신도 아니고…… 다꾸앙인지 다꽝인지 잘 모르고
사니까 그게 나온 거니…… 그러니까 어릴 때 서커스의 뒷면
을 보아버린 눈으로 본 눈으로 세상을 보면 안 미치고 살 수
있을까? 삶의 모든 부분…… 학교생활 자체도 가짜거든……

선생 노릇하는 이것도 역시 마찬가지…… 광대 중에 상광대가 선생이지…… 교실에 들어가는 한 내 세계관 내 사상 내가 하고 싶은 말은 전혀 못하지. 내가 생각하는 것하고 180도 다른 이야기를 해야 되고 거기서 빚어지는 환멸감이라니……

내친 김에, 요즘은 무슨 음악 들으시는지.

"음악은 아직도 아파. 고통스럽더라구. 음악을 음악으로 온전히 곁에 두기엔 아직 많이 아파. 에릭 사티는 그래도 좀 괜찮은 것 같고……" 에릭 사티? 프랑스의 삼류 카바레 악사로 시작해서 현대음악의 원류가 어떻게 형성되어가는 가를 보여준 저 엽기(?)적인 음악가? 역시 김·언·희 답다, 고 생각하는데 가방에서 CD를 한 장 꺼낸다.

"내가 듣던 건데 없으면 가질래?"

포르투칼의 디바인 베빈다의 앨범이다. 이 여자 가수의 파두(포르투칼의 민속음악)에서는 아말리아 로드리게스와는 또 다른 종류의 비애-섬세하고 날카로운-가 짙게 묻어난다. 그러고 보니 언젠가 키에슬로프스키의 영화 〈세 가지 색-블루〉의 사운드 트랙을 선물로 받은 적도 있구나……

그나저나 음악에 공격당하기도 할 만큼 김·언·희 시인의 감성은 여전히 팽팽하게 조율된 채 긴장되어 있음을 알겠다. 나처

럼 술 취한 날의 늦은 저녁에 헤드폰을 끼고 뒹굴면서 적극적
으로 의지하는 경우와는 완전히 다른 모습의 음악, 너무 쉽게
사람의 영혼을 건드리고 파헤쳐 찢어발기는 거울 혹은 흉기로
서의 음악.

　내게 음악이 의자나 베개였다면 김언희 시인의 경우에는 칼
날이나 갈고리였구나……

김: 이제 비로소 『트렁크』의 세계를 조금 알 것처럼 생각되네
　요. 그리고 읽다 보니까 이게 참 이상하더라구요. 이성복 시
　에 나오는 '아버지 씹새끼'라는 것, 혹은 기형도의 아버지,
　그 아버지들은 무능하고 위약했지만 그래도 의미론적인 폭
　력인데 김언희의 시에 나오는 아버지는 전혀 다르거든요.
　김·언·희 시에 나오는 아버지의 상징들은 스스로 세상에 폭
　력을 행사하는 사람으로 나오거든요. 근데 이성복, 기형도
　의 시속 어머니들은 희생적이고 순종적인 전통적인 어머니
　들인데 김언희 시 속의 어머니는 아니거든요. 거의 아버지
　와 동격으로 세상에 대해 폭력을 휘두르는 어머니란 말입
　니다. 어쩌면 이 부분이 중요하리라고 믿어지기도 하는데
　김언희 선생님 시에 나오는 어머니와 아버지를 단순한 문
　학적 수사법으로 읽어도 됩니까? 그냥 어떤 세계의 가부장
　적인 권력 세계의 질서를 가름하는 절대자?

언: 아버지는 그게 되는데 어머니에 대해서 아마 남자들은 잘 모를 꺼다. 어머니 속에서도 마성이 있어요. 내가 내 자식을 낳아 봤기 때문에…… 모성이라는 게 저절로 생기는 게 절대 아니지. 그건 이데올로기, 모성이라는 이데올로기예요. 모성이라는 것 자체가 이데올로기지. 그게 저절로, 생리적으로 생기는 건 절대 아니다. 아이를 봤을 때 느끼는 낯섦. 이건 내 새끼야 하고 확 끌어안아야 되는 건 절대 아니다…… 모성이라는 이데올로기 그거 자체가 내게는 억압적이야. 여자를 묶어 놓기 위한 하나의 억압체계. 그리고 모성자체 안에는…… 내가 또 딸을 낳았잖아. 그 딸이 자랐잖아. 모성 안에도 많은 마성이 있어. 우리가 흔히 생각하는 어머니 영원 회귀의 어머니, 대지모…… 그런 어머니 안에 검은 어머니가 또 있어요.

김: 아하, 아하……

언: 근데 남자들이 검은 어머니를 두려워하고 여자 스스로도…… 없는 척하려고 굉장히 억제를 하고 그걸 건드리는 게 제일…… 아버지는 그냥 난도질이 되고…… 지금 문제는 검은 어머니의 문제인 거지. 그걸 건드리는 게 가장 금기라.

김: 지금까지 그걸 건드려 본 사람이 누가 있지요?

언: 글쎄, …… 그건 그만두자.

김: 나는 그게 김언희 선생님 시를 다른 사람들 어떤 세계에 대

한 환멸을 직접적으로 내 놓으니까 내숭 없고 가식 없다는 큰 그것이지만. 어머니가 아버지와 똑같이 동격으로 세상에 관해서 폭력을 휘두르는 사람으로 그려진다는 게 굉장한 충격으로 받아들이거든요. 지금까지 그런 게 없었고 소설에 서든 시에서든 문학적으로 본격적으로 어머니 속의 마성을 건드려 본 사람이 없잖아요.

언: 그런데 그런 어머니는 있고 또 있어 왔어요. 지금 내 안에 도 있고…… 그러니까 어머니들, 여자들이 애기들을 많이 버 리고 도망가잖아…… 그건 당연한 거라구. 모질게 해서가 아 니고 얼마나 참고 견디느냐지…… 아니면 계산을 해보고…… 도망 안가는 게 낫다 싶어서 사는 거지…… 난 심지어 그 런 어떤 환상이라고 할까. 어머니의 자궁에 포켓다발 처럼 새끼를 낳아서 곳곳에 꽂아두고 흡혈하는 그런 어미도 있 을 수도 있다…… 새끼를 낳되 절대로 끝가지 안 놔 주는 어 미…… 내 시에도 있잖아 탯줄을 안 놔줘서 내가 잡아당기면 자기가 엎어지고 자기가 잡아당기면 내가 엎어지는…… 절 대 탯줄을 안 끊어주는 어머니…… 평생 자식의 목 위에 얼 굴처럼 올라타 있는 어머니……

김: 그러니까 김언희 시 속의 언어에만 사람들이 폐쇄적인 반응 을 한다…… 그 언어 속에 숨겨져 있는 어떤 환멸의 끝 같은 걸 보려고 하지 않고…… 시중에 모독과 환멸의 팔보채라는

거 있잖아요. 이걸 극단적으로 밀어붙이는 용기는 쉽지 않거든요.

**언**: 그러니까 마요네즈나 개어 바르고 있다?

**김**: 처음 시가 굉장히 독특하고 충격적이었는데 두 번째 시집하고도 소재나 세계관에서 별로 차이가 없다, 그럼 이건 자기 복제가 아니냐 그런 의견에는요……

**언**: 충분히 갈 때까지 가야 아마 다른 길이 열릴 것 같애. 어중간히 가다 말면 안될 것 같거든…… 충분히 갈 때까지 가면 트이겠지.

대원사에서 진주로 내려오는 길가의 나무들, 그중에서도 붉게 물든 잎과 열매를 가진 감나무들에서 어렴풋하게 가을의 예감들을 만날 수 있다. 대원사 입구의 다리 위에서 사진을 찍을 때 김언희 시인은 그랬다. 아이구, 그만 좀 찍으슈. 나 사진 찍는 거 정말 싫다. 그러거나 말거나 김언희 시인의 포토레이트, 특히 옆 얼굴의 선들이 기막히게 단아하다.

# 봄을 기다리며 출렁이는 바다처럼

허만하 시인

"그냥 대충 오시지예. 지금 햇빛이 제일 좋을 때라 제가 일부러 시간을 땡겨 왔는데예"

"아이다. 그래도 그렇지. 우째 옷도 제대로 안갖추고 사진을 찍노. 30분만 더 기다리라. 알았제? 미안"

허만하 시인과 만나기로 한 광안리 바다는 한 며칠 강추위가 지나가고 난 뒤끝인지 따뜻하고 평온하다. 물결의 부드러운 일렁임 위로 맑고 차가운 겨울햇빛이 반짝이며 부서지고 종종종 종 비둘기들이 모이를 찾아 삼삼오오 흰 모래사장을 몰려다닌다. 허만하 시인(이하 선생님)을 기다리는 시간을 어슬렁거리며 바닷가를 걷는 일로 소일한다. 그러고 보니 바다빛깔이 눈에 띄게 부드러운 초록빛을 되찾고 있다. 아마 곧 봄이 오리라. 바닷가를 어슬렁거리는 시간은 빨리 지나가고 점퍼에 아라베스크 무늬의 머플러, 그리고 즐겨 쓰시는 헌팅캡을 갖추신 허만하 시인이 저만큼 걸어오신다. 작년 여름 대구에서 송재학, 엄원태 시인이 선생님을 뵈러 왔을 때, 아니 작년 11월 부산에서 열린 한국현대시 100주년 기념행사에서 뵙고는 못 뵈었다. 바닷가의 나무의자에 앉아 사진을 찍으며 카메라의 렌즈 너머로 안부를 여쭌다.

"샘. 어제 못 주무셨어예? 얼굴이 좀 부으셨네예"

"아이다. 똑같은데 와 그라노"

유리창 너머로 광안리 바다가 한눈에 내다보이는 찻집에서 선생님과 이야기를 나눈다. 이 찻집은 선생님이 자주 들리는 곳이라 일하는 분들이 스스럼없이 선생님과 인사를 나눈다.

김: 요즘 어떻게 지내십니까, 겨울이라 여행하시기에 불편함은 없으신지요.

허만하(이하 허): 노을이 가장 아름다운 1월 하순과 2월이 겨울에 들어 있지요. 그 아름다움은 겨울의 공기가 가장 맑기 때문이기도 하고. 겨울의 자연은 청순합니다. 가식 없는 아름다움을 읽어낼 수 있지요. 산정의 나목들 실가지 끝이 낙타색 안개가 되어 썰렁한 하늘로 녹아드는 부드러움은 겨울만이 가지는 아름다움이지요.. 일전에 매생이국을 현장에서 맛보기 위해서 장흥에 접어들었을 때 느닷없이 눈앞에 모습을 드러낸 설백의 사자산 산 덩어리를 만났을 때 겨울 나들이의 참된 맛을 새삼 느꼈습니다. 자연은 계절마다 하나의 추상명사로 환원될 수 없는 생명의 아름다움을 가지고 기다리고 있지요. 계절을 달리하며 감추고 있는 그 아름다움을 드러내는 모습을 살펴보는 즐거움은 대단한 것이지요. 겨울 풍경만이 가지는 이런 아름다움이 불편함을 잊게 해줍니다.

김: 선생님에게 여행의 의미는 어떤 것입니까? 여행이 선생님의 시에 미치는 영향은 어떤 것인 지도 궁금합니다.

허: 나들이는 시와 동의어라 생각합니다. 시인은 순간마다 새로워져야 하는 의무를 지고 있습니다. 그 의무는 세계에 대한 것이기도 하고 동시에 말에 대한 것이기도 합니다. 길 위에 있다는 것은 공간적으로 또 시간적으로 끊임없이 새로움과 만난다는 의미지요. 시인에게 그것은 하나의 당위가 아니겠습니까. 여행이 내 시에 미친 영향에 대해서는 내 자신이 내 얼굴을 볼 수 없기 때문에 말하기가 어렵네요. 길 위에서 나는 풍경의 말에 귀기울일 수 있습니다. 나는 풍경을 수동적으로 묘사하는 것이 아니라. 내가 사귄 풍경에 형이상학적 의미를 부여하지요. 시를 쓸 때는 기다리지요. 어느 날 무심코 스쳤던 이름 없는 풍경이 하나의 의미가 되어 떠오를 때까지 기다리지요.

**김:** 고호의 그림을 보러 네델란드에 갔던 이야기 좀 해주십시오. 왜 고호의 그림에 끌리시는 지도.

**허:** 이 질문은 얼마 전 별세한 이형기가 내가 고흐에 대해서 이야기하는 것을 듣고 고흐에 대한 내 접근이 문학적이다라고 이야기한 일을 떠올리게 합니다. 사실 나는 고흐의 37년이란 짧은 생애에서 자기의 존재이유를 찾아 헤매는 가장 순정한 한 정신을 만났었지요, 내가 먼저 접했던 것은 아우테오에게 쓴 고흐의 편지였습니다. 그것은 특이한 문학이었습니다. 내가 고흐의 해바라기 그림 앞에 처음 설 수 있었던 것은 1979년 봄 미국 필라델피아 미술관에서였지요. 마침 가까운 마을에 살고 있던 처남이 공항에서 바로 그곳으로 나를 안내했었기 때문이었지요, 이것이 인연이 되어 그 해 6월22일 네델란드의 암스테르담에 있는 국립 반 고흐 미술관을 찾아보았었지요. 약 200점의 유화와 500점의 밑그림, 그리고 그가 쓴 편지들이 있는 이 미술관을 들리리라는 목적 하나 만으로 여정을 바꾸었는데 네델란드를 찾기를 잘 했었다는 생각이 들었습니다. 생전에 둘레의 이해를 전혀 얻지 못했던 그의 작품들이 네델란드의 국유 재산으로 안주의 터전을 찾아내었던 사실이 참된 작품의 운명을 말하고 있는 것을 볼 수 있었습니다. 시의 길도 예외는 아니라는 믿음이 내 정신의 밑바닥에서 솟구쳐 오르는 것을 느끼

기도 했었습니다. 그것은 결의에 가까운 감동이었지요. 정직하게 말해서 내가 고흐에 끌려들었던 것은 그의 그림 이전에 그의 삶 자체 때문이었습니다. 내친김에 이야기하자면 릴케가 고흐의 편지를 읽고 감동했던 것은 나폴리를 향하는 열차 안에서였습니다. 그것은 그가 31세 나던 해의 11월 26일의 일입니다.

만년의 하이데거가 그의 〈예술작품의 근원〉에서 "진리는 반 고흐의 그림에서 발생한다"고 말하며 파리 시절의 고흐의 작품 〈구두〉에 대해서 아름다운 철학적 사유를 전개하는 것을 읽었던 것은 근래의 일입니다. 사실은 고흐 자신의 구두를 그린 이 그림을 농부의 구두로 해석하고 쓴 이 철학적 에세이는 거의 시적이며 아울러 그가 후일 제시하는 네 가지 존재론적 범주 가운데의 두 가지인 하늘과 땅이 모습을 드러내고 있지요.

김: 많은 곳을 여행하셨는데, 선생님께서 여행하셨던 곳 중 인상적이었던 곳에 관해서 말씀해주십시오.

허: 미국 펜실바니아 주의 뉴 호프(New Hope)라는 조그마한 마을 이야기를 하고 싶습니다. 차분하고 아늑한 시골마을에 문화의 향기가 가득한 것이 인상적이었습니다. 기회가 닿는 대로 아내 또는 딸과 함께 고요한 이 마을 거리를 거닐었던 일이 떠오릅니다. 마을 언저리를 조그마한 강(개울?)이 흐르

던 이 마을에는 옛날 방앗간 건물을 개조한 연극 공연장이 있지요. 미국의 유명한 스타들이 이 시골 마을 극장에 처녀 출연한다는 이야기가 전설처럼 살아 있는 한적한 시골 마을이지요. 스텐포드 대학 캠퍼스 건물 벽돌색 기와지붕 빛깔이 로마 시내 건물의 지붕 빛깔 보다 더 선명했던 것은 초록색 잔디밭과 눈부신 햇빛 때문이었다는 생각이 지금 이 질문에 대한 대답처럼 문득 떠오르는 것은 이상한 일이지요. 하나의 지명이 저마다 독특한 하나의 표정을 가지고 있는 일은 참 신기한 일이지요. 국내의 여행지로는 강원도의 이름 없는 풍경(관광지로 이름 나 있지 않는 곳)을 좋아합니다. 아직도 풍경의 순결성이 살아 있는 곳 말입니다.

**김:** 여전히 왕성한 집필활동을 하고 계시는 걸로 알고있습니다. 최근엔 어떤 글들을 쓰고 계신지, 또 어떤 책이 발간될 예정인 지 말씀해주십시오.

**허:** 저번 송고했던 것은 『시와반시』의 청탁에 따른 「김춘수와 언어」라는 시론이었습니다. 지금 쓰고 있는 것은 「사물에 대하여(가제)」라는 시론입니다. 얼마 전 계간지 『신생』의 청으로 했던 강연의 일부를 글로 쓰고 있습니다만 잘되질 않습니다. 신작시로서는 『시와세계』에 2편 송고했고(마침 김형과 하는 우리 대담 전에 이재훈시인과의 서면 대담이 있어서 질문에 대한 답변을 글로 보냈습니다.), 『작가와 사회』의 청탁을 위

한 시 3 편을 마무리 손질을 하고 있습니다. 모두 이번 봄호를 위한 작업이었습니다. 발간 될 예정으로 있는 책은 나의 《시선집》입니다. 아마 이번 여름 안팎으로 여러분 앞에 모습을 드러내지 않을까 생각됩니다. 제4시집과 첫 시론집은 둘레의 권유 속에서 여러분과의 만남 있기를 기다리고 있는 상태입니다.

**김**: 시를 쓰실 때, 원고지나 컴퓨터에 초고를 쓰신 후 오래 탈고를 하시는 편입니까? 아니면 완전히 정리가 된 후에 원고지나 컴퓨터에 쓰시는 편인 지?

**허**: 초고 이전에 메모를 하는 편입니다. 초고를 먼저 쓰고 더 다듬고 합니다. 요즈음은 서툰 대로 한 손으로 컴퓨터를 씁니다.

선생님께서는 부산의 젊은 시인들과 어울려 시에 관한 이야기를 나누는 걸 좋아하신다. 그런 연유로 종종 선생님과 만나서 차를 마시거나 술을 마시면서 많은 이야기들을 나눠온 터이므로 인터뷰라는 형식의 대담은 좀 어색한 감이 없지 않았다. 하지만 선생님께서는 여전히 진지하게 질문에 답하신다. 이야기 중간 중간에 가볍고 사적인 이야기들을 섞이고 부산의 여러 시인들의 안부도 나누다가 기왕 이야기가 나온 김에 인터뷰를 마치고 몇몇 시인들을 불러 술을 한 잔 하기로 약속하기에 이른다. 시간은 어느 새 저녁을 향해 흘렀고 바다는 부드러운 황금색을 띠기 시작하는 중이다.

**김**: 누구나 다 아는 바처럼 선생님은 대단한 독서가 이십니다. 최근엔 어떤 책을 읽으십니까? 그리고 선생님의 시와 삶에 큰 영향을 준 책이 있다면 어떤 책이 있을까요?

**허**: 讀萬卷書 行萬里路(만권의 책을 읽고, 만리의 길을 가다) 아닙니까. 세계도 한 권의 텍스트이지요. 길에서 옷소매를 스치는 것만 해도 삼세의 인연이라는데, 내가 영향을 받은 수많은 책들 가운데서 몇 권의 책이름을 들기가 참 어렵습니다. 이즈음은 문학 이론에 관계되는 철학의 흐름에 관심을 가지고 있습니다. 아직 집중적인 단계에 들어서지 못했지만 시적 언어에 대한 논의를 각서로 수습하고 있습니다. 요즈음 읽었던 책으로는 사프란스키 번역의 『마르틴 하이데거-선과 악의 틈새에서』(2002) 입니다. 지금 읽고 있는 책은 프랑시즈 퐁주의 대표적 산문시 『심연 위에 놓여진 태양』의 영역본(가브란스키 역)입니다. 어제 밤, 김형과 서면 술집에서 헤어지고 집에 돌아와 보니 101쪽의 이 시집이 기다리고 있었습니다. 바다를 건너 특급우편으로 배달되어온 중고책이지요. 이 시집에 퐁주가 만든 '오브주'(objeu=objet(사물)와 jeu(놀이)의 합성어)의 개념이 「태양과의 관계에 있어서의

우리들, 오브주의 방법」이란 산문시의 형태로 설명되어 있
었습니다. 조금 전에 이야기했던 「사물에 대하여」라는 시론
을 위한 기초작업의 하나로 이 시집을 읽기 시작했습니다.

**김:** 클래식 음악을 좋아하시는 걸로 알고 있습니다. 요즘 자주
곁에 두시는 음악은 어떤 건지 궁금합니다.

**허:** 젊은 시절, 대구의 고전음악 다실 〈녹향〉에서 살다시피 했
던 덕분으로 음악에 대한 취향이 고전적입니다. 브람스와
모짤트를 거쳐 바흐에 이르렀던 길이 생각납니다.

**김:** 젊은 시인들의 시도 많이 읽으시고 또 관심이 많은 걸로 알
고 있습니다. 요즘의 젊은 시인들의 시에서 어떤 걸 느끼시
는 지. 또 젊은 시인들에게 해주고 싶은 말이 있으시면 한
마디 해주십시오.

**허:** 젊은 시인들 작품에서 적잖은 시사를 얻습니다. 시인은 저
마다 독립된 성의 성주입니다. 다만 현재 시점에 있어서의
시에 대한 나의 기호를 말한다면 '전통'이라는 방패 그늘에
상투적인 서정을 숨기고 있는 작품과, 시를 이념을 주장하
는 도구로 사용하는 시를 좋아하지 않습니다. 한 가지 말이
허용된다면 당대의 독자보다도 미래의 독자를 겨냥한 시를
쓰는 외로운 용기를 기진 시인이 믿음직하다는 사실입니다.

**김:** 군대에 다녀오신 후 재징집을 피하기 위해서 의대에 진학하
셨다는 이야기를 흥미롭게 들었습니다. 선생님께서 겪으신

한국전쟁이야기, 그리고 한국전쟁이 선생님의 시와 삶에 끼친 영향을 선생님 스스로는 어떻게 생각하고 계신 지 궁금합니다.

**허:** 한국 전쟁은 아직도 내 의식의 기층에 살아 있는 영원한 현실입니다. 18세의 중학생(고3)으로 대학 입시를 준비하고 있던 1950년 여름의 뙤약볕 아래서, 집에 내 행선지를 기별할 겨를도 없이 나는 나의 주체적 의지와 무관히 낙동강 전선에 배치되었습니다. 그것은 영국군 27여단의 미들섹스 연대였지요. 그 길로 나는 38선을 넘어 서부전선을 따라 평양을 지나, 눈을 이고 있던 낯선 지명들—정주, 박천, 군우리, 태천—사이를 내왕하게 되었었지요. 나에게는 군번도 없었습니다. 나는 이 한해 동안 카뮈가 말했던 부조리를 특이한 삶의 현장에서 절절히 깨달았습니다. 의정부 북방 이름 없는 야산에서 그 해 성탄절을 지내고 기회를 마련하여 나는 다시 그리던 대구로 돌아와 잠시 영국군 사령부에서 복무했었습니다. 나는 역사라는 거대한 톱니바퀴 속에 끼어 있던 하나의 이물에 불과했습니다. 이 이상한 종군 끝에 내가 대학 입시 준비에 들어가서 청운의 꿈이었던 자연과학자의 길에 상대적으로 가까운 의과대학에 진학했던 것은 의대 학생은 그 무렵 군의관 요원으로 징집이 보류되었기 때문이었지요. 한국전쟁이 카뮈가 말하는 부조리 개념과 사르

트르의 선택(자유)의 개념이 어울려 나를 자연스럽게 실존주의 사상을 찾아 들게 했었던 같습니다. 의과대학 학생이었던 나는 어느덧 시인이 되어가고 있는 나를 발견하게 되었습니다. 그만치 한국 전쟁은 나에게 압도적인 것이었습니다. 나는 아직도 한국 전쟁이라는 거대한 악몽을 잊지 못하고 있습니다. 그 체험을 극복하려 나는 텍스트로서의 풍경을 읽기 시작한 것이 아닌가 생각해 볼 때가 있습니다. 나는 형이상학적 사유로 나를 설득하려 했던 것 같습니다.

**김:** 대학에 재직하고 계실 때, 그러니까 지금처럼 왕성하게 시를 쓰시지 못하셨을 때, 그때는 시에 대한 갈증들에 어떻게 대처하셨는 지

**허:** 대학에 있을 때는 나날의 강의와 병리학 논문 쓰기 그리고 전공의 지도에 내 시간을 집중할 수밖에 없었습니다. 그러나 시의 불씨는 잿더미 속에서도 꺼지지 않고 활활 타오를 날을 기다리고 있었습니다. 그 열기는 과작인 나를 애처로운 눈길로 바라보고 있었지요. 정년을 맞이하여 자유로운 나의 시간을 가지게 되어 시의 터전에 귀향할 수 있게 되어 다행입니다. 그러나 두 개의 상이한 언어체계에 대한 나의 도전은 세계를 인식하는 나의 눈길과 나의 내면세계를 풍부하게 하는데 기여했었다고 생각합니다. 그리고 두 세계의 상이한 원리는 서로 배타적인 경합관계가 아니라 상호보완

적 관계를 가졌다는 사실을 증언 할 수 있습니다.

김: 예나 지금이나 시인들은 아무래도 술을 많이 마시는 것 같습니다. 선생님 젊으셨을 때 술 마시는 분위기는 어땠는지,

허: 내가 시를 쓰던 때는 시를 쓰는 일과 술을 마시는 일이 거의 하나였던 시절이었습니다. 선배시인 또 동료시인들과의 만남은 으레 술로 시작되었지요. 드물게는 인사불성 직전까지 간 적도 있었습니다. 지난 연말 해운대에서 의대 동기생들이 가졌던 망년회 때 한 친구가, 너는 젊었을 때 평생 마실 술을 다 마셨으니까 오늘은 술잔을 권하지 않겠다는 말을 했습니다. 이 말에 시를 쓰던 무렵의 내 모습을 비춰 볼 수 있을테지요.

김: 아직 선생님의 젊은 날 연애담을 들어본 적이 없습니다.

허: 국가시험을 앞둔 의대를 마치고 전문의과정과 학위과정을 마치는 동안 마음 놓고 연애에 몰두할 시간을 가지지 못했습니다. 전문의 과정을 마친 후 사귀었던 사람이 지금의 아내입니다. 참된 연애는 당연히 결혼에 이어지는 것이라는 것이 내 생각입니다. 나는 결혼은 주체적인 결정에 따라야 한다고 생각하고 있습니다..

김: 선생님의 시가 가진 깊고 넓은 지층과 또 만만치 않은 무게감 때문에 저같은 경우 선생님의 시를 읽기 위해서는 나름의 마음가짐이 필요한 것 같습니다. 가령 흔들리는 버스나

지하철 같은 곳이 아니라 책상 앞에 정좌를 하고 읽어야 하는 시라고 생각합니다. 선생님께서는 독자들이나 시인, 평론가들이 선생님의 시를 어떻게 이해하기를 바라시는 지 궁금합니다.

**허:** 김형의 이번 질문에 나는 솜몽둥이로 얻어맞는 느낌입니다. 그러나 나의 시는 해석을 거절하는 것이 아니라 올바른 해석을 간절하게 기다리고 있다는 사실을 이야기하고 싶습니다. 내 시를 올바르게 이해하는 독자( 평론가도 물론 독자입니다)를 만날 때는 무척 반갑습니다.

평소엔 스스럼없이 나누던 이야기가 기록이 전재된다는 사실 때문에 좀 무거워진다. 선생님도 조금 지치신 듯 한 모습이고. 그래서 또 다른 이야기는 자리를 옮겨 하기로 하고 나와 선생님은 제각기 전화기를 꺼내든다. 연락이 닿는 몇몇 사람들과 약속을 하고 차를 타고 약속장소로 향한다. 설대목을 앞둔 때라 길거리가 거대한 주차장으로 변해있고 바다는 어느 새 제 모습을 감춘 채 세상의 불빛들만 묵묵히 제 품에 거두고 있다. 나는 선생님의 시와 삶에 관한 열정이 봄을 눈 앞에 둔 저 바다처럼 늘 한결같으시기를 말씀드린다. "나는 아직 젊고 또 해야 할 일이 너무 많아" 이렇게 단호하게 말씀하실 때 선생님은 모습은 여전히 시 앞에서 설레이는 가슴을 어쩌지 못하는 젊은 청년의 모습 그것이다. 선생님의 그런 면모는 자리를 두어 차례 옮겨 밤늦게까지 이어진 술자리에서도 유감없이 발휘되었는데 그건 자주 선생님을 뵙는 우리들에게는 어쩌면 당연한 일이기도 하다.

# 둥근 생명의 줄

강은교시인 인터뷰

 

 

 

 

강은교 시인의 기획으로 처음 열리는 추리문학관 시낭송회인 〈금요일의 시인들〉 행사에 참가(기타 치면서 노래 부르기)도 할 겸, 또 사진도 찍을 겸 도착한 금요일의 추리문학관. 강은교 시인은 동행한 따님과 함께 모처럼 카메라 앞에서 환하게 웃는 모습을 보여주신다. 하지만 육안으로 보는 대상과 렌즈를 통해 보여지는 대상은 다르다. 카메라의 줌 렌즈 너머에서 시인의 눈시울은 미세하게 떨리고 있다. 그래서 옛사람들은 사진에 찍히면 영혼이 달아난다고 했을까. 그런 떨림에서 나는 또 시인의 섬세하기 그지없는 자의식을 감지하게 되는게 좀 송구스럽기도 하다. 아직도 여전히 소녀처럼 고운 저런 떨림을 간직하고 계시다니. 어쩌면 저 떨림이 지금껏 시의 긴장을 늦추지 않게 하는 원동력일 거라고 사진을 찍으면서 나는 혼자 생각한다. 아무런 선입견도 없는 따뜻하고 순수한 시선으로 세상과 또 세상 속의 수많은 대상들과 마주 서 계시는 것은 아닐까, 그러니 섣부른 자만과 오만이 끼어들 여지가 있을까. 강영환 시인과 최영철 시인이 자신들의 시를 육성으로 들려줄 때, 역시 미세하게 떨리는 그 목소리들에 여지없이 내 영혼도 감염당한다. 활자로 읽는 시와 시인의 육성으로 듣는 시의 느낌은 이렇듯 확연히 친화력이 다르다. 강은교 시인은 아마도 이런 교감의 상태를 염두에 두고 이 시낭송 모임을 기획했을 거다.

김: 우선 버클리대학 다녀오신 이야기를 해주시겠습니까. 그곳의 문학환경, 시인들, 시와 시인의 위상 등등.

강은교(이하 강): 버클리대는 안팎으로 아름다운 학교입니다. 어느 것 한 가지를 가지고 전체를 말하는 잘못을 범하지 않으려고 합니다만, 그러나 시인들의 위상은 〈휘트만 시대〉 같지는 않다는 생각을 했습니다. 책방 '엘 가보아도 현대시 코너'는 빈약하기 짝이 없었습니다. Whitman, Emily Dickinson, W. H. Auden, W. Stvence, T. S. Eliot, Ezra Pound, Ted Hughs, Silvia Plath, 유럽의 Paul Celan, 남미의 Pablo Neruda …… 등의 시집이 거의를 차지하고 있었죠, 그러나 일본의 하이꾸 시집은 몇 개가 있었습니다. 스탠

포드 대학의 'Basho and his Interpreters'를 비롯해 R. Hass 의 'Haiqu' 등, 심지어는 하이꾸 식으로 쓴 미국 시인들의 'Haiqu Moment'에 이르기까지. 'Poet &writer' 문학지를 보면 시창작과 광고가 많이 실리고 있음을 볼 수가 있습니다. 유명대학을 필두로 작은 문학 캠프에 이르기까지, 그런데 이는 '문학 동호회 성'을 말해 주는 것이 아닐까 하는 생각을 하게 합니다. 데리다 식으로 이야기하자면 중심의 문학은 해체되고 많은 문학 동아리들이 그 지역, 지역 속에서 태어나는 것입니다. 미국 식의 개성은 그런 경우 더욱 '동아리들의 활동' 속에서 발휘될 수 있을지도 모릅니다. Kuniz(89세)가 Laureate 시인이 된 이야기도 그곳 어디에선가 그 할아버지 시인의 사진도 인상적이었습니다. 89세에 계관시인이라니. 학교 앞의 코디 책방엘 가면 가끔 'poetry flash'(서부지역 詩誌)를 무료로 줄 때가 있습니다. 그중 특히 Sherman Alexie의 인터뷰 기사가 인상적이었습니다. 인디안 출신의 젊은 시인인데다가 소설도 쓰고 영화도 만들고 할 뿐 아니라, 타임지의 북 리뷰란에 소개되기도 하기 때문에 굉장히 인기가 많은 시인입니다.

11월에 나의 시낭송회가 있었는데, 한 스무편을 낭송하려니까 나도 모르게 흥이 나면서 리듬이 솟구치는 경험을 하였습니다. 그래서 우리 말이 정말 리드믹칼 하구나, 라는 것을 체험했지요. 그 경험과, 또 한 가지 Hass 교수가 하는 Launch Poem의 영향을 받아서 시낭송회를 하려고 마음 먹었지요. 하긴 미국에는 시낭송회가 많기도 합니다만, 그 launch poem 을 소개하자면 이렇습니다.

거기 도서관에는 Morrison room이라는 자그만 방이 1층에 있는데, 그 방에는 시집에서부터 안락의자까지 있으며 챠이콥스키의 LP도 준비되어 있는, 재미있는 방입니다. 학생들이 안락의자에 앉아 휴식을 취하기도 하고, 숙제를 하기도 하는 말 그대로 자유의 방이라고 할까요?. 거기서 버클리대의 Hass교수(시인이기도 함)는 매월 첫째 목요일 12:00 낭송회를 여는데, 수첩과 펜을 준비한 일반인들이 빼꼭히 들어차곤 했습니다. S. Alxie가 왔을 때에는 자리가 너무 일찍 차는 바람에 들어가질 못했죠.(여학생들이 특히 많이 왔더라구요.)

한 시간 이상은 절대로 하질 않고, 질문도 없고, 배경음악 같은 것을 깔지도 않아요. 오직 시만을. 시를 주인공으로. 거기서 힌트를 얻어온 우리의 '금요일의 시인들'도 많은 부분 그렇게 하려고 하죠. 부산 시인을 위주로. 아무도 읽지 않는 시를 주인공으로 하려는 나의 꿈이 그런 것을 하게 하였다고 할까요. 그 버클리 모리슨 룸의 안락의자에 앉아 추리문학관의 안락의자와 바다를 생각했습니다. 여기가 훨씬 좋지요. 바다가 있는 여기가.

마침내 낭송의 순서가 강은교 시인으로 넘어간다.

사진을 찍는 사이사이, 시인의 목소리에 불리워 나온 언어들이 가슴에 무늬를 찍기 시작한다. '상처' '얼룩' '햇빛' '웃음'······ 낭송이 계속될수록 그 무늬는 문신이 되어 몸에 찍히는 걸 느낀다. 오랜만에 나는 시쓰는 일의 힘겨움{?}움에서 벗어나 시 읽는, 아니 시를 느끼는 일의 즐거움에 빠져든다. 정말 오랜만에 느껴보는 즐거움이자 자유로움이다.

"우리가 물이 되어 만난다면/ 어느 가문 집에선들 좋아하지 않으랴/우리가 키큰 나무와 함께 서서/ 우르르 우르르 비오는 소리로 흐른다면// 흐르고 흘러 저물녘엔/ 저 혼자 깊어지는 강물에 누워/ 죽은 나무뿌리를 적시기라도 한다면/ 아아, 아직 처녀인/ 부끄러운 바다에 닿는다면"

이 시처럼 낭송되는 시들은 추리문학관에 가득 모인 사람들의 '아직 처녀인' 가슴 속으로 흘러내린다. 맞아, 그랬었지, 이 시 〈우리가 물이 되어〉를 읽으며 언젠가는 나도 이런 시를 써보고 싶다는 열망에 들뜬 적이 있었지.

김: 저는 문청 때부터 「우리가 물이 되어」를 너무 좋아해서 늘 외우고 다녔습니다. 오늘 선생님의 육성으로 들으니 느낌이 더 남다른데요. 좋은 시는 역시 시간을 초월해서 영원히 살아남는 것 같습니다. 이 시를 쓸 때 당시에 관해서 말씀해주실 수 있겠습니까?

강: 「우리가 물이 되어」는 그것을 쓸 당시는 제목이 달랐습니다. 그 작품이 지금도 만약 어떤 '상상의 틈'('젊은 시인에게 쓰는 편지' 참조)을 주고있다면, 괜히 이런 배경을 말씀드려 실망하게 할지도 모르겠는데요? 그러니까 그것을 처음 썼을 때의 제목은 '나의 평화주의'였습니다. 『월간 문학』지에 발표한 것이었는데, 그때 의도는 남한과 북한의 평화를 기원 한 것이었지요. 한창 우리 민족의 분단현실이라든가 정치적인 것에 빠져 있었던 결과라고 할 수 있겠지요. 지금도 그 생각이 근본적으로는 달라지지는 않았습니다만, '하나의 사회라는 곳'에 사는 인간을 많은 부분 상황 짓는 것은 정치라고 할 수 있지 않을른지요? 문학과 정치는 그런 면에서 깊은 관계가 있는 것이고, 그럴 때 정치는 한 인간의 토대, 나아가 출생의 계층성을 결정짓기도 하는 것이지요. 당시 그런 상황의 판단은 그 시에게 꽤 선명한 이미지를 주었고, 이 이미지는 시에게 상상의 틈을 넓게 하였다는 생각입니다. 상상의 틈을 넓게 한 요인은 또 한 가지가 있습니다. 시

집을 낼 때 어느 분이–아마 K시인이었지요–제목을 바꾸자고 하였었습니다. 그래서 시의 첫줄을 '우리가 물이 되어'로 하게 되었는데, 그 제목이 그 시의 영토를 한껏 넓혀 주면서 또한 그 첫 줄은 제목과 합쳐 시의 의미의 층에 보이지 않는 어떤 힘을 주었다고 생각됩니다. 그래서 그 제목의 제안에 늘 감사하고 있습니다.

**김:** 현대시가 지나치게 난해하다는 비판을 받으면서 시와 시인이 독자들로 부터 유리된 상황에 있다고 해도 무방할 것입니다. 하지만 선생님의 경우는 일관된 작품성을 유지하면서도 독자들로부터 유리되지 않는, 시인으로서 아주 행복한 위치에 있다고 생각됩니다. 그이유가 어디에 있을 거라고 생각하십니까? 개인적으로 이 질문은 현재의 모든 시인들에게 아주 의미 있는 대답이 될 거라고 생각하거든요.

**강:** 글쎄요. 그런 행복한 위치를 제가 가지고 있다고는 생각되지 않습니다. 그러나 어느 정도 그렇다고 한다면, 아마도 2번에서 언급한 '상상의 틈'을 제가 늘 생각하고 있다면 대답이 될는지요?. 이 상상의 틈 때문에 저는 독자가 저의 작품을 읽기 전, 그러니까 쓰는 과정에서 무수히 객관적으로 읽는, 말하자면 저 자신의 독법을 실천하고 있습니다.

또는 '모든 시는 독자가 완성한다'는 귀절을 생각해주시기 바랍니다. 이 귀절은 특히 독자중심 비평을 설명할 때 흔히 쓰는 귀절이기도 한데, 아무튼 저는 저의 첫 시집 『허무집』의 서사로서 70년대에 이미 썼었습니다. 그리고 그에 이어서 두 번 째 시집이었던 『빈자일기』의 서사는 다음과 같은 것이었습니다. '모든 존재는 홀로 사라질 수 없다./함께 연락함으로써 비로소 존재는 이루어지고,/드디어 깊이 사라진다.' 그러니까 그때 '연결'은 나의 시 행위의 목적 같은 것이 되었었다고나 할까요? 말하자면 그때나 지금이나 '연결'이라는 시적 염원을 가지고 있기 때문에 시 쓰기를 버릴 수 없었지 않았을까, 그리고 그것이 읽힌다면 읽히는 이유가 아닐까, 생각합니다. 어떻게 보면 어떤 시인의 말처럼 아직도 거기 매달려 있는가(이렇게 진보하지 않을 수 있는가)? 이렇게 말할 수도 있고, 참 악착스럽구나, 아직도 거기 매달려 있구나, 할 수도 있지만…….

그렇구나. 내가 시를 쓰는 동안 내 속의 평론가와 함께였다면 강은교 시인은 독자와 함께 있었구나. '객관적으로 읽는'다는 점에선 다를 바가 없겠지만 독자와 평론가의 사이에 놓인 간극은 설명할 수 없을만큼 먼 거리 인 것을. 나는 비로소 그 거리에 관해 생각해보기 시작한다. 나는 무엇을 갈구하며 시를 쓰는 것일까. 나는 시를 통해서 어떤 염원을 실현하고자 하는 것일까. 나는 지금껏 내가 가졌던, 혹은 가졌다고 생각했던 시에 관한 생각들을 다시 곰곰 생각하고 있는 중이다. 이건 처음부터 다시 시작해야 할 문제일까. 이건 결코 쉬운 문제가 아니다. 어떤 면에서, 시인들은 끊임없이 변하고 있고, 또 그런 만큼 완강하게 자신을 변모시키지 않으려 하는 어떤 원심력에 휘둘리고 있는 존재들임에 분명하다.

**김:** 「우리가 물이 되어」에서 최근의 「빨래 너는 여자」에 이르기 까지 선생님이 생각하시는 시적 세계관의 변화나 모색이 있었다면 어떤 게 있을까요?.

**강:** 제가 시를 쓰던 처음엔 아무래도 우주적인 면이 더 컸다고 생각됩니다. 그것을 사람들은 흔히 개인성이라고 말합디다만, 글쎄요, 그 우주성과 개인성을 한데 얼버무릴 수 있는 것인지, 그러나 한 가지 확실하게 말할 수 있는 것은 내가 빠져 있던 세계와 방법은 모더니즘이었다는 것입니다. 그러나 '한 개인'이라는 '내'가 쳐다보고자 한 우주는 '하나의 사회' 위에 서 있는 구름의 층 위에 선 우주라는 것을 그 이후의 시기, 즉 80년대의 사회의 변화 속에서 깨닫게 되었습니다. 따라서 우주에서 사회로 내려온 나는 나의 연결의 소망대로 다른 사람들에 관심을 갖게 되었고, 그 다른 사람은 때로는 역사가 되기도 하여, 나는 민중 공동체적인 시, 혹은 역사적인 인물들의 시(도미, 설녀 등)들을 씁니다. 그렇게 한

시절을 보낸 다음에(그리고 그 시기에 저는 삶의 터전을 서울에서 부산으로 바꾸고, 교수 생활을 시작하는 바람에 시를 많이 못 쓰기도 하였습니다.) 많은 상실을 겪으면서 '개인이란 하찮은 개인'이며 '작은 개인임'을 보게 되었고, 역사라든가 시간 속에서 사라지는, 그러므로 한 큰 역사만이 중요한 결과물로 남게 되는 '개인의 절망'을 보게 되었습니다. 이때는 더 이상 시를 쓸 수 없을 것 같기도 하였습니다. 그러다가 90년대도 중반에 이르러 나는 다시 우주적 생명의 한 끈을 붙잡게 되었습니다. 그러나 그 우주는 모더니즘의 그것이 아니라, 80년대를 이미 겪고 나온 것이었으므로 나의 첫 시기의 우주와는 좀 다른 것이었습니다. 개인과 사회와 우주가 하나되는 그런 생명의 줄, 거기서 중요한 것은 그러므로 시간 속의 절망이 아니라 긍정이었으며, 니체 식으로 말하면 보다 큰 긍정─생명의 둥근 원을 이룬 줄─을 들여다보는 것이었습니다. 그리고 그것을 나는 바다에서 얻을 수 밖에 없다고 생각하였고, 그래서 초기에는 관념적이었던 바다 앞에서 지금 내가 살게 된 것이었음을 깨닫게도 되었습니다.(또한 이것은 내가 최근에 와서 특히 부산을 사랑하는 이유이기도 하며, 낭송회도 그래서 부산 시인만을 초대하기로 마음먹게 하기도 하였습니다.) 아뭏든 나는 지금 '생명의 원─줄'로 다시 돌아가려 애씁니다.

이제 내 순서가 되었다. 이상하게 난 시낭송회에서 내 시를 낭송해달라고 하는 부탁보다 기타를 들고 와서 노래 몇 자락 해달라는 부탁이 더 좋다. 인터뷰를 하는 동안 좀 느슨해졌을 기타줄을 조율하고 몇 번 튕겨보고 나는 무대 쪽으로 나선다. 강은교 시인은 객석에서 마구 박수를 치며 좋아하신다. 그 모습이 여전히 소녀같다고 생각하며 나는 노래를 시작한다.

# 詩에 매달아 놓고 못 박고 싶어요

여정 시인 인터뷰

언어는 시인들의 무기이자 또한 상처의 흔적이며 내밀하게 숨긴 자의식의 통로이기도 하다. 아니 이는 시인들만의 몫이 아니라 지금 여기에 살아있거나 혹은 아주 오래 전에 자신의 생애를 살아내었던 모든 인간들이 공통적으로 가질 수 밖에 없었던 도구이기도 하다.

어떤 이는 그 도구를 무덤 속까지 가지고 가버려 아무런 기록을 남기지 않기도 하고 또 어떤 이는 그 도구로 생산해낸 갖가지 무늬들을 도서관에 차곡차곡 쌓아놓거나 저자거리의 바람 속에 풀어놓기도 한다. 어떤 무늬는 까마득히 잊혀진 또 하나의 무덤이 되기도 하고 또 어떤 무늬는 시도 때도 없이 인간의 세상으로 불려나가 이름을 갖게 되기도 하고 또 어떤 무늬는 저

자거리의 진담과 농담 속에서 비유라는 아주 긴 생명을 얻기도 한다. 그 중 시인이라는 부류의 인간은 끊임없이 언어라는 무기를 갈고 닦으며 자신의 생애를 소진해야 하는 이상한 종족에 다름 아니다. 무릇 모든 시인의 자신의 무기 속에 동시대의 모든 햇빛과 바람과 그늘을 새겨 넣기를 갈구할 뿐만 아니라 시대를 넘어 영원히 살아남기를 욕망한다.

영생을 갈구하는 무기를 꿈꾸는 시인이라는 종족은 그러므로 끊임없이 자신의 무기를 점검하고 확인하며 또한 핍박하고 저주하면서 반성한다. 그래서 시인의 무기들은 아주 많이 혹사당하고 변형되며 변화무쌍한 몸바꾸기에 숨차하기를 주저하지 않는다. 그러므로 언어는 시인에게 벽이자 감옥이고 꽃이자 칼이며 아주 많은 것들을 숨긴 마술사의 모자이기도 하다.

혹자가 말하길, 입 속은 자객들의 은신처란다. 그들이 즐겨 쓰는 무기는 '영혼을 베는 보검'으로 전해오는 자모의 검이란다. 을씨년스런 날이면 자객들은 검은 말을 타고 허허벌판을 가로질러 어느 심장을 향해 힘차게 달려간단다. 천지를 울리는 말 발굽소리 어느 귓가에 닿으면 그들은 어김없이 이성의 칼집을 벗어 던지고 자모의 검을 빼어든단다. 바람을 가르는 소리 한 영혼의 목을 뎅거덩 자르고 나면 자객들은 섬짓한 미소로 조의금을 전하고 또 다른 심장을 향해 말 달려간단다. 그날에 귀머거리는 복 있을진저, 자객들의 불문율에 있는 '귀머거리의 목은 칠 수 없다'는 조항에 따름이라.

　－「자모의 검」 부분


　1998년 동아일보 신춘문예에 당선작인 이 시는 언어에 대한 성찰과 비판이라는 주제를 날카롭고 힘 있는 어조로 노래한 무척 인상깊은 시였다. 인간과 인간사이 소통의 도구인 언어가 어떻게 폭력이 되고 폭력은 또 상처를 낳으며 상처가 인간을 파괴시키고 아울러 사회를 피폐하게 하는 가에 관한 반성을 이끌어내는 좋은 작품이었다고 기억한다.

　당시 내 생각은 또 한 명의 좋은 시인이 탄생했구나 하는 호감과 이제 막 시를 시작하면서 언어에 관한 가열찬 회의를 주제로 앞세웠다는 점에서 신선했었고 이 시인의 시세계가 어떻게 변모하고 발전할지 지켜보고 싶다는 생각을 했던 것 같다. 하지만 여러 문예지에서 간간히 만나게 되는 여정 시인의 작품에서 더 이상 언어에 관한 혹은 언어를 주제로 해서 그 의미를 더 심화시킨 작품들은 만나지 못했던 것 같다.

　장마의 시작을 알리는 비가 내리는 초여름, 대구역에서 만난 여정 시인은 큰 키와 마른 몸피에 모자를 눌러쓴 모습이었다. 오가는 사람들로 분주하고 소란한 대구역의 커피숍에서 여정 시인과 시에 관한 이런저런 이야기들을 나누었다.

여정 시인은 대체로 좀 수줍어하며 작은 목소리로 띄엄띄엄 시에 관한 자신의 생각들을 이야기하기 시작했고, 곧 인파들이 만들어내는 소란은 더 이상 우리가 나누는 이야기를 방해하지는 못했다.

**김**: 구체적인 이력과 근황을 이야기해달라.

**여정(이하 여)**: 고등학교 다닐 때부터 학교를 무지 싫어했는데 본의 아니게 전문대학에 들어가게 되었죠. 경영 2년 과정을 마치긴 했는데 직장생활 한번 제대로 해본 적이 없어요. 투병의 영향도 있었겠지만 천성적으로 단체생활을 잘 못하는 편이에요. 시에 좀더 가까이 다가가고 싶었어요. 그래서 1996년에 〈시와반시〉 문예대학에 들어갔어요. 수료와 동시에 문예대학 9기 출신들로 구성된 시나인 문학회에 들게 되었고 그때부터 동인활동을 했어요. 그러다가 1998년 동아일보 신춘문예에 시, 「자모의 검」이 당선되었죠. 그렇게 문단에 첫발을 내딛게 되었어요. 근황은 뭐 특별한 건 없어요. 잦은 병치레와 잦은 슬럼프로 늘 허우적대는 편이에요. 그런데 이번 슬럼프는 작년 여름에 이빨 치료를 받는 중에 왔는데, 좀 심하게 와버렸어요. 계속되는 병치레에 마치 내가 인간 같지 않은 느낌에 그 동안 생명줄이었던 시마저 놓아버리고 싶었으니까. 하지만 지금은 슬럼프에서 조금씩 벗어나 다시 읽고 고민하고 쓰고 고치고 다시 읽고 고민하고 쓰고 고치곤 해요. 하루 일상은 늘 비슷해요. 방안에 처박혀 있다가 저녁엔 연애를 하고 밤늦게 집에 와서 컴퓨터 앞에 앉아 작업을 하기도 하고 채팅이나 게임을 하기도 하는 편이죠.

**김**: 신춘문예 당선작 「자모의 검」은 언어에 관한 비판과 성찰이라는 관점에서 대단히 흥미로운 작품이었다.

**여**: 어릴 때부터 말에 대해 예민했는데, 애들이 장난으로 다른 애들을 놀리는 말에도 무척 가슴아파 했어요. 뚱뚱한 애를 보고 돼지야, 그러면 그 말을 들은 뚱뚱한 애가 얼마나 가슴 아파할까, 하면서 그 말을 들은 애보다 더 예민하게 받아들였어요. 그 후에도 말의 공격성에 무척 예민했던 것 같아요. 우리가 별 악의 없이 내뱉는 말에도 얼마나 많은 가시가 있는지 몰라요. 심지어 그냥 일상적으로 하는 말로 인해 상대가 상처를 받기도 하니까. 그런 생각들을 많이 해서인지 이 시는 한 문장이 먼저 왔어요.

'혹자가 말하길, 입 속은 자객들의 은신처란다.'이 한 문장을 써놓고 거의 1년이 지난 뒤에야 겨우 완성했죠. 말의 공격성에 대해 구체적으로 더 많은 사례를 얘기해가며 하면 좋을 텐데 너무 길어질 것 같아서 이 정도로 해두고 싶네요.

**김**: 시를 쓰게 된 계기 혹은 습작과정이 궁금하다.

**여:** 시라고 하긴 우습지만 고등학교 때부터 낙서를 좋아했어요. 수업시간에 낙서를 했어요. 교과서에 실린 시들을 써보기도 하고 그냥 생각나는 대로 써보기도 하곤 했죠. 교육에 대한 불만이 많았어요. 그렇지만 그것을 박차고 나올 용기가 없었죠. 그래서 죄 없는 연습장에 화풀이를 했던 거죠. 그때 제 꿈이 '시 백 편 쓰고 자살하기'였으니. 자살은 실패했지만. 그렇게 낙서를 했던 게 지금까지 계속되는 것 같아요. 등단 당시, 작품토론을 하면서 선생님들께 칭찬을 들었어요. 강현국 선생님께 「사막과 섬을 잇는 낙타」 「좌석버스 안에서」 「필랑말랑 해바라기氏」와 박재열 선생님께 「모자 속의 산책」 「어머니와 경비행기」, 특히 박재열 선생님께선 「모자 속의 산책」을 굉장히 칭찬해줬어요. 그런 칭찬들이 많은 힘이 되었죠. 그냥 응모하는데 의의를 두고 신춘문예에 시들을 보냈죠. 그때 나름대로는 작가세계를 생각하고 있었거든요. 그래서 20편을 준비하고 있었는데. 당선되었다는 소식을 처음 듣고 왜 그리 쓸쓸했는지 몰라요. 가슴에 커다란 구멍이 뚫린 듯한 느낌, 그 구멍사이로 바람이 숭숭 지나가는 느낌, 그리고 다시 아팠어요. 이번엔 폐결핵이 재발해서.

겨울 입구─말라깽이가 된 태양이 시퍼런 하늘에 누워 있다. 바람의 호스를 따라 항암제가 흐른다. 머리칼이 몽땅 빠진 나무가 사지를 비틀며 별을 바라본다. 별은 너무 멀리 있다. 까마귀 떼가 몰려와서 가지 위에 내려앉는다. 가지는 무거워 몸을 축 늘어뜨린다. 어머니의 눈 속에서 노을이 붉어진다. 붉은 노을 사이로 한 여자가 걸어간다. 그녀의 몸은 반쪽이다. 반쪽은 무덤가에 있다. 별이 먹구름에 가려진다.

　－「모자 속의 산책」


　신춘문예 당선작 작품집에 수록된 여정 시인의 시편들에는 뚜렷하게 다른 두 가지의 경향을 파악할 수 있었다. 위의 시는 「자모의 검」과는 또 다르게 시인의 자의식이 선명한 이미지로 형상화되어 있다. 아마도 시인의 투병과정에서 비롯된 상황들에 관한 묘사가 아닐까 짐작되는 이 이미지들은 죽음과 관련된 어두운 것들이다. 신춘문예 당선으로 등단한 이후 여정 시인은 거의 대부분 「모자 속의 산책」과 유사한 경향들의 시편들을 발표해 왔다. 초기작인 이 작품엔 상황을 묘사하는 이미지가 비교적 선명하고 이미지와 이미지 사이의 연결고리들이 비교적 탄탄하게 구성되어 있다. 이는 아마도 시인 자신의 투병과정에서 저절로 육화된 절실한 의식과 무의식들이 시를 태어나게 한 탓이 아닐까 싶다. 하지만 이후 발표된 여정 시인의 작품들을 살펴보면 삶에 관한 이 비관적인 이미지들은 단정한 연결고리와 몸피들에서 벗어나 자유분방하고 더러는 난삽한 구조로 흐트러져 있는 듯한 인상을 준다. 어쩌면 시인 자신의 삶에 관한 비관적인 인식은 잘 계산되어 규칙적인 법칙을 가지고 있는 이미지의 배열에 싫증이나 갑갑함을 느꼈을지도 모르겠다는 생각을 하게 한다.

그래서 여정 시인의 새로운 시편들은 독자와의 교감이나 편안한 이해를 쉽지 않게 만드는 작품들이 대부분이다. 이는 아마도 인간이 일반적으로 행하는 일상적인 행위들, 이를테면 먹고 마시고 배설하고 잠드는 무심한 행위들이 시인 자신에겐 심상하지 않기 때문일 수도 있을 것이다. 시인이 가진 무의식의 단편들을 확인할 수 있는 진술이나 이미지는 그의 시 곳곳에서 확인할 수 있다.

쪘거나 구웠거나 삶았거나 볶았거나 피가 없는 모든 음식에 시체 썩는 냄새 요란하다
　－「음식 환상」 부분


먹는다 게걸음치던 그날의 바다를 집어삼킬 듯 밀려오던 그날의 파도를 부패의 힘으로 맛을 냈다 가공의 바다냉장실에서 유통기한이 지나버린 저 바다기계들이 짠 게의 棺 온몸으로 棺이 된 게의 살
　－「게맛살」 부분

아버지 보셔요 저 새 집 위에도 바람이 스치고 금이 가고 허물어
지고 이 곳은 물고기의 뱃속이거나 신의 몸속이거나 우리가 살고
있는 이 지구는 소화액에 녹아내리는 음식물이거나 신의 커다란 고
환덩어리이거나 우리는 성염색체이거나 갖은 양념이거나 신의 몽
정 속에서도 ×빠지게 뛰어야 하는 우리는 뛰어봤자 벼룩이거나 棺
속의 시체이거나

  — 「아버지께 감사를」 부분

  여정 시인의 삶에 관한 인식들이 빚어내는 이런 어두운 이미
지들은 그러나 사실적이기 보다는 시인의 의식에서 한 번 더
굴절되어 발성되는 단계를 거친다. 그러므로 여 정 시인의 시
또한 일군의 젊은 시인들의 시에서 쉽게 발견할 수 있는 세계
의 개인적인 내면화, 즉 일상과 세계의 환상화라고 명명할 수
있는 특징들과 확고한 변별성을 가진다고는 생각되지 않는다.
동시대 인간의 일상적인 시간들, 상황들, 사물들을 시인의 내
면에서 몇 차례 꺾고 휘게하고 위치를 바꾸고 제각기의 고유한
의미들을 뒤집는 이런 방식들은 일견 시를 새롭게 보이게 하기
는 한다. 하지만 이런 방식을 취할 경우 세계와 시간과 사물에
관한 보다 더 심화된 해석과 그 해석들을 견고하게 떠받치는
튼튼한 연결고리가 행간에 숨어있어야 설득력을 가질 수 있다.
그렇지 않을 경우 이 낯선 시들은 그저 공허한 이미지의 나열

이거나 개인적인 독백에 머무르게 되고 만다. 새로운 세기라 일 컬어지는 당대는 젊은 시인들에게 그저 지리멸렬하고 후안무 치한 공간에 불과한 것일까. 마치 놀이공원의 비현실적인 세트 장처럼.

**김**: 여정 시인의 시도 현재 젊은 시인들이 쓰고있는 내면의 환 상적 이미지화라는 큰 범주에 포함할 수 있을 것이다. 현실 의 부조리와 정면대면하기 보다는 낯설고 환상적인 이미지 에 집착하게 되는 이유를 설명한다면?

**여**: 제 시는 요즘 젊은 시인들이 쓰고있는 내면의 환상적 이미 지화와는 조금 다른 것 같아요. 물론 몇몇 시는 그런 요소도 들어있지만 제가 추구하는 텍스트는 내면의 환상적 이미지 화라기 보다는 이중, 삼중 겹을 이루는 텍스트라고 할 수 있 어요. 제 개인적 경험이 사회적 요소와 어우러지고 그런 다 음 그것들이 한 스토리로 전개되는 그런 텍스트죠. 어떤 시 들이 어떻게 읽혔는지 모르겠고 그것은 또한 물론 독자의 몫이긴 하겠지요. 「음식환상」은 항암제를 맞을 때의 경험 (상상 속에선 음식을 날것으로도 먹을 정도였는데, 실제로는 음식 냄새조차 맡을 수 없었으니까), 그 시에선 멧돼지로 그려져 있 는데 실제로는 살아있는 개를 잡아먹었어요. 이런 경우 환 상이라기보다는 경험이죠. 생생한 경험, 거기에다가 사회나

문명에 대해 살짝 끼워 넣었죠. 요리된 음식, 석유(수많은 시체들의 즙 같으니까), 그래서 문명을 거부하고 밀림과 피를 그리워하는 환자가 되죠. 「봉산동 붕어」에는 재즈의 역사(혼혈의 음악)과 무수히 늘어나는 시니피앙으로 인해 시니피에의 본질마저 파괴되는 자연과 인공의 혼혈적 사회가 오지 않는 비라는 여자를 기다리는 남자라는 연애이야기로 전개가 되죠.

그리고 그밖에 시들을 살펴보면 「벌레 11호」는 결핵약을 먹을 때의 개인적 경험이 강하고 숫자나 기호가 들어가는 글들은 대부분 현재의 사회에 바탕을 두고 미래의 사회상을 그려본 경우예요. 「아기 5호」는 체외수정에 대한 부정적 시각을, 「베이비스토어」는 유전공학의 부정적 시각을, 「애인 13호」는 사랑=재산목록이라는 사회상을, 「21C 콜로세움」과 「바코드기 오」 또한 그런 맥락으로 읽을 수 있겠죠. 전 내용에 맞는 형식을 찾기 위해 주로 고민하는 편이에요. 삭막한 사회상을 그릴 때는 숫자나 기호 같은 것이 들어와 삭막한 사회상을 그려내고 광기나 자학적 내용이 들어올 때는 형식 또한 미쳤거나 찢기거나 하죠.

자기 시에 대해서 자기가 떠드는 것처럼 어리석은 일이 없는데, 너무 떠들어댄 것 같아 속이 좀 상하네요.

半지하방에서 꿈틀댄다 12시를 향해 기어가는 시침 위에서 꿈틀
댄다 꿈틀대자마자 결핵약을 먹는다 10개의 환약들이 식도를 타고
꿈틀댄다 나는 10개의 환약들에 끌려 다닌다 수정체를 뚫고 급습하
는 벌레 1호, 실내화를 신은 발로 밟아 죽인다 책상 위를 기어다니
는 벌레 2호, 책상 위에 놓인 『죽음의 한 硏究』를 번쩍 들어 쳐죽인
다 벌레 3호는 볼펜심으로 콕 찍어 죽인다 벌레의 주검 앞에 냉소를
던진다

　　－「벌레 11호 부분」


　이럴 경우, 나는 여정 시인의 소상한 마음을 위무하기 보다
더 깊은 이야기를 꺼내보자고 작정한다. 그래서 주스잔을 든 채
약간 떨리는 젊은 시인의 손과 안경 너머의 표정을 짐짓 모른
채 하고 이야기를 계속한다. 개인적인 경험들이 활자화되어 발
표되었을 때, 절대 공감각을 갖지 못하고 시인 자신의 내면화된
이미지들의 토로에 그친다면 시인 개인의 대사회적인 커뮤니
게이션을 목적으로 하는 글쓰기가 지나치게 폐쇄화하는 건 아
닌가. 그리고 문명사회에 대한 비판과 디스토피아의 예견에 관
한 시를 쓸 때, 숫자나 기호를 상징의 무기로 채택하는 경우 그
것은 이미 헐리우드 영화나 SF소설, 애니메이션등에서 익숙하
게 보아 온 것들이므로 진부하지 않은가. 그리고 시를 쓰는 행
위가 궁극적으로 도달할 수 있는 건 무어라고 생각하는 지. 자

신이 시를 쓰는 행위를 어떻게 설명할 수 있을까?

**여**: 시를 쓰는 행위가 궁극적으로 도달할 수 있는 건 아무 것도 없다고 봐요. 그저 자기만족이죠. 쓰는 행위에서 만족을 느낀다면 그것으로 족한 것 아닌가요? 제가 시를 쓰는 행위는 그저 흔적을 남기는 거예요. 처음엔 죽고 싶은데 죽지 못하니까 썼고 지금은 죽다가 살아남았으니까 쓰는 거고, 또한 앞으로 살아있을 때까지 계속 반복되겠죠.

> 동그랗게 몸을 말아야 한다 이제 그만 잠에서 깨어나야 한다 정오를 가리키던 해시계도 해시계 위에 알록달록 핀 꽃도 그 꽃길 위에 새겨진 발자국도 고이 접어 이제 그만 일어나야 한다
> ―「쥐며느리」 부분

시인 자신이 이미 말했듯이 여정 시인의 시에서는 세계에 대한 소극적이고 폐쇄적인 인식들을 강하게 감지할 수 있다. 일상에서 한발짝 유리되어 있음으로 자신과 세계를 더 섬세하고 예민하게 읽어내고 감지하는 독특한 시선, 자신이 감내해야 하는 질병과의 싸움으로 인해 가지게 되었을 이런 감성들이 내게는 여정 시인만의 독특한 개성으로 읽혀진다.(하지만 적어도 내 생각으로는 자기 카타르시스를 위한 시 쓰기는 여전히 함정이 많다) 그런

이유에서인지 여정 시인의 시에선 밤보다는 낮, 실외보다는 실내(어두운 방 혹은 내면)의 상황과 이미지들이 더 많이 등장한다. 밤을 지배하는 빛은 어둠, 어둠을 이기지 않고 그저 어루만지는 것은 달이다. 여 정 시인의 시에서 달이 빈번하게 등장하는 것은 어쩌면 필연일 수도 있을 것이다.

케이블이 달을 꽁꽁 묶는 밤, 나는 달의 화장터로 끌려간다. 걸친 옷이 하나 둘 불타오르고 벌거벗은 나도 불타오른다. 내 살 굽혀지는 냄새가 케이블 속을 떠돌고 나는 어느새 유령이 되어 환생할 자궁을 찾는다. 이곳 자궁들 속은 너무 환하다.

 −「케이블 가이」 부분

둥근 달 속에서 버스가 덜컹거린다. 달빛이 너무 붉다. 버스가 덜컹거린다. 먹구름이 둥근 달을 집어삼키고 있다. 둥근 달이 잠시 바이올린으로 떠 있다가 먹구름 속에서 피를 토한다. 사람들이 붉게 젖어간다. 길들이 붉게 젖어간다. 버스가 덜컹거린다. 만삭의 여인이 덜컹거린다.

 −「『레드 바이올린』을 되감으며」 부분

태양이 빛을 잃었다. 달은 너무 멀리 있다. 짐승들이 비린 내장을 드러내고 부드러운 솜털로 속을 채웠다. 나무들은 광합성을 하지 않고도 살아남는 법을 배웠다. 굳은 열매들이 그 가지 끝에 매달렸다.

   – 「인형의 방」 부분


**김**: 시 속에 「달」이라는 오브제가 꽤 많이 등장한다. 하지만 그
달은 일관적인 상징을 획득하는 대신 여러 모양으로 변주
되고 변형되며 특히 원형이 손상된 채로 나타나는 경우가
많다. 여 정 시인에게 달은 무엇인가.

**여**: 달이 좀 많은 편인데, 제 시 몇 곳엔 염색체적 자아가 있어
요. 그런 성향이 강한 게 「아버지께 감사를……」과 피노키
오에 관한 글들인데, 현실부정을 하죠. 지구를 고환덩어리
로 보고 달을 자궁으로 그려내는데, 이 자궁은 영혼의 세계
에서 쫓겨나 육체의 옷을 입게되는 감옥이기도 하고, 그러
니까 영혼의 세계로 다시 들어갈 수 있는 통로이기도 하죠.
인간은 마치 수정을 기다리는 고환덩어리 속의 염색체 같
을 때가 있어요. 그렇다면 제 시 속에서 달은 달, 자궁, 감옥,
영혼의 세계를 있는 통로, 육체의 옷을 입는 혹은 벗는 탈의
실, 여자, 어머니, 광기 등으로 드러나죠.

**김**: 종교를 갖고 있는지?

**여**: 종교는 기독교예요. 성경이 이스라엘을 중심으로 씌어진 인
간 종말까지의 역사서라 생각합니다. 그리고 앞으로는 내
생활이 드러나고 내 생각이 드러나는 낙서 같은 시를 쓰고

싶습니다. 나를 시에 매달아놓고 못박고 싶어요. 시와 산문의 위험성이 따르긴 하지만 내 인생을 가장 솔직하게 드러낼 수 있는 그런 글을 쓰고 싶어요.

이쯤에서 여정 시인은 자신의 시에 관한 이야기를 멈추고 싶어 한다. 그리고 약간 피곤해 보이기도 한다. 그래서 우리는 서로의 일상에 관한 소소한 이야기들을 잠시 나눈다. 오가는 여행객들로 분주한 커피숍 안이 다시 소란해진다.

인터뷰를 하기 한 달 전쯤에 나는 여정 시인이 그동안 발표한 작품들을 거의 모두 읽었다. 그 속엔 내가 기대했던 언어를 주제로 한 시들은 읽을 수 없었다. 대신 약간의 언어유희에 경도된 시들은 몇 편 발견할 수 있었다. 여 정 시인의 시들을 읽으면서 나는 몇 가지의 경향들을 발견할 수 있었다. 「모자 속의 산책」을 필두로 하여 「늙은 방」 「쥐며느리」 「망막일기」 「무덤으로 가는 거울 하나」 등 자신의 투병생활과 무관하지 않게 삶과 죽음에 관한 비관적인 인식들을 어둡고 섬뜩한 이미지로 드러내는 시편들, 문명사회에 대한 나름의 진단과 예견을 기호와 숫자와 부조리한 상황들로 제시하며 형상화한 「21C 콜로세움」 「애인 13호」 「바코드機우를 위한 랩소디」 등의 시편들, 그리고 자신의 존재에 관한 회의와 성찰을 기록한 「어머니와 경비행기」 「아버지에게 감사를」 「아버지 가방에 들어가신 날」 「피노키오 2세의 자기진술서」 등의 시편들이다. 물론 이건 내 나름의 거친 분류에 불과하지만 어떤 경향으로 분류되든지 여정 시인의 폐쇄적이며 지극히 섬세한 촉수를 지닌 시들이 현실과 일정한 관계 맺기를 시도하거나 인식할 때 구체적인 힘과 설득력을 가지게 되지 않을까 하는 생각을 하게 한다. 이를테면 창 안에서 창 밖을 바라볼 때, 벽안에서 벽 밖의 어둠을 상상할 때, 허공으로 날아올라가 달 속에 누울 때가 아니라 지상으로 달을 끌어내릴 때, 여정의 시는 비로소 팽팽한 긴장과 활력, 그리고 구체적으로 선명한 이미지의 힘을 얻게 된다는 사실을 아래의 시편같은 경우 깨닫게 해준다.

달아 나다. 네 옆에 있는 어둠이다. 달아 나다. 너를 키워낸 엄마다. 자궁 속은 늘 어두운 법. 그 법속에 우리가 산다. 산다는 건 어쩌면 뿌연 안개 속에서 달아날 구멍을 찾는 것. 구멍은 늘 무덤 가까이 있다. 탈출자의 명단이 거기 새겨져 있다. 달아, 나 오늘 탈출자의 뒤를 밟아 봤다. 어둠에 젖은 길을 지나 안개 속을 헤집고, 쏙 사라져 버린 그 넓은 보폭과 그 빠른 걸음에 매달려 봤다. 하지만, 달아 나다. 네 옆에 있는 헛수고다. 탈출자가 벗어놓은 가죽옷을 들고 울고 있는 네 탯줄이다. 새까만 네 양분이다. 탈출자는 항상 우리 반대편에 서서 언제나 밝고 자유롭다. 가죽옷과 함께 배꼽을 두고 간 그들이 나비처럼 너울대고 너울꽃이 된다. 너울꽃은 고아 아닌 고

아다. 그 고아는 방실 웃으며 방실내를 풍긴다. 하지만 벽 하나, 달
아 나다. 여기는 어둠의 쇼윈도다. 너는 노오란 백열등이다. 너는 밤
마다 노오란 울음을 터뜨리며 내 자궁 속에서 디스플레이 된다. 네
노오란 울음도 어쩌면 디스플레이다. 어쨌든 너는 내 아기, 내 희망,
내 구멍이다. 내 어둠의 옷을 무덤 옆에 벗어두고 달아날 그 구멍,
그 구멍으로 비쳐드는 세상이 밝게 흔들리고 있다.

　– 「달아나다」 전문


　하지만 여정 시인은 여전히 자신의 종교인 기독교적 세계관
을 모태로 하여 삶과 죽음, 고통과 쾌락, 육체와 영혼의 부조리
한 이분법 속에 갇혀있는 인간의 존재이유와 그 내면을 모색하
는데 경도되어 있는 듯하다. 이는 이번 특집에 발표하는 「배꼽」
외 6편의 신작들이 잘 말해주고 있다. 아마도 이 젊은 시인은
이제 누구의 비난이나 관심도 배제한 채 자신만의 고유한 육성
으로 자신의 이야기를 하기 시작하는 것이다. 개인적으로 나는
여 정 시인의 이런 태도가 마음에 든다. 성공의 여부를 떠나 한
자리에 안주하지 않는 것, 세속적인 성공에 연연하지 않는 것,
이건 젊은 시인들만의 특권이 아니라 시인이라면 누구나 가져
야 할 의무일테니까. 시에 관한 여정 시인의 이런 태도가 잘 드
러나는 시 한 편을 곰곰히 읽어가면서 나는 부산행기차에 오
른다. 어쩌면 여정 시인은 이런 지난한 여행을 가진 후에 다시

「자모의 검」에서 처럼 인간의 언어라는 이기 혹은 흉기에 관해 반성하고 회의하는 시간을 다시 갖게될 수 있을 것이다. 여전히 비는 내리지만 차창 밖의 비에 젖은 녹음은 싱그럽기 그지없다.

　잎새에 매달려 푸른 음계를 배운다. 나는 온몸으로 노래한다. 하지만 광합성을 할 수 없는 나, 나는 사시의 눈을 굴려가며 날벌레를 잡아먹는다. 사람들은 그런 나를 손가락질한다. 내 뿌리를 들먹거린다. 나는 그들에게 온몸으로 따져본다. 말이 자꾸 빗나간다. 그들은 내 긴 혀의 사정거리 밖에 서 있다. 변한다. 내 살은 딱딱하게 굳어 벽이 되고 나는 벽 속에 갇혀 웅크린다. 내 가슴속에서 가시가 솟아나고 나는 그 가시에 찔려 피를 흘린다. 태양과 달이 번갈아 가며 내 살을 긁어댄다. 때론 바람이 내 살을 할퀴고 스쳐간다. 벽에 금이 간다. 나는 어떤 모양의 울음을 터뜨리며 이 곳을 뛰쳐나갈지를 그려본다. 화석이 된 혀가 움직이지 않는다. 하지만 난 또 변할 수 있다.
　－「카멜레온」 전문

# 강렬한 육식성의 육성과 이미지

박미영 시인 인터뷰

**김**: 오랜만입니다. 여전히 작가콜로퀴엄에서 열정적으로 일하
고 계시죠? 근황은 어떻습니까.

**박미영(이하 박)**: 제가 타인들에게 듣는 여러 말 중에 가장 부끄
럽게 여기는 것이 '열정적'이란 말입니다. 지금도 얼굴이 달
아오르려는데요. 어느 인터넷 까페의 제 아이디가 '게으름
이'랍니다. 주변의 몇몇 분들이 재미없다고 철회하라지만
전 그 이상 저를 표현해내는 말이 별로 없을 것 같아 그냥
고수하고 있습니다. 작가콜로퀴엄은 이 게으름이 때문에 한
동안 침체 상태에 있었는데 올해부터는 여러 가지 새롭게
구상한 사업들을 펼치려고 지금 다각도로 워밍업 중입니다.

**김**: 작가콜로퀴엄에서 계간지 『낯선시』를 발간하고 있는 걸로

알고 있습니다. 『낯선시』의 성격이랄까, 편집방향, 향후 계획 같은 걸 말씀해주신다면?

박: 제가 또 편집장을 맡게 되었는데요. 현대시로 등단한 김숙자 시인이 발행인으로, 경북대 박재열 교수가 주간을 맡고 계십니다. 물으셨으니 『낯선시』 창간사 일부를 여기에 밝혀보겠습니다. …… 우리는 낯선 문화를 담을 구조와 기호체계가 절실함도 느낀다. …… 우리들의 고인 삶에 시리고 거슬리지만 다른 물꼬를 끌어오고, 이데올로기에 깔린 이단적 목소리에도 깊이 귀 기울일 것이다. …… 우리 문학이 끝없이 모방으로 재생산되는 그 고리를 자를 연장을 벼릴 것이다. 또 우리 문단의 해묵은 비만증을 경계하며, 지면이 적어 한탄하기보다는 낯설고 거친 것이 없어 한탄할 것이다. …… 전통과 두께에만 만족하는 매너리즘보다는 해체하려는 용기를 존중할 것이다. ……

김: 2003년에 〈대산문학 젊은 시인상〉을 받고 시집 『비열한 거리』를 내셨지요? 〈비열한 거리〉는 마틴 스콜세지가 뉴욕의 갱들이 겪는 일상을 그린 영화로 전혀 폭력적이지도 갱스터 영화 같지도 않은 영화의 제목이고 최근에 유하감독이 이 제목을 빌려와 영화를 만들기도 했습니다. 시집에 이 제목을 쓴 이유가 궁금했지요. 혹시 이 비열한 거리가 혹시 시인이 몸담고 있는 문학판, 그러니까 글동네를 지칭한 건 아

닌지요?

박: 유하 시인께는 나중에라도 꼭 영화표 열 장을 받으려고 합니다, 하하. 영화 비열한 거리가 전혀 갱스터영화 같지 않은 갱스터영화라는 말씀처럼 저의 그 시도 딱히 문학판, 글동네를 지칭한 것이라기보다는 부당한 거래가 횡행하는 세상의 모든 곳을 지칭한다는 생각으로 썼습니다. 부당한 거래가 불러오는 모든 것들, 지금도 도처에서 횡행하는 비인간적 행위들, 추악한 전쟁들 그로 말미암은 기아와 고아들, 그 맥락으로 보면 쿠르드족 감독 바흐만 고바디의 영화는 영화보다 더 비현실적인 현실을 담고 있죠. 그리고 참으로 슬프게 생각되는 것은 이 비열한 거리가 인간이 존재하는 한 모든 곳에 놓여 있을 것이라는 것을 우리 모두 아프게 인정하고 있는 것이라는 거죠. 마치 공기에 존재하는 세균들처럼요. 시인을 비롯한 예술가들만이 아마도 도처에 놓인 이 비열한 거리의 수를 줄일 수 있을 것입니다. 최근에 러시아의 음유시인 빅토르 하라의 '야생마'란 곡을 우연히 접하게 되었는데요. 나중에 기회가 닿는다면 그 음악을 배경으로 이 표제시를 한 번 읊조렸으면 좋겠군이란 생각을 해봤습니다.

김: 『비열한 거리』에 실린 시들 중 가장 강렬한 인상을 남긴 시가 제 경우엔 「易」이었습니다.

나는, 죽은 새 몸에 뿌리내린 달개비꽃, 이슬 톡 떨어졌습니다

하얀 구더기 위로 톡 떨어졌습니다 죽은 새 덮어둔 기왓장 들췄더니

안방에서 한잠 잔 듯 기지개 켜며 당신 거기 있었습니다


이 시의 이미지가 워낙 강렬해서 잊혀지지가 않았지요. 처럼 박미영 시인의 첫 시집 『비열한 거리』엔 넘쳐나는 강렬한 육식성의 이미지가 잔영을 남기는 독특한 시집이었는데요. 이 육식성 이미지가 본인의 개성으로 자리 잡게 된 연유가 무엇일까요? 이 박미영표 육식성 이미지에 관해 본인은 어떤 생각을 갖고 있습니까?

**박:** '박미영표 육식성 이미지'라고요! 아아, 이건 정말이지 여성으로선 참으로 곤란한 이미지군요. 사실 제가 어릴 적부터 유난스럽게 육식에 탐닉했다고 합니다. 그래서 몇 년간 아토피와 체질개선 치료를 받기도 했지요. 사진에서도 나타나지만 왠지 제겐 다른 사람들보다 이가 세 개쯤 더 있지 않을까, 라는 생각이 들 정도예요. 다행히 송곳니가 뾰족하진 않아서 덜 섬뜩하다고 혼자 웃는데요. 시에 강렬한 육식성의 이미지가 있다면 그 탓으로 돌리면 안될까요. 이십 대 땐 지평선조차 볼 수 없는 우리나라가 참으로 좁다란 생각을 혼자 했죠. 두만강 가에서 말 달리는 마적의 딸로 태어났더라

면 좋겠다고 상상한 적도 있구요. 요즘엔 나물에 관심이 쏠려 있습니다.

김: 그 육식성 이미지와 오버랩 되는 게 또 "말"이라고 생각됩니다. 표제작 「비열한 거리」가 그렇듯이 동물인 말(馬)을 빌려 세상과 인간 사이 횡행하는 말(언어)의 그야말로 비열하고 잔인한 폭력성에 관해 발언하고 있습니다. '그 말의 눈매가 스치자 대화가 더러워졌다 우리는 그 날 진실했을까 사실만 말했던 걸까 오래된 말가죽 냄새가 난다' 시인이 말에 관해 집착하고 예민하게 반응하는 것은 지극히 당연한 일이겠습니다만 박미영 시인의 경우 굳이 말의 폭력성이 주는 상처에 잡착하는 연유가 궁금합니다.

박: 누구라도 그러하겠지만 저는 모든 폭력을 증오합니다. 어릴 적부터 옆에서 넘어져 피 흘리는 아이를 보면 내가 아픈 것 같아 같이 울었지요. 그때 어렴풋이 감정 전이가 쉽게 된다는 걸 깨달았어요. 누군가 웃으며 내게 말해 준 무속 기질이라고나 할까. 글쎄 우리가 지금 소머리 투구를 쓰고 '말(馬)'을 탄 채 싸우는 전국시대가 아니니 서로에게 '말(언어)'로 상처를 주지 맙시다라는 슬로건적 의미로 가볍게 생각해 주시면 좋겠어요. 본의 아니게 저 또한 말로 상처를 입히는 경우가 많은데요. 다행히 전 사과를 잘 하는 편입니다. 혹시 저의 말 때문에 상처를 입은 분이 있다면 지금 사과드립니

다. 그리고 제게 말로 상처를 입힌 분들 이 글 읽으시면 제게 사과해 주세요. 하하.

김: 박미영 시인의 첫 시집이 준 인상이 워낙 강해서 저는 〈올해의 처녀시집〉같은 상이 있다면 받지 않을까 생각했는데, 의외로 조용했던 것 같습니다. (웃음) 지역, 중앙 구분은 뭐 별로 의미 있다는 생각은 안 들지만 대구라는 지역에서 삶을 꾸리고 시에 복무하는 지역시인(어폐가 좀 있습니까?)으로서의 자의식을 굳이 이야기한다면요.

박: 과찬이세요. 전 대구에서만 칠백 년 이상을 산 일족의 일원입니다. 가끔 대구를 떠난 적은 있었습니다만, 대구는 미치도록 벗어나고 싶지만 사랑할 수밖에 없는 나의 도시, 애증에 찬 나의 고향입니다. 제임스 조이스식으로 말하자면 'dear dirty Daegu!'인 셈이죠. 이제야 뭐, 인터넷에다 고속열차도 놓여 말씀하신 대로 지역과 중앙의 구분 자체가 거의 의미가 없다고 여기는데요, '지역에서 삶을 꾸리고 시에 복무하는 지역시인의 자의식' 식으로 말씀드리면 대구는 세계 어느 곳에 내놓아도 고수급에 드는 문학의 도시입니다. 최근에 도시의 수장을 만나 그러니까 '대구에서 세계문학제를 합시다'라고 이야기했더니, 그 세계문학제가 분명히 도시에 영광과 번영을 가져다 줄 것은 자명해 보이지만, '대구가 문학의 도시라고 누가 이야기합디까'라는 식으로 대꾸를

해왔습니다. 여러 매체의 통계도 있다며, '당신께서 그 첫 삽을 좀 뜨시죠'라며 맞장을 떴습니다만 바늘도 들어가지 않더군요. 그런 점에서 저는 지역을 절망하고 지역성을 분노하며 지역의식을 깨부수고 싶어 합니다.

**김:** 이제 이번 신작시들로 넘어가볼까요. 이번의 신작시들에도 첫 시집 때처럼 여전히 '아버지'와 '주검'과 '폐허', '푸주한' 등 어둡고 무거운 이미지들이 등장하는데요. 첫 시집을 내고 난 이후 삼 년여의 시간 동안 본인의 시에 관한 어떤 인식이나 세계관의 변화가 있었는지요?

**박:** 전혀, 한 발짝도 내딛질 못 했습니다. 그것이 나를 미치게 합니다. 얼마 전에는 이러다가 시 한 편도 못 쓰고 말 거란 절박감에 혼자 통음한 적도 있었어요. 어느 누구의 탓도 아닌 걸 더 잘 알기에 오래 불면에 시달리기도 했고요. 그런다고 또 뭐 시가 되나요. 이번 시도 거의 일 이 년 전의 것들입니다. 그러니 애초에도 내게 감히 무슨 거창한 인식이나 세계관이 있질 않았던 것처럼 지금에야 더더욱 그런 말 자체가 제겐 전혀 해당이 없는 말씀으로 들립니다. 첫 시집도 자서에 쓴 것처럼 '불쏘시개'가 되길 아직도 원합니다.

**김:** '저 사람 좀 보아! 목단꽃무늬 낡은 요 머리끝까지 푹 뒤집어 쓴, 콘크리트바닥 납작 뭉개진 껌처럼 저 사람, 배고픈 누우처럼 웅크리고 있군' 이 시 「지하도」에서처럼 시집 『비

열한 거리』에서의 어조는 굉장히 높은 목소리의 직설적인 어조를 갖고 있었지요. 노래로 비유한다면 달콤하고 착하고 감성적인 발라드가 아니라 날카롭고 힘있게 내지르는 헤비메탈의 샤우트 창법이라고나 할까요. 박미영씨 노래 부를 때 그러잖습니까 (웃음) 그런데 이번 신작시에서는 그런 Bad Girl의 어조가 많이 사라졌어요. 오히려 '가세요 문을 닫아걸 거예요' 나 '아이, 정말 밥맛!' 같은 여성적이면서 낮고 차분한 어조들이 눈에 들어오네요.

박: 하하, Bad Girl이라. 노래는 위승희, 강해림 그리고 선생님이 우리 시단의 진정한 노래꾼들 아니신가요. 직설적이고, 샤우트적이라, 저는 원래 매사에 에둘러서 표현하는 성격이 못 됩니다. 아마 태생적인 요인이 강하지 않을까라는 생각도 하는데요. 오래전에 돌아가신 우리 어머니 말씀이 "표현할 수 있는 것은 모두 표현하라. 표현하지 않으면 어떻게 네 마음을 상대가 알 수 있겠니. 특히 사람들 간의 정이란 짚동 같은 몸에서 나는 것이 아니라, 풀잎 같은 혀끝에서 나는 법이니라" 하셨죠. 굳이 변명해서 제 시의 어투가 어머니 말씀의 변용이라고 하면 어떨까요. 서울역에서부터 중앙일보까지의 차가운 지하도 바닥에 고약한 냄새를 풍기며 주욱 드러누운 노숙자들을 두고 땅 속의 굼벵이, 날아가는 새, 풀, 강을 걱정하는 시를 저는 도저히 쓸 수 없다는 것, 최민

식의 '굶주림'의 사진을 보면서 느꼈던, 또는 부옇게 스모그
가 낀 인도의 거리에서 상처 난 맨발로 뛰어와 구걸을 하는
아이를 보면서 느꼈던 그런 눈물이 퍽 쏟아지는 광경들만
제 눈에는 들어옵니다. 감성과 발라드가 자리할 마음의 여
유가 없다는 것이 또 하나의 이유겠죠.

**김:** 궁극적으로 박미영 시인이 생각하는 이상적인 시의 모습은
어떤 거라고 생각하십니까. 그리고 최근의 시적 관심사는
어떤 것인지요?

**박:** 이상적인 시의 모습이란 매사를 새롭게 실험하려는 성격을
지녀 아무리 보아도 질리지 않는 매혹적인 얼굴을 보여주
는 사람 같은 거라고 개인적으로 생각합니다. 고대 그리스
사포의 '무릎에 제비꽃을 놓은 사람'처럼 몇 천 년이 지나도
그 시의 얼굴 앞에서 가슴을 미어지게 만드는, '지구라는 슬
픔의 매듭을 베껴 쓰는'이란 구절처럼 마치 인류의 시원에
서 건져온 듯한 정끝별의 최근 시, 말하자면 지구가 깨어질
때까지 유효한 시! 이것이 바로 이상적인 시의 모습이라고
생각합니다.(저도 그런 시 한 편은 꼭 쓰고 싶습니다. 흑흑 ㅠㅠ)
그리고 저의 시적 관심사는 늘 너무나 다방, 다면, 다각적
으로 열려 있어 스스로도 혼란스러울 정도입니다. 일, 연애,
그림, 음악, 사진, 영화, 춤, 같은 책 거듭 읽기, 그리고 사소
한 일에 분노하여 장문의 댓글 남기기(며칠 전 서울시립미술

관에서 일금 만 원을 주고 들어간 마그리트전에서, 미술관측이, 내가 그토록 보고 싶어 했던 중요하고도 비싼 그림(!?)은 거의 없이 거대한 네 홀을 가득 채워 두었다는 것을 발견했을 때!) 그리고 비열한 거리에 시비 걸기. 어차피 시적 관심사는 이렇게 많아도 나오는 시가 일 년에 한두 편 정도니까, 일전에 이승훈 교수님이 말씀하셨던 시적 경제성은 꽝인 상태지만요. 그냥 이렇게 삽니다.

김: 르네 마그리트 그림은 저도 보고 왔는데요. 그나마 제가 좋아하는 그림들이 몇 점 있어서 그래도 행복했었답니다. 긴 시간 동안 수고하셨습니다. 박미영 시인의 시 내부를 찬찬히 산책한 것 같은 느낌이 듭니다. 지금보다도더 깊게 열정적인 활동을 기대하겠습니다.

박: 선생님도 건강하세요.

# 둥글고 깊은 어둠 속의 눈

윤희수 시인 인터뷰

늦여름 오후 먹장구름 잠시 가렸다(내 시 속의 풍경 잠시 가렸다)

오 밀리미터의 소나기 내렸다(내 시 속의 풍경 잠시 젖었다)

꼬리 잘린 산자락(내 시 속의 풍경 밑뿌리 잠시 끊어진다)과

건조한 황톳물 고인 아파트 공사장(내 시에 전제한 또 한 풍경) 사이

경계 건너다

－「상처는 빠르다」 부분

윤희수 시인은 91년 『현대시학』에 「서산에서 보낸 어린 시절」 외 작품으로 등단했고 98년에야 첫 시집 『드라이플라워』를 펴냈다. 위에 예를 든 시처럼 그의 첫 시집은 언어에 대해 예민하게 반응하는 자의식을 드러낸 시편들로 이루어져 있다. 등

단 후 8년 만에 시집을 낼만큼 과작이었으니 언어에 대한 각별한 성찰 혹은 경계심은 어쩌면 당연하다 할 수 있겠다. 그의 첫 시집은 제목처럼(드라이플라워) 시인의 감정이 생동하며 시의 외부로 드러나는 시편들이 아니라 철저히 거르고 걸러서 정제된 언어들 속에 드라이플라워의 희미한 꽃향기처럼 이미지와 유리되지 않은 의미의 문맥들이 가까스로 핏줄을 드러내는 건조한 시편들로 채워져 있다. 시 속에서 사물과 풍경은 철저하게 시인의 내면을 통과하면서 얻은 굴절들로 꺾여있고 변형되어 있으며 그렇게 비구상화 된 풍경과 사물들 속에 시인의 대단히 불친절한 방식으로 자신의 자의식을 드러낸다. 그 자의식 또한 현실의 풍경과 변형된 내면의 풍경 사이의 경계('막막한 저쪽과 이쪽 위태롭게 버티는 경첩 건너다"- 상처는 빠르다)를 천천히 오가며 더러는 시니컬하게, 더러는 무뚝뚝한 표정으로 문득문득 딱딱하게 굳은 삶과 세계의 이면들을 드러낸다. 그래서 그의 첫 시집은 얼핏 모호한 듯 얼핏 범상한 내면의 독백인 듯 쉽사리 예민한 자의식의 촉수를 내놓진 않는다. 아주 느린 보법으로 천천히, 한발자국의 걸음과 걸음 사이에 놓인 아주 많은 행간들을 건너고 나서야 모습을 드러내는 강파른 자의식을 만날 수 있게 된다.  언어에 대한, 풍경에 대한, 사물에 대한 그의 묘사는 벽에 걸려있는 마른 꽃처럼 메말라 있다. 살아생전의 잎과 꽃의 색채를 드러내지 않은 채, 아니 완벽하게 감추어져 버린 채 그저 상징만으로 기호만으로 벽에 걸려있는 '드라이플라워'처럼.

김: 우선 근황을 이야기 해달라.

윤희수(이하 윤): 먹고살기에 바쁜 시대지요. 먹고사는 일이란 사막 같아서 삭막한 풍경을 연출하는 한편, 따뜻한 날것 그 자체의 욕망하는 세계이겠지요. 살아가야 하고 살 수 밖에 없는 일이란 미래보다는 과거로부터 출발하는 것이고, 미래란 그저 겪어 가는 시간의 단층들이 모이는 알 수 없는 무엇이 아닌가 생각합니다. 저 역시 그렇게 살고 있지요. 근황이랄 것도 없는 술 마시고 밥 먹고 때때로 절망하고 때때로 행복하고 (……) 그렇지요. 아무도 뉴욕의 쌍둥이 빌딩이 무너져 내리리라 생각하지 못했으니까요. 그래서 기억의 회복이 오히려 현재의 삶을 새롭게 재구성하는 계기가 아닐까 생각합니다.제가 젊은 시절을 보냈던 70년대란 나름대로의 이유 있겠지만 어찌하든 기억하기 싫은 어두운 시절이었고, 문청 시절이 있었지만 으레 그렇듯이 자유와 방종을 구별하지 못하고 살았던 것 같아요. 오랜 세월을 신춘문예를 기웃거리다가, 자존심에 상처만 입고 90년대 초반에야 늦깎이 등단했어요. 등단하고도 시인이 뭐 밥 먹여주는 것도 아니고, 오히려 문단의 뒤켠에서 상처만 더 커지곤 하여, 사람들에 대한 환멸을 키워오지 않았나 하는 생각이 들어요. 또 시인이기 이전에 생활인의 책무가 더 큰 탓에 먹고살기에 바빠서 정신 없이 보낸 그저 평범한 사람들의 삶을 살아올 수밖에 없질 않았나 하는 생각도 들구요. 그럼에도 나는 여행을 몹시 좋아해요. 낯선 공간으로의 여행은 나의 진정함이 무엇인가를 반성하게 하고 진정한 나를 만나게 함으로써 일탈에의 욕구를 자연스럽게 실현시키는 방식이기 때문이기도 하고, 내가 처한(고등학교 국어 선생) 제도와 관습의 쳇바퀴 속에서 다람쥐처럼 회전하는 갑갑한 생활로부터 탈주하고 싶은 욕망이 발현이기도 하지요. 또 새로운 공간에서 세속에 대한 염증을 유폐시키고 싶은 욕망의 분출이기도 하지요. 그리고 도시 아파트 생활에서 벗어나고파 경북 고령 근교, 옛 가야의 성터가 보이는 곳에 작은 집도 마련했고, 또 신앙도 갖게 되었고……

김: 첫 시집 『드라이플라워』 이후 이번의 신작에선 일정부분의 변화와 일정부분 윤희수 시인의 시적 특성이 남아있는 것 같다. 첫 시집을 낸 이후 자신의 시적 성향 혹은 시작업에 관해 달라진 부분이 있다면?

윤: 첫 시집이나 그 이후나 내 시에는 사물과 인간 사이에 관계하는 어떤 비극적 서정성이 주조를 이루고 있어요. 사물과 사물의 사이, 혹은 인간과 대상 사이에 경계를 짓는 미묘한 공간을 찾고자 했어요. 그리고 그 공간 속에서 제 목소리를

감추고 있는, 다양하지만 미분화된 동식물적 이미지들을 몽환적 색채로 그려보려 했지요. 지금도 그 사물의 이미지들이 하나의 국면 속에서 이루어 내는 신비감 또는 정밀감을 표출하는 정적인 구조를 좋아해요. 그러나 요즘에 와서는 사물의 병치나 환치에 의존하기보다 자전적 정황을 바탕으로 한 내밀한 심리적 풍경을 그려내려고 고민하고 있어요. 그래서 요즘 장자를 읽고 또 읽고 하며 좌망(坐忘)의 경지를 배우려고 해요. 사물의 이미지보다 사물이 내포하거나 외연하는 그래서 비밀스럽기도 하고 때로는 너무 열려 있어서 모르고 지나치는, 쉽게 열리지 않으면서도 모든 것을 감싸주는 어떤 경계를 읽어내고 싶어요. 보드랍고 유연하면서도 때로는 날것 그대로의 국면 연출, 그것을 해내고 싶어요. 삶은 낭만적 감수성이라고 표현해도 좋을 그 무엇에 이끌려 가는 것이 아닌가 생각하고 있어요. 그 감수성과 감수성에 작용하는 기억들로 그려지는 사물의 경계, 그 공간에서 만날 수 있는 고통이거나 유희 그런 것들을 함의하는 사물들이 이루는, 삶의 무게가 담긴 깊이를 지닌 그러나 가벼움의 미학이 공존하는, 시적 공간을 그리고 싶어요. 왜냐하면 어떤 의미를 찾기 위해서만 사물을 본다면 결국 사물 자체를 보지 못할 수도 있으니까요. 좀더 욕심을 내자면 일상생활에서 만나는 사물들의 어떤 경계를 객관적 우연으로, 즉 우연한 욕망이 우연한 사물과 조우하는 상징적 장치를 찾고 싶어요. 그때 사물들은 숨막힘으로 부터 자유롭게 부유하지 않을까, 스스로를 해방시키지 않을까 생각해요. 우리에게 사물은 항상 우리 눈앞에 있어서, 그것의 단순함과 익숙함 때문에 숨겨져 있어서, 우리는 아무 것도 알아보지 못하고 있는 게 아닌가 하는 의심 때문이기도 하지요.

김: 첫 시집과 달라지지 않은 부분은 여전히 시가 관념의 언저리를 벗어나지 않으려 한다는 점 같고 또 달라진 부분은 풍경의 관념들에서 비교적 자유로워지고 있다는 느낌을 받는다. 윤희수 시인이 추구하는건 시에서의 묘사인가, 관념 혹은 세계관의 표출인가.

윤: 이 질문에 답하기 위해서는 '관념'이란 말에 대해 생각해 볼 필요가 있겠네요. 감각적 직관으로서의 관념이냐 지적 직관으로서의 관념이냐가 문제이겠지요. 감각적 직관에 의한 지배적인 인상으로 파악하는 대상/세계는 그런 면에서 구체적인 사고의 움직임이겠지요. 그러나 지적 지각에 의해 접근하는 관념이란 예술적 표현 속에 살아 있는 객관화된 사고의 구체적 모습이 아니라, 존재론적 각성이라는 철학적 물음에서 출발한다고 볼 수 있지요.물론 미학에서, 시란 언어적으로 자아를 구축해야 한다고 말할 때, 우리가 대하는 모든 현상에 대해 매 순간 명징한 의식으로 그 세계에 대해

질문하고 대답해야 하며, 그 대상/세계를 해석하기 위해서는 인식의 주체인 〈내〉가 누구인지 어떻게 존재하는지 알고 있어야만 한다는 게 전제되지요. 대상/세계란 〈나를 바라보는 나〉이기 때문입니다. 이렇게 말하다 보니 너무 현상학적 접근이 되고 말았는데. 하지만 시에서는, 어떤 관념과 대상 관계란 표현 형식의 문제라고 생각해요. 문학적 공간 안에 별개의 방 즉 내면성이라는 공간이 바로 관념이고 그 관념을 드러내는 매개항이 대상이니까요. 어차피 시란 관념을 이미지로 그려 보여 준다 것이 시론의 기본이 아닌가요. 그리고 시를 통해서 보여주고자 하는 것은 관념 그 자체가 아니라 우리가 살고 있는 세계를 그려내는 것이고, 이때 세계란 새로운 무엇–'새롭게 이미 만들어진 세계'가 아니라, 부재를 선택하여 보여주는 세계가 아닐까요. 즉 시인이란 자신이 보고 있는 사물들을 묘사하는 사람이면서, 자신의 주위에 있는 사물들을 바라보는 사람이지요. 자신 앞에 놓인 사물에 반응하고 기억을 통해서 재구성하는 그런 눈을 가진 사람이지요. 그때 바라보는 눈이 곧 창조이겠지요. 그런 의미에서 시인은 한 세계의 묘사자일 뿐 아니라, 그 세계와 자신의 관계를 직조하는 직공이 아닐까 생각해요. 그 세계의 모습을 내포하거나 외연하는, 그래서 부재하는 무엇을 찾고 선택하는 것 그것이 시인이 할 일이지요. 시에서 묘사란 그래서 중요한 것이지요. 나의 경우 묘사는 처음부터 전체를 염두에 두고 그리는 것이 아니라 사소한 파편들로부터 여러 개의 국면과 경계를 만들어 내면서 묘사된 사물들에서 그 묘사의 움직임으로 진행합니다. 그래서 관념의 축으로 읽힐 수 있다는 생각도 듭니다. 이미 시로 표현되는 말(시어)들은 사물들 그 자체가 아니라 사물들을 없애는 과정이고, 묘사되는 움직임이니까요.

어쩌면 윤희수 시인의 개성은 이처럼 묘사를 통한 관념의 잔달, 혹은 관념의 이미지화 사이에 놓인 경계 혹은 다리를 똑같은 비중으로 왕복하려하는 태도에 있지 않을까 생각된다.

> 발가벗긴 내 몸 위로 쏟아지던 용접광
> 불꽃도 중얼중얼 따라 건너고
> 하루를 맡기면서 함께 저당한 집과 휴식과
> 정체된 불안이, 오늘도
> 저녁놀 화려하게 조금은 치마끈 풀고 강을 덮어가는 잠언같은 다리를 건넌다
> ─「검문소」부분

시각적인 이미지의 묘사나 상황에 치중하면서 슬쩍 묘사를

통한 관념의 드러내기가 아니라 묘사를 들어낸 부분에 관념의 몸피를 앉히는 것, 관념과 묘사를 동등한 크기로 제시해놓고 시인의 시선은 그 중간에 놓인 다리 위에 서 있고자 하는 태도. 이는 시 속에서 시인이 주제 혹은 발언을 제어하는 것이기도 하면서 또한 독자로 하여금 그 양편 모두에서 시인의 언술을 이해하게 하는 적극적인 태도이기도 하다. 그럴 경우 독자 또한 방관자나 관찰자가 아니라 양분된 시인의 의식을 따라 분주히 관념과 묘사의 경계를 오가야 한다. 윤희수의 시 앞에서 혹은 시 속에서 독자는 불편해질 각오를 해야 한다. 아니면 그 경계가 내려다보이는 언덕 위에서 그저 방관만 하거나.

사람들 몇이 미루나무 숲을 지날 것이다
석축이 높은 먼지 길을 마을버스도 지나갈 것이다
풀밭에서는 마을 아이들이 두꺼비와 숨바꼭질을 할 것이다
머리가 짧은 여자애들이 자전거 패달을 밟을 것이다
　－「어떤 하루」 부분

그러나 첫 시집 이후에 발표하는 신작에서는 메마르고 딱딱한 관념의 풍경들이 훨씬 더 부드러운 물기를 머금은 채 드러난다. 여전히 시인의 얼굴은 혹은 목소리는 사물과 풍경의 뒤편에 숨어서 현상과 상황들에게 아무런 단정도 내리지 않는 채

로 건조하고 담담한 어조를 유지하고 있지만 한층 생기 있어진 풍경들 앞에서 독자들은 핏기 머금은 날 것의 냄새를 맡을 수 있다.

**김**: 특히 이번 신작에서는 시인의 내면에서 굴절되고 가공된 이미지들 대신에 날것 그대로의 이미지—이를테면 '바람' '들쥐' '늪' '파도' '폭우' '구린내'—를 통한 내면표출이 하나의 특징인 것 같다. 이 날것의 이미지들은 첫 시집에서 강하게 드러났던 자의식의 표출이 많이 부드러워지고 여유 있어진 것 같다. 자연의 상관물에 기대어 자신을 드러내고자 하는 변화의 이유는 무엇일까?

**윤**: 누구나 첫 시집이란 그렇지요. 유년의 기억에서 자유롭지 않을 것. 언어 본래의 순수한 기능을 되찾아 침묵하고 있는 사물의 세계를 읽을 것. 그래서 간혹 사물을 관념적이거나 추상적으로 해석하는 경우가 있을 수 있지요. 또 사물을 지시하는 직접적이거나 지층적 의미 기능은 없어지고, 변화무쌍한 심상들이 서로를 간섭하거나, 그 세계가 사물의 차이를 무화시켜 동일화하려는 경향을 경험하려 하지요. 그러나 우리가 접하는 사물의 지층은 다양하고 변화무쌍한 기억들이 단층을 이루고 있지요. 내 시에 변화가 있다면 자연의 상관물에 기대는 은유의 동일성에 충실하면서, 사물들

의 제 모습과 소리를 내도록 자유로운 다양성을 인정하고 그에 인접하는 목소리를 발견하려는 노력에 있지 않나 생각합니다. 우리는 늘 사물에 둘러 싸여 있습니다. 그 사물은 독특한 몸짓들을 지니고 있습니다. 사물들이 내보이는 섬세한 흔들림과 그 흔들림이 보여주는 미묘한 향기와 낌새를 알아채고 그 이름의 의미를 알아내려는 노력의 결과를 '시'라고 할 수 있습니다. 따라서 시를 쓰려는 사람은 항상 사물의 낌새를 채기 위해 모든 감각을 곤두세우고 있어야 합니다. 언어의 육감에 와 닿는 사물들의 독특한 냄새를 감지하려는 노력, 그 때 시는 친근한 눈길로 자기를 맞이하는 시의 세계를 우리에게 보여준다고 합니다. 내면의 풍경에서 바깥의 풍경까지 감응하는 자아와 세계의 교감이 서정의 본령이 아닐까요. 현재의 결핍을 재인식하고 찾아낸 풍경들. 그 풍경들은 시인의 의식에 새롭고 낯설게 다가와 미소를 보낼 것입니다. 나는 이렇게 사물들의 경계들이 직조하는 낯선 풍경을 잔잔히 회상하고 은근히 즐깁니다. 기억과 사물의 경계를 읽어내는 일, 그것이 구태여 어렵고 힘든 언어의 도정을 거친 잘 설계된 시보다도 더 큰 감동을 주지 않을까 생각하고 있지요. 하찮은 것도 사랑하기, 미미한 존재에게도 관심 갖기, 섬세한 것에도 감동하고 바라보기, 그래서 존재하는 모든 세계를 넘나들기. 그것은 일상의 삶을 거창한 권위의 굴레나 욕망의 억압에 침윤당하는 삶을 보다 따뜻하고, 보다 인간다운 삶으로 가꾸게 하는 한 방편이 될 것 같아요. 사물에 대한 진정한 이해란 인간 우월 중심주의로부터 벗어나, 인간이 사물들에게로 눈을 낮추어, 사물들 편에 서는 일일 것입니다.

그렇구나, 내면의 풍경에서 바깥의 풍경까지 감응하기, 인간의 눈을 낮추어 사물들 편에 서기, 그런 태도가 윤희수의 시에 '폭풍우'와 '날고기', '관절통'과 '함성'이라는 창문을 내게 만든 거구나. 어두운 실내 벽에 걸린 마른 꽃다발들이 폭풍우에 흔들리고 흔들리다 마침내 바깥으로 날아간다, 마른 꽃이 끊임없이 희미한 향기를 내뿜은 까닭은 제 몸 속에 수많은 씨앗들을 숨긴 씨방을 간직하고 있었기 때문이라는 걸 알겠다. 그렇다면 그 어두운 실내에 '창문을 내기'가 좀더 일찍 시작되었더라면 좋지 않았을까. 시인들은 나이가 들어가면서 詩作에서 조심스러워지는 경우가 많다. 초심의 그 넘치던 형식실험과 방향모색의 과정이 윤희수 시인의 경우 좀더 빨리 시작되었더라면. 이건 순전히 내 생각에 불과하다. 그리고 윤희수 시인은 그런 것과는 상관없이 다시 새로운 방향모색을 하고 있는 중이다. 시간이란 혹은 나이란 그저 생물학적인 개념에 지나지 않는다, 라는 말에 관해서 나는 곰곰 생각해본다.

김: 윤희수 시인은 개인적으로 시 이외의 장르에도 많은 관심을 갖고 있는 걸로 알고 있다. 타 장르의 작업들이 시에 끼치는 영향은 어떤 것일까. 또 그런 타장르에의 관심이 과작의 이유이기도 한 것인가? 특히 사진은 시공간의 찰나적 이미지를 영원히 포착한다는 점에서 시와 많이 닮아있지 않은가?

윤: 쑥스러운 질문입니다. 나는 사진도 찍고, 사물놀이도 배우고…… 특히 사진은 나의 시 작업에 나름대로의 영향을 끼쳤어요. S. 손탁이란 사람은 사진이 세계를 시각적으로 소유하려는 매체라는 점을 이야기하고 있어요. 이 점은 특히 스냅사진에서 드러납니다. 사람들은 관광지의 추억을, 인물을, 풍경을 스쳐 가는 시간 속에서 떼어내어 고정시키고 사진첩 속에서 영원히 소유하려고 하지요. 사진을 통해 기억과 시간을 정지시킨다는 것은 발터 벤야민이 말한 시각적 무의식-우리가 눈으로 볼 수 없는 것을 보게 해 준다는 것-을 드러내는 행위라고 볼 수 있지요. 우리가 낯선 곳을 여행하다가 정류장에 누워 차를 기다리는 '할머니'를 보았을 때, 그때는 할머니를 가까운 거리에서 그렇게 빤히 들여다 볼 수 없을 것이지만, 그 할머니를 찍은 사진을 보았을 때, 우리는 그 할머니를 대상으로 관찰할 수 있는 기회를 얻게 되지요. 그렇지 않다면 할머니는 그냥 우리 주위에 있거나, 우리를 스쳐 지나갈 뿐이겠지요. 할머니를 이미지로 만날 수

있는 사진은 그런 의미에서 기억의 재현이고 시간의 붙듦이고 기억과 이미지 사이의 경계에서 대상을 만나는 방법과 같다고 할 수 있지요. 그런데 사진은 사물을 타자화하거나 현실에서 결여된 인식을 바탕으로 하고 있어요. 사소한 일상의 대상들을 사진화하면 기괴하고 색다르게 느껴지지요. 사진에 어떠한 조작을 가하지 않았음에도 불구하고 기괴함이 강화되거나 과장 축소됨으로써 현실 속의 사물과 사진 속의 사물이라는 두 겹의 세계가 창조되지요. 그 사이의 간극이 사진에 찍힌 사물을 미지의 것으로 만들어요. 이것은 시에서 언어가 어떤 사물을 표현할 수는 없고 사물과 사물의 관계들, 혹은 순전한 부재만을 나타내는 경우와 같다고 할 수 있지요. 나아가 사진은 오랜 시간과 그 시간 속에서 쌓이는 시간의 물질적 흔적을 '정직하게' '있는 그대로' 기록하는 것이 아니라, 현실의 대상을 기록하지만 역설적으로 이 기록의 엄밀함은 이 기억된 공간을 전혀 낯선 곳으로 변형시킨다는, 그래서 대상에 대한 감각적 기억만 남는다는 점에서 내 시 속의 사물들이 만드는 간극의 효과와 비슷한 점이 있어요.

김: 습작 시절은 어떠했는지, 또 시를 쓰게 된 계기는. 이는 어느 시인을 만나더라도 궁금한 것이며, 한 시인의 시세계를 이해하는 데 상당한 도움을 내게는 주게 되더라.

윤: 시를 쓴다는 것은 누구에게나 유년의 기억으로부터 자유롭지 못하기 때문이라고 생각해요. 특히 유년의 상처가 크면 클수록 시 쓰기란 더욱 절박하겠지요. 나는 습작 시절부터 사물은 제 나름의 향기를 지니고 이름의 의미를 지니고 있다고 생각했어요. 내가 대학을 다닐 때 김춘수 선생의 시론 강의를 두 번씩이나 들었지요. 한 번은 학점을 위해 한 번은 도강을 했지요. 그때 김춘수 선생은 사물의 틈새 사이로 내보이는 섬세한 흔들림과 그 흔들림이 보여주는 반향의 미묘한 낌새를 알아채려는 더듬이를 항상 곤두세우고 있어야 한다고 강조하시곤 하셨어요. 아마 대구 시인들의 부산 시인들과 차별성을 말하라고 하면 이 점이 강조될 수 있겠지요. 나는 이 언어의 육감에 와 닿는 사물들의 독특한 냄새를 감지하려고 무척 노력했던 것으로 기억됩니다. '꽃'을 대상으로 하여 1000여 편 시를 데생했어요. 대부분의 시편은 버렸지만, 일부가 내 첫 시집 『드라이플라워』에 실렸어요. 그때 나는 친근한 눈길로 자기를 맞이하는 상징의 숲을 가로질러 사물로 들어갈 수 있다는 보들레르의 말도 신봉하고 있었어요. 하찮은 것을 사랑하려는 감각의 돌기와 섬세한 것에도 관심 갖으려는 정서의 민감함은 내가 존재하는 모든 세계를 넘나들게 하는 징검다리일 수 있다고 생각했지요. 도시적인 것이든 농촌스러운 것이든 주변의 사물을 거

널고, 나아가 사물과 함께 거닐어 보는 데에서 사물의 속내는 그 진실을 드러낸다고 믿었어요. 그리고 충분한 데생 연습만이 사물을 바라보는 감각을 키울 수 있다고 생각해요. 존재의 발견이란 크고 엄청난 것에서가 아니라, 한없이 작고 가벼운 것에서 얻어진다는 생각에도 변함이 없고요.

김: 시는 주로 어떤 시간, 어떤 장소에서 구상하고 쓰게 되는가. 한 편의 시가 구상되고 완성되어지는 과정을 신작시 「호박밭에 똥 누다」를 예로 들어 이야기해달라.

윤: 첫 시집을 내고 난 후 근 2년을 쉬었지요. 사물이 내게 다가오질 않고, 나 또한 사물들에게 다가갈 수 없었어요. 여러 종류의 상처를 받기도 했고, 사물을 응시하고 꿈꿀 겨를이 없기도 했고요. 그런데 작업공간을 마련하고부터 다시 시에 다가갈 수 있었어요. 시를 쓰는 시간은 따로 없어요. 시상을 떠올리고, 직조하고, 다듬고, 대중없어요. 나는 시를 쓸 때 우선 사물의 풍경을 먼저 데생을 합니다. 내 작업 공간은 새벽이면 마을 아래 저수지에서 피워 오른 안개로 지척 분간이 어려워요. 그 안개라는 게 구린내가 가득하지요. 비가 뿌리다가 그치다가 하면, 저기압 때문인지 안개는 구린내를 더 풍기곤 합니다. 그런데 그 안개는, 그 냄새는 매일 그 색깔이 다른듯하면서도 매일 똑 같은 구린내로 다가와요. 그리고 군대시절 느낀 춘천의 안개와 냄새 같기도, 방랑의 시

절 연평도에서 만난 안개 같기도 하고, 참으로 기이한 느낌이에요. 나아가 그 안개와 냄새는 순간 모든 기억을 뒤죽박죽 만들며 사물들의 경계를 베어버리지요. 아마 그 새벽에 쓴 시가 「호박밭에 똥 누다」인 것 같아요. 결국 안개와 구린내가 차단하는 새벽의 다른 공기를 생각하게 되고, 사물의 몸 냄새를 맛보고 소유할 수 있다는 희망이란 미궁과 같아서 차라리 안개 속 같은 그 미궁을 믿는 편이 낫다고 생각했지요. '나는 개미처럼 길 잃고 행복할 수 있다'는 새벽의 신산함을 상실한, 빈곤의 상태로부터 출발한 인식이지요. 그 빈곤을 바라보면서, 빈곤의 현실을 부정하기 또는 없음에 대한 있음을 꿈꾸기, 그런 것을 담으려 했지요. 결핍과 부정, 상처에 대한 응시랄까.

**김:** 윤희수 시인이 생각하는 좋은 시는 어떤 것일까. 또한 전 생애를 걸어 어떤 시를 완성하고 싶은가. 혹은 지금 현재의 문단 혹은 시들에게 가지는 시인의 생각은 어떠한가.

**윤:** 상업주의의 거대 담론이 지배하고 문학적 상상력이 대중매체의 이미지에 침윤당하고 있는, 그리고 문학 독자로서의 학습이 배척되는 시대에 시를 쓴다는 것은 고통일 수도 있고, 무용지물의 놀이일 수도 있겠지요. 그러나 저는 문학의 힘 특히 시의 힘을 믿습니다. 요즘 『현대시학』에 프로이트를 연재 중인 변학수 교수의 생각과 동감입니다. 그는 문학

에 지대한 영향을 끼친 프로이트의 정신분석학(라깡으로 발전하는)을 문학심리학과 심리 및 예술치료에 적용하려 합니다. 그는 프로이트의 연구 그 자체가 문학이라 할 정도로 신화나 원형, 꿈과 심리과정에 대한 탁월한 지식을 포함하고 있다고 믿고 있어요. 그 문제 현재 진행 중이니 더 지켜볼 필요가 있겠지요. 또한 바슐라르의 견해는 내 시 작업에 좋은 교훈이지요. 그는 상상력이 이미지를 그대로 기억하는 것이 아니라, 최초의 이미지로부터 해방시키고 그것을 변화시킨다고 했어요. 상상력은 존재를 생성하는 힘을 지녔고, 그 힘은 시인 자신은 물론 독자들에게도 '혼의 울림'으로 작용하여 존재 전환의 체험을 하게 하지요. 시인이란 바로 사물과 말 사이의 간극을 발견하려는, 말에 의해 사물이 변형되는 다양한 길 찾기에 매료되어야 하겠지요. 그 사물들이 직조하는 이미지의 연상, 즉 서정의 자리에 서서, 상상력의 해방과 변환을 경험하여야 하겠지요. 결국 시인 자신의 '체험의 혼융'은 또 다른 체험을 환유하고, 진실한 체험에 기댄 시인의 혼이야말로 하나의 울림을 독자들에게 경험하게 하고, 그 혼의 울림이라야, 독자의 상상력에 새로운 존재전환을 유인하는 동인이 될 것이예요. 앞에서도 말씀드렸듯이 사물의 선택은 움직이는 과정이니까요. 긴장된 감각에 포착된 작은 사물들의 미묘한 움직임과 온기를 인식하는 순간,

자아와 세계가 눈물나게 교감하는 충격의 시간이 될 것임을 믿고 있어요. 이 사물들 사이의 팽팽한 긴장이야말로 형식의 긴장이나 언어들의 배열의 긴장으로 이어질 거예요. 나는 이 작업을 계속해 나갈 것입니다. 기회가 주어진다면 아름다운 사랑시도 써보고 싶구요.

둥글고 깊은 방 있었네. 방바닥에 몸을 포개며 고요를 쌓는, 가끔 등에 비수를 꼽기도 하는, 꿈결에 바람이 불고 발 시린 꿈을 덮는 방. 둥글고 깊은 어두운 방, 내 한 발자국 디뎌 본 적 없는, 비수 꼽힌 등이 아픈 꿈을 돌고 돌아 이른 둥글고 깊은 어두운 방, 햇살에 찔린 눈이 따가워 달아나다가 잠 속으로 슬쩍 다리 걸어 보지만 차갑고 견고한 벽에 어김없이 갇혀버려 날마다 등이 시린 방…

　－「둥글고 깊은 방」 부분

'상상력이 이미지를 그대로 기억하는 것이 아니라, 최초의 이미지로부터 해방시키고 그것을 변화시킨다'는 건 이의가 없는 詩作의 한 전범임에 틀림 없다. 그러나 문제는 시인의 의식 속에서 그렇게 해방되고 변화된 기억들, 이미지들이 어떤 보편적인 연결고리를 가진 채 한편의 시로 태어나느냐하는 문제 또한 간과할 문제는 아니다. 시인의 체험에 의한 개인적인 상상력들이 단지 해체되고 재구성된 개인적인 이미지 조립에 불과한 게 아니라 자유롭게 열린 채 살아 움직이는 생명체가 되기 위해선 어떤 필연적인 과정을 가져야할까. 나는 문득 내면을 향한 무수한 폐쇄회로들을 가진 윤희수 시인의 시 속 '깊은 방'들에 관해서 생각한다. 어떤 방은 사방으로 출입구가 나있고 어떤 방의 출입구는 도저히 찾을 수 없다. 어둠 속에 겹겹 어둠이 쌓여 있고 출구는 단지 입구 뿐인 방이 있는가 하면 눈부신 빛 가운데 놓여진 방도 있다. 하지만 그 방들 속엔 한결같이 '늪'과 '폭우'와 '날고기빛 침묵'들이 겹겹이 숨어 있다. 그것들은 또한 자신의 내면과 세상에 존재하는 어둠을 응시하는 시인의 눈에 다름 아니다. 그 눈은 쉽사리 희망에 관해 말하지 않는 채로 '상처'의 고통을 껴안고 있다. 폭풍우처럼 세상 밖으로 멀리 달려 나갔다가 다시 제 안으로 귀환하는 눈, 노래보다 더 깊은 울림을 가진 눈, 그런 눈으로 윤희수 시인은 시와 삶의 경계 사이를 전혀 서두르지 않으며 오가고 있다. 더러는 시니컬하고 더러는 심드렁하다가도 민감하게 상처에 대응하기도 하는 그런 보법으로. 인터뷰를 마치기 전에 나는 다시 윤희수 시인이 고등학교 국어교사라는 사실을 떠올렸다. 그래서 어쩌면 진부하기 조차할 질문 하나를 불쑥 내밀어 보았다. 일선에서 교육을 담당하고 있는 교사로서 우리나라의 문학교육에 어떤 생각을 갖고 있는지? 자신의 詩觀만큼이나 막힘없는 대답이 재빨리 돌아온다.

**윤**: 이 질문은 앞의 질문과는 궤를 달리하여 대답할 수밖에 없군요. 유치원부터 고등학교까지 13여 년 동안 어떤 형식으로든 직 간접적으로 문학 교육을 합니다. 그런데 문학에 대한 부정적인 시각을 학생들에게 키워오지 않았나 생각합니다. 문학하면, 술, 연애의 뒤죽박죽쯤으로 이해하던 시절은 지났지만, 여전히 문학을 전문적인 작업의 영역으로 이해하거나, 사회의 정상적인 집단으로부터 소외당한 사람들의 넋두리로 생각하는 문학관이 학교 현장에 지배적이지요. 학교 현장에서, 교과서에 실린 소설이나 시는 수업시간에 학습하지만, 학생들이 다른 류의 시집이나 소설을 읽으면, 대학 입시를 위한 학습에 방해된다는 생각이 지배적인 것 같아요. 학생들이나 학부모들은 학생들의 학습시간은 오로지 교과서의 내용이나, 참고서(참고서적과는 다른 개념임) 또는 문제집의 내용을 익히고 풀이하는 시간이어야 한다고 생각하니까요. 그 시간에 다른 문학작품을 가르치거나 감상한다는 것은 학생들에게 있어서나 교사들에게 있어서나 무슨 큰일 날 일이지요. 왜냐하면 같은 문학이란 범주 속에 우리는 온갖 불륜과 패덕과 쾌락과 외설로 얼룩진 음담패설도 소설이라는 이름으로 묶여져 있으며, 그와 반대로 神이 있는지 없는지 라는 고도의 형이상학적인 문제부터 모든 사람이 행복하게 살 수 있는 사회의 건설을 위한 역사와 민족의

식을 지닌 문학 역시 같은 범주에 드니까요. 한편은 저급한 내용 걱정이고 한편은 문제의식을 갖게된다는 게 껄끄럽지요. 더구나 입시위주의 교육제도는 일체의 정신적인 외도를 금지시키고 있습니다. 그래서 학교 교육에만 충실히 따르던 청소년들은 은연중에 문학이라면, 생활의 문제가 아니라 삶과 동떨어진 자연을 노래하거나 꿈이나 환상을 다루는 것이라는 관념에 빠지고 말 우려가 있습니다. 아니면 뛰어난 글짓기 재능을 나타내는 잔재주로 인식하기도 한다는 점에도 문제가 있습니다. 더구나 오늘날의 사회가 욕망·문화·다원화·탈중심·대중·세계화 등 새로운 담론이 중요한 쟁점으로 자리 잡고, 뉴미디어·영상·사이버·정보화로 급속히 치닫고 있잖아요. 우리들도 문학의 위기니, 인문학의 위기니 걱정을 하고 있고. 이러한 사회변화는 모든 면에서 새로운 시각과 삶의 양식을 필요로 하게 되었고, 요즘 젊은 세대의 문화는 상업주의적 욕망에 지배받는 영상, 전위적 발상, 무소불위의 사이버문화에 노출되어 있어요. 소위 '신세대'·'X세대'·'N세대'로 불리는 이 아방가르드가 우리 문화의 곳곳에 침투하여 기왕의 패러다임이 혼란한 즈음에, 이를 문학이 어떻게 방어해야 하는지에 대해 우리도 해답을 내릴 수 없지 않은가요.

# 시인이 지나간다, 시인이!

박대현 | 문학평론가

가도 가도 끝없지만 어느새 다 와버린 길.

이렇게 말한 때가 있었다. 열여덟 무렵, 그때 이미 가슴이 저려 왔다. 십 대가 지나가고 있듯이, 이십 대는 곧 끝날 것이다. 삼십 대, 사십 대 역시 마찬가지였지만, 그것은 너무 멀리 있었다. 하지만 아무리 멀리 있어도 곧 끝날 것임을 나는 알고 있었다.

궁극적으로 나의 삶 역시.

열여덟 무렵의 나는 이미 늙어 있었다. 물론 그 늙음은 관념적인 것이다. 관념적일지라도 열여덟의 나이는 모든 것을 직관적으로 이해할 만한 나이이다. 오십 대 이후의 나이는 상상이 힘들었겠으나, 언젠가는 다가올 것임을 너무나 확실하게 감지하는 열여덟의 예민한 촉수.

이미 다 와버렸다. 이미 다 와버리고 있다. 이제 잉여만이 남았을 뿐, 이라고 말할 날이 어느새 등대하고 있는 중이다.

\*

그리고 한 장면이 있다.

시인이 지나간다. 먼 곳을 응시하는 눈빛으로. 서른 해 가까이를 넘겨버린 시간의 저편, 어느 해 11월쯤이었던가. 시인은 지나가고 있고, 시인의 옆모습을 흘깃 바라본다. 고개를 조금 젖힌 채 먼 곳을 바라보는 눈매와 미간 주위에 서늘한 음영이 서려 있다. 처음 보았던 시인의 얼굴이다. 문득 맞은편에 나타나 큰 보폭으로, 시인은 저만치 지나가고 있었다.

\*

또 한 장면이 있다.

김준오 교수. 큰 키, 긴 목, 삐딱하게 맨 네이비색 넥타이, 안경 너머로 빛나던 지적인 눈빛. 그렇다. '현대시'라는 말은 항상 '김준오'를 상기시킨다. '현대시'는 '김준오'라는 이름을 통하지 않고 내게 잘 전달되지 않는다. 이는 전적으로 그의 강의에 빚진다. 그의 강의를 처음 들었던 순간을 잊지 못한다. 군복무를 마치고 2학년 2학기에 복학했을 때. 2학년 커리큘럼에 김준오 교수의 강의가 잡혀 있지 않았다. 9월 중순쯤인가. 나는 김준오 교수의 3학년 강의를 청강하기로 한다. '한국문예학' 강의. 김준오 교수는 노드롭 프라이의 플롯 구조의 4원형에 대해서 설명하고 있었다. 비극, 희극, 로만스, 아이러니 등의 개념을 통해 프라이의 세계관이 아름답게 판서되고 있었다. 그의 목소리 또한 흰 벽의 강의실을 가득 공명하고 있었다. 그 이후 '현대시론', '문예비평론', 이미 청강했던 '한국문예학', 군대 가기 전에 다른 교수로부터 수강했던 '문예사조사'까지 그의 모든 강의를 들었다.

긴 목의 그는 비딱하게 맨 넥타이와 달리 항상 꼿꼿한 자세와 표정을 지녔다. 그의 강의 한 자락. 루시앙 골드만의 '숨은 신' 개념과 장세니스트의 비극적 세계관. "신이 부재하는 이 세계는 타락했다. 그러나 신에게 이르는 유일한 통로는 이 타락한 세계다. 타락한 세계를 부정하면서도 동시에 수용할 수밖에 없는 이중적 태도!" 그는 강의 중 어떤 전율이 일 때마다 구둣발로 나무로 된 교단을 쿵 울리곤 했다. 그 소리는 천장 높은 인문대 강의실을 울리곤 했으며, 그때마다 그의 시선은 인문대 강의실 큰 유리창 바깥 하늘에 머물곤 했다. 무엇보다 그의 정교한 현대시론은 그 자체로 매우 시적인 것이었다.

그의 강의는 깨알 같은 글씨의 강의노트로 남아있다. 지나온 세월만큼 강의노트는 색이 바랬다. 강의노트를 분실할까 걱정했던 나는 스캔본을 따로 저장해두곤 그의 강의가 그리울 때 파일을 열어보곤 한다.

*

학부 시절 김준오 교수가 나오는 꿈을 자주 꾸었다. 그의 강의에 매료되었던 학부생, 석박사 제자들은 자주 그를 꿈에서 만났던 것으로 안다. 아마도 그랬을 것이다. 그 시절 그에게 배운 문학도들의 공통된 특징이 아니었을까. 김준오 교수는 문학의 화인(火印)으로 내 심장에 남았다. 여전히 그것은 짙은 문양으로 남아 있다. 김준오 교수는 너무 일찍 돌아가셨고, 이후 삶속에서 문학은 시들해져 갔으며, 그는 더 이상 꿈에 나타나지 않는다.

그가 이미 다 와버렸듯이, 나 역시 이미 다 와버린 길에 도달하는 중일까.

*

김형술 시인을 처음 보았을 무렵, 나는 그 어떤 미래의 일도 어렴풋하게라도 감지할 수 없었다. 마치 영원한 현재의 이미지마냥, 짧은 영상으로만 계속 재생되었을 뿐이다. 한 가지 확실한 예감은 내가 결국은 시인이 되지 못할 것이라는 사실이었다.

왜 그랬을까? 시인이란 내게 일종의 관념에 지나지 않았던 것일까? 관념적으로 늙은 내가 바로 앞을 스쳐지나가는 청년의 시인을 보았을 때, 모종의 무기력을 느꼈던 것일까. 실제로 나는 시인이 되지 못했고, 시인이 되지 못한 채 머나먼 나이를 이미 살고 있고 마지못한 숨을 쉬고 있다.

*

그때 김형술 시인을 처음 본 것이 이십 대 초반 무렵이었던가, 정확히 기억나지는 않는다. 서면 지하상가를 걷고 있었는데, 그가 반대편에서 홀로 걸어오는 것이 보였다. 때는 아마 늦가을이나 초겨울이지 싶다. 바바리코트 자락을 날리며 비교적 큰 키로 성큼성큼 걸어오다 순식간에 지나가버렸다. 나는 시인 김형술을 알고 있었고, 그는 물론 일개 국문학도인 나를 알 리 없었다. 그는 옆 얼굴선을 또렷하게 각인시키면서 스쳐 지나갔고, 나는 다시 한 번 그를 바라보았다. 인파 속으로 사라지는 그의 뒷모습을.

시인의 잔상은 오래 남았다. 시를 쓰지 못하리라는 무력감이 지배하던 시절이었다. 시인의 잔상은 오랫동안 재생되었지만, 내가 그와 언젠가 만나게 되리라는 생각은 전혀 하질 못했다. 시인이 되지 못하리라는 예감 속에 이십 대가 저물어 가리라는 불길함만이 가득 차오르던 너무 일찍 늙어버린 시절, 시인 김형술은 그렇게 청년의 모습으로 내 곁을 스쳐 지나갔다. 다소 예민하지만 무심한 표정으로 먼 곳을 바라보는 듯한 얼굴선이 오래오래 뇌리에 남았고, 언젠가 그의 다른 표정을 보게 되리라는 예감은 그때 그 장소에 존재하지 않았다. 이미 흘러가버린 이십대의 일이다.

*

시를 떠나 어쭙잖은 평론으로 등단을 하고 난 한참 뒤인 2012년 12월 어느 날 김형술 시인이 내게 연락을 해왔다. 『시와 반시』에 글을 써달라는 요청이었다. 서면 지하상가에서 마주쳤던 일로부터 스무 해 가까이 지난 시점이지 않았을까. 나는 여전히 그의 옆 얼굴선을 기억하고 있었다. 원고청탁서를 메일로 받은 뒤 그에게 답장을 썼다. 그 메일을 확인해보면, 서면 지하상가에서 마주친 일, 나 역시 시인이 되고 싶었고 그러지는 못했다는 것, 김형술 시인이 김준오 선생님과 매우 돈독한 관계였다는 사실을 들은 바 있다는 것, 김준오 선생님이 돌아가셨을 때 일부러 그의 빈소에 들어가지 않았다는 것, 그리고 김형술 시인으로부터 전화가 걸려 왔을 때 "십 년도 훨씬 지난 추억으로부터 전화가 걸려온 느낌"이었다는 등의 내용을 볼 수 있다.

뜻밖에 하루 뒤 그에게서 긴 답장이 왔다. 그는 놀랍게도 김준오 교수 이야기를 하고 있었다. 김준오 교수와의 인연을 말이다. 그의 등단 후 첫 시집을 내기까지의 과정이 상세히 진술되어 있었다.

서른넷의 나이에 문예대학에서 김준오 교수의 시론 강의를 들었고 『현대문학』 등단 후 세상 모르고 김준오 선생님을 직접 찾아가 해설을 부탁드린 일, 어이없어 하시던 김준오 선생님으로부터 정확히 일주일 뒤에 연락이 와서 다시 그를 찾아갔던 일, 연구실로 찾아뵈었더니 80편의 시마다 장단점에 대해 연필로 짧은 평을 달아놓으신 일, 그리고 그 원고를 코팅해서 보관하여 지금도 꺼내본다는 것, 그로부터 얼마 지나지 않아 김준오 선생님과 세계사 출판기념회에 참석했는데, 김준오 선생님이 여러 시인들과 인사를 나누게 하고 황현산 교수에게 직접 시집 출간을 부탁한 일, 황현산 교수가 편집위원들과 상의해보겠다고 했을 때 김준오 선생님이 "그럴 것 같으면 내가 왜 서울로 왔겠느냐, 내가 원하는 건 언제까지 시집을 내겠다는 확답"이라고 말씀하신 일, 김준오 선생님이 시인에게 부산 문협 사무국장을 맡기신 일, 교수님 돌아가시기 사흘 전 자택에서 뵈었을 때 시인에게 크게 화를 내셔서 자책했던 일 등…….

시인에게 김준오 교수는 엄하지만 정감 있는 아버지 같은 분이었다. 그리고 시인은 일찍 돌아가신 김준오 교수에 대한 어떤 죄스러움을 느끼고 있었다. 짐작하기에 김준오 교수는 김형술 시인을 통해 부산 문단의 여러 사안들을 바로잡고자 했던 것 같기도 하다. 그런 기대치로부터 멀어진 스스로에 대한 자책이 가득한 메일이었다.

그 메일을 받은 뒤로도 다시 십 년 가까운 세월이 흘렀다. 그동안 그의 얼굴을 직접 본 것은 예닐곱 번 정도일 것이다. 주로 출판 기념 모임이나 문인 행사에서 그를 만났던 것 같다. 많은 만남은 아니지만, 김준오 선생님에 대한 추억담 때문인지 그는 나를 어려워하면서도 신뢰하고 있다는 느낌을 많이 주었다. 나 역시 그를 볼 때마다 김준오 선생님을 떠올린다. 학부 때 보았던 매우 엄하고 까다로운 교수가 아니라, 내가 한 번도 목격하지 못했던, 친근하고 인간적인 이미지의 김준오 선생님. 김준오 선생님을 한때나마 가까이 모셨던 시인이 부러운 걸까.

*

김형술은 다재다능한 시인이다. 음악에도 일가견이 있고, 미술과 영화에 대한 식견도 전문가적 수준이다. 미술 에세이 『그림, 한참을 들여다보다』(2009)와 영화 에세이 『詩네마 천국』(2006)을 간행한 바 있거니와 그의 기타 연주와 노래 실력은 시단에서 꽤 알려진 바다. 그의 노래를 들어본 사람이라면, 그는 시단의 가인(歌人)이라 할 만할 것이다. 그는 언젠가 나에게 그런 질문을 한 적이 있다. 대현 씨는 뭘 잘해요? 그 말은 평론 말고 할 줄 아는 게 뭐 있냐는 뜻일 텐데, 그 질문 앞에서 난 큰 낭

패를 보고 말았다. 음악, 그림, 영화에 조예가 깊고 노래조차 가수처럼 하는 시인 앞에서 난 할 말이 없었던 것이다. 평론이라도 제대로 했으면 하는 마음을 가진 내가 도대체 문인이라고 할 수 있을 것인가 하는 부끄러움. 지금까지 도대체 나는 뭘 하며 살았던가 하는 마음. 다재다능함이란 자유분방한 삶에서 나온다. 여행을 좋아하는 시인은 코로나19로 인해서 가장 큰 갑갑함을 느끼는 사람 중에 하나다. 난 별 차이가 없다. 밀폐형 인간이므로.

그런 그가 문학 산문집을 낸다고 했을 때, 그의 다재다능함은 그 목록이 한 줄 더 늘어나게 된 셈이다. 서문에서 언급한 그의 고백대로 문학 산문집은 내지 않을 생각이었으나, 그가 큰 병을 앓아 중환자실에 입원한 동안, 불현듯이 고향 진해에 거처를 마련해야겠다는 생각과 함께 문학 산문집을 내야겠다는 생각이 떠올랐다는 것이다. 왜 갑자기 그런 생각을 하게 되었는지는 그 자신도 모르고 나도 모른다. 죽음이 코앞에 닥치는 순간 애써 무시하거나 억압했던 근원적 욕망들이 터져 나오기 마련이다. 고향을 애써 외면하고자 했으나 결국 고향으로 돌아갈 수밖에 없었듯이, 문학 역시 그의 근원적인 고향이 아니었을까.

이 산문집은 그가 본질적으로 시인이자 문인이었다는 사실에 대한 증거로 가득한 문서다. 애써 외면하고자 했던 자신의 문학 에세이를 굳이 들춰내 정리한 것은 자신의 정체성을 끝내

받아들인 것과 다르지 않다. 짐작컨대 그가 문학 에세이를 들춰내고 싶지 않았던 것은 시인으로서의 완벽을 추구하고자 하는 욕망에서 비롯된 것이겠고, 이제 와서 이를 드러내게 된 것은 문인으로서 자신의 또 다른 모습에 대한 불가항력적 수용이라고 할 수 있다. 시인을 시로서만 이해하기에는 많은 한계가 존재한다. 시가 시인을 이해하는 가장 중요한 텍스트이긴 하지만, 시인의 진정한 면모를 발견하고자 할 때 그것만으로 충분치가 않은 것은 불문가지다. 따라서 이 산문집은 김형술 시인에 대한 이해의 넓이와 깊이를 제공하는 선물과 같은 책이다.

*

이 산문집은 5부로 이루어져 있다. 1부 '바다', 2부 '의자', 3부 '괴물', 4부 '시', 5부 '시인'.

1부 '바다'는 그가 시의 바다에 이르게 된 과정이 드러나 있다. "바다를 처음 보았을 때의 느낌을 아직도 나는 잊지 못한다. 아니 나이가 들어가면 갈수록 당시의 마음떨림이 생생하게 가슴 한편에 새겨져 있음을 알게 된다."(「여덟 살의 나이를 가진 바다」)라고 고백하고 있듯이, 그가 시와 만나게 되는 과정들이 아름답게 추억되고 있다. 시와 미술, 그리고 독서에 빠져들었던 어린 시절의 그는 시심으로 가득한 아이였음에 틀림없다. 시를 쓰게 된 이라면 누구나 만나게 되었을 시의 매혹이 어리고 순결한 그의 영혼에 나비처럼 내려앉고 있다. '소도둑' 미술선생님과 '쑥덕쑥덕 미니스커트' 국어 선생님과의 인연을 통해 그가 어린 시절부터 미술과 작문에 재능 있는 아이였음을 짐작할 수 있다. 특히 흥미로운 것은 청년 시절의 그가 진해를 떠나와 부산에 정착하는 과정에서 마주한 풍경들이다.

어느 날인가 담뱃불을 붙이기 위해 잠시 걸음을 멈추었다가 나는 주유소와 송월타월 사이 작은 다리 아래 하수구가 있음을 발견했다. 유월이었고 한양아파트 철책담장엔 장미가 폭죽같이 피어오르던 때였다. 다리 아래 하수구의 풀숲엔 키 작은 장미나무 몇 그루가 서 있었지만 웬일인지 꽃을 피우기도 전에 꽃망울은 시들고 있었는데 그 꽃나무가 내게 말을 걸어온 것. (중략) 탁하고 검은 물이 고여 있는 주변풍경들은 무슨 연유로 내게 시의 실마리를 날라다 주기 시작했을까. 이유야 어떻든 나는 다리 위에서 하수구를 내려다보며 그 풍경들이 내게 들려주는 말들에 관한 받아 적기, 를 계속했다.

－「하수도의 시」

지금은 사라지고 없는 부산 사직동 송월타월 근처 다리에서 시인은 하수구 주변 풍경을 바라보며 상념에 잠기고 몇 편의 시를 남긴다. 「바라본다」, 「하얀 개」, 「하수구의 전화기」, 「하수구의 달」, 「붉은 하수구」 등이 이 시기에 씌어진 시들이다.

시인이 도시의 하수구에 주목하게 된 이유를 정확히 알 도리가 없다. 다만 "하수구에서 세상과 사람과 삶의 이치를 발견하기도 했으니 하수구는 어쩌면 내게 천 권의 책, 아니 평생 읽어야 할 한 권의 경전이었는지도 모를 일"이라는 그의 진술을 통해 대략 짐작만 할 수 있을 뿐이다. '바다'와 '여선생님'을 통해 각인되었던 삶의 환상이 도시의 비루한 습속과 만나게 되었을 때, 그의 눈길이 하수구에 머문 것은 자본이 지배하는 도시의 본질을 직관적으로 깨달은 데서 비롯되었을 것이다. 도시의 가난한 이방인들은 언제든지 별다른 관심을 받지 못한 채 소외되어 하수구와 같은 공간으로 내몰릴 수밖에 없으니, 그의 시선을 사로잡은 하수구는 그의 고백처럼 세상의 실상을 비추는 '훌륭한 거울'이었던 셈이다.

어린 날 처음 보았던 푸른 바다와 달리, 그가 마주한 도시의 풍경들은 그의 초기 시를 지배하는 구체적 이미지로 남아 있다. "은박지 같은 추억을 접고/ 달은 내 몸 속으로 들어와 눕는다/ 환해지는 가슴에다/ 오래 걸어온 민둥산의 흙먼지/ 해안으로 밀려나온/ 썩은 바다의 해초더미를 내려놓으며/신·기·루/ 흔·들·의·자/ 폐·경·기·의·자·궁/ 집·시·의·마·차……라고/ 이 낯선 도시의 이름들을 부르며/「달아나 달아나」 발작적으로 잠꼬대하다"(「달과 택시−랩 풍으로」) 사실 그의 첫 시집 『의자와 이야기하는 남자』(세계사, 1995)는 어린 시절의 '바다'를 품고 도

시로 뛰어든 시인의 발작적 내면 풍경과도 같은 것이다. 첫 시집의 서시 격인 첫 시가 "그대 힘겨운 歌人, 아무도 들어주지 않는 노래를 가진"(「타이프라이터가 말하길」)으로 끝났을 때, 그 "힘겨운 가인"이란 시인 자신을 의미하지 않겠는가.

바다와 시의 순결한 마음을 가진 시인이 성장 과정에서 어떤 변화를 보였는지는 알 수 없으나, 어쨌든 도시의 풍경을 마주하게 되었을 때 그의 감수성은 격변하였음에 틀림없다. 도시의 빠른 리듬이 그의 신체에 스며들고, 시인이 체득한 빠른 리듬을 따라 게워진 도시의 이미지들이 바로 그의 첫 시집 『의자와 이야기하는 남자』다.(제1시집과 제6시집의 리듬을 비교해보면, 청년 시인 김형술과 중장년 시인 김형술의 내적 변화를 확연히 느낄 수 있을 것이다.) 그리고 그는 이 산문집에서 1990년대 열악한 노동환경에 대한 분노를 감추지 않는다. 기업 가치에 대한 보고서를 작성하기 위해 방문한 부산 반송의 신발제조업체에서 공업용 본드 냄새로 가득한 5층까지의 생산현장과 달리 업체 사장이 머무는 옥상이 분수대가 있는 마당을 낀 화려한 양옥집인 것을 보고 엄청난 분노와 시인으로서의 부끄러움을 느꼈음을 고백한다.

시인,이라고 불릴 만큼 나는 최선을 다해서 언어에 복무하고 있는가, 시인이라는 이름에 걸맞은 사고방식과 사회적 의식을 갖추고 이를 실행하고 있는가.

　－「시인들은 무슨 재미로 사나」


　위 진술은 모더니즘 계열의 시인으로 평가받는 김형술의 현실비판적 사유의 한 단면을 드러낸다. 나는 그의 시를 읽고 비평했을 뿐, 그와 더불어, 시와 삶, 그리고 현실에 대한 속 깊은 대화를 나눈 바는 없다. 그와 그런 대화를 할 만한 자리를 마련하지 못한 내 탓이 크다. 내가 술을 잘하지 못하기 때문이기도 하지만, 서로 인연이 닿은 지 십 년 가까이 되도록, 나는 여전히 시인을 선생님이라고 부르고, 시인은 나를 '대현 씨'라고 부를 따름이다. 언젠가 시인에게 이제 말을 놓으시죠, 라고 했으나, 여전히 내가 어렵단다. 그래서 나 역시 한 마디 거들었다. 저도 제가 어려워요. 그의 답은 '빙고!' 물론 술이 들어가면, '대현아!'라고 부른다. 그 이상의 친근한 행동을 한 적도 있으나, 차마 내 입으로 말하지는 못하겠다. 시와 현실에 대한 그의 사변을 들을 날이 올까. 모르겠다. 그것은 그의 사회초년생 시절에 대한 이야기와 관련되어 있을 테므로 거나하게 술이 들어간 상태라야 가능한 일일 것이다. 그런데 난 술을 할 줄 모른다. 젠장!


*


　김형술 시인에게 '의자'의 이미지는 각별하다. 이 산문집의 2

부의 제목이 '의자'이기도 하거니와, 그의 시집 제목에서도 의자는 자주 등장한다. 제1시집이 『의자와 이야기하는 남자』였고, 제2시집이 『의자, 벌레, 달』이다. 따라서 그가 자주 접한 질문 역시 '의자'의 의미였음에 틀림없다. 시인은 이 질문에 대한 답을 「의자 위의 구름」에서 인간에 대한 존재론적 성찰로써 풀어놓고 있다. 그에게 '의자'란 "단지 '아무것도 아닌 것'이며 또한 '존재하는 모든 것'"에 해당한다. 그것은 인간의 존재론적 조건에 해당한다. 의자는 '존재의 근원'인 것이다. 어머니의 자궁이 '나'라는 존재가 가진 최초의 '의자'였다면, "태어나 걷기 시작하면서부터 그 의자는 아마도 들길, 바위, 숲속쯤으로 바뀌었을 것"이라고 진술한다. 이윽고 의자는 "학교 교실의 조그만 나무의자"로 대체되었을 것인데, 이로써 시인은 의자를 "자연과 반자연의 경계"라고 규정한다.

어머니의 자궁 속, 출생 이후 자유롭게 뛰어놀던 들길, 바위, 숲속의 자연에서 학교 교실의 작은 나무의자로 옮겨가는 과정은 인간이라는 존재가 간단치 않음을 말해준다. 자연 속에서의 자유와 반자연(문명)의 구속이 만나거나 충돌하는 지점이 바로 의자이기 때문이다. 자연과 반자연의 경계란 바로 이를 의미한다. '의자'는 어머니의 뱃속에도 자연 속에도 존재하지만, 우리 눈에는 잘 띄지 않는다. 그것은 무형의 의자이기 때문이다. 무형은 고정된 형체가 존재하지 않는 자유로운 상태 그 자체다.

그러나 우리는 의자 이전의 의자를 상실한 상태다. 의자 이전의 온전한 의자를 상기하는 순간은 역설적이게도 우리가 앉은 의자의 비루함을 자각하게 되었을 때다. 우리가 앉은 의자는 온갖 욕망의 비루함으로 가득하다. 하여 시인은 자신의 의자를 하수구 이미지와 겹쳐 읽는다. "돌아보면 낯익은 의자 하나가 여전히 하수구에 발을 담근 채 어둠 속에 앉아 있다."(「저녁의 의자」) 그러나 시인은 하수구 속에서 경전을 읽는다. "하수구는 내게 한 권의 경전이다. 내 안에 들끓는 언어들을 비워 가라앉히는 곳, 세상에 춤추던 온갖 욕망들이 바로 내 것이었음을 남김없이 확인하는 곳."(「저녁의 의자」) 하수구의 의자는 비루한 자아와 세계를 향한 성찰을 가능케 하는 주체의 자리다.

시인의 성찰은 무엇을 통해서 이루어질까. 그건 당연하게도 '쓰기'라는 행위를 통해서다. 그의 제1시집 『의자와 이야기하는 남자』의 첫 시를 다시 한 번 떠올려보자. 제목이 「타이프라이터가 말하길」이다. 시인은 "아무도 들어주지 않는 노래를 가진" "힘겨운 歌人"이다. 그의 의자는 성찰의 자리이자 쓰기의 장소가 된다. "이 낡고 초라하기 그지없는 의자는 나보다 먼저 방에 들어와서는 책들이 쌓인 방의 문을 열고 들어가 컴퓨터를 켜놓고 투덕투덕 자판을 두드리거나 벽에 붙은 원고청탁서의 날짜를 연신 들여다보거나 하고 있다."(「가출하는 의자」) 시인은 시 쓰는 '의자'다. 시는 그에게 "유일한 비상구"(「의자와의 인터뷰」)이며, 비상구는 의자 이전의 의자를 향해가는 통로다.

시인은 시 쓰는 의자에 앉아서 진정한 의자를 꿈꾼다. 그러나 그것은 우리가 되돌아가 앉을 수 없는 의자다. 불가능한 의자다. 우리에게 가능한 의자란 "하나의 의자 위에 차곡차곡 쌓여진 겹겹의 의자"이다. 그것은 "까마득히 높아서 꿈속으로 자주 무너져 내리"는 욕망의 의자다. 욕망은 인간을 구속하고 진정한 자유를 박탈한다. 그럼에도 불구하고 의자는 "의자이기 전의 시간"을 추억하고 꿈꾼다. 의자에 속박당한 인간의 진정한 의자는 구름의 형상으로 떠 있다.

그렇게 꿈꾸는 의자 위에 언제부턴가 구름 하나가 부드럽게 떠있다. 구름은 의자가 꾸는 꿈의 실체이다. 아니 의자는 늘 흘러 다니는 운명을 가진 구름이 꾸는 꿈의 실체이다. 그 사이에 팽팽히 경직된 어떤 기운, 나는 그걸 굳이 詩라고 부르고 싶어한다.

– 「의자 위의 구름」

김형술 시인은 의자에서 의자를 꿈꾼다. 이 의자의 이미지야말로 그의 시를 관통하는 핵심적이고 지배적인 이미지라고 할 수 있다. 지상의 의자 위를 떠도는 구름의 의자들. "구름은 의자가 꾸는 꿈의 실체"라는 시인의 진술을 통해, 그리고 지상의 의자와 구름의 의자 사이에 "팽팽히 경직된 어떤 기운"이 바로 시

(詩)라는 진술을 통해 비로소 그의 시세계를 이해할 수 있게 된다. 그의 초기 시를 지배하는 의자 이미지가 "마침내 네 개의 다리와 두 개의 팔을 갖게 되었지만 걸을 수 없는 얼굴이 되어 낡아가는 생애"(「의자와 이야기하는 남자」, 『의자와 이야기하는 남자』)였다면, 한참 후의 그의 시들은 자주 구름을 이야기하고 있는 것이다. "구름은 새들의 무덤", "주검도 묘비명도 없는 무덤을 제 속에 감춘/ 구름은 또 무슨 마음이길래/ 저리 가벼운가"(「비단길」, 『무기와 악기』), "날마다 죽어/ 날마다 태어나는/ 저 완벽한 생애"(「구름 쪽으로」, 『타르초 타르초』) 지상의 의자에서 천상의 의자로 되돌아가고자 하는 꿈의 언어가 바로 그의 시다.

*

만 스무 살의 나이. 나는 부대문학상(釜大文學賞) 시 부문에 당선되어 심사자였던 김준오 교수의 연구실을 찾아갔다. 니가 박대현이가? 이 한 마디만 기억에 남아있다. 황송한 기억이다. 그리고 군대 제대 후 문학을 버리려고 했던 시절, 그의 강의 시간에 마지못해 발표를 한 적 있다. 윤후명의 「누란의 사랑」에 대한 장르론적 분석. 발표를 마친 후 뜻하지 않게 그의 연구실로 한 번 오라는 연락을 받았으나, 차마 가지 못했다. 그의 연구실에 들어서는 순간, 대학원 진학을 할 수밖에 없으리라는 것을 잘 알고 있었기 때문이다. 그의 연구실에 갔었더라면, 지금 나의 문학은 많이 달라졌을까. 알 수 없다.

두 해가 지나서 그는 세상을 등진다. 시인 김형술은 김준오 교수의 장례식장에서 아마도 많은 눈물을 뿌렸을 것이다. 나는 김준오 교수의 빈소 앞까지는 갔으되, 조문은 하지 못하고 발길을 돌렸다. 그 이유는 차마 말하지 못하겠다.

시간은 기계처럼 움직이고 우리는 이미 많은 길을 와 버리고 말았다. 하지만 김준오 교수는 여전히 그 시간 속에서 '현대시론'을, '한국문예학'을, '문예비평론'을 강의하고 있을 것이다. 넥타이를 여전히 삐딱하게 맨 채 시인 김형술은 그의 연구실에 자주 들러 아마도 이런저런 말을 들으며 머리를 조아리고 있을 것이다.

*

시인이 지나간다. 흐릿한 풍경의 그 시간 속을. 그 시간은 지금도 그 시간 속에 있다. 그 자신도 모를 시간을 시인은 지나가고 있고, 나는 여전히 그를 바라보고 있다. 다행스럽게도 시인은 아직 나와 엇비슷한 공간 속에서 비슷한 숨을 쉰다. 여전히 '대현 씨'라고 말한다. 그리고 그의 문학 산문집 발문까지 써달라고 한다.

*

이 글이 바로 그 발문이다. 언젠가 이 책 또한 어느 도서관 한 편에 햇빛에 그을린 채로 우두커니 서서 누군가의 시선을 기다리고 있을 것이다. 그때 부디 이 책을 집어 들어 시인 김형술을 마음속에 간직한 채 그의 시집까지 찾아봐준다면 더할 나위 없이 기쁘겠다. 이 발문까지 읽은 후 꼿꼿하게 허리를 펴고 우수에 젖은 눈으로 지나가는 시인을 떠올려주기를 바란다.

*

시인은 여전히 그 시간 속을 지나가고, 그의 뒷모습은 여전히 시인으로 가득하다. 그를 다시 거리에서 우연히 마주친다면, 주저 않고 한 마디 해주리라. 시인이 지나간다, 시인이!

反詩기획산문선 001

# 구름 속의 도서관

2021년 10월 1일 초판 1쇄

지은이 김형술
펴낸이 강현국
펴낸 곳 도서출판 시와반시

2011년 10월 21일 등록(제25100-2011-000034호)
주소 대구광역시 수성구 지산로 14길 8, 101-2408호
대표전화 053)654-0027
팩스 053)622-0377
E-mail khguk92@hanmail.net
ISBN 978-89-8345-122-4 03800

잘못 만들어진 책은 바꾸어 드립니다.